刺杀日

CISHA
RI

百里无忧 著

重庆出版集团 重庆出版社

图书在版编目(CIP)数据

刺杀日 / 百里无忧著. —重庆: 重庆出版社, 2022.2
ISBN 978-7-229-16126-2

Ⅰ. ①刺… Ⅱ. ①百… Ⅲ. ①长篇小说—中国—当代
Ⅳ. ①I247.5

中国版本图书馆CIP数据核字(2021)第213864号

刺杀日
CISHA RI
百里无忧 著

责任编辑:袁 宁
责任校对:刘小燕
装帧设计:徐 图

重庆出版集团
重庆出版社 出版

重庆市南岸区南滨路162号1幢 邮政编码:400061 http://www.cqph.com
重庆出版社艺术设计有限公司制版
重庆市国丰印务有限责任公司印刷
重庆出版集团图书发行有限公司发行
E-MAIL:fxchu@cqph.com 邮购电话:023-61520646
全国新华书店经销

开本:720mm×1000mm 1/16 印张:26.625 字数:388千
2022年2月第1版 2022年2月第1次印刷
ISBN 978-7-229-16126-2
定价:68.00元

如有印装质量问题,请向本集团图书发行有限公司调换:023-61520678

目录

CONTENTS

楔子　被枪决的那个夏天

刘统和毕世成相识，是在他被执行枪决的那个夏天。

当时的刘统和毕世成被五花大绑在一根柱子上，日本鬼子在那里叽里呱啦地说着什么，就像是炙热的夏天里蚊子肆意飞舞的噪音一样，扰得人不得清净。城东头的这个烂瓜地已经成了鬼子处决“异动分子”的专属领地，几里内的住家都跑光了，跑得连个老弱病残都没剩下。田地早就荒了，到处是良莠不齐的瓜秧子。中间辟出来的这么一块荒地，土都是肉红色的，看着瘆人，像是用血浆浇灌过一样。

毕世成在那里高喊：“别他娘的废话，再过20年老子来世还来打你们这群小鬼子。”

十来根柱子上，绑着20来个即将被瞬间终止命运的汉子。对，没有女性，所以刘统觉得连看花眼的机会都没有。他是为了未婚妻的安危才来到这里的，才会犯下低级错误，才会和这群山南海北高矮胖瘦不一样的汉子，有着同样的命运。

毕世成还在喊：“你们这群烂蒜，有种你解开老子和你们单挑，保准……”

刘统开口了，他只是低声说：“别喊了，省点力气吧，几里地都没有一个围观的。”

毕世成瞥了他一眼，没好气地说："老子就要见爹娘去了，老子愿意喊，我就是要喊个够。这帮鬼子废什么话，叽里呱啦的，烦死了。"

刘统低声嘀咕着："不烦也快死了，他们是例行公事，说什么表态效忠皇军会放你一条生路。"

这个时候，鬼子身边的汉奸翻译扯着被鸡叨住一样的嗓子在那里叫天喊："皇军说了，只要你们坦白交代，誓死效忠皇军，还有机会……"

毕世成用肩膀撞了刘统一下："你怎么会日语？"

刘统不语，抬头望了望炙热烧烤着他们的太阳，也许这是他最后一天看见太阳了？他狠狠地向着该死的土地吐了一口唾沫星子，然后低声回了句："猜的。"

然后，他就不语了。奇怪的是，毕世成也不喊了，只是低着头看着远方的土地，像是在想着什么事情发愣。

枪响了，不过，不是日本鬼子的。

所有悲观到极致的死囚都惊奇地发现，在远处烂瓜秧的土地下面，似乎忽然就冒出了一支队伍来。在刘统看来，那简直不能称之为队伍，有的穿着单衣，有的似乎大夏天还穿着棉衣。

不过，不同的是，他们手里有枪，还有手榴弹。

那一役，被执行枪决的人还是只活下来了五个人，毕竟日本人手里也有枪，子弹是不长眼睛的。刘统和毕世成很幸运地成为五个人中的两个，毕世成似乎还是那支队伍要营救的主要目标。

不过，让毕世成惊讶的是刘统的反应。他第一个动作，就是用自己被绑住的双手，使出吃奶的力气给毕世成解开那五花大绑的绳子。几乎是一眨眼的工夫，毕世成身上的绳子就解开了，这为二人赢得了宝贵的救命时间。而毕世成反过来给刘统解绳子的时候，几乎是到最后也没解开。他俩一起倒地，以防被流弹射中的时候，刘统已经自己把自己的绳子解开了。

即便是在生死一线间的局面下，毕世成还是感叹出一句："你怎么这么快？"

刘统低着头，和着两边飞溅的土星子，闷闷地答了一句：以前捆过猪。

嗯，不管捆过什么，现在能活下来就是最好的。毕世成觉得这个有些冷又有些怪的男人，竟然成了他的半个救命恩人。

清理战场的时候，毕世成看着满脸茫然的刘统说："你犯的什么罪，是不是奸淫掳掠什么的？"

刘统冷冷地回他："我不会奸淫掳掠。"

毕世成满脸的肌肉堆成了花，一脸坏笑地说："日本鬼子的援兵说话这会儿就到，要不你跟着我吧，我看你起码比其他人冷静，不怕死。"

刘统想都没想，抛下句："我不想当土匪。"说着，他就往另一个方向走。

毕世成在后面看着自己的人马都在往另一个方向撤了，猴急地喊："那边是鬼子援兵的方向，你傻啊！"

刘统站住了，还是没有回头。

毕世成接着喊："我们不是土匪，你想抗日报仇就跟着我们吧，起码抓几个鬼子也给捆树上，在太阳底下晒死这帮兔崽子。"

刘统转过身，默默地走过去，毕世成大步走过去扯住他，跟上前面队伍一起撤退。

路上，毕世成问刘统："你会什么，会打枪吗？"

刘统想了想说："我会做饭，也会看点病。"

毕世成肆无忌惮地笑："你是个厨子啊？"

刘统心里依然不痛快，虽然跟这个人捆在一根柱子上，也许才是他没有被枪决掉的原因，但是他依然不喜欢这个人。所以，他低声回了句：

“算是吧。”

毕世成又问：“你因为什么犯的事啊？”

刘统不知道怎么回答，他的故事说起来要说太久，而且最关键的也不能说。他能告诉这个刚刚认识一个时辰的粗鲁汉子，他是被自己人出卖的吗？所以，他看了看毕世成很是期待的眼神，回了句：“他们说我给日本鬼子菜里下毒。”

第一章　奇袭中的棋局

临汝地委出了件惊人的事件，特委要求选拔的两名特别行动人员，居然有一名中选的是厨子。而另一名是从延安来的老红军老潘，足智多谋，威望甚高。

老潘是上个月才和第八团的队伍一起来临汝地委的，来到这里还没吃上刘统做的饭菜就开赴县城外阻击鬼子去了。回来以后，带回了这个任务，说是特委有个特别行动，需要两个完全陌生的面孔去开封执行任务。

选中刘统这个厨子的时候，地委书记毕世成是一百个不同意，他一边布置转移的任务，一边和干咳不停的老潘说："这可不行，派你去我都不同意。你是来接我担子的，我就想赶紧和八团第四独立大队的人一起血战那些日本鬼子呢。现在你走了，不带上我，还带着个厨子一起走，这不是让特委看我们笑话吗?"

老潘还是那种慢慢的腔调："这次任务不同，需要陌生面孔，你不成，大半个临汝的人都认识你，队伍里知道你的人就更多了。你个毕大炮，天生就是做群众工作的料，组织把你继续放在地委这个位置上，就是看重你这一点，可别辱没了使命。"

"什么特殊任务啊，他个厨子能干什么，枪他都不愿意摸。他这几天倒是一直嚷嚷着去开封，是不是央求你，你就同意了？你这是对革命的不负责任！”毕世成把手边的茶壶拍得叮当乱响，气不打一处来的样子。

老潘很沉得住气，还是很慢地说：“你是地委书记，人选你定，我给你的只是建议。你觉得你能憋得住，可以自告奋勇，组织上能同意我没意见。”

“什么任务啊，还憋得住，难道六筒那种几杆子打不出一个屁来的，能成大事？打麻将我都嫌他属于生张，还不到处点炮？早知道他连战场都不愿意上，我当初就应该让小日本鬼子崩了他。”

“你得沉得住气，都任命你做地委书记了，你怎么还是匪气这么重？告诉你几次了，不能随便给下面同志起外号。”老潘不得不站起来，听了听远处的炮声，略微加快了语速说，“你就是嘴里横，你不是喜欢吃刘统做的菜，不是赖着他能治你老寒腿的毛病，不是巴着他能给很多群众解决看不上病的问题，所以舍不得这张王牌吧？”

毕世成像是被看穿了一样，颇有些忸怩的姿态：“你看看，你才几天，知道得太多了吧。我这也是为革命工作负责吧，刘统这样的同志，的确适合后方的群众工作。你知道，我们做不通工作的人家，他去了给拿几服药方子，人家就通了。你说他个厨子，外加半个郎中，跟你去能执行什么艰巨的任务？”

老潘又咳了起来，忍不住连续咳了半天，才拿起茶壶倒了杯水，缓缓地说：“这个组织上有数。”

毕世成叹了口气：“你那意思，是我同意也得同意，不同意也得同意？”

老潘还没说话，门猛地被推开了，一个又黑又瘦的愣小伙子闯了进来，大喊了一声：“我不同意。”

此时此刻的刘统，正在忙着抓猪。

他是去给邻村的老吴头写最后一次方子，老吴头害上了胃痛的毛病，看了很多郎中都不见效。刘统给老人家开了一服每日进食的方子，按章行事，病竟然缓解了，几个月没再犯过。

吴家闺女千恩万谢地送出门来，一定要送他到门口，说是他这个大好人可千万不能一去不回啊。后院的小石头就在那里喊了一嗓子，猪跑了！吴家闺女还没缓过神儿来，一头肥大壮硕的老母猪就从她裆下冲过，窜出了院子。刘统本能地去拉几乎要摔倒的吴家闺女，眼看着老母猪横冲直撞地跑了。

“没撞坏吧，这老母猪发情，十个壮汉也拦不住啊！”吴家二哥赶了出来，家里几口子除了年老的几乎都追了出来。

吴家闺女还在那急促呼吸着缓神儿，半倚在刘统的臂弯里，双手死死地抓住刘统的衣襟。刘统笑了，安慰说：“没事，一定是怀上猪娃子，以为受到攻击，所以才这么凶。你怎么样？”

吴家闺女不好意思地站起身来，看着远处的家人东出西进的，一时也拿那母猪没办法，害羞地说：“刘大哥，都说你神，你能帮我们抓猪不？”

刘统呆呆地看了看对方，有点不好意思回绝，只好说：“没问题，帮人帮到底。也许明天我就不再回来了，你要记住我这个抓猪郎啊。”

说完，他把手里的包裹递给吴家姑娘，几个箭步跑了出去，翻过隔壁老李家的院墙，从后院那个柴火垛子一闪身就没了影子。吴家姑娘在后面看得有些目瞪口呆，这是个会药膳的厨子，还是一个练家子？

飞奔中的刘统直拍脑门，自己一时兴起，居然忘记了掩饰。好歹也是要离开了，留下些传奇让他们去演绎吧。他循着母猪乱叫的声音，连翻过几重院子，迅速赶上了吴家大哥等人。远远地他就喊着：“大家散开，守住几处！”

上了性子的母猪可不管什么，东奔西拱地一路绝尘，小石头本已拦住它的去路，却被母猪毫不犹豫地拱翻在地。刘统看了看方向，从另一个方向抄了过去。眼看着母猪飞奔的土路上，不知道谁家的小娃子走到路中央。这下刘统真的急了，看了看四周，扯下了不知道谁家的布单子拧成一股绳，然后一边追赶一边捡了两块石子兜在绳子两头。就在母猪要拱向不知所措的小娃子的时候，刘统果断地抛出了手里的布单子绳索。

力道刚刚好，母猪被沿抛物线飞出的布单子绳索缠住了脖子和前腿，一个趔趄就摔倒在那里。此刻，扑倒的母猪，离那孩子只有一步之遥。刘统赶紧上去就势用布单子又缠了几圈，母猪受困越发凶猛地发出瘆人的嚎叫。刘统伸出左手拇指，在猪颈下轻轻地来回按了几下，愤怒的母猪居然慢慢地平和下来，只是在那里怪怪地喘着粗气。

“刘叔，你神了，你那个是什么武器，一下就把母猪撂倒了。”小石头揉着受伤的膝盖赶上来，兴奋地问，“什么时候教教我。”

刘统刮了他的鼻子一下：“是不是你又欺负母猪了，要不猪老大怎么会疯跑起来？”

“呵，我就是想让它知道谁是老大，喂它吃的还不听我的。”

“猪老大怀了小猪娃了，这个时候很敏感，你不能再刺激它了。”

“刘叔，你教教我刚才那招啊，一定教我啊，教我啊！”

“教什么教，那个类似于飞石索，从老祖宗那辈开始就会用这个打猎了。主要是力度，控制，懂不？你还太小，你不懂……”刘统得意地说着。

这时，吴家大哥和吴家姑娘都赶过来了，兴奋之情溢于言表。抓猪也能当英雄，这让刘统觉得还是村子里的生活比城里的别有一番滋味，他甚至有些恋恋不舍的感觉。吴家姑娘在那里喃喃地说：“刘大哥，你这布单子不会是老赵家二闺女的吧，据说是从县城扯回来的，搞不好比猪还贵！”

“是吗？”刘统赶紧把布单子收了，嘱咐小石头偷偷放回去。自己则拖拉着老母猪，不停地用手按着猪下颌，和吴家闺女一起往回走。

吴家闺女在那问了一句：“不知道，不知道是你厉害，还是黑子哥厉害？”

刘统完全没有在意这句话，因为他听到了很奇怪的嗡鸣声，这种声音似乎在哪里听过，由弱至强直到震耳欲聋……

紧接着，一枚炸弹就在他们不远处落地开花了。

“又来空袭了，快卧倒。”刘统也顾不得那么多了，连猪带人带吴家姑娘，一起相拥着卧倒在旁边的屋檐下。炸弹一颗颗地落下，村子里立刻成了一片飞沙走石、房倒屋塌的惨状，石块瓦砾和茅草四处飞溅。

刘统忽然觉得脸上一热，鲜血一大摊扑头盖脸而来。血还是热的，黏糊糊地几乎眯住了眼。他本能地意识到没有痛感，应该没有受伤。同时，他发觉整个身子似乎都被血裹住了一样。他一边擦着，一边叫：“吴家姑娘，你没事吧。”

吴家姑娘也回：“刘大哥，你没事吧？”

两个人定睛看了看，对方都已经成了血人。他们动了动腿脚，都没什么大碍，再往远处看，不知道什么时候又跑出去的老母猪，就在几步开外，整个后半身已经被炸没了。

吴家姑娘吓得缩成了一团，浑身抖得厉害，毫无顾忌地哭了起来：“刘大哥，你要是能活下去，告诉黑子哥，我答应他，就算是私奔我也答应他。”

刘统在那里想，这日子什么时候能清净？

毕世成这边厢，正在接受老潘的批评：

“你知不知道纪律，这么要紧的事情，你怎么能让黑子知道？抗日形势多么危急。你呢，你就是个土匪，这么点事你都守不住。现在黑子来请命了，说他比刘统强。你能保证，他没和别人抱怨过这件事吗？你还批准刘统去邻村什么农户家，现在那边遭遇空袭了，万一有个什么好歹，你拿什么给我交人?”

“不就是个懂点医术的厨子吗？你至于这么紧张吗，还让我交人？我就给你交黑子了。黑子是我们民团自卫队的排长，功夫世家出身，比那个厨子，差什么？你还说我泄密，是你瞒着我太多了吧？为什么非得把我身边的厨子带走，你假公济私，你的肺病是不是也想靠他这个半瓶子晃荡的江湖郎中整偏方啊?”

“你，你真就是土匪，建议你当地委书记，我是看走眼了。”老潘被气得一连串地咳了起来，站都站不住不得不重新坐了下来。

看到这般情景，毕世成怕了，连忙倒水端茶：“老潘，我错了，我错了，你别再拿咳嗽折磨我了好不好？我就是匪气太重，我不对，我该打，好不好?”

老潘恨铁不成钢地看了他一眼：“你已经是地委一级的干部，你说话处事要注意分轻重，要注意守纪律。”

刘统回来的时候，看见黑子就倒立在门口，他走上前说：“不是都忙着转移吗？自卫队都去邻村帮忙了，那里炸得老凶了。你呢，你怎么这副模样啊？又惹他生气了?”

黑子恶狠狠地看了他一眼，把目光转向另一边：“毕书记让我上外面立着去，我就立给他看。”’

“立着，就是倒立啊?”

“我是谁，我是黑子，自卫队的排长，我立着也比有些人站着……威武。”

“嗯，是，我们做菜的，那切菜也比的是反手都能把土豆丝切得像头发丝一样细。”

黑子又瞥了他一眼：“行了，你哪儿凉快哪儿待着去。老潘又替你说话呢，进屋去伺候着吧。”

刘统一听，没再逗黑子，直接走向里屋，还没进去，就听见里面在吵着，还伴着老潘急促的咳嗽。

“黑子也是人才，他是听到你回来了，说是有大任务，我没告诉他什么，他就非要和刘统决斗，这不是我使坏啊。”

“毕世成，你当这是山寨啊，还决斗，人民队伍中不允许内耗，不允许这种乱七八糟的东西。”

“好好，是较量，较量总成了吧。刘统除了会做菜，会看点小病，您把他送到沦陷区去，这不是害他吗？他自己也着魔了，前两天进县城看了份新闻纸，回来就非说要去开封。他以为开封府还是当年包黑子在的青天大衙门啊，那是日统区，子弹可不长眼睛。”

“组织上自有安排，革命工作，不是单靠打打杀杀就成的。”

“你说这个我不懂，我也为难，黑子家一脉单传，独苗苗，我也不希望他去。”

“决斗这个词，以后不要再提了。”

刘统听到这里，直接推门进去了：“子弹不长眼睛，这鬼子的飞机扔炸弹就长眼睛啊？谁要决斗啊，我同意！”

老潘和毕世成没料到刘统这么快就安然无恙地回来了，都吃了一惊，毕世成第一个反应就是：“你走路都没动静吗？”

村子外面，十几个难民模样的精壮汉子正在悄悄地靠近，他们衣衫褴褛，但却是面无愁色。虽然各有扮相，这伙人行进起来却是整齐划一，进退有则。为首的一个身着青布衫的汉子，戴着一顶四圈都飞了边的草帽子，观其相貌却是异于常人，尤其是高颧骨宽额头之间，一双鹰隼一般的眸子散射着冰冷吓人的目光。

一行人，有步行，有拄杖，有推车，清一色的男子，与那些来来往往常见的难民不同，所有人一言不发，无语前行，警觉地打量着四周。

在村口的大树下，为首的男子停了下来，回身叫过后面的一个矮个男子，用蹩脚的汉语说："这里过去是你们花舌子的地盘，你确定能直接找到我们要找的人家?"

"报告太君……"

矮个男子刚一出口，那个青布衫男子甩手就给了他一嘴巴："说过几次了，不要这么叫，叫栾大哥!"

矮个男子捂着脸，一肚子不乐意，脸上还是堆笑说："栾大哥，这里的村村户户我们都太熟悉了。您不是说直接去村里富户张大良的老宅?那我太熟了，当初张大良没逃跑之前，和我们老大花舌子很熟的。"

那位被称作栾大哥的，看看四周没什么人影，自言自语道："你确定他们的队伍都到邻村去帮忙去了?"

"回太……回栾大哥，小的有眼线，亲眼看见民团自卫队的人都去了。而且，原来驻扎过的队伍，也在前线呢，此时……"

栾大哥嘴角露出一丝冷笑，向队伍里的每个人挨个凝视了一遍，像是做最后的确认。

矮个男子又上前一步说："栾大哥，小的有句话不知当说不当说。"

栾大哥点了点头。

"您确认要白天行动吗?我们行里有句老话，叫作白天踩盘子，月黑风高拉票子……"

那人瞪了矮个男子一眼，矮个男子连忙解释说："拉票子就是劫人的意思，一般晚上动手，方便些，敌明我暗。"说完，他还十分得意地点了点头。

那个栾大哥还是鄙视地看了他一眼："我们不是一般人，也不是一般的队伍，用你们的话说，兵贵神速，兵走险招，出奇制胜!"

矮个男子退后了，嘴里小声用方言嘀咕了一句：这也太险了。

旁边的一个人捅了他一下："别胡说，老大花舌子都听他的，小心他先把你做了。”

矮个男子还是低声多说了几句：“好在天色也暗了，估计进村就黄昏时分了。咱们是上山落草登架子，他当我们这是大部队攻城呢啊？一会儿出水的时候，想着咱们的兄弟都照应着些。”

前面的男子似乎听见了，高声断喝：“你们在胡说什么出水，这附近有水塘吗？”

矮个子一个激灵，心想这日本人听力也太好了，这么远这么小声都能听见，连忙点头哈腰地大声说：“有，有，我们得防止他们从水路跑了。”

旁边的人又捅了他一下，低声说：“别说了，这个人很可能懂得出水就是突围的意思。你小子，还没行动就想着撤。”

前面那个被称为栾大哥的人，似乎没心思再理这些，看了看邻村那边，又传来了飞机空袭的声音，立刻和队伍里的所有人说：“肃静，行动。”

院子里，老潘和老毕在下棋，老毕显然是心不在焉，这象棋下得不是马走了田字，就是炮直接打了过去。老潘的咳嗽似乎好了一些，脸色红润了不少，喝着刘统给他泡的草药汤子，似乎人也精神了不少。

“刘统这药汤子不错，舒服啊。老毕啊，你紧张什么啊，谁赢了，你不是都无所谓吗？”

老毕直接把手里的棋子一扔：“你还有心下棋，那个六筒，说什么有把握和黑子决斗，还说必须在屋里关起门来斗，不让我俩看。我需要看吗，我是怕黑子万一把他打出个三长两短来，那不是我们革命队伍的一大损失吗？你怎么说来着，对，不能内耗，不能搞那些乱七八糟的。”

“我看倒是未必，”老潘胸有成竹的样子，“那个刘统，还是十分靠谱的，很多时候啊，比你这个土匪都靠谱。”

“你看看，你都说了，不许给革命同志起外号，你还说我是老土匪，你再说，再说我和你急。”

“急？急什么。革命队伍就是要团结最广泛的力量。你看看你，土匪世家，不也成为我们革命队伍里的一分子了，还是地级干部哩。”

“老潘，我真和你急了啊，我那是土匪世家吗？我那是，我那是民间武装力量的大家，是响当当的有名有号的大队伍。再说了，我是从小就心向革命的，你不就是比我多了个去过延安，看把你能的！”老毕不免也吹嘘起来，没说两句，又皱起眉头，“不行，我还是去看看吧。黑子下手重啊，上次一个外地来的说是会摔跤，非要和他摔跤，结果被黑子打得躺了二十多天。”

“我看不必，我应该不会看走眼。”老潘说着，把一副残局重新摆好，“你就坐下吧，咱们把这盘棋下完。”

“六筒还救过我命呢，没工夫陪你玩。”毕世成是真急了，起身就往屋子那边走。

说话的工夫，屋里的门开了，刘统和黑子一起走了出来。刘统是一脸的坏笑，黑子是没精打采又暗暗自喜的模样，两个人完全没有了刚才决斗前的剑拔弩张。

毕世成还是直接走向了刘统，摸了摸肩，拍了拍腿：“你没事吧，你们这演的是哪一出？”

刘统没说话，转头看着黑子。

黑子把头扭向另一边，低声说：“我输了，就这么回事。”

毕世成看了黑子一眼：“黑子，说什么，你大点声。”

黑子还是看向另一边，没再说话。

毕世成怒了，大声喝道：“民团自卫队二排排长何大黑，我命令你报告决斗……不是，你和刘统同志比武较量的结果。”

黑子打了个立正，扭过头来大声回答说：“报告毕大书记，我输了，我认输了。在比武过程中，我输了。”

毕世成嘿嘿傻笑起来，给了刘统一拳说：“行啊，六筒，看不出你还是个点炮双响的硬张啊。说说吧，你使了什么阴谋诡计？”

刘统也嘿嘿傻笑：“这是秘密。”

黑子那边也不再说话，而是黑着脸默默地走了。

毕世成丈二和尚摸不着头脑，问刘统：“他怎么就这么走了，刚才多嚣张，说是要和你一较高低呢。”

刘统笑了笑说：“我答应给你们和老潘做个特色菜，八宝素食鸭，他按我说的去准备材料去了。天色都晚了，难得老潘回来，我得露一手。”

毕世成挠了挠头，疑惑地问：“就一顿素食鸭，你就把黑子搞定了？他是那么爱吃的人吗？就这么简单的原因，你就赢了？”

“嗯，你猜得很靠谱了，不过，需要把‘吃’字去掉。”

毕世成还是没搞明白，忽然又想起来什么：“我说，你要做鸭子，咱们有吗？你让黑子去搞材料，干吗还做素的啊，那是人吃的吗？”

刘统看了看老潘说：“老潘的身体吃不了太油的，你啊，就跟着凑合吧。要不你就等队伍都回来，一起跟着吃红薯饭。”

毕世成这才有点担忧地说：“赵队长他们去了这么久，就是个帮忙，怎么还没回来呢。也是，这鬼子为什么偏偏轰炸那边的村子呢？是我们地委选址选得好，这么安全？”

老潘也站过来说：“他们也不是真正的队伍，没什么经验，管理上也比较松散。我看，这里也未必安全，根据特委的指示，你们转移的进度要加快，还得注意经常换换地方。”

老毕不乐意了：“什么你们要加快，组织上不是定了你来接替我，你这临阵畏缩，说什么有别的重要任务。你啊，就是不想让我上战场。”

老潘在那里苦笑了一下：“形势紧张啊，华北五省特务机关总部就在开封。他们组织了情报站、调查班、剿共队，还要加上宪兵队和笼络的土匪武装。我们地下组织遭到残酷围剿，现在哪里都是战场了。”

就在这时，门外吵吵嚷嚷，一直守在门外的小李子冲了进来：“外面来了一群难民，我们的人觉得他们有点不对劲。我说我们都要转移走了，他们还是拥到这里来，非说要在这里借住一宿。”

老潘皱了皱眉，老毕倒是没在乎：“难民你们也怕吗？好好说不就成了，这里不适合……”

说话间，外面忽然枪响了。老毕的第一个反应就是冲进屋子里抄家伙，老潘慢了一步，外面的人已经翻墙冲进来，正是刚才村口青布衫男子一伙人。先冲进来的人，看见奔向屋子里的老潘，抬手就是一枪，老潘身子一个踉跄，应声倒在门槛里。老毕怒了，匣子枪立刻咆哮着还击。同时，他低下身子，迅速把老潘拉进屋子，用脚把门踹上。

院子里，小李子已经倒在了血泊之中，进来的人躲在几个角落，分别向屋子里射击。毕世成算了一下，院子里至少有五个方向射过来子弹，外面的人没什么动静，估计凶多吉少，自己的匣子枪打不了几发子弹，顶也顶不了多久。最让人担心的是，后院一直静悄悄的。刘统就在那里忙活着，他的安危是毕世成最着急的。这个有点小聪明的厨子，对付黑子也许绰绰有余，但是对付来袭的敌人，他赤手空拳如何是好呢？

看了看屋子另一边的窗子，毕世成摸了摸兜里的象棋子，先是抓了一把扔过去。果然，屋外的一个人已经一跃冲破窗子闯了进来。还没站稳，那个人就踩到了棋子上，脚步连连打滑，试图站稳。毕世成已经猫着身子一脚飞踹过去，身形沿着地面滑过去重重地把那人撂倒在地。那个人倒地的同时还不忘胡乱开枪，毕世成已经看着他枪筒的方向机警地躲开。对方挣扎着转身，想要把枪口调转过来。老毕已经用匣子枪紧逼着他的额头，轻轻地摆了摆手，扣动扳机。

屋外的枪声停了，对手似乎在观察动静。毕世成吃力地把那个人推起来，冲着窗口立着，然后躲在尸体的后面观察。刚一露头，外面的枪声又响了，还夹杂着一个人的呵斥：“不要乱开枪，自己人。”毕世成顺着身前尸体的腋下，机警地向外瞄。院子里的树后，磨盘后面，至少有五六个人。他循着声音找，懂得呵斥看清楚再开枪的，一定是个头儿。这一看不要紧，那个树后的人已经掏出了一个小小的铁家伙。毕世成晓得，那应该是手雷。他当下大吃一惊，这是哪里来的土匪，装备这么彪悍。

顾不得眼前的肉盾是站是立，他撒开手就猫腰往回跑，拖着地上的老潘往屋角撤。顺便把桌子椅子什么立着的大物件都踢翻。慌乱中，他回手对着窗口又是几枪，提防着再有人扑进来。他想把老潘塞到床底下，还没塞到一半，手雷就响了，震得整个屋子都跟着摇晃。然后屋外的枪声又响了，却不是往屋子里面射击。毕世成看了看四周也觉得奇怪，这手雷居然没在屋子里炸，难道屋外的人是花把式，扔个手雷居然把自己炸了？

他小心翼翼猫着腰再次来到窗口，重新扶起躺在地上的肉盾，慢慢地往外瞄，他就乐了。黑子回来了，没带回什么素鸭子，倒是带回了几个弟兄，正在门口和院子里的人互射。这下子，老毕的优势凸显出来，他抬手两枪就干掉两个。来袭的人腹背受敌，已经完全蒙了，叽里呱啦地乱叫着。其中一个人身手倒是不错，那么高的院墙居然借着柴火垛子两下就翻了出去。另一个人见状，也学着笨手笨脚地翻了出去。其他几个就惨了，要不是毕世成手里的匣子枪没子弹了，他们就更早毙命了。老毕在凌乱的屋子里找到刚才闯入者的武器时，外面的枪声基本停了。黑子他们几个人在警觉地打扫着战场，又分了两个人去外面追那个逃开的人。

毕世成打开门的时候，黑子他们已经确信附近没有敌兵，而追击的人也空手而回，说是那两人跑得比兔子还快。毕世成说，赶快找医生，老潘中枪了，再派几个人去村口看看，不知道村外有没有大部队。

黑子说：“应该没有大部队，我们就从村口来的。赵队长他们一会儿就赶回来了，我和几个兄弟听到枪声一路跑回来的。”

毕世成一听，松了口气：“那抓紧找医生去啊！”说完，他转身进屋，看了看躺在地上的老潘，想要用手探鼻息。老潘痛苦地咳了一声：“我还没挂呢，摸什么摸！”

黑子一看，连忙和兄弟们一起把老潘扶起来，老潘肩部的血正慢慢地流出来，黑子赶紧脱下罩衫来按住：“刘统呢，他不是半个郎中吗？”

毕世成对外面的人喊：“赶紧找队上的医生。刘统他就是个野郎中，就知道吃啥补啥，这枪伤他能治吗？”

村外一里多地，那个一炷香之前，还被人尊称着、仰视着的“栾大哥”，此刻正疲于奔命。他和身边的人一样，重型装备都扔掉了，帽子也一早被刮飞了，胳膊上还有斑斑血迹。遇到一个水洼子，两个人停了下来，确定四周无人，才努力地把手上的血迹洗掉。这一路回去还有很远的距离，有土匪出没的地盘，有国统区的地盘，一身的血迹总会被人怀疑。

他不停地喘着粗气，脑海里还没想明白一件事，后院安排的人怎么就一直没动手，外围负责伏击的人怎么也没了动静呢？

旁边的人摸着腹部，一脸痛苦的表情，龇牙咧嘴地看着他。他伸手一摸，整个腹部的衣服都被血浸透了。暗红色的血在外面已经凝成硬痂，里面还在慢慢地往外流。应该是翻墙出来时，腹部被流弹打中，这么长时间的逃跑没来得及处置，越来越严重了。

“栾大哥”赶紧脱下自己的破褂子，撕成几个条给那个人绑上：“不碍事，山田君，挺住，晚上就好走了，明天一早我们就能回去。记住，呼吸要均匀，不要急。”

那个人已经用日语在大骂：“那帮土匪，就不应该帮他们，让他们负责伏击都不成。六木君，还有后面那一组，让他们听到前院枪声响起后立刻行动，怎么没见他们动手?”

被称作六木君的人表情凝固，一言不发地给他绑好，勒紧。这一路，至少还得两个小时，有这么一个腹部受伤的兄弟，不知道还能不能挺到回去。

远处的树林里似乎有动静，六木赶紧拖着同伙的身子躲进草丛里。等了许久，一支车队从十几米开外的土路上缓缓通过，看装备应该是国民党的军队。六木按着身边受伤的队友的嘴，生怕他疼得发出声音来。等到车队走远，再无动静，他才小声说:“这一带是多方混战的区域，你又受伤了，看来我们只能挨到天黑再行动。”

身边的人没有动静，六木回身去看，大概是他刚才捂得太狠，那个人已经没了动静，疼晕过去。六木痛苦地捶了几下地面，疯狂地拔着旁边的杂草。路途尚远，他带着一个重伤员该怎么回去。山田已经很不容易，跟着他跑出这么远才说自己受伤了，现在前无村落，后无退路，没有任何可以救治的手段。

六木一个人起身，向前猫着腰走了几步，想了想，他又转身返了回来，摘下山田的帽子，从他的裤管里摸出一把很小的 14 式手枪，用帽子缠住枪口，然后对准了山田的头部。这一刻，山田居然喃喃自语着醒了过来，看到这一幕吃了一惊，硬生生地向后挪了两下身子。

六木的嘴唇已经咬得有些发紫，握着枪的手有一些颤抖。

山田居然平静了下来，努力坐了起来，转过身冲着日落的方向，喃喃自语说:“有一天你能回国的话，告诉我儿子次郎，他的父亲是战死在战场上的。”

“你的确是战死在战场，因为这次行动，不是帮那群支那的土匪，而是我们赤樱行动的一部分。”

闷闷的枪声响起，山田的身子晃了一下，重重地倒了下去。

毕世成和黑子找到刘统的时候，他正一脸血迹，呆呆地坐在后院的大树下面，目光呆滞，脸部还有些抽搐。他的手里，握着两把滴血的菜刀。

黑子一看他的样子，就过去拍了拍他的脸："嘿，敌人都被我消灭了，别怕了。看你这样子，除了有一肚子坏肠子，还有没有点能耐？"

毕世成没有揶揄刘统，而是惊讶地发现，后院墙底下躺着一个人，已经是身首异处，惨不忍睹。后院门口的一个人，脸已经被烫得不成样子，应该是被开水兜头泼中的结果，胸口处的刀伤，足足有六寸多长。离后院房子最近的地方，两个人齐齐地倒在那里，受伤的部位都一样，都是被一个编竹筐的大签子穿胸而过，腿上，还都缠着类似于飞石索的东西，一看就是谁用布条子和石头现做的简单装备。老毕又走出后院看了看，一个人躺在向远处逃离的方向上，后背插着一把撮草用的钢叉。

毕世成转了一圈回来，惊讶地看着还在发呆的刘统，指着院子里的尸身问："你小子，一个人干掉了五个？"

刘统满脸都是惊恐地摇头，使劲地摇。

毕世成纳闷了，不是刘统，难道是天降奇兵解决了从后院进犯的这些敌人？他又去看了一遍，果然好几个尸体身上都有枪伤。

这时候刘统似乎缓过神来了，在那里做出后怕的样子叨咕着："他们都被打中了，还动，还动，我怕他们动，就动手了……"

黑子在那里说："我都派兄弟支援后院了，他们的枪法都是一顶一的，看把你吓的。话说回来，你这补的招，下手也都太狠了。"

刘统还在那里有些发抖："我是怕，是怕……"

黑子又笑了："这你也怕，到了沦陷区，到处都是敌人，你得怕成什么样啊？"

毕世成还要说什么，赶回来的赵队长已经来叫他，说是老潘醒了，找他们三个有话嘱咐。

老潘本来就有肺咳，这下又伤得不轻，要求三个人只能一个一个单独轮着进去。

赵队长他们的人已经排查了一遍，来突袭的应该是十三个人，三个疑似日本鬼子，八个是土匪，村里有人甚至还见过其中的一个矮个子，说是花舌子的人。还有两个，跑了，不知道是什么身份。

老毕很是恼火，这花舌子早就被打怕了，逃得远远的，这回怎么又折腾回来了。还笼络上了日本人，就这么十来个人就敢往这里闯，自己的人也牺牲了几个。

思前想后，老毕进去第一个就认错："老潘，是我对不住你，这些人应该是日本鬼子和他们笼络的土匪。你看看，你老是嘱咐我不要轻易碰他们，我就是不听。上一次转移到这里来，我手痒，就带着弟兄们把最近的一个鬼子窝点给端了。可我那也是为了弄点装备啊，没想到鬼子隔这么久了还摸上门来。"

老潘沉重地摇了摇头，嘱咐说："鬼子不一定是冲你来的，刚才他们调查了一下，说是这伙人一进村就奔这里来，有人拦，就说是要见地委书记。"

老毕一拍大腿："这不就是冲我来的吗，下回我放挺机枪在屋子里，就怕他们不来呢。"

老潘摇了摇头："我们好多地下组织被破坏了，尤其是开封的党组织，一个叫谭泽云的核心人物叛变了，他手里掌握着好多重要的组织信息。按照我们已经传达的通知，这里的地委书记应该是我，你忘记了吗?"

"你?"毕世成疑惑地摇着头，"你不是另有任务了，再说人家来刺杀你个刚上任还没上成的地委书记干什么?"

老潘又痛苦地咳了起来，缓了半天才说："这个涉及这次任务，我不便多说。记住，加快转移，争取明天一大早，主要的人马就转移出去。王家村那边，应该还比较安全，那里的宣传工作做得也好。"

毕世成还要问什么，老潘示意他，赶紧出去安排地委转移的工作。

黑子进来的时候，和毕世成一样也是一上来就承认错误："潘叔，对不起您了。我毕大哥早就批评我，不要乱碰花舌子那帮人了，逃就让他们逃吧。可是前几天，我看见他们的人在县城里欺负人，没忍住就动手了。谁能想，他们胆大包天，拉上日本人跑到村里来了，这不是找死吗。"

"你别自责了，不一定是土匪的主意，土匪也搬不动小鬼子的人。"老潘拍了拍他的手背，喘了半天气，没说下去。

"也是，"黑子在那里自言自语，"这伙人不像是土匪的打法，土匪都是讲究晚上干事的，没有说大黄昏的，就这么心急火燎往村子里闯。而且，他们外围还设了好几个伏击的，要不是我回来看见觉得不对劲，差点就被他们搞了。土匪都是一窝蜂往里冲，然后一窝蜂地撤，这次真不像土匪的作风。"

老潘没有理这些，转而说："黑子啊，你的心情我理解，你也的确是个打仗的好手。可是你母亲找到我，说是你非要参加什么任务，还要和刘统决斗。老人家拿出家里藏了很久的老人参，硬是要送给我呢，让我帮帮你，我哪能收呢。"

"我娘，不是吧，她让你帮什么？"

"帮你作弊啊，就让你赢不了刘统，你就不用去什么任务了。"

"我说刘统怎么知道邻村吴家四闺女和我的事呢？你告诉他的？"黑子不好意思地摸着脑袋瓜子说，"不对啊，这事我妈也不知道啊？潘叔，你怎么知道的？"

老潘疑惑地问："吴四闺女，吴四闺女是谁？"

黑子一听，原来老潘也不知道。刚才和刘统决斗的时候，刘统一关门就说，他知道吴家四闺女的最新说法，并且有话传给黑子。黑子当然想听，而且奇怪刘统怎么知道。刘统说，我刚从邻村回来，你要想听，你就得认输。黑子当然不干，刘统说，你不认输我就不告诉你，错过时机你自己看着办。黑子一听，当时就服输了。现在老潘这么一问，黑子觉得刘统还是挺神，不是老潘告诉他的，他怎么知道得这么多呢？

老潘看黑子满脸害羞傻乎乎的表情，立刻口气温和了一些说：“你看看，你还有这么多牵挂，你家又是你一根独苗，你还是留在村里吧。”

黑子一听又急了：“那怎么行，我认输，那是对刘统的缓兵之计。到了任务头上，还得是谁能力强谁去。你没看见刚才刘统怕得那个样子，脸巴子都哆嗦了，怎么去执行任务啊。你还是让他老实当个厨子吧，偶尔给你做点药汤子补补。”

“本来我是肯定要去的，现在人选还得再定，你就别争了。我们要从百姓的角度出发，你娘也不容易。”

“现在全中国谁容易啊，就算不是沦陷区，今儿空袭明儿空袭的，还有那么多土匪，国民党那边说是合作也老来捣乱抢地盘。我总不能老憋在家里，等人家打上门来吧？”

“形式不同，在哪儿都是抗日，都是革命工作！”老潘加重了一些口气，但是他看得出黑子眼里的反应是一百个不服气。

刘统是最后一个进去的，进去以后，也是先认错：“你看看，都是我不好，上次你告诉我消息，我非得趁着进城的时候找新闻纸看看。而且，我也没忍住，和一个日本人争吵起来了，还用了日语，也许就暴露了。”

老潘虽然伤口很痛，眼前的形势让他很发愁，但还是被三个人先后一进屋就承认错误搞得哭笑不得。

“你们别再胡说什么了，这次他们来的原因和目的，我都很清楚。你的身世，你的背景，这里只有我知道，没人会猜得破。左部长向我推荐了你，还说一定时候我得配合你。左部长就见过你一次，你怎么征服他的？”

“老潘，你还不了解左部长那个人，分明就是他征服了我。”

“好吧，我管你们谁征服谁，这次行动你还得听我的。”

“可是，老潘，你现在伤得这么重，你怎么去啊？”

“我暂时是去不了，你一个人上路又危险。让黑子和你一起去吧，也好有个照应。到了小磨山那边的交通站，有人会接应你们的。这次的行动统称为五常，咱们豫西特委下辖的偃师、洛宁、灵宝、新密、临汝五个地委，分别选出了两人，总共十人参与。为了保密，特委用仁、义、礼、智、信五个字作为五个地委的代号，参与行动的人员也以此来分组。你的代号是信字第二号，你们五组分别单独行动，都是单线联系。万一交通站有什么问题，你直接去开封城里找十字巷的老潘家。”

“老潘？”

“不要多问了，接头暗语是五常的顺序倒过来叙述，每人一个字，不能说错，由你先说信字，一定要记好！到时候，会有人给你安排新的身份，忘记过去吧……”

“可是……”

“你的情况我知道，你先听我说完……”

老潘打断了想要插话的刘统，坚持着把行动的诸多细节交代完毕。微暗的煤油灯下，刘统发现老潘在交代事情的时候，眼睛是放光的，似乎枪伤已经完全好了，肺咳的老毛病也烟消云散了……是什么，给这位老大哥这么强烈的支撑，仅仅是为了一次策划许久，多地区联合作战的秘密行动吗？

老潘没有注意到刘统的内心变化，而是一字一句，十分认真地交代着每个环节的重要事宜。直到最后他才努力伸出手，握住了刘统的手说：“你要答应我，无论遭遇什么样的情况，你一定要坚持进入开封城，找到十字巷，能做到吗？”

“老潘，你救过我的命，你说什么我都应该听。其实，我只是想当个药膳师傅，做厨子都是多余的。命不由人啊！你，怎么就这么信任我？”

老潘微微笑了笑，然后又痛苦地倒吸了一口凉气，大概是动到了伤口。刘统赶紧翻开老潘的衣服，看看他的伤口是否有大碍。老潘顺势拍着他的肩膀说："我相信，我没有看错你，大是大非面前，你一是能沉住气，二是能有正确的认识。何况，我也只是一个组织者，这次行动的核心是一个代号叫'五常'的人。"

外面的毕世成已经在那里一边叩门一边嚷嚷："刘统，你又磨叽老潘什么呢？你还让不让人家休息了？明天一早还得转移呢，你是不是没安好心，想把我们最敬爱的老潘大哥害死啊！"

老潘悄声骂道："没被你磨叽，倒是要被他吵得心慌慌了。这个土匪，多亏把他留在这里了。"

门开了，刘统拿着一个写好的单子，劈头盖脸地拍在嚷嚷个不停的毕世成的头上。老毕伸手划拉半天，才抓在手里，借着月光看了半天才看出来是一份很详细的食补单子。他很努力地去辨认那些他觉得很生僻的字，笑嘻嘻地说："你小子，这是给老潘写菜谱啊？你说说，老祖宗定名字的时候，都怎么想的呢，全都是些生僻字。"

刘统抬头看了看夜空，一轮圆月，在乌云间慢慢地摇晃着。乡村的夜空，可以看得出整个银河的模样，甚至可以确切地去数一数星星。对于明天即将启程奔赴开封，他自己心里也不知是福是祸。他担心那边人的安危，担心他赶过去查清楚，也许根本就来不及了，不知道自己为什么要舍弃眼前这一切去接受那个未知的任务。他也担心老潘的安危，地委有个半吊子的医生，但是没什么药，老潘的外伤加上内伤，还能挺多久，很难说。

"我说，你这个什么黄氏，是指哪家的婆姨啊？她，她和你这药单子，有什么关系啊？"毕世成在那里琢磨了半天，还是有很多陌生的词儿。

刘统微微皱眉，这位兄弟，是个土匪出身，虽然人很仗义，打仗也很有一套，可惜是个粗人，他能照顾好老潘吗？他摇了摇头，指着单子说："这个不是药单子，是食补，和你说多少次了。咱们现在最缺药品，平时吃的多注意些，对老潘的病可以事半功倍。那不是黄氏，那叫黄芪，是味中药，相当于小人参，你就这么记就成了。"

老毕挠了挠头，有些失望地说："兄弟们都忙着转移呢，一大早就走，那有工夫找你这些东西啊。你倒是教了小东子一些辨别草药的知识，但是你这个什么小人参，咱们这大平地哪儿挖去啊？"

刘统哭笑不得："我说它功效相当于小人参，不是说它像人参一样长在大山里。我上次在县城里，收了一些，本来准备留着给你治老寒腿的，这回先给老潘吧。"

老毕拉着他的手说："就知道你对我好，你，没有第二份吗？"

刘统回屋给老毕拿黄芪的时候，老毕也回屋去取什么东西。刘统赶到老毕那里，不厌其烦地说着黄芪应该怎么用，怎么才能内补中气、排脓止痛，并且叮嘱一旦遇到感冒什么的就不要给老潘再服用。老毕在那里有些恍惚，似乎也根本没听进去什么，一直盯着手里的一个东西在看。

毕世成看了许久，刘统也说了许久，终于等到屋子里静下来了，他才十分认真地说："刘统啊，我真舍不得你走啊，可是组织上的安排我也得服从。你没什么能耐，怎么还偏偏要担此重任呢？无论怎么说，你相当于救过我的命……"

看着气氛有些凝重，刘统故意打断他说："什么叫相当于，我就是救过你的命，要不你早被……"

老毕伸出手，示意他不要打断自己，然后才翻开面前的小布包，拿出一块晶莹剔透通体墨绿的玉佩来："这块玉佩，是我爹传给我的，什么材质，我就不懂了。你拿着吧，记着，你万一被哪路土匪什么的抓了，你就把这块玉佩拿给他们看。也许，会救你一命的。"

刘统看了看，立刻摇头说："不行，这是你爹给你的护身符，不是说当年可以让三山五岳七十二寨的土匪做任何事情？你留着，我用不上，你看我，怎么看也不像个土匪。"

"土匪怎么了？"毕世成声如洪钟地吼了一嗓子，刘统立刻就愣了，没见对方这么大声说过他。老毕抿了抿嘴，似乎有一肚子的话又憋了回去，然后眼圈就红了，"我也保不了你太多，没让你跟哥哥过上什么打鬼子的快活日子。这玉，你拿着，听见没有，这是命令。"

刘统看着双眼赤红的老毕，只好满怀感激地接过玉佩，然后忍不住抱着老毕说："哥哥，我知道，这世间最好的土匪就是你，你是个打鬼子的好土匪！"

两个汉子相拥在一起，泪在眼眶，却全都忍住了。自从一起被执行枪决又奇迹般生还，两个人在一起的时候是经常互相对骂，然而在离开的时候，却都觉得有些不舍，有些伤心。

老毕拍着刘统的肩膀说："你给老子记住，无论如何，你都要坚持活下来，就是过着狗一般的日子，你也给老子活下来。总一天，我会打到开封府去，解放那里所有的好馆子！找到你，让你再给我做好吃的。你记住，你还欠我一顿素全鸭呢！"

刘统在担心的是，黑子这个惹事儿的主，也许没走到小磨山就把他给害了。老潘是不得已而为之，还是真的另有安排？黑子功夫是不错，可是太爱管闲事，又没有敌占区沉着应敌的经验。这一路，指不定会捅出多少娄子来。

从老毕的屋子出来，刘统就看见黑子在院子里做俯卧撑。他本想过去问个究竟，可是心里事多，也不想多说，于是就蹲在黑子身边，默默地看着。

黑子嘴里数着数，做到了一百个，才停了一下说："你不用陪着了，是不是你又说什么坏话了。老毕让我做一千个俯卧撑才能睡觉，怕我今晚又骚扰你。我告诉你，明天我就去吴四姑娘那里对质，如果你骗我，你就逃不过明天。”

显然，老潘和老毕还都没有和黑子说任务的事。刘统有些同情，虽然吴四姑娘说，就算是私奔也愿意和黑子在一起，可是黑子明天一早就要跟着他一起离开去小磨山了。黑子和吴四姑娘，还能再见吗？心里这么想着，也就想起了王思荃，她如今是不是自由身都不知道了。如果不是老潘带来了消息，他还不知道未婚妻王思荃还活着，而且投奔了抗日杀奸团。问题是，抗团在日军的疯狂“八月大逮捕”行动中几乎全军覆没。新闻纸上说，抗团的首要分子被日军关在开封第一监狱。

更为关键的是，左部长唯一一次来豫西，找到他认真长谈了一次，然后又布置了那么特殊的任务。这个任务，他谁都不能说，不能告诉老毕，甚至不能告诉老潘。

他，能完成吗？

自认心理素质过硬的刘统，失眠了。

天亮的时候，炮声响了，第一颗炮弹就落在了村口的大树下，百年老树轰然倾倒。

整夜没睡的六木，拖着一身狼狈的皮囊，笔直地站在藤川少佐的面前，毕恭毕敬地倾听着他能够预想到的训斥。

如果他知道藤川少佐可以有如神降地派出一支队伍来接应他，或许六木就不会草草杀死自己多年的同窗好友山田。在日本陆军士官学校宪兵科受训的日子里，六木和山田是极好的朋友，两个人的成绩也十分优异。一毕业，就被同样是日本陆军士官学校宪兵科的高才生藤川看中，纳入到他的华中特务机构当中来。在短短三个月内，他们的“赤樱行动”连续派出六批间谍深入华北、华中重要城市侦察中国军队的部署。可是，这一次他主动请命出击，却以失败告终。

对于藤川的质问，六木一口咬定，击毙了预先计划的核心人物，他亲眼看见那人倒在了门槛上。虽然他知道，撤进屋子里的那个人，可能才是他们的目标，当地共匪的地委书记。可是眼前的形势，让他必须坚持这么说。否则，牺牲了那么多人，尤其是折损了山田这么一员藤川的爱将，他六木作为带队的是无法交代的。

“我早就和你们说过，和共产军周旋，远比国民党军更难。他们非常规出牌的战略战术，不仅让我们大量兵员在不对称作战中死伤惨重，就是很多主力师团也深陷泥潭不能自拔。”藤川看着一直努力挺直站立的六木，忍不住连连训斥，“为了你们这次行动，我们甚至派出了空军进行配合，你们非但没有全身而退，还只活着回来了你一个。”

“是，是。”六木的心虚比全身的酸痛更难以掩饰，只好一个劲地拼命点头。

“我不要听是，我要听为什么不是。为什么不是你们一起回来，为什么你们会损失那么多人？六木君，你太让我失望了。”

“是我们预估不足，那些土匪的作战经验大大低于我们的预估。”

“你，不要找借口。”藤川狠狠地看了他一眼，“我们诸多的失败，在于对共产军的了解，大大地少于对国民党军，这才是我们强化情报作战的重要原因。”

“是，是。”

“六木君，”藤川忍不住叹了一口气，“你在学校里，学了太多什么是。出了学校，到了战场上，你要懂得更多为什么不是。共产军的优势，你慢慢会逐渐体会，轻敌，是我们的大忌。不要愧对大日本帝国对你的栽培，不要再让我失望。”

藤川对眼前的这个学弟还是比较满意的，自从入华以来，成功地执行了十几次任务，每次都出色地完成，甚至达到了意想不到的效果。这次，六木只身活着回来，也说明了其突袭作战的强悍能力。可是，小小的一次暗杀行动，为什么会损兵折将这么多，这才是让藤川最懊恼的。

六木看着藤川有些沉默，左思右想说了句："我对那里已十分熟悉，要不我带队伍，出其不意再突袭一次？"

藤川有些得意地说："据我掌握的情报，国民党的一支部队已经过去抢地盘了。八路军第八团目前腹背受敌，正在寻求突围和撤退。你先去休息吧，稍后我们先回开封，有个重要的事情在等着我们。至于那个小地方的共军，估计很难自保了。"

六木没有忍住，脱口而出："那个代号'五常'的人……"

藤川的眼里掠过一丝凶光，反问道："你不是说已经被你击毙了？"

六木知道言多语失，吓得连连低声说："我只是怕万一不是，不知道那些支那小土匪指认得对不对。"

藤川听完，居然拍着六木的肩膀，微微地笑了一下："敌人，永远都会存在，不要怕。如果那个什么代号'五常'的人侥幸还活着，我们就在开封等他。"

第二章　布鞋队长

黑子很坚强，几乎是强忍着泪水离开自己的村庄，背后是炮火一片的炼狱。

毕世成已经在安排村里的人和队伍一起转移到山上。他看着即将骑马远去的刘统，忍着一根筋的委屈劲，强忍着一句告别的话都没说。队伍找到这两匹好马不容易，最关键的是这两匹马还注定有去无回。毕世成心里堵得慌，不知道是心疼刘统，还是心疼这两匹马。

刘统看着故作坚强的黑子，忍不住说："要不你回去帮赵队长他们吧，还有你娘年纪那么大。"

黑子不屑地瞥了他一眼："我有那么熊吗？你抓紧点，会不会骑马？"

刘统足跟微微用力，胯下的黑骏马就猛地蹿了出去，黑子不得不闷着头跟上来。刘统冲他微微一笑："想哭就哭吧，听没听过那句话：少小离家老大回！"

黑子看着他，想骂什么，忍住了，一个人默默地往前，然后没走多远就哭了出来，真的哭了出来，越哭动静越大："你知道今天出发，却不告诉我一声。吴家四姑娘还等我回话呢，人家愿意和我私奔呢，你懂不懂？我娘有赵队长他们照顾，我不担心，可是……"

刘统笑了，知道黑子毕竟没离开过家，而这次任务的确是前途未卜，他大声地说了句："没告诉你就对了，这一去山高水长，你别耽误了人家吴四姑娘。"

"你就没安好心，一早知道不告诉我。"黑子看刘统也不应声，兀自在那里扯开嗓子大骂，"狗日的国民党的部队就知道争地盘，打鬼子的时候躲得远远的。敢情八团这两天的战果，都被他们抢了。"

刘统没搭这个茬，也敞开嗓子高喊了几句："葡萄美酒夜光杯，欲饮琵琶马上催。醉卧沙场君莫笑，古来征战几人回？"

六木跟随这藤川一行，连夜行军，顾不得舟车劳顿，以最快速度回到了开封。

藤川没有回守备部那边的驻地，而是把自己的队伍径直拉到了一个大家都很陌生的地方。下了车，六木才发现居然来到了一处古老的中式庭院门前。雕梁画栋的大牌坊一般的门楼上，黑色的大匾上龙飞凤舞地书写着五个大字"山陕甘会馆"。不得不让人惊叹，中国人对建筑的执着，以及在色彩运用上的巧夺天工。

藤川一言未发，行入其中，转过照壁，对着上面"忠义仁勇"四个大字凝视良久。六木不解其意，也在一旁注目观看。这么神奇的一个建筑居然在战火之下毫发未损，实属难得。依稀可以看得出，壁体雄伟大方，颇为华丽。壁体之上是砖饰人物、花卉、山水、鸟兽、博古图等，题材多样、技法精湛。砖饰以上为庑殿顶，覆以绿色琉璃瓦。

藤川凝视良久，轻叹了一声："中国人，太懂得生活，你看看，就这么一堵挡住外人视线的墙，都下了这么多的工夫。这四个大字，比整墙的花花草草更让人记得住，思考很多东西。"

六木上前一步，奉承着说："少佐所言极是，中国人，想了太多的风花雪月，不懂得国强方能不辱的道理。"

藤川脸上浮现出一种难以揣摩的笑意，看了六木一眼，淡淡地说：

“你的话听起来，更像是中国人的腔调。我们不需要理由，我们只需要胜利。大东亚战争是我们的责任，我们不需要问为什么。”

六木连连点头：“少佐所言极是，我们日本是神州，神灵必定会保佑我们的……”

藤川又看了他一眼，没有再训斥，反倒是心情很好地问了一句：“这里怎么样？几重的院子，都是支那人多年的心血结晶啊，能把石头堆得像画一样，也就是他们能干得出来。”

六木想不出怎么回答，只好说：“少佐难得的雅兴，所言极是，所言极是。”

“我没有什么兴致，你也不要叫我少佐了。”藤川环顾四周，眼里露出一丝霸气，忍不住深吸了一口气，大声说，“从今天起，这里就是我们的驻地，就是华北五省情报机关的总部。管它几重院落、檐廊串联，我要让它变成我们情报侦缉的大本营，变成华中战争中我们最强的一环。”

六木眼睛一亮，立刻毕恭毕敬地说：“恭喜长官，恭喜您出任华北五省情报机关机关长，没想到任命到得这么快。”

藤川微微点点头，其实这个消息已经不是新闻，他半年前就已经在行使这份职责，他的名字已经让中国军人，尤其是那些地下组织恨之入骨。他看了一眼六木：“记住这个地方吧，它会成为我们辐射整个华中地区的基石。”

六木看着满院子都是在忙活布置的日本兵，忍不住感叹，这里能待多久呢？地方是个好地方，似乎连戏楼都有，但是等待他的，还是四处奔袭的劳碌。也许，当初在学校热衷于学习汉语是他的最大失误。如果不是对汉语掌握得如此流利，也许他也可以常伴在藤川机关长身边，安享这处风景如画的院落。

果然，藤川像是想起什么，对六木说：“这里有人打点，你的房间我会叫人布置。你先去开封第一监狱去看一看，那里有很多天天喊着为战争而死的人。我们的任务不是让他们死，而是让他们开口。”

六木应承道：“自古以来，口头上喊着要死的人从未有过真正想死的。”

藤川很欣赏地看着自己这个当初的学弟，的确没让他失望。

两个人刚刚聊完几句，远处就响起了闷闷的几声枪响。藤川脸色一暗，嘱咐身边的人出去看看。打探的人不一会儿就折转回来，说是有人搞暗杀，失败了，人已经被宪兵队抓住了。

藤川看了眼六木：“看来，你又要多去一个地方。”

六木一路上就没怎么睡觉，只是在车上偶尔打个盹，闻听此言，还是立刻打了个立正，点头称是。

看着表情复杂的六木，藤川忍不住多说几句：“我们在搞肃正作战，上面要求我们大规模地以奇袭、快速奔袭等作战方式对付八路军、游击队。而他们呢，也在开封城内，大规模地搞暗杀。几个月前，警备司令都被暗杀了，你们万事要小心。”

其实，六木这一刻，最想的是睡觉。

赵家沟的大集，远远没有想象中的那么热闹。熙熙攘攘的土路两边，摆摊的，挂幌的，把店面门前的货一直铺到路中间的，该有的似乎都有，只是从南头进来，走到了最北头，也没什么热闹的感觉。

刘统忽然意识到，没什么人吆喝，这才是最关键的。人声鼎沸，车水马龙，摩肩接踵，这是大集市汇聚了十里八乡热闹元素的象征。如今，真是太静了，静得有点让人压力陡增。黑子哪有看热闹的心思，这一路上，都是闷着头赶路，哪里没人往哪里走，哪里偏僻往哪里走。刘统还好，热衷于歇晌的时候，看看周围有没有什么可以入药的山珍林奇，黑子简直就是憋坏了。

老潘特地嘱咐二人，要赶在赵家沟大集这一天到达这里，只有这样才能顺理成章地找人而不被人注意。赶集的时候，四面八方的人汇集在一起，就是老把头也不敢说自己所有的人都认识。这是一种安全的策略，也是他们与交通站的人接头时的最好掩护。

黑子一家家数着，老潘说，接应他们的人，会在集市的最北边摆一个卖布鞋的摊子。可惜，他们却是从南边进来的，哪个摊子是最北边卖布鞋的，还真不好分辨。刘统知道，老潘也未必来过这里，可能是一早就约定了的，默默地找就是了。黑子不然，还念念有词的："这个，这个应该不是，离最北边还挺远呢。这家，嘿，厨子，这家差不多吧。"

刘统气不打一处来，这个黑子，干脆站在高处大吼一声得了。他说了黑子几次，黑子还是忍不住一副找人的架势，根本不像是来逛集市的。战火纷飞的年月，这集市早就没了当初热闹的样子，两个人如此一来就显得有点突兀。为了不让老潘的一番苦心安排付之东流，刘统刻意和黑子拉开了距离。这样，即便有什么意外，也好有个援手的机会。

前面的人流越来越稀少，摊位也不多了，黑子远远看到一家摆着布鞋的摊子，兴奋地冲了过去。也没等刘统上前，他就蹲在那里翻弄起来，没有什么太多的铺垫，就直接看着人家问："这世上有五常轮回，你知道吗？"

摆摊的是个留着大辫子的姑娘，虽然是一身土布衣裳，眼睛却是水灵灵的显出灵气来。姑娘听黑子一说，似乎愣了一下，迟疑了一番，反问道："大哥你在说啥，人家说的是六道轮回吧？"

黑子一皱眉，这暗语没对上啊。他回头看了看刘统，就见刘统在远处不怀好意地一脸坏笑，也不靠前。他不死心，接着说："信，嗯，信！"

小姑娘又是一愣，似乎有些触动，但是看了黑子半天，慢吞吞地问："你家是有什么长辈过世了吗？"

黑子一撇嘴："你家才有人死了呢！"看来暗语是对不上了，他起身往回走，冲着远处坏笑的刘统一个劲地摇头。

刘统定在那里没动，确定四周没有人注意到黑子、更没有人跟过来，他才一把将黑子拉到一个茶摊前坐下，低声说："莽撞鬼，你这是要给谁办丧事啊？"

黑子有些气："你家才死人了呢，我说，你怎么和那小姑娘一个口气啊？晦气！"

刘统就在那嘿嘿傻笑，和伙计要了两碗茶，默默地观察着四周。

黑子端起茶喝了一口，凑近刘统的耳边说："这馊主意肯定是老毕出的，我和你说，他就是土匪出身，还搞什么黑话，现在不兴这个了。你说说，那么老远，你传我，我传他，最后还能对上吗？"

刘统推开了他，看着另一个方向说："正常说话，小点声就可以了，你这样，反而被人注意。"

黑子也学他，看着另一个方向说话："你是不是被老毕教坏了，整天跟当贼要绑架人家孩子似的。"

刘统用茶碗挡住了嘴，然后才说："你别冤枉人家，你也不仔细看看，有奶就是娘啊？人家摊子上是卖布鞋不假，你往后面看看，那是开寿衣铺子的，那鞋都是给死人穿的。"

黑子忍不住回头望了一番，也是，后面的墙角处，果然还挂着许多寿衣和纸活呢。他忍不住挠了挠脑袋，不好意思地自嘲了一下。然后，他重重地捶了刘统一下："你这个坏厨子，就知道远远站着看热闹。你怎么不提醒我一下？"

刘统的身子居然连晃都没有晃，黑子没有注意到这些细节，因为他发现刘统在盯着另一边看。顺着刘统的眼神望过去，远处的另一个方向，一对卖艺的兄妹似乎正在和几个一身黑衣的人争执。当即，黑子就要起身，刘统一只大手死死地按在他的膝盖处，他就怎么也站不起来了。

"我们的生意要紧，别多管闲事。"刘统轻声说。

黑子有点不以为然："生意也跑不了，掌柜的说，出来你说了算，但是我只是看看也不算个事吧。”

刘统还是牢牢按住他的膝盖，黑子就开始较劲了，用力地往上顶，顶得桌子微微颤动，盖碗里的茶水都跟着抖动起来。

“二当家的，看不出来，你这力道不小啊。”黑子忍不住，又在腿上加了一番劲。

“三当家的，你老说你是个跑腿的，这腿跑得也很有力道啊。这要是在荒郊野地里让你撒起欢儿来，那岂不是豺狼走兽都被你惊出来了。”

“那敢情了，我就都猎了回来，给您泡药酒留着了。”黑子觉得有意思，这个刘统居然没有退缩。

“我这药壶里可装不下你的那些宝贝。”眼看着桌子都微微晃起来，刘统只好打了句诳语，把手收了回来。黑子没料到刘统这么快就收了力道，使劲往上顶的腿劲完全没有收势，直接顶到了桌子上。刘统似乎早有预料，反手按在了桌子上。闷闷的一声响，黑子的腿磕得好疼，桌子和茶碗却是纹丝未动。

“行啊，你小子。”黑子还想说什么，那边已经打了起来。几个穿着黑衣服的人缠着卖艺的男人，两个黑衣人拉起一边的女卖艺的就往外面拖。黑子的性格是坚决忍不住了，他说了声：“二当家的，你看那边是卖什么的?”趁着刘统扭头去看的工夫，黑子已经抽身离开了茶水铺子，奔到那边就去了。

刘统瞬间就明白了黑子的小把戏，再想叫已经来不及了。他只好留在原地，不住地摇头。老潘是好意，让黑子这一路保护自己，可是黑子这股子劲，出来就到处惹事，终归不是个办法。

黑子没看几眼，就一声断喝，和那几个黑衣人动起手来。显然，那一群小地痞模样的人根本不是对手，没有半袋烟的工夫，黑子就把几个人都放躺下了。卖艺的两个人，拥到了一起，不知所措地看着这一幕，直到黑衣人都哭爹喊娘地跑了，也没有说一句谢谢，甚至都没给黑子援手。

黑子一抱拳，和两个人说："在下黑子，出来卖药的。你们是兄妹吗？出来卖艺怎么还怕这些猫三狗四的人？"

卖艺的一男一女互相看了看，不知如何是好。男的又看了看远处，有些犹豫地说："我们是来卖艺的，也是兄妹。不过，兄弟你还是快走吧？"

黑子还有些不解，刘统已经赶过来了，一把拉过他来说："你啊，就知道惹事。我打听了，那是旁边镇上马大少爷家民团的人，一会儿他们大队人马来了，所有人小命不保。"

那个卖艺的女子看了看两个人，也低声说："你们是路过的吧，赶紧走吧，无论如何都谢谢你们了。"

这话音还未落，集市的南头枪声就响了，原本稀稀拉拉的人群立刻就散开来，让出一条宽敞的路。一队骑着马的黑衣人，已经尘土飞扬地往这边冲了过来。

刘统喊了一声："你真能惹事，赶紧，大家分开撤。"

他拉着黑子就往旁边的小道里钻，没跑两步，黑子就像腿上灌了铅一样，拉都拉不动。

"那兄妹没走，怎么还在那里收拾东西呢，都什么时候了？"黑子在那里一边往回看，一边叨咕着。

刘统也急了："你说都什么时候了，你不是来这里打仗的。"

黑子看了刘统一眼，笑了笑说："帮人帮到底吧，这里又不是沦陷区，怕什么。"说完，他一闪身躲开刘统的控制，一猫腰就上了旁边的房子。

刘统这个气啊，黑子是手又痒了，他不是不信黑子有以一对十的能力，空手夺枪那也是他的拿手好戏。可是，当下这是有任务在身啊，错过接头的人，又要再等下一次的大集。眼下，他也不能抛开黑子不管，只好低头看看周围有没有什么石头。乖乖的，这是什么鬼地方，满地干干净净的，居然连大一点的石块都没有。

一抬头，刘统就看见，小道口集市的路旁，有几棵大树！

那边摆摊卖寿衣鞋帽的姑娘，似乎对这边的局势也十分关注，整个人都站了起来，有些焦急地望着这边。身边几个摊子的伙计也围拢了过来，有些不知如何是好地问："二姑娘，怎么办？"

那个被称作二姑娘的，还是盯着乱作一团的地方看，嘴里叨咕着："怎么办？我山里红要的东西，谁也抢不走，见机行事。"

那些人闻听此言，又回到了各自的摊位上，分别向远处的人打着手势，示意暂时按兵不动。

黑子还是有些实力的，神不知鬼不觉地就窜到了那群黑衣人的身后。为首几个骑马的，正指挥着把那卖艺的兄妹二人捆了。最前面的一个人还怒骂着："刚才那个小子呢，不是很能打吗，敢欺负我马大少爷的人？不知道今天是大爷我的好日子吗？"

卖艺的兄长连连求饶："我们不认识那个人啊，我们只是路过这里，卖艺的，也都是假把式，混口饭吃而已。"

马大少爷没理他，对着身边的人说："愣着干什么，这里用得着这么多人吗？给我四处搜去！"

身边的人群微微有一些乱，一个黑衣人忽然叫了一嗓子："胡蝎子呢，不是让他带人去搜吗？"

旁边的另一个人四周看看，也嚷嚷起来："高大个子呢，也没跟上来吗？"

一群人互相看起身边的人来，怎么就觉得少了几个，而外围的黑衣人瞬间又被放躺下两个，正当有人喊"不对！"的时候，马大少爷就感觉背后一阵寒风，他的马背上已经多了一个人，一杆匣子枪的枪筒已经顶在了他的后脑壳。

“别回头，叫你的狗把人放了。”

马大少爷慌了，一时不知道如何是好：“大爷，大爷饶命，您是哪路的神仙啊？”

“少废话，大爷不是神仙，大爷就是来要你小命的。”黑子使劲用枪顶了他的头一下，“告诉你的人，把兄妹俩放了，再准备四匹马，大爷我心情好的话就饶你一条狗命。”

马大少爷头也不敢回，冲着底下的人使眼色：“看什么，一群饭桶，按照高人的吩咐去办。”

底下的人磨磨叽叽的，半天才凑出四匹马来，被放了的兄妹俩先上了马，居然没有要走的意思。黑子忍不住喊：“走吧，你们还想什么呢？等着收赏钱啊？”

兄妹俩居然没有感激的表情，黑着脸，默默地骑着马往外走。行出不远，那个女的才回头说：“不管怎么样，都谢谢你，黑兄弟！”

黑子在马背上想了想，大喊了一声：“走吧，我不是黑兄弟，你就记住豫南毕世成就行了。”喊完，他自己觉得也有趣。刘统老说他莽撞，他这回就给那个厨子看看，自己把好事做了，还帮着老毕扬名立万，又掩饰了自己的身份。

马大少爷已经在抖了：“毕英雄，你看，另两匹马是给谁的啊？”

黑子四处望了望，也不见刘统出现，这个厨子不知道又躲到哪里去了，只好大声说：“我愿意，一匹马我骑，另一匹我牵着。”

局面有点僵，黑子想着怎么脱身，就又说：“让你的人把两匹马都牵过来，你牵着，你得陪我走一程啊。”

马大少爷嘴都咧到腮帮子上了：“不会吧，英雄，你就骑走，我保证不为难你。”

黑子没说话，只是又用枪顶了顶他的头。底下的人已经把两匹马都牵了过来，黑子觉得先脱身再说吧，翻身上马。这一闪念之间，他已经预感到不好。牵马过来的那个人，身子骨壮得出奇，光着头，个子比他高出半头，一双眼睛透着与众不同的凶光。不好，黑子想要防备的时候，那个光头已经将马缰绳狠狠地打了过来，正好缠在他握枪的手上，猛地一拉，枪飞了出去，黑子也摔到马下。

黑子就地一滚，已经来到了一个黑衣人的身后，反手就要抓那个人的枪。这时，那个光头已经提前上来将那个人摔了出去。黑子一下子就被空了出来，周围的黑衣人七手八脚地就把手里的枪顶了上来。

黑子高举双手，慢慢地站了起来。那个光头居然挥了挥手，示意大家散开，放下枪。

马大少爷已经在马背上喊开了："高成，你是当和尚当得太久了吗，这么半天都干什么去了？你不是说你的少林大金刚拳打遍华中都没有敌手吗？奶奶的，先把这个姓毕的给我废了。"

光头没有回应，而是劈头一记铁拳穿壁向黑子招呼过来。黑子反手用掌去化解，没想到对方拳到势转，一招罗汉卧禅直探他的胸口。黑子想要闪避已经来不及，只好就地一个卧躺，顺势一记扫堂腿劈了过去。没想到对方没有避让，反而来了招金龙坚尾，双拳直接砸了下来。黑子扫到了对方的腿，对方像立桩一样动也没动，反倒是一双硬拳直接砸在了黑子的腰部。黑子感觉踢出去的力道犹如磕到了铁柱子上一样，而自己的腰部却像是撕裂一般地疼痛。他单身撑地，努力挺身跃起，还没站稳，对方的掌又到了，他整个人硬生生被打飞了出去。

"好！"旁边的一干人等叫起好来。周围躲开的人群如今又慢慢地聚集过来，想要看看热闹。

马大少爷十分得意地在那里喊："高和尚，别打死了，我要活的，带回去慢慢玩。"

黑子缓了半天才慢慢站起来，一口气没捯匀，居然一口血喷了出来。

不过，他擦了擦嘴角的血迹，还是努力微笑着骂道：“少林功夫？见识了，都说金刚拳拳禅合一，大师如此了得，却甘心给一只只会乱叫的狗当奴才？”

高和尚铁青着的脸上浮出一丝冷笑，做出再来的架势，嘴里振振有词地说：“我只知道用拳头说话，谁不听话我就招呼谁。马大少救过我娘，你救过谁？”

黑子一想，这个和尚功夫了得，但是说起话来却是有点一根筋。于是，他换了一套路子，想要靠轻灵跳动来寻找优势，没出几个回合，再一次被对方打倒。

黑子这一次努力爬起来，嘴里喊了一句：“都怪我没提前吃饱饭！”

他还要再上的时候，就听到路边的人群有人高喊一声：“倒了！”

这一群看热闹的人还没分清怎么回事，路边的几棵大树相继倒下，全部砸向了马大少爷。高和尚反应很快，几个箭步来到马前，居然硬生生用手接住了一棵倒下的树，马大少爷这才没有被砸到。其他的黑衣人四散躲开，黑子还有些摸不清头绪的时候，刘统已经骑着一匹马冲了过来，一把将其拉到了马上，左躲右闪地逃出了重围。

黑子伏在刘统的背上，又一口血没忍住，喷到了他的肩上。刘统本来想训斥几句，如今也有些不忍心。

黑子缓了半天，终于能开口了：“你怎么才出手，我记得老潘给了你一把枪呢？”

刘统一边驾驭着胯下的这匹马在集市里呼啸而过，一边回头看着那边的黑衣人群已经整装追了上来，忍不住说：“早出手，早出手你能印象深刻吗？”

集市里的人不多，不过也让刘统二人的坐骑快不起来。眼看后面的人已经追近，枪声也响了起来，刘统忍不住寻找起路边什么路线更容易脱逃。就在这时，身后的人群忽然更乱了，一时间枪声大作。黑子在后面笑了，拍着刘统的肩膀说："停停，似乎可以看热闹。"

刘统哪敢停，只是回头看看，那群黑衣人的队伍似乎遭到围歼，火力聚集点，居然是刚才那个卖寿衣的铺子附近。顾不得观战，刘统七拐八拐地进入一处巷子，把黑子扶下来，用力抽打将马匹放走。看看周围没有人，才拐进最里面的一个院子，轻轻地叩了三下门。开门的居然是卖艺的兄妹俩，那个哥哥还是脸色很难看。妹妹上前关好了门，帮着刘统把黑子扶进了里屋。

男的进屋来就十分生气："你们两个真是乱来。"

妹妹阻止了他，示意他不要再责怪二人。黑子的脾气又来了："怎么，那群人来啊，再来几十个我也应付得了。"

男的显然十分不悦："你，光是靠拳头有什么用。那个马大少今天要押运一箱重要的东西去开封，我们就是要假装被他们抓，探清虚实。镇子外面的队伍一早就埋伏好了，全被你们搅黄了。"

刘统有些不解："那寿衣店的那些人马？"

妹妹也有些惋惜地说："我们一早就发现了，那些人可能是小磨山的土匪，他们也对这批货虎视眈眈。"

刘统瞪了黑子一眼，黑子还没弄清楚是怎么一回事，嘟囔着："大不了，大不了我打上土匪窝子去。"

卖艺的兄长说："打打打，你也不看看，你就剩下半条命了。"

妹妹再次示意他不要再说了，扶着黑子先躺下，然后跟他使了个眼色。那个卖艺的兄长似乎就明白了什么，说："你们先歇着，我去外面看看。"

然后对刘统说："介绍一下吧，我叫方如，刚才那个是我表哥林清，我是礼字号的。"

黑子闻听一喜，挣扎着想要坐起来："我们是……"

刘统按住了他，对二人抱了抱拳说："我们是临汝来的，也认识你们队伍的人，我们是来帮他们搞药材的。”

方如有些不解：“你们不是信字号的吗？刚才那个黑子对暗语，我都听到了……”

刘统反问：“信字号？那是什么意思？我们出来时，有位你们队伍里的人，受了很严重的枪伤，他告诉我们的暗语。说是，也许对我们有帮助，他一时半会儿是来不了这边了。”

“呃，”方如姑娘没有再问什么，眼神里有些暗淡无光，似乎很失望的样子。

刘统又问：“你是队伍上的人？你那个表哥也是吗？”

方如姑娘似乎有心事，没太多心思回答，只是说：“他算是进步青年吧，队伍里的重要事情暂时不要和他说。”

今天马大少爷是比较晦气的一天，莫名其妙被人拿枪顶着头威胁不说，末了又斜岔子里冲出一批人马，活生生地把自己给劫了。

整个人被蒙着眼睛塞在了一口棺材里，也不知道颠簸了多久才被安置下来。如果不是憋着一口气，恐怕他就要尿在棺材里了。一路上又渴又饿又不能动，整个腿都麻了，他全身的零件几乎都不听使唤了。

就在他觉得要死在这口棺材里的时候，终于有人打开了盖子，撕掉眼罩，用长枪的把子戳着他的脸。他嘟囔了一声，证明自己还活着。

“马大少，还不赖啊，兄弟们都以为你这吃香喝辣的身子板，经不起这山路十八弯的折腾呢。”

马大少又是嘟囔了一声，想动，浑身都麻了。

“我说，咱们打开天窗说亮话，货呢？”

马大少绝望地看了对方一眼，使出吃奶的力气说了一句：“你先放了我，我要上茅房。”

“行啊，先说，货在哪儿，说完了，我们给你接都可以。”

“我真不知道货在哪儿，呃，对了，什么货啊？”

“哎哟，你小子，拿大爷我当猴耍啊，你怎么不先问什么货？给你三个数的时间，一、二、三……”

外面的汉子迅速地数完了三个数，哗啦一下又把棺材盖盖上了。

“日你祖宗的，你数得也太快了……”马大少刚刚骂完，就发现不对了，大腿根热热的感觉，裤子湿漉漉的，他已经尿了。

外面的人说：“二姑娘，这厮不见棺材不掉泪，上点手段吧。”

一个女人的声音在外面说：“他这不是在棺材里了吗，再不掉泪就把他阉了，这什么味啊？一口好棺材，被他给浪费了。”

那汉子再一次打开了棺材盖子，手里已经多了一把刀：“听见没，我这次数五个数，你再不说，我就阉了你。一、二……”

“那批货被宪兵队提前接着了，他们不放心我送过去！”还没等对方数完，马大少号叫一般地喊了出来。

那汉子转身去问：“二姑娘，怎么办，货飞了。”

那个女人的声音再度响起：“再给咱们大少爷灌几瓢水，都问仔细了，让他家里人拿货来换他的命。”

隔着棺材盖子，马大少就喊起来了：“我知道他们把货送去哪里，你们不用灌了，饶命就行啊，我给你们金子。”

外面那个汉子乐了：“你早这么配合不就成了，俺们大当家的等这批货救命呢。”说完，他用刀背拍了拍马大少麻木的脸。

马大少不假思索地喊：“那批货送去开封第一监狱了。”

那汉子一听，气愤地将刀直接挂在了马大少脸巴子旁边的木头上：“你这不是和没说一样。”

外面那女人的声音响起来：“怕什么，就是阎王殿，为了大哥我也敢闯。”

马大少盘算着，这都是些什么人啊，日军把守的开封都敢去，水泼不进的监狱也敢闯。他这正合计着自己的生还希望，外面那个女人的声音又响了起来："我们也犯不着拼命，他马大少手下不是有一个和尚特别能打吗？他们又和日本的部队有来往，你让他写个条子，告诉那个和尚，把货偷回来，换他主子的命。"

高和尚，马大少想起这个人就来气，说是武功盖世，整个中原没有对手。自己好吃好喝地养着他，这一天里让自己两次犯险。也是，那乱起来的时候，高和尚跑哪儿去了，枪声一响他就指望不上了。看来，整一支短枪队远远比养这么一个和尚有用。

棺材盖子又打开了，那个汉子拔起刀，马大少觉得脸巴子一凉，估计是被拉出一道口子，他杀猪一般地叫出声来。那人已经割开捆着他双手的绳子，拿过一块破布来帮他擦了擦脸上的血迹："听清没有，给你那个什么和尚写明白点，我们就要货，不要你的命。当然，没有那批货，你的命也没什么用了。"

黑子是天生有女人缘的，离开大集那里不到一天的时间，已经和方如打得火热。刘统变得沉默寡言，总是想着怎么再等到大集的日子，去找那个卖布鞋的人。黑子笑他是一根筋，让方如和他说："你不是要找卖布鞋的人吗，等我们队长回来你就知道了。黑子说你还懂点医术，太好了。"

队长姓周，单字一个林，实实在在就像个庄稼汉子，一双眼睛眯起来好似只剩下铁膛黝黑的平板。周队长对刘统的到来很感兴趣，说是最近这里流行怪病，不知道是不是瘟疫，正需要大夫来给兄弟们好好看一看。

刘统说："他们更愿意叫我厨子，不是什么郎中，只是略微懂点草药和吃啥补啥的道理。"周队长把他请到屋里，刘统四处一看就明白了。不大的屋子里，居然放着很多双布鞋和做鞋的工具，窗子下还有很多半成品摆在那里东一个西一个地晒着太阳。

周队长笑着说：“我祖传的手艺活，就是做鞋。这闲来手痒，还是喜欢做点。是不是觉得，这些都是女人才做的活计？其实啊，这纳鞋底什么的活儿啊，还是男人做得更讲究。队伍东奔西跑的，不能让兄弟们连一双好鞋也穿不上。所以，这手艺啊，我还真丢不下了。”

刘统想，这要是和平年代，眼前这个中等个子，微胖、略微有些细腻过了头的周队长，说不定就是个十分会算计的小老板。每天，他就守着个铺子看日头东升西落，打烊以后蹲在煤油灯下细细数钱。每每这么一想，他就又想起了未婚妻王思荃，两个人说好了，开个最有特色的瓦罐汤铺，像大上海那些外国人的西餐馆子一样有特色，讲究的是大补和环境。

“怎么，想起什么了吗？”周队长递过一个大茶缸子，刘统只喝了一口就觉得味道怪怪的。周队长就笑了，“是不是觉得怪，这叫玫瑰茄，败火的，小时候俺娘就爱熬这个。”

刘统也笑笑：“想不到，就在日军的眼皮底下，周队长还有这份雅兴。”

“什么雅兴，谁知道能战斗到哪一天？”周队长也喝了一大口，吐着嘴里的渣子，“说说吧，你都懂什么？我听中医都说吃啥补啥，给兄弟们想想办法。”

“我也只是略懂一二，赵队长让我找你，说你会送我进开封城。”

“赵队长？是老潘吧？你小子够精的，跟我还不说实话。这个半拉肺子都埋土里的老家伙，他怎么样，身体还好？”

“呃，你认识老潘？”

“何止认识，他的任务都是大有来头的，我不知道他是什么身份，但是接应他的活儿我们都干十几回了。你不说也无妨，他的人都是单线联系的，我们也不便多问。只是，你这个时候还要进开封城，你知不知道里面都什么形势。”

刘统听对方讲的很合拍，也就没再故意隐瞒什么：“我知道，开封原来的地下组织已经被破坏了，全城大搜捕，我们和国民党军统的人被抓了很多，大部分人都撤到别的城市去了。”

“被抓了很多？整个开封第一监狱都快放不下了。小日本现在把华北区的特务机关总部设在了开封，刚刚才来的消息，这帮土贼子也在搞突袭和渗透。马大少那帮人，本来我们一直想拉过来的，最后还是被他们拉去了。土匪、民团，变节的，一大帮你都分不清敌我的人在帮他们做事。现在别说送人进去，就是飞进去一只鸽子都很难。”

“周队长，你们今天，是要劫马大少他们吗？”

“可不，这小子替日本人做了很多运输的事情。据说小日本的部队，在黑龙江那边得了一种怪病，人员大批大批地死亡。为此，日本国内赶制了一种特效药，除了给黑龙江那边，中原各个部队也配了一少部分。据说啊，特别好使，对付瘟疫都好使。现在，不单我们，连小磨山的土匪也想劫呢。”

刘统有点愧疚，要不是黑子胡闹，也许周队长他们就成事了。“真是对不住了，我那兄弟是倔脾气，看不得人受欺负，要不是他出手，那些东西就不会被土匪们劫了去。”

“别，没什么好自责的。那些土匪啊，也没拿到。据说小日本这次特别重视，提前派一支队伍把东西运走了。现在轮到马大少的家人急了，土匪说了，用药换人，他们把那个马大少绑票了。”

“那，马家人有那个豹子胆吗，到开封城里去找日本人要东西？”

“我也在想这个，他们要是进城，我们也想办法混进去，看看能否来个黄雀在后什么的。顺便，也完成老潘的任务，把你送进城。”

刘统想，恐怕这城，进得可能容易，要出来就难如登天了。

六木对于自己的头衔不是很喜欢，当警察局局长吴作良一口一个队长地叫着，他并不以为意。对于这场战争，他总觉得自己与同校毕业的同学比起来，欠缺那么一分辉煌。作为新任的华北五省机关长钦点的情侦队队长，其实他的任务，更大的是剿共而不是情报侦察。那些驰骋于战场厮杀的同学们，早已有身为少佐、参谋部长而出现在国内新闻纸上的英雄人物。而他，似乎更像一个幕后英雄，提供情报只是一方面，即便是像上次那样突袭到敌人的心脏，也没有任何一个部门会为他嘉奖。甚至很多次他的行动，按照预先设计成功挑起事端，为关东军挥师南下打开缺口，结果却往往是完全被关东军总部迫于国际舆论压力而矢口否认。

吴局长兴奋地夸耀着，这刚刚完备建制的开封监狱是如何如何固若金汤，相比过去的那个人浮于事的老监狱有着怎样脱胎换骨的变化。六木的嘴角就露出一丝冷笑，支那人总是好利用的，有了这些在你面前点头哈腰的狗，一切都轻松了很多。只是，无论他们说得多么好，都不要对他们的作战能力有太高的预估。

“吴局长，开封有几座监狱?”

“哟，六木队长的中国话说得这么好，佩服佩服。不知道，对中国的戏剧有没有爱好，今天晚上有个正宗的戏班子要在相国寺内的戏院上演，那可精彩了。这年月，难得啊。”

六木扭头，冷冷地看着对方。

“呃，好好，五座监狱，应该是五座吧。我们警察局这里有一个，是最大的。宪兵队那里有两处临时的，警备司令部他们好像也搞了一个，其实有点不合规矩。再有，就是皇军的驻军那里好像有个关押特殊战犯的看守所。”

六木略微点点头，看来监狱和看守所没少建。其实，大家都知道，从这些被关押的人里面，很可能问出一些货真价实的情报来。很多时候，这和你长途奔袭深入敌腹得到的消息不相上下。

路过刑讯房，那里正在审问今天刺杀行动的两个案犯。六木冷冷地站在后面，观察两个刺杀者，发现两个人都很年轻，其中一个就是个女学生的模样。

警察局的人已经动刑了，可是两个人还是紧咬牙关一句未说。六木回头看了看表情有些尴尬的吴局长："他们的家人找到了吗？"

吴局长立刻十分得意地说："找到了，这个男的家里是做小买卖的，这个女学生的父亲是个教书的，都在预审厅那边问话呢。"

六木盯着那个男的看了半天，然后和吴局长说："把那个女学生的父母带到这里来。"

没多久，一个教书匠模样的长衫老人，一个农村人模样的妇人被带了进来。长衫老人看到女儿，心疼地喊了一声："婷儿，你这是为了什么啊？"

旁边的伪警察局的人拉住两个人，六木示意他们放开，任由一对老人过去抱住自己的女儿，心疼地哽咽着。六木走到了男的身前，冷冷地说："我现在给你五个数的时间考虑，如果你还是不说，你就是害死她父母的人。"说完，他指了指一对老人。

男的喊："你们这帮禽兽，我什么也不会说的，你们迟早会……"

男的还没有说完，六木抬手拿出枪，顶着长衫老人的太阳穴一枪击出。震耳欲聋的枪声还在小小的审讯室内回荡，鲜血直接溅了妇人和女学生一脸。死静死静的片刻过后，女学生撕心裂肺地喊出了一声："爸……"妇人则是抱着已经完全失去控制的男人尸体，完全惊呆了，连脸上的血迹也没有意识到去抹掉。

"抱歉，我没有说数到五才会开枪。"六木看了看完全呆滞的男子，用枪顶了顶他的下颚，"教你开枪的人有没有告诉过你，血是热的，枪管也是热的，很烫？"

男子这才意识到下颚被枪管烫得火辣辣的疼痛，完全无法承受眼前这一切的痛苦，一声怒吼像是从肺腔中奔涌出来一般：“啊……”

六木故意去捂了捂耳朵，然后又用枪瞄着女妇人，对着男子说：“你最好一会儿也这么大声地回答我，否则我听不清的话，你会害死更多人。她的父亲因你而死，你确定现在要让她无父无母吗?”

男子已经完全崩溃了，号叫过后是鼻涕与眼泪齐下：“我说，我说，你不要再杀人了。”

六木拍了拍男子的脸膛：“其实，我做的和你做的一样，只是你们失败了而已。”

男子似乎已经失去了理智，一长串地说着：“我们是天津来的抗团，没有什么其他人。只有我们两个，她是被我拉进来的。我们听说那个人是管药品库的，我们想杀了他抢钥匙，再抢药……”

六木这次看了看吴局长，吴局长立刻上前一步说：“最近有一批特效药要运进城里，参谋长山本大佐十分重视，亲点了一支队伍去押运。先是放到了警备司令部，这一男一女去搞刺杀之后，不知道为什么，大佐命令药品暂时存放到了我们监狱这里。这批药，连土匪都想抢，国军、共军也都虎视眈眈，谁知道先动手的是两个毛孩子。”

六木看了看吴局长，若有所思地想了半天，然后莫名其妙地说：“看来，开封应该只有一座监狱。”

吴局长不解，傻乎乎地看着他。

六木接着说：“整个开封城就是一座监狱，会有更多人自投罗网的。”说完，他冷笑一声，转身出去了。此刻，他已经明白了山本大佐的用意，他必须回去先禀明藤川机关长，看看这边该如何见机行事。

刘统在四处寻找草药，虽然他知道这里离开封城这么近，随时都会有危险。

他想劝周队长，送他进城，有两三个兄弟做掩护就够了。至于那批什么来自大日本帝国的最新特效药，还是不碰为妙。周队长带他去看了队上的病号，说是打仗靠的是队伍，如今各地都发生了许多怪病。得了病的战士就必须隔离，衣物全部烧掉，即便是这样，还是止不住疾病像瘟疫一样在队伍里扩散。

“除非你能证明不去抢那批特效药，我们一样可以治好这些兄弟。”周队长看着刘统，不无遗憾地说，“往日里，他们可都是生龙活虎的好把式。”

刘统一出屋就扯了一条毛巾系在脸上，然后才逐个去看战士的病情，这让周队长有些不满。

“该传染的注定传染上，我每天走几趟，也没传染上。”周队长抱着双肘，悻悻地跟在刘统身后，“我就是后悔，为什么生在一个纳鞋垫的家里，要是生在一个好郎中的家里，也许兄弟们就不至于遭这份罪了。”

刘统没有说话，而是出去到周围的野地里去寻找药材去了。晚上，他依然围着条毛巾在脸上，独自躲在厨房里，熬了好大的一锅汤。队伍上的人都闻到味聚拢了过来，他把窗子都关上，坚持说只有那些病号能够喝。

方如跑了进来，有些不解：“都说良药苦口，你这汤这么香，能治病吗？”

面对女孩子，刘统再懒得说，也必须解释一句：“我这是药材加食补。你听说过药膳吗？它寓医于食，既将药物作为食物，又将食物赋以药用，药借食力，食助药威，二者相辅相成，相得益彰。”

方如笑了笑：“你懂得挺多，家是哪里的？”

刘统愣住了，看着笑靥如花的方如，还是硬生生地说：“就算是开封的吧。”

“开封，不像啊？”方如乐了，帮他搅动着一大锅的汤料，“是组织上让你是开封人士，你就不得不是开封人了吧？我发现，你有个问题。”

“什么问题？”刘统不解。

“嘴太严，人太镇定，”方如看了看远处往这里张望的人，忍不住指着那些人说，“你和这里的所有人都不同，你和黑子也不同，你很像一个大城市的人。”

刘统故意眨了眨眼，学着黑子那股子劲说：“我和你说哈，开封就是个大城市，保准的。”

方如被他逗乐了：“你学得很像，那也只是像。其实，你也跟黑子说说，他不太适合做我们这个工作，他适合留在周队长这里。估计，行军打仗是个好手。”

刘统又恢复了固有的姿态，有些冷地看着方如，反问：“我们，我们是什么工作？”

方如还要说什么，黑子就跳着过来了：“你们是不是说我坏话呢？我和你们说啊，我遇到个对手，周队长投手榴弹神了，比我还远，比我还准。”

方如转向他，把手里的大勺子递给他：“你拿着，看你能悬空拎着这勺子挺多久。”

黑子傻傻地接过勺子，挺了一会儿手就有些发抖了。他索性把大勺子扔回灶里，嘴里嚷嚷着：“妇道人家才练这个呢，方如，我看你不像是爱这口的。”

方如拍了拍手站了起来：“周队长可以拎着一根针一个时辰手都不抖。越轻越难，这个道理你懂吗？”

黑子果断地摇了摇头，刘统在一边笑说：“如果你们从小就开始纳鞋底，一纳三十多年，你们的手也不会抖。”

黑子扑哧一声就乐了出来，走到了门口的空地，当着方如的面凌空打起了倒立，不需要任何旁物依靠，就那么立着，嘴里还说：“这就是干啥啥在行呗，我打倒立可以两个时辰，你们周队长行吗？”

刘统低声和方如说：“他在我们那儿，一犯错就被罚倒立，这不，也算练出绝活了。”

方如正要笑出来，周队长已经走了过来，靠在倒立的黑子的腿上，一手搭在黑子的脚心，和几个人说：“你们倒是聊得欢，刘统啊，你这锅汤抗用不？天亮之前，要是那些病号没有起色，我们就行动。据说山里红那帮土匪，已经开始逼着高和尚进城去抢药了。”

黑子受不住压，挺了没有一会儿就塌了腰。周队长灵巧地闪开，走过来蹲在刘统的身边说：“方如的特长是开锁，她没和你说吧？有这么个高手在这里，我们不去抢那批药，简直是太可惜了。”

刘统看了看方如，的确没想到，这队伍里看来是会聚了五湖四海的人物。

刘统看着周队长一点信任度都没有的眼神，反问对方：“方如那个什么表哥林清呢，他什么特长，是不是会解个圈、解个套什么的？”

几个人都没听明白，不知道刘统话里有话，埋的是什么包袱。

刘统看了看大家，十分直白地说：“周队长，我这锅汤呢，的确是未必立竿见影有疗效。但是开封城的那批药，在我看来，却的的确确是个圈套。”

周队长看着他的样子，忍不住手摸着下巴犹豫起来，他告诉黑子和方如，都先散了吧。等到人都走光了，他才蹲下来问刘统：“你到底是帮着老潘搞药的，还是信字号的？”

刘统看着对方的眼睛，十分镇定而沉稳地回答：“是搞药的，但是这药，可以治病，可以救人，也可以救国。”

周队长蹲在那儿想了半天，似乎也没听明白，半晌，他才嚷嚷道：“最烦和你这样的读书人打交道。”

刘统忽然想起来什么，拉住了周队长说：“不管我是干什么的，周队长，明天我离开的时候，你最好把我骂走，这里见过我的人还是有点多。”

周队长有些鄙视：“你当大家都那么关心你呢，不说你一天天的扯条破毛巾在脸上，你就脱光了上外面跑一圈，也没人记得你。谁愿意理你，大家都忙得很。”

高和尚一个人来闯山，这是山里红等一干人万万想不到的。

手下的柴老七来回报的时候，差点和一身男儿打扮的山里红撞了个满怀，他十分不好意思地往后退：“二姑娘，对不住，对不住，我这跑得太急了。你这身衣服，真好看。”

山里红今天是一身戎装打扮，长长的马靴，军绿色的瘦腿裤，同色的小夹克服挂在她的双肩上，就是那么披着。她推了柴老七一把：“去你的，我哥把我送去大上海见世面，那钱不是白花的。说正经的，你们一帮人，连个和尚都搞不定吗？”

柴老七吞了一口吐沫，喘着粗气说：“那货是属驴的，我们单打独斗谁是他的对手啊。我们也不能开枪，他说他死了，咱们老大救命的药就没了。”

山里红想了想，大哥的病的确是不能再耽误了，这个和尚也不能这么让他就闯上来。她告诉柴老七，赶紧回去，务必把那和尚截在半山腰，告诉他再往前就是天大的事也先崩了他们家马大少。

柴老七匆匆忙忙地下去了，山里红觉得心里憋气，这要是大哥身子骨好的时候，肯定把这个什么破和尚收拾了。她进了聚义堂，看了看一帮面有难色的兄弟，大喊了一声：“各位兄弟，咱们小磨山的气势不能被压下去。”见众人还是不言语，她又加了一句，“谁能打败这个破和尚，我山里红就嫁给他。”

那天负责收拾马大少的黑罗汉上前一步说：“二姑娘，这个高和尚的确是这一带少有的高手，我和他交过手，不好对付。按辈分论，他还算我的师叔呢，年纪不大辈分这么高，那就是上一代的关门弟子，有真传啊。”

“我就不信，他就算刀枪不入，还能奈何我们这么多兄弟？”

“二姑娘说的是，咱们可以智取。”

山里红如今已经冷静下来，摆了摆手说：“我去见他。他一条烂命能值几个钱？我倒要看看他一个人闯山有什么说辞。”

黑罗汉摇了摇头，带着几个兄弟跟山里红一起下山了，几个人都戴了头套，以防被对方记住了长相。

半山腰那里，小磨山的兄弟已经躺了一地，山里红和黑罗汉赶到的时候，捕野猪的罗汉网也散落在一边，一看就是没派上用场。

黑罗汉要上，山里红挡住了他，一个人走上前去说：“和尚，你家少爷在我们手上，你打我们兄弟多少下，我就都会还在你家少爷身上。”

高和尚站定了，木讷地看着她：“我是来接我们少爷回去的。”

山里红笑了：“你看不懂你们少爷写的字吗，没有那批药，我们只能交给你马大少的尸体。”

高和尚还是很木讷地说：“药在日本人那里，没有马大少，我们谁也说不上话。”说完，他扔在地上一袋子大洋，“这些钱可以先给你们，药我们稍后给你们弄来。”

山里红笑了：“你人木，脑子也木了吗？你见过先交叶子，后要赎金的吗？我们拉票子从来都是拿钱赎叶子，我们要求你们的，没得商量。你没听说过，小磨山号称是叶子阎王殿吗？”

高和尚抬头看了看她，语气一点没变：“你都说了，拿钱赎叶子，你们绑叶子就是为了钱。钱我带来了，现在你们提其他要求，没有马大少，谁也办不到。”

“你真和我讨价还价了？”山里红气不过，手里的马鞭子劈头就打了过去，高和尚一手攥住鞭梢，身子晃也未晃，一用力，山里红整个人就被拉了过去。山里红也不是吃亏的人，顺势切过去，挥起另一只拳头便招呼了过去。高和尚另一只手居然一把按住，将山里红的小拳头完全握在了掌心里，反手一扭就把她擒拿在身前。

山里红喘着粗气，吹得面罩直飘，胳膊被扭住，浑身无法动，一动胳膊肘就针刺一般剧痛。高和尚有些愣神，忽然想要伸手去揭面罩。山里红大叫了一声："你要敢动手，我保你家大少爷命归西天。"

高和尚就那么住手了，然后慢慢地放开她，嘴里念叨着："我只是觉得，你长得像一个人。"

山里红终于得以抽身，反手就扇了和尚一巴掌。奇怪的是，对方居然没有躲，身形依旧未动。山里红心里骇然，这个人是铁打的吗？

高和尚这次居然一拱手："你要是愿意打，打多少都没有问题。不过，你们要救你们大当家的命，恐怕只有马大少能从日本人那里周旋出一些药品来。这是事实，你们杀了我，杀了马大少，都无济于事。"

山里红退后了几步，整了整衣服说："我就是信你，怎么信马大少？"

高和尚从手里拿出一只同心锁来："这是马大少老母亲给他的信物，马老夫人在城里相国寺烧香念佛，这个是接她回来的信物。如果马大少不能帮你们弄到药，你们可以去相国寺劫了老夫人。"

黑罗汉从后边赶上来说："你当我们傻啊，马大少如果不去弄药，直接把老妈接回来，我们不是竹篮子打水一场空？"

高和尚摇了摇头："老夫人不喜欢马大少和日本人合作，所以一个人搬到城里去住了，只是逢双月的十五才由民团的人接回去给老祖宗上香的。老夫人断断不会见马大少的，你们要是了解情况，应该知道。"

山里红看了看躺在一边呻吟的柴老七，马大少那边的盘子都是他负责的。柴老七还在那忙着捯气儿，听到这里连连点了几下头。

山里红看了一眼黑罗汉，和那和尚说："你下山去吧，傍晚时分我们会把马大少送到河边，自会有人告诉你地点。”

“好，我信你们，希望你们也信我。”高和尚双手抱拳，深深作了一个揖，转身头也不回地走了。

山里红想，这个一根筋的傻和尚，人倒是爽快。

马大少回到家里第一件事就是狠狠扇了高和尚一嘴巴，高和尚抿了抿嘴，纹丝没动。马大少手扇得生疼，气急败坏地说：“你说你是中原第一，你让我被人用枪顶着头不说，还让我被人掳了去，你是吃干饭的吗?”

说完，他有些气不过，又扇了和尚一巴掌。和尚没什么，倒是他手更疼了。他龇牙咧嘴地吼着：“把你的功给我散了。这是我打你，还是你打我呢?”

高和尚木讷地看着他，长长地吐出一口气，身子似乎矮了一截子。马大少立刻左右开弓地扇了好几巴掌，和尚还是没有动，只是嘴角慢慢渗出血来。马大少打累了，扶着椅子站在那里喘气，嘴里叨咕着：“你就是木，但还好，懂得忠于主子。不枉我救你们母子一场，还傻愣着干吗，扶我一把。”

高和尚居然不生气，抹了抹嘴角的血迹，上前扶着马大少坐下。马大少还是有些气不过：“你想着把我先救出来是没错，但你这么孝顺你母亲，怎么能想出这么馊的主意来，这不是把老夫人搭进去了吗?”

这时候门外的一个声音响了起来：“大少，不要责怪和尚了，是我的主意。”

外间进来一个人，穿着长袍短褂，戴着一顶灰色的帽子，表面上带几分斯文。

马大少吃力地抬头看了一眼：“木先生，我就知道是你的鬼主意，你姓木，比他妈的和尚还木。和尚懂孝顺，我就不懂孝顺了吗?”

木先生摇了摇头说：“大少，这次不是我的主意，这是山本大佐的人出的。他们似乎一早就算到了有这一着，运走药品的时候就留了话了。”

马大少气得把旁边的茶碗摔在地上：“早知道你不说，不提醒和尚注意提防。”

木先生恨铁不成钢地说：“我一早想说，可是日本人一走，你就听说大集上来了个卖艺的女子……”

“不用说了，”马大少咬了咬牙，“少爷我大难不死必有后福，那个小妞，我一定会把她搞到手的。”

第三章　狱壑难填

周队长还是决定冒险一试，准备进城抢药，尽管刘统的大锅汤疗法让患病的伤员好了个七七八八。

刘统对周队长说，与其去抢什么特效药，还不如去抢点食盐回来。平日里大家吃的就极简，没什么营养，盐的摄入量再跟不上，战士打仗都没有力气，抵抗力就更差。

周队长说：“你就是想从中渔利，我们辛辛苦苦打来的粮饷不能让你这么浪费了，你一锅汤用的盐比我们好几天用的都多。”

两个人争执不下，刘统说：“我本来就不是队伍里的人，来开封也是想收集药材，没必要和你们这些人混在一起拼命。”

两个人吵架，在方如和黑子看来有点假，但是队伍上的人不明个中道理，还上来劝“各有志向不必强求”。

开封城里的山本大佐刻意制造战时的繁华与稳定，连日来招揽了各种戏班子轮流在相国寺的戏台子演出，不但没有为难，还真的给钱。这消息传出来以后，附近的戏班子闻风而动，想去开封捞一把。刘统就在周队长的安排下，和那些进城的戏班子以及敢于冒险的商人们一起上路，准备进城。

方如和林清也混在人群中，直到行至半程，刘统发现周队长和一班子人，一点回去的意思都没有，他终于知道周队长不只是为了护送他，而是真的要进城去探探那批特效药的虚实。方如对他说：“我知道，你的身份特殊，可是我们的身份一样特殊。也许，你是对的。进城以后都是单线联系，但是我有预感，我们还会再见面的。”

刘统说：“我是个商人，希望我们下次见面是和平地做买卖。”

方如有些含羞地捅了捅他，又挽起了他的胳膊说：“我们就不能是特殊的朋友吗?”

刘统感觉有些什么不对，方如应该是把什么东西，很细小的东西，应该是纸条或者是布片塞进了他的兜里。方如为什么要这么做呢，如此小心而用亲昵做掩饰的动作，是为了防备谁呢？他知道，现在不能看，否则方如用心良苦的行动就白费了。他看着她，她也看着他，只是在笑，笑得略微有一些尴尬。

黑子本来被刘统安排可以回去向毕世成复命了，但是黑子以队伍转移，现在根本联系不上为借口，居然和周队长他们混在一起，准备进城参加行动。看着黑子整天和方如混在一起，林清十分不高兴，刘统也提醒他，家里还有位吴家姑娘呢。黑子看看他就觉得不耐烦：“现在战事这么乱，就是图一乐呵，方姐姐说话好听，我愿意交个朋友而已。”

混迹于要进城的人群里，整个队伍有点散，有点长。谁也没想到，城还没进呢，意外就发生了。走到一个山洼子的地方，突然冲出来一群土匪，人群向前跑的、向后退的，乱作一团。人多眼杂，周队长他们也不敢贸然行动，等到老百姓们跑得差不多了，他们才开枪还击。双方激战正酣，忽然日军的队伍就出现了，而且居然在路中间埋了地雷。周队长他们只好边打边撤，黑子还记得保护刘统的任务，冲过来拉着刘统准备撤。

刘统赶紧大声喊：“不要聚在一起，我们散开更容易撤。你赶快告诉周队长他们，这一定是有埋伏，不要恋战，要撤。”

黑子不干：“我的任务是保护你，你的命没了我回去怎么和老潘和老毕交代。何况，你救过我一次，我这条命就是你的了。”

刘统怎么说也不成，忽然看见那边方如被几个鬼子追到了一个山窝后面，连忙和黑子说：“你赶紧喊周队长他们去救方如，我这边还能应付。”

这回好使了，黑子一个箭步就蹿出去了，在几个山窝子间闪躲腾挪，一会儿就追上去干掉了追方如的几个日本兵，掩护着她去找周队长他们。刘统躲在一棵树后面，看看眼前的形势，他们的队伍和土匪们刚一交手，日本兵就来了，这也太凑巧了，而且这里前不着村后不着店，躲都不好躲。

他看着黑子和周队长他们会合了，自己也猫着腰准备奔过去，现在去城里肯定是没指望了，只好退回去了。他在潜行的过程中，听到了一种特别的声音，他心里想：坏了，这是炮弹划过空气的声音。果然，他一抬头就看见周队长他们那里接连落下多枚炮弹。尘土连着石块，巨浪一般地掀了起来，刘统大喊了一声：“卧倒啊！”可惜，离得太远，那边已经是血肉四溅。一种从来没有过的绝望爬上了心头，就在这时，一枚炮弹在他身边炸响。

整个世界都静了下来，出奇地安静，他分明看见周队长那边的人在对着他喊什么，可是已经完全听不到了。身边远处的一个孩子在哭，哭得应该很大声，但是刘统一点也听不到。他晃了两下，努力先保持着蹲着的姿势，完全是徒劳，他重重地摔倒在地上。

刘统醒过来的时候，发现他在一个很特殊的房间里，这里的门是紧锁的，窗户是用铁钉封住的，屋子里没有床，只有一些干草。他身边还有两个人，一个是像他一样被关在这里的年轻人，另一个人，居然是那天保护马大少的高和尚。那个不知名的年轻人显然醒得比他早，而且已经在用干草当玩物扎着什么东西。

“这是什么地方？”

那人看了他一眼：“你醒了？庆幸一下吧，这里不是开封监察局的监狱，也不是日本人的看守所。我想，这应该是土匪关人的地方。”

和尚冷冷地看这两个人：“这里是小磨山土匪关叶子的地方，你们也别高兴得太早，一会儿他们滤叶子，你们就知道什么是生不如死了。”

刘统这个时候才发现，这个和尚居然脚上和手上都戴着镣铐。来不及多想，他伸手摸了摸兜里，方如塞给他的东西是什么？在衣袋的角落里，有个团成一团的纸片，还好没有被搜走。他假装抠着墙，慢慢走到窗下背对着另两个人展开了纸条，上面居然写着四个字：五常藏奸。方如这是什么意思，难道她已经提前知道了什么？如果真的是预见到中埋伏，她应该一早就说出来啊，是什么让她没有及时说出口，还是另有原因？

和尚在后面说：“不要有什么企图了，这房子是石头的，要不然我早就撞出去了。”

刘统假装反复摸了摸干裂的嘴唇，骂着：“连口水都不给吗？叶子是什么，滤叶子又是什么？”他一边说着，一边艰难地把纸片塞在了嘴里，由于没有水，费了好大劲才咽下去。

那个年轻人先开口了：“叶子就是绑的票啊，就是你和我啊，滤叶子就是烧你，烤你，把你吊起来打，拷问你家里有多少财产，看看要多少赎金合适。一会儿你千万别说你家里一贫如洗，那他们就会直接从水路送你回家了。”

刘统故意装作不懂：“水路是什么意思？”

那个年轻人笑了：“就是把你扔山崖后面的水潭里去，你懂了吧？”

和尚在那里傻气地笑了几下：“这年头，给人逼的，懂行的人这么多。兄弟，你是做哪一行的？”

年轻人回头看了看他：“我要是有哪一行能做，还用在道上奔命吗？我是才被上海那边放出来，想逃到这边来寻亲戚的。谁知道，才出虎穴又入狼窝。”

和尚居然很感兴趣地问：“那你为什么被关进去？”

年轻人反问：“你说土匪对什么样的人会好一些呢，百姓，商人，手艺人，当兵的？”

和尚又笑了：“你要是当兵的，你就死定了。”他抬起头看着刘统：“嘿，你是做什么的？”

刘统想了想，答道：“我是买卖药材的，略懂点医术和厨艺。”

和尚忽然就来了兴致，呼啦一下就站起来了：“小兄弟，太好了，你有救了，可能把我们顺带着也救了。”

“为什么？”刘统有些不解，他甚至都不知道自己是被土匪救了，还是被绑了，绑他做什么呢？刚才那一场混战，土匪居然还有心思绑人？

高和尚在屋子里来回走着，带动脚上手上的铁链子哗啦哗啦地响：“小磨山的匪老大啊，最近得了怪病，吃了不少神仙药，都没有效果啊。他们不知道怎么听说了，我们家马大少的民团要负责押运一批日本的特效药进城，于是他们就准备半路上动手抢。谁知道，那药早就被日本人派人暗地里运走了，于是他们就劫了我们家马大少，要我们用药来换。我们哪认识日本人啊，只有和他们说定了放出马大少，然后再把药给他们送过来。你别说，马大少和日本的交情还真不一般，日本人真的给了他一批药。这不，我给送来了，山里红非得说这里面有诈，就把我给扣下了。”

他虽啰嗦倒也耿直，把知道的都说了，说到后来发现两个人都没有看他，才问：“你们，你们在听吗，听明白了吗？”

地上的年轻人率先摇了摇头，刘统之前在周队长那里听说了一些消息，他心里是有数的。不过，此刻他也假作不懂地问："那你到底使诈没有啊？"

高和尚狠狠地摔了一下手上的链子："我哪会使诈啊，是日本人给了好大一盒子，结果里面就三个小玻璃管子和一个什么玻璃筒子，这里没人会用啊。日本人还让我带话过来，这只是三天的量，如果想要更多，今天会有共产党的队伍夹带这种药品进城，让山里红他们去劫。"

地上的年轻人先打断了问："山里红是谁？"

和尚似乎没心思理会他，说了句"山里红就是二姑娘，就是这里的二当家的"，然后又看着刘统说："这山里红觉得最近这进城的人格外多，即便没有药，劫一票也值。谁知道，这刚交起火来，日本人就杀出来，又是开枪又是打炮的。这玩意也不长眼睛，那不是想把我们都消灭吗？"

刘统假装生气地骂："扯淡，哪有什么共产党啊，这不都是我们这样的生意人，都跟你们吃挂落儿了。"

和尚瞪大了眼睛摇了摇头："不是啊，你是不是太早被吓晕了？山里红说，那些人混在人群里，但是有枪，土匪们伤了不少人呢。我也愁呢，这小日本也炸死了不少土匪啊，山里红肯定不会轻易放我回去。"

地上的年轻人又打断了两个人："你们有没有想过，他们干吗只绑我们呢？那么多人，老的少的，没上百也有几十吧？"

和尚又是十分兴奋地说："这个我也知道，你俩都是晕着被抬进来的，但是我是醒着的。他们是等日本人撤了以后，翻尸体搜金拣银的时候翻出来你们俩的。"

他指着地上的年轻人说："你是因为兜里有一张什么信，说是举荐你到城里当官。山里红怎么会放过你。"地上的年轻人翻了翻兜里的东西，什么也没有了。

和尚又指着刘统说："你呢，是因为你身上带着好多药材，柴老七多了个心眼，就把你抬回来了。"

眼前这个和尚，为人倒是善良，居然什么都讲给二人听。还一个劲地叮嘱他们，要是问他们，一定要使劲把家里往有钱了说，否则性命难保。他还嘱咐刘统，就把自己往华佗再世去说，要不然山里红肯定要了你的小命。

傻和尚完全没想着自己怎么活命，倒是给两个人说得十分乐呵。正在聊着，石屋的门开了，进来一个土匪说："你们死到临头了，还聊这么欢实，都给爷出来，二姑娘要亲自过你们堂。"

山里红正在生气，不知自己被马大少还是被日本人摆了一道，这笔账还不知道怎么算。关键是大哥的病情一直没有好转，高和尚傻乎乎地送来三服药，没人会弄，反而被日本人给利用了。

此时此刻，她换了一身男儿装，坐在聚义厅的太师椅上，筹划着先怎么收拾收拾臭和尚。柴老七说："二姑娘也别生那么大的气，高和尚那直肠子应该想不出那些花花点子，这次拉回来的那两个叶子也许能派上用场。"

山里红看了柴老七一眼，不知道说什么好，这两个人身份还不明，能派上什么用场？而且，她最烦考虑复杂的问题，想起来头就疼。

三个人被带上来，山里红发现，这两个柴老七带回来的人居然都长相不凡。

黑罗汉上前一步说："你们两个，都是做什么的，说清楚了，免得一会儿吃苦头，要是有半句虚言，我就让你们尝尝点天灯的滋味。"

刘统身边的年轻人看了看眼前的形势，居然也不害怕，直接说："我是来开封投亲戚的，我的一位远亲是开封城里的警察局局长，你们最好对我客气一点。听说你们有事求日本人，我这位亲戚一定会帮得上忙的。"

一群人听得不咸不淡的，十分不屑，黑罗汉想上前扇两个嘴巴给这个口无遮拦的年轻人。山里红示意他先忍忍，用手里的马鞭指着刘统说：“你呢，听说你是个大夫？”

刘统看了看她，不假思索地说：“我其实是个厨子。”

山里红立刻回身瞪了柴老七一眼，柴老七骂骂咧咧地过来说：“你是个厨子，身上带那么多草药干什么？”

刘统立刻说：“我虽然是个厨子，但是我一样能……”

他还没说完，山里红就心烦意乱地说：“行了，都是没用的东西。今天已经够烦的了，就这么办，山上的规矩，两个只能活一个。你们谁能把这个和尚打败，给姑奶奶我出出气，我就让谁活着回去。”

黑罗汉在一边笑了：“二姑娘，你要是真烦，我们就把和尚狠狠地揍一顿，我再把那滤叶子的看家本事都给他过一遍，给你消消气，好不好。这两个文弱书生，哪个是和尚的对手啊？”

没想到刘统身边的年轻人居然说：“久闻二姑娘的大名，我愿意一试，让姑娘开开心。”

山里红瞥了他一眼：“久闻个屁，你不是上海来的吗，你哪里闻过我的名？你那个不成气的叔叔，放着好好的大上海不让你享福，非得把你拐到这边来。这叫什么，什么无门你怎么来着……柴老七！”

柴老七立刻急三火四地接：“是天堂有路你不走，地狱无门你闯进来。”

年轻人居然一抱拳：“哪有路，哪有门，试过才知道。”

刘统心想，这越是乱世越出枭雄，这年轻人看来来头不小。

高和尚在那里喊：“二姑娘，我没有诈你啊，我给你带来的药就是日本人给的，日本人布置的事情，也就是那么说的。我也不知道他们用炮轰啊，我就是个跑腿的。”

山里红听着更憋气了，吩咐身边人：“把这和尚的腿给我捆了，他不是说跑腿的吗，我看他腿不能动还有多厉害。”

高和尚居然也没挣扎，表示出十足的诚意，在那里傻笑着说：“二姑娘，你看看，我就是不动，他俩一起上也不是我对手。你愿意看热闹，我就给你露两手，你是想看长点的，还是想看短点的啊？”

山里红没理他，一个人在那里生闷气，黑罗汉倒是放心不下，让旁边的人给两人拿了几把武器。年轻人挑了一根长棍，刘统看了半天，转身问黑罗汉：“能否把我的行囊给我，我用自己的。”

黑罗汉撇了撇嘴：“你想动什么花花点子？”

刘统十分镇定地说：“我行囊里又没有枪，我只是想要我的针灸用的针。”

“文绉绉的，讲究倒不少，一会儿你就是华佗再世也救不了自己了。”黑罗汉吐了一口唾沫，吩咐手下给他把行囊取来。

高和尚看着两个年轻人，拱了拱手说：“咱们也是患难一场，拳脚无眼，也许一会儿就伤了哪位兄弟。二位尊姓大名，万一我手重了，日后给二位烧点纸，也算是萍水相逢一场的缘分。”

和尚说的是实话，柴老七和黑罗汉都被逗笑了。刘统身边的年轻人倒是十分不在意，也拱了拱手说：“在下吴秉安。”

刘统正在核对自己行囊里的东西，居然没被搜走什么，于是也拱了拱手说：“在下刘统。”

和尚就乐了：“你们俩倒是像兄弟，一个五饼，一个六筒，打麻将啊！”

一帮匪众也跟着看热闹起哄，聚义堂里一时热闹非凡，只有山里红手撑着头，十分痛苦的样子。

吴秉安不以为然，抬起长棍，作了个揖就挥棍扫了出去。高和尚完全没在意，躲也没躲，硬生生地扛了几下。只听得长棍啪啪啪成套路地兜头而下，上剃下滚，棍势如长虹饮涧，拒敌若城壁，破敌若雷电。刘统先是一惊，这个吴秉安绝非常人，一套棍法有张有弛，棍花开得很小，虽然看不出致命的力道，却是四两拨千斤的精准。起哄的土匪也傻了眼了，没见过把长棍使得如此炉火纯青的，犹如表演一般。山里红也抬起了头，看不出来这个年轻人为何有如此的绝学。

高和尚太轻敌了，一开始他还坚持不动，完全靠一身硬功夫去扛。没一会儿，他就挺不住了，用手揉着胳膊和大腿，嘴里骂着："小子还有一套啊，你是真想拿爷的命啊！"

刘统正想着也许不需要自己出手了，高和尚已经开始出击，虽然一双腿被捆着不能动，然而他手里的铁链却成了武器。吴秉安棍尖指向对方，跟着和尚的闪避进退而变，始终让和尚在他棍尖圈击的范围内。只是长时间的闪躲腾挪，进退游移，他的体力渐渐就跟不上了。

高和尚看准时机，忽然用铁链紧紧缠住长棍，长啸了一声，顺势就把长棍硬生生地折断了。吴秉安收拾不住，整个人倒向和尚的怀里，和尚反手一个举火烧天，直接将他整个人横着打了出去。吴秉居然临危不乱，反手将手里的两截长棍甩了出去，正好砸在和尚的胸口。和尚痛苦地叫了一声，整个身子也把持不稳，噔噔噔连连退出好几步去，正好退到刘统的身边。

吴秉安虽然偷袭得逞，但是整个人已经飞了出去，重重地摔在了地上，一口血没忍住就喷了出来。

黑罗汉居然鼓起了掌来："想不到啊，二姑娘安排的这场戏原来这么好看。你们两个加把劲啊，二姑娘可是说过，谁打败了臭和尚，她就嫁给谁。"

高和尚没想到瘦弱的年轻人居然是个练家子，手里的活儿一点也不容轻视。他也被打红了眼，使劲地嚎了一声，大喊道："能打败爷的还没出生呢！"说完，他回身看了看一边的刘统："你呢，你是不是也来露一手。"说完，一巴掌就劈了过来。

高和尚没想下什么重手，他只是被吴秉安这个年轻人打红了眼。一帮刚刚看呆了的匪众，望着高和尚硕大的手掌劈了出去，心想这卖药的厨子还不得身子骨都打碎了。于是，众人不由得一声惊呼：“啊……”

刘统心想，眼前渡过难关的最好办法就是出其不意制住这个和尚，如果真的打斗起来，他未必是对手不说，自己身上的任务还怎么去完成。心里想着，他看着对方的掌风迫近，倒是没有慌，直到离肩只有一寸的距离，才忽然挪转身形，让对方的势道猛地失去了方向。

众人还没看清楚刘统是怎么闪开的，他已经从行囊中抽出预先准备好的两根长针，腕上翻花，迅雷不及掩耳地在高和尚的膝盖内弯处和肘横纹外侧端各刺了一针。高和尚本已行将收住的身形，忽然就不能把持，他回头惊恐地看着刘统，然后整个人就慢慢地摔了出去。倒地后的高和尚，身体不停地抽动，手和腿居然都完全用不上力，站也站不起来了。

众人又开眼了，不由得倒吸了一口凉气，都被眼前的情形震惊了。

柴老七虽然见多识广一些，也是半天才喝出了一声：“你，你这是使了什么妖法吗？”

刘统看了看他，又看了看二姑娘，双手抱拳说：“中国医术博大精通，我只是略通一二。和尚练的是硬气功，不过这种功夫都是有法门的。具体的，我就不便多说了。”

黑罗汉迅速地上前喝问：“你不是说你是厨子吗？”

刘统不紧不慢地说：“我的话还没说完就被你们打断了。我是厨子，但是我对医学也有爱好，简单的知识也略知一二。常言道，食与药，本来就不分家的。”

“行行行，你别那么啰唆，你就说能不能治病吧。”

刘统过去收拾起自己的行囊，顺势把和尚身上的针拔了，然后才说：“听说你们大当家的病了，我不是什么神医，但是也许可以帮着看看……”

他的话还没说完，行囊里，毕世成送他的那块玉就滚了出来。刘统想要伸手去拾起，一直没说话的山里红居然大喝了一声："别动！"

刘统想了想，真的就没动。黑罗汉眼疾手快，已经把玉抢了过去，递给了山里红。

山里红拿着那块玉，翻来覆去地看了半天，十分怀疑地看着刘统说："你到底是谁，你怎么会有这块玉？"

山本大佐请藤川看戏，看的还是梆子戏，这让喜欢静的藤川十分不快。

相国寺的戏台子没有毁于战乱，与开封的铁塔一样，成了人们传说中能镇得住炮火的地方。山本今晚点的剧目是《伐子都》，六木暗地里给藤川介绍说，这出剧是个武生戏，主要是扑跌的打戏，山本之前看过京剧的版本，如今看梆子戏又点了这一出。

藤川不喜欢中国文化，但是为了情报任务，恶补了很久，不过，他对《伐子都》还是完全陌生。六木提前去问了一圈，才知道这是讲的东周时期争夺王位与权势，太子与皇亲国戚以及王后，四男一女明争暗斗的故事。藤川坐在车里对六木说："山本这个老家伙最喜欢插手别人的事情，他喜欢玩暗斗，其实就是插手我们情报部门的任务。他啊，向来认为我们都是多余的，有他和他的部队就够了。"

进了相国寺，绕过了警戒线，整个戏园子里根本就没有多少人。自从国内很多地方暗杀不断，抗团的年轻志士以及共产党的地下组织把日本人搞得很头疼。降低非战斗性减员，是关东军总部给各个驻地强制性的命令。

戏班子是山本他们一进城就扣下的，早就听说开封城相国寺的义成班最正宗，而且也是有着多年的历史传统。虽然主要的几个演员还是提前跑到了西安，没来得及撤出去的也足够山本这个门外汉看得津津乐道。

藤川一进去，就发现十分可笑的事情，戏台子前面站了一排日军，这是看戏呢，还是看手下的兵呢？

两个人见面，简单地寒暄了一下，也没有多说，戏就开始了。藤川借机奉承了山本几句，说："大佐连日来这戏唱得不错啊，把几伙人玩得团团转。"

山本摇了摇头："我不唱戏，我就是看戏，看！"

藤川听着心里就不舒服，嘴上又不能不应承："是，大佐所言极是，能够让支那人打支那人，我们在一旁看戏，这是战区管理的最高境界了。"

"高，谈不上！"山本看了一眼藤川，摇了摇手指说，"看没看，他们在舞台上就很会打，也很爱演戏。我们何必自己上呢，看戏远比演戏享受得多。"

"是，是，大佐的一批军需药品，就已经让城外的三方势力焦头烂额，称得上是一箭三雕，拒敌于无形啊。"

"是吗？我不觉得，主要是能够拒敌于城外，让他们自己打自己，这是我的基本目的。"

藤川看了看台上演员，居然演得很投入，只是那唱腔咿咿呀呀，一到关键剧情紧凑的时候就连连的大板唱腔，声大腔圆，让他觉得有些震耳欲聋。山本居然在旁边叫起好来，似乎故意证明给他看一样。藤川就等到武戏精彩的时候，也拍几巴掌叫个好。他似乎在提醒山本，你是作战部队，武戏强硬才是真本事，文戏的事情还是应该交给他藤川去做。

山本也是个绝顶聪明的人，品出他的弦外之音，索性就不再叫好了。

藤川借机说："大佐想拒敌于开封城之外，何不把运到监狱的那批药品，再运回马家民团那边。放各方势力虎视眈眈的东西在这里，如何还能拒敌于城外呢？"

山本故作看戏入迷的样子，缓了一会儿才说："这就需要藤川兄了，你们的消息如果准，那开封城的监狱，就是那些有非分之想的队伍的葬身之地。"

任务就这么被推了过来，藤川虽然有些不快，山本还没资格直接给他派任务，不过表面上他还是得说："这个自然，都在掌握中。"

一场梆子戏，台上演的是钩心斗角，藤川和山本也各怀心事，表面平静，实际上已经在温和的对话中来回交锋了多次。

回到驻地，藤川就破口大骂："这个山本，居然给我派任务。"

六木倒是不气，一边给藤川倒茶，一边安慰说："不是他派，而是我们的网早已拉起来了，现在就等着那些胆大包天的人进来，我们就立刻收网。"

藤川想了想，嘱咐六木说："那个什么马大少，你注意一下，我们也可以利用他，把那些土枪土炮的亡命徒挡在开封城外，能拉拢的就拉拢，不能拉拢的就让他们消失。我们的主要任务不在这里，眼光应该放在整个华北战区上。"

六木连连称是，不断点头。只不过，那个马大少是山本那头的人，他想拉过来，未必像机关长说的那么简单了。六木开始考虑，如果常驻这里，还需要培养自己的人。

石头屋子换成了有床的屋子，三个被土匪扣住的人一下子受到了宾客般的礼遇，三个人却都是一筹莫展。门口依然有看门的土匪，而且全天轮岗，似乎也没真把他们敬为上宾。吃的依旧是清水煮白菜，一点油腥都没有。

刘统倒是不急，被人押着去给老大看过病之后，回来还有闲心把已经凉了的汤全喝光了。

吴秉安虽然很不服气，但是更大的好奇心驱使他首先开口问："你对山里红说那块玉不是你的，是为了逃避，还是真的不是你的？"

刘统笑了笑："你是关心那块玉呢，还是关心山里红？"

吴秉安使劲往脚下啐了一口吐沫："反正不是关心你，人都说打败高和尚的人，山里红就嫁给他，我眼看都快成功了，被你抢了。”

高和尚在一边怒了，呼啦一下站到了地上：“你们两个小子，当大爷我是吃素的，要不要再试试?”

吴秉安倒是不生气，反问道：“你个和尚，难道不吃素，还是个花和尚不成?”

高和尚一听，一掌就劈了过来，嘴里用方言骂骂咧咧的，其他人完全听不懂。

吴秉安没还手，侧了侧身子躲开，然后大喊了一声：“嘿，傻大个，想不想活着出去?”

高和尚闻听此言，一下就站住了：“当然想，老娘身体不好，我好担心！不过，山里红他们还要靠我搞药，我是没有生命之忧，你们俩就不好说了。”

吴秉安乐了，回头问刘统：“兄弟，你病看得怎么样啊？看你一副胸有成竹的样子。”

刘统扭头看了他一眼：“就算是死，也得当个饱死鬼吧。他们老大的病很重，我没有把握。不过，和尚拿来的药是真的。”

高和尚乐了，一个箭步奔过来，坐在刘统的身边说：“那你有没有告诉他们啊？他们有没有说放我回去接着搞药啊?”

刘统看了看两个人，歪了歪嘴说：“我告诉他们了，他们老大的病很重，日本人的药虽然是真的，但很可能是诱饵。如果一直用日本人的药，这整个山寨的人，估计都得为日本人卖命了。”

高和尚急了：“你怎么这么说啊，你傻啊？你就说你能和我一起去搞药多好，咱俩不就能下山了?”

吴秉安一把拉过和尚说：“这个人是个商人，顶多算个药材商人，他说的话你也信？我就不信，他连西洋的药也懂。我和你说，你靠他没戏，咱俩联手，你帮我娶了山里红，我做了这里的二当家，咱们不就都自由了？”

刘统擦了擦嘴，打了个水嗝，然后才说：“嗯，然后你再找你的亲戚，那个什么警察局长，把这里的土匪都招安了，你就能混个一官半职，然后帮着日本人杀中国人。”

吴秉安愣了一下，半晌才说：“没错，这不也是一条出路吗，难道非得憋在这鸟不拉屎的地方舍生取义吗？这是战争年代，你在这里充什么英雄？你就是死了，也没一个人知道。”

刘统一下子就把手里的碗摔到了地上：“我告诉你，战争不战争与我无关，但是我就是见不得中国人帮着日本人杀自己人。”

高和尚都愣了，他不明白眼前这个看似文弱的药贩子怎么就突然来了这么大劲头。

吴秉安摇了摇头：“你喊啊，你喊破喉咙，也就是个被绑票的，若干年后土匪的斑斑劣迹里也许会记上你的名字，不过谁关心这个呢？和尚，”他看了一眼高和尚，过去拉着他的胳膊说，“你要是想舒服地下山，一会儿你就站在我这头。”

高和尚被两个人突如其来的争吵都搞糊涂了：“你要干什么？”

“总之不能坐以待毙。”吴秉安看了看两人，突然走到门口喊，“我要见你们二姑娘，就说那块玉佩是我的，我要娶你们家二姑娘。”

外面的土匪被喊愣了，不知道如何是好，半天才回了句：“你胡咧咧什么，是不是过堂没过够？”

吴秉安居然十分沉得住气，十分认真地说：“你赶紧去回了你家二姑娘，我要的不是过堂，是拜堂。你要是怠慢了，小心你的狗命。”

看门的土匪也不知道这两位爷什么来头，刚才在堂上，二姑娘的确是拿着那块玉看了好半天，然后就给他们换了房间。想了半天，他还是叫旁边的人看着，自己去通报了。

高和尚一把将吴秉安拉回去，低声骂道：“这是什么地方，开二姑娘的玩笑，你想死啊。”

吴秉安看了和尚一眼，冲着刘统说：“你没看那妮子，看着那块玉，表情变化有多大。不管怎么样，出奇方能制胜，这个山里红我是娶定了。”

刘统在一边似乎在思考着什么，完全没有理睬这边的冲突。

没多一会儿，几个土匪就冲了进来，二话不说就把吴秉安围在了中央。吴秉安有些得意地说：“怎么样，你们家二姑娘是不是请我过去？”

为首的一个土匪正是堂上山里红身边的黑罗汉，他使了个眼色，几个土匪一拥而上，七手八脚地扒起了吴秉安的衣服。

“你们要干什么，换衣服也没有这么急的，我自己能……”

话还没说几句，他已经彻底被土匪们扒了个精光，几个土匪将他反按在床上，黑罗汉上前扒拉他的大腿根看了半天，生怕看得不仔细，又让手下把煤油灯拿过来照着看了一遍。然后，他使劲在吴秉安的屁股上踹了一脚：“龟儿子，不想活了！”

几个土匪一听，七手八脚地给吴秉安一顿捶，然后把他扔到了角落里，正要继续围殴，黑罗汉喊了句：“有空再收拾他，现在换这个倒腾药的。”

土匪们一听，捡起衣服劈头盖脸地朝吴秉安扔过去，反身就都向刘统这边围了过来。刘统坐在那也没有动，黑罗汉倒是正式地说：“你虽然刚给我们老大看过病，但是谁也不知道是不是骗人的。要是老大真的好了，我给你磕头请安都可以，现在，得罪了。”

说完，他使了个眼色，土匪们就要一拥而上。

刘统忽然站了起来，看着黑罗汉，字字铿锵地说：“你们要找的那个胎记，在大腿内侧，两个半月牙形，有两指宽。”

黑罗汉一下就愣住了。

刘统接着说：“士可杀不可辱，你就这么回了二姑娘吧。要是动我一下，后果自负。”

“呵呵，”黑罗汉上下打量着刘统，围着他转了一圈说，“从来都是我威胁别人，敢威胁我的人，似乎还没生出来呢。”

说完，他一挥手：“给我上！”

土匪一拥而上，把刘统扑倒在床上，高和尚在一边已经是乐不可支。

就在这时，一个土匪冲了进来，对着黑罗汉喊：“三把头，老大醒了，让你赶快过去。”

黑罗汉赶紧喊了一声停，有些惊讶地看着十分狼狈的刘统，然后说了一声“走”。

土匪们跟着黑罗汉都出去了，刘统坐了起来，等到人都走干净了，才使劲揉着大腿根，嘴里嘟囔着：“早知道这么容易蒙混过关，就不用把自己掐得这么狠。”

屋里的另两个人各怀心事，完全没有听清刘统低声说的是什么。高和尚倒是笑得没心没肺的样子，好不容易才停了下来，看了看狼狈地穿着衣服的吴秉安和满头冷汗的刘统，大声说：“我都和你们说了，这里是什么地方，是土匪窝子。你们在这里要什么威风，都是自取其辱。”

山里红亦喜亦忧，喜的是大哥虽然身体还很糟，但毕竟从高烧不退的昏迷中苏醒过来，忧的是大哥一醒过来就没头没脑地批评她。

“我说过什么，告诉你别接触日本人，也别去碰那些什么武装队伍，你都当耳边风了吗？你还关了马大少的高和尚，你嫌我们树敌还不够多吗？”

山里红瞥了瞥一旁的柴老七，眼珠瞪得溜圆。

“你看他干什么，你做了事，还想瞒着我？”

“大哥，我什么时候想瞒着你了，你这个也不让接触，那个也不让碰，那咱们兄弟怎么活啊，难道种菜种西瓜啊？还有，只有日本人的特效药才救得了你，我有什么办法。”

大哥被她说得有些无语，伸手就要扇她：“你还敢顶嘴，你真以为成了小磨山当家的了？”

“是，我不是当家的，你一直重男轻女，老早把我送去上海，那破地方有什么意思，女人都是男人的玩物。认识字有什么用，这兵荒马乱的……”

大哥连连叹气，摇了摇手说：“你不用说了，也许送你去上海是错误的。好的你没学会，就学会和大哥顶嘴了。你说说你，在大上海找个好人家，当个阔太太，这不是娘生前对你的期望吗？”

山里红也没多想，直接顶回去说：“阔太太有什么好，遇到爹那样的劫上山来，不是一样做了个压寨夫人……”

“啪”的一声，大哥的巴掌已经扇了过来，山里红没有心理准备，直接挨了一巴掌。好在大哥也没什么力气，声音响，并不怎么疼。但是，山里红委屈的泪水就下来了。自己这些日子，生里来死里去的，和日本鬼子抢药，和马大少结仇，这都是为了谁。

“我不许你这么说爹和娘，各人有各人的福分，这都是命。”

山里红气呼呼地从怀里拿出那块玉来，丢在了大哥身边：“你不想你妹妹做土匪，恐怕你妹妹也没有做个阔太太的命，这块玉的主人来了。”

大哥拿起那块玉，看了一眼，手就有些颤抖了，激动地说：“他在哪儿，他是做什么的？”

山里红在那里赌气，不回话，柴老七见状，多嘴说：“据他自己说是个厨子，不过我们猜他是药材商人，现在被我们押着呢。这个人，还救了你的命，懂洋医学。最近山上来了两个神人啊，另一个也说这块玉是他的，那人棍法了得啊，差点打败了高和尚。”

“厨子？两个人？”大哥看着那块玉，有些发愣。

黑罗汉正好赶回来了，虽然很关心老大的病怎么样了，还是停在山里红那里耳语了几句。

躺在床上的老大故意咳了一声："我还活着呢，就没人理了？有什么话不能让我听见？"

黑罗汉一怔，立刻来到床前问："老大，你全好了？太好了！我还以为你只是醒了，那日本的特效药真灵啊！"

"全好还谈不上，这里还得暂时指望你们。"说完，老大用手在黑罗汉脑壳上扇了一下，"说，你刚才和山里红咬什么耳朵？"

黑罗汉回头看了看山里红，照直说："那个倒腾药的，文绉绉的，还和我们扯什么杀啊辱啊的。不过，他真是这块玉的主人，二姑娘说的胎记都被他说中了。另一个小子，就是个混混，根本没有那胎记。"

老大想了想，吩咐道："把这两个人都拉来我见见，山上正是用人的时候，这一文一武的，正合适。"

刘统和吴秉安一起被拉来的时候，两个人都多了一份镇静，因为高和尚说，有希望，如果拉一个出去，那就凶多吉少了。

老大被黑罗汉扶着坐了起来，柴老七在一边仪式化地振振有词："小磨山大哥，人称顺风雷石飞雄，侠肝义胆，名震八方，三十六路人马为我拜，七十二处尘烟向我开，行的是打富济贫，倡的是替天行道，尔等宵小如今见面，还不三跪九叩……"

吴秉安几乎被柴老七唱戏一般的贯口给说乐了，不过他还是象征性地拜了拜。

刘统略微一想，自己在这里消磨下去，老潘给的任务什么时候才能接上。于是，他没有拜，反而责问对方："敢问这位仁兄，知道宵小是什么意思吗？"

柴老七不乐意了："嘿，你个厨子，你还能懂得比我多？宵小就是你们这些鼠辈。"

刘统反驳："宵小通常说的是小人和坏人，如果你们认为我们是坏人，那我们还有什么需要拜的?”

他这话音刚落，一把飞刀就从老大石飞雄的手里飞了出来，刘统完全没有想到对方会突然出手，刀尖擦着他的脸划了出去，一缕头发被割断，散乱着飘落于地。刘统没有动，也多亏他没有动。

老大石飞雄惊讶于刘统的镇定，不过他还是厉声说：“这里是我的地盘，刀尖上饮血，枪口上过活的地方，还容不得你们放肆。”

刘统看着石飞雄的脸，慢慢的暗红之色涌动，似乎刚才用力过度，诱发了什么变化。飞刀可以控得如此精准，所花的力气和心气远比伤人还多。

吴秉安有些急，连忙说：“石大英雄，别动怒，别动怒，这个人就这样，说话爱咬文嚼字。”

石飞雄想的是必须控制住气场，不能让两个年轻人乱了山寨的规矩，于是又厉声说：“我不管你们文什么武什么，听说你们也都是硬茬子，按照这里的规矩，你们两个只能活一个，你们挑吧……”

刘统就乐了。

吴秉安也想乐，可是他不敢这个时候乐出来，强忍着说：“石大英雄，咱们知道这是你们山上的规矩。可是，这招二姑娘已经用过了。”

石飞雄是面露尴尬之色，看了柴老七一眼，对方回敬着点了点头。石飞雄挥了挥手：“不和你们啰唆了，你们既然过得了这关。那我就问你们一个问题，是不是都喜欢我妹子。你们拿来那块玉，它背后有个约定。我妹子就一个，这你们怎么说。”

吴秉安赶紧说：“石大英雄，我是真心喜欢二姑娘。”

刘统则回答：“那块玉是我的，但是我没说过喜欢二姑娘。”此言一出，全场都静了，静得能听到石飞雄还有些困难的喘气声。

“你说什么，你敢这么说话?”石飞雄气愤地看着刘统，一只手在旁边摸着，显然，他已经没有第二把飞刀了。

刘统慢慢地看过去，没有躲避石飞雄的目光，全场的人都不知道该不该接话。这个时候，刘统忽然开始数：“一、二、三……”

数到三的时候，石飞雄一口血就吐了出来。

山里红被气坏了，虽然惊讶于刘统怎么算得这么准，但是大哥被气得吐血，这是她无法忍受的。上前几步，她就要扇刘统一巴掌，刘统居然也不躲避，而是说：“士可杀不可辱，你再动我，就没人救得了你大哥……”

山里红放下了手，刘统才接着说：“五脏六腑都是相生相克的，肾为先天之本，肺主津，脾主运化。你大哥久卧于床，气血积压于心肺，虽经我昨日略加调试，循环逐渐归于正常，但是淤血化解不开，还是有很大的危险。现在，你大哥把淤血吐出来，反而有救了。”

长长的一段，山里红似懂非懂，忍不住问：“你不是说你是厨子，你怎么知道？”

刘统看了山里红一眼：“我，猜的！”

吴秉安心想这要真的是山上有规矩，两个只能活一个，这刘统不是又得了一城？他连忙附和说：“二姑娘，别听他装神弄鬼，他把你大哥气吐血了，能安什么好心。”

山里红盯着刘统看了半天，喊了一声：“来人，给我绑了！”

刘统在那里赶紧说：“不过，我一般猜得都很准。我还知道你大哥应该采用什么样的食补方子，五脏与物色相对，肝对应的蔬菜是绿色的，心是红色的，脾是黄色蔬果，肺是白色的银耳什么的，肾是黑色的黑米啊什么的，每天的方法与用量，二姑娘想不想听？”

他还没说完，旁边的人已经七手八脚地要把他绑起来。山里红赶紧制止说：“不是绑他，是旁边那个。”

吴秉安心想，自己这次是完败了，该如何突出重围呢？他还没想明白，众土匪已经把他绑了个结结实实。他在一旁和刘统小声嘀咕说：

“好，这下你美了，不过也别美得太早。也许那块玉背后的约定，就是你是他们的杀父仇人什么的。”

刘统淡淡地笑笑，看看床上的石飞雄已经被人扶着躺下，他正要说什么，已经有一个上下放哨的土匪闯进来禀报：“二姑娘，山下来了一队日本兵，已经把山口都围了起来，说是要见我们老大。”

山里红看了一眼躺在床上的大哥，焦急地问：“对方有没有传什么口信?”

小土匪喘着粗气说：“日本人说，让咱们归降，他们有后续的药给我们。如果不降，就用洋炮把我们这里夷为平地。”

山里红急了：“我倒是要看看，日本人有什么三头六臂能把我们几十年的寨子夷为平地。”

床上的石飞雄已经坐起来了：“妹子，你不能去。”

吴秉安也在那里说：“石大英雄说得对，你们要是让日本人见了，他们不能把你们这里夷为平地，但是针对一两个人搞个通缉什么的还是绰绰有余的。”

六木考虑着，除了宪兵队的人马，对付中国人还得靠中国人，而且这些中国人必须是自己人。豫南的土匪花舌子的队伍，虽然是当初自己培养过的，可是他们离封城太远。中国人有句古话，远水解不了近渴。连日来，他就一直在想怎么解决这个问题。马大少有一支队伍，他还有个老妈在城里可以控制，问题是他已经是山本的人，自己不好插手。

对这周围的情况了解了一番，六木先选定了小磨山的土匪。虽然山本也有意通过药品的事，来试一试山上的想法，但是如果他六木先下手为强，也许还是有机会。否则，机会都是山本大佐的，藤川虽然坐拥华北五省情报机关长的头衔，在开封城里的活动还是要受制于人。

山上能否下来人，六木并没有指望，因为他今天只是个敲山震虎。

那些不见棺材不掉泪的土匪，不是那么简简单单就死心塌地归顺于你。搞不好，他们会变成比打游击的共匪还难缠的死对头。对于游击，六木早就厌烦了，他不知道藤川为什么没想出以夷制夷的方法。虽然说他们数月来四处奔袭，采用小队突进的方式，出其不意地给习惯了游击的共军们以很大的打击。但是，只有在最前线的六木才懂得，那些战绩，大多来自于他报喜不报忧的回禀。

藤川有一点是对的，那就是共军永远会在不知道的时间，不知道的地点，忽然就冲出来，给你沉重的打击。当你气急败坏追赶上去的时候，却发现完全陷入人民战争的海洋，陷入了一场没有明确战线、永无休止的战争。你可以烧光一个村子，但你永远不可能把中国所有的村子都烧光。

在六木看来，四处疲于奔命地突袭、暗杀，不如做回老本行，依靠情报制胜。藤川之所以升得这么快，得益于派遣特务进行情侦、策反，挖出一个地下组织的核心人物，就连带出一大片。半年里，藤川就抓捕中共人员 466 人，国民党人员 105 人，包括军统豫站人员 10 余人，使得整个中原一带许多共军和国军的地下组织都处于半瘫痪状态。这也是六木为什么很容易相信，那天他审问的两个年轻学生，只不过是抗团的散兵游勇。

当下，拿下一整支队伍为其所用，显然是提高权力砝码的重要一环。对此，六木心中已经一步步计划好了。不过，令他没有想到的是，小磨山的土匪真的派人下来了，而且一见面就表示“降，肯定要降”。这下子，直接把六木的全盘计划都打乱了。进程太快，六木反倒是不清楚送上门来的是美玉还是毒药。

“太君，小磨山的队伍，和你们比，那就是小小的蚂蚁啊，蚂蚁怎么能扛得过大象呢？蚂蚁，您能听懂吧，大象，您能听懂吧？”

六木忽然掏出枪来，指着面前这个媚态十足的人的额头：“我听得懂，但是，你是谁，你肯定不是石飞雄。”

“太君，您别急啊，我的确不是。”

“那你是谁?”

“我是谁并不重要，不过我的身份很重要。”

“什么身份?”

“我现在是小磨山顺风崖的全权代表，特意来和太君谈和的。”

六木一听，又把枪掂了掂对准此人的额头，拉开了保险。

“太君，太君，别激动，别激动。你手里的这把是最新的九四式手枪，这枪威力不错，可是安全性较差。您要万一走了火，就没人和您谈归降事宜了。”

六木的手抖了一下，这个人敢来见自己，还认得他手中最新配置的手枪，绝非一般人。不过，瞬间他又重新握紧了手中枪，微微偏了偏枪筒，一发子弹直接从对方的耳侧击发出去。

那个人吓得一缩头，然后就痛苦地捂着耳朵，嘴里喊着：“完了，完了，听不见了。”

六木一把将那个人拉过来，对着他另一边的耳朵说：“我的枪不会走火，但是我的耐心会。你最好告诉我，你是谁，我凭什么相信你。”

那个人连连做告饶状：“太君，太君，我就是特意来投奔太君的。只是机缘巧合，上了小磨山，成了土匪中的一员。他们老大病了，说了算的是二姑娘，二姑娘看上我了，那未来的小磨山就是我说了算。”

六木又把枪指着对方的头：“我怎么信你会投奔我们。”

那个人指了指口袋：“我是从沪上过来的，叫吴秉安，口袋里有封举荐信，是写给开封警察局长的。我本来学了很多好把式，为的就是有所作为。可是国民党整了个涣散军心的罪名，把我投进大牢，我就恨他们，我要报复他们。”

六木和旁边的人使了使眼色，手下立刻从吴秉安的口袋里翻查起来，果然找到了一封举荐信。六木把信看了看，倒的确是如这个男人所说。

“你涣散军心的罪名怎么来的，怎么进监狱的？”

吴秉安赶紧说：“我参加了他们军校啊，成绩很优异啊，但是淞沪之战，我就说受不住了，贵军的实力太强了，不如撤退。结果，他们就把我扔大牢里了，家里人花了好多钱才把我赎出来。”

六木未置可否，对方居然出身中国军校，这倒是让他有些意外。中国军校，培养出来的就是这么下三烂的角色，点头哈腰，一副奴才相。

吴秉安看六木的表情有所缓和，赶紧说：“我也是意外在这里拉起这支队伍，原来他们都要散了，是我把他们又聚在一起的。他们老大病得好重啊，底下人群龙无首啊。您想，我要是把这支队伍带进城归顺太君，这不是美事一桩？”

六木笑了，奴性十足的中国人他见得多了，不过又有奴性又擅长吹牛的，尤其敢在他面前吹牛的，还真少见。

“凭你？靠什么服众？”

面对六木的疑问，吴秉安面露难色：“太君，这个需要时间和机遇的，您说这一时一晌怎么证明啊？”

六木重新翻脸：“我的耐心……”

“太君，太君，”吴秉安赶紧举手表示服了，然后试探地说，“要不，您把枪借我一下？”

这么一说，六木真愣了，不过看看周围都是自己的人，自己不信眼前这个小伙子能要出什么花样来。然后，他真的就调转枪口把枪递了过去。

“好枪啊，”吴秉安抚摸着手里的枪，连连称赞，其实他心里也是七上八下的，“太君，您给指个目标。”

六木抬头看了看，远处有几个土匪正在那里向这边张望，他冲着当头的一个人招了招手。那个人正是柴老七，他是被山里红派下来监视吴秉安的，可是他又不想上前，怕万一有什么变故吃了枪子儿。刚才枪声一响，他就准备带兄弟们扯呼。没想到，吴秉安居然能把对方忽悠住，似乎相谈甚欢的样子。这时，那个日本人招呼自己，他就犹犹豫豫地走了过来。

吴秉安似乎明白了什么，嘴里念叨着："你看，这也没个苹果什么的，怎么演练呢。"

六木从兜里摸了半天，摸出一颗大枣来。这是山本那边送给藤川的，说是河南灵宝的大枣，很有名。六木拿了几颗尝尝，现在才想起来兜里剩了一颗。

"苹果，没有什么难度。听说你们这里的灵宝，盛产大枣，就用它吧。"说完，就把他放到了柴老七的头顶上。

柴老七当时就傻了："吴秉安，你个兔崽子，你这是要反水吗，你也别捎上你爷爷我。"

他这一喊，日本兵立刻把枪都举了起来。

吴秉安赶紧跳起来示意大家都别激动，他拉过柴老七说："我都快说成了，把他们都说走，咱们就成功。你怕啥，大不了我打不中枣也打不中你。"

六木不容空，让士兵押着柴老七走到了十米开外。柴老七吓得都快尿了，嘴里还喊着："吴秉安，我做鬼也不会放过你。"

吴秉安看了看六木，笑着说："太近了吧！"

六木也对他笑笑，没有回一个字儿。

吴秉安慢慢抬起手中的枪，自己的一只耳朵还有点嗡嗡作响，这会严重影响他发挥，只是这送上门来的机会他不能不抓住。还好，柴老七的头发短到几乎没有，那颗灵宝大枣浑圆硕大看得十分清楚。

柴老七有些晃，还想开口骂："你个龟孙子……"他还没骂完，吴秉安手里的枪就响了。柴老七感觉头皮一热，然后整个人就有点傻住了。

半晌，他才摸了摸头，枣没了，头还在，也没有血，然后他就一头栽倒在地上。他心里还在想，回去一定要说，爷多么镇定，一颗枣放头上让人用枪打，自己都纹丝没晃，可不能说现在站都站不起来……

六木虽然鄙视这个爱吹牛的贱骨头，但是枪声过后，他也愣住了，中国之大真是草莽之间都出英雄。这样的人才，正是他最想加以利用的。

双方重新坐下来，六木直接问："你有什么计划？"

吴秉安变得更有气势了，拍了拍胸口："早就在这里了，不过，我带整支队伍过来，太君也得有点啥真金白银的承诺。"

六木笑了："你要什么承诺？"

吴秉安继续笑着，但是一点不让步地说："这个，我要和你的上司说，能决定我命运的上司。"

吴秉安一战成名，柴老七也被小土匪夸成了镇定自若头顶大枣丝毫不惧的英雄。

刘统，则是安静地调制自己的大补汤。六木临走的时候，又留下了一批药，说是如果你们老大用不上，就自己留着吧。刘统也说，日本人的药不是什么特效药，而是一种特殊的营养品，可以在最短时间内提高人体的免疫力。与其给石飞雄用太多，反而容易急火攻心，不如把余下的留着，给将来需要救命的人临时用一两支，不能多用。

石飞雄的病慢慢好了起来，他对两个年轻人的态度也有所转变。这二人，一个不战而屈人之兵；一个自称不是大夫，却能做得一手地道的好菜，还能让他越吃越健康。吴秉安是没事就黏着山里红，说是有朝一日真的进了城，可以给她享不尽的荣华富贵。

显然，山里红对刘统更感兴趣。

刘统知道了，山里红的真名叫石飞红，如果石飞雄的病好不了，这里的天下就真的是她一个女匪首的了。吴秉安是什么心态，刘统看不太清，但是也能摸个一二。因为吴秉安晚上就经常和他唠，说你要是真的对二姑娘没意思，就别占着茅坑不拉屎，我还指望着靠她下山呢。

下山，这也是刘统看中的。不过，他觉得，吴秉安的心思远非于此。但是他不愿意挑明，因为他更急于下山去完成任务，救出自己那个倔强的未婚妻，不知道她还能在监狱里撑多久。何况，刘统觉得，真的招惹上山里红，也许就下不了山了。

石飞雄有些为难，他一直没有说出那块玉的真正约定是什么，只是看到刘统的时候经常会陷入沉思。直到有一天，他终于忍不住问刘统："你治好了我的病你有什么要求，提出来，我都可以答应你。"说完，他还很矛盾地看了看身边的妹子。

刘统想都没想就说："我的愿望只有一个。"说到这里，他也看了一眼山里红，然后淡淡地说，"下山！"

山里红的二目圆睁，瞪得就像是一对灵宝大枣。

晚上，山里红居然一个人去找了刘统，这让同住一屋的吴秉安妒火中烧。刘统临出门之前，吴秉安拉着他说："你要是动什么花花肠子，坏了我的好事，我就把你的秘密说出去。"

高和尚在一边很感兴趣，跑过来问："五饼，这个六筒有什么秘密？"

吴秉安最烦高和尚没心没肺的样子，推了他一把："去去去，一边待着去，你们家马大少都对你不闻不问，你也不关心自己的事，闲事少管。"

说完，他附在刘统的耳边小声说："我知道有个地方叫洪公祠，你很熟悉吧？"

刘统当时就愣了，然后又故作不解地问："那是什么地方？"

吴秉安拍了拍他的肩膀："兄弟，咱们明人不说暗话，我就说这么多，足够了。你要是装不懂，我也没办法，但是你要是想冒险一试，尽管试。"

刘统说："我不知道你说的是什么，也不想掺和你的烂事，你愿意投降日本人我也不拦着。人各有志，你要是随便诬陷我，我反而不会让你想的事得逞。”

吴秉安乐了：“行，有你这句话，我就懂了。咱们各走各的，谁也别搅和了谁的好事。”

山里红居然是邀请刘统一起赏月，刘统真没想到，一个女匪首还有这么大的闲心。

“在上海的时候，好像那些姑娘，最喜欢邀个爷一起赏月什么的，说这叫什么，那个洋词儿，罗曼题刻?”

刘统回了句：“罗曼蒂克，浪漫的意思。”

山里红反问：“你说，什么叫浪漫?”

刘统不知道山里红什么意思，随口说：“上海那些姑娘，都是喝着洋字母长大的，爱和国外的人学而已，大概就是富有诗意，充满幻想。”

山里红又问：“你有幻想吗?”

刘统则问：“你懂古诗吗?”

山里红居然说：“举杯邀明月，对影成三人。”

刘统惊讶，对方居然懂这么有意境的古诗。

“你想喝酒吗?”山里红不等刘统答复，已经不知道从哪拿出了一坛子老酒，开了盖子，直接举起来喝了一大口。然后，她把坛子递给了刘统。

刘统怔了一下，还没见过说出举杯邀明月的人，拿着整个坛子喝酒。然后，他勉为其难地接过坛子，也喝了一口。还好，正是他喜欢的味道。大概是好久没喝酒了，他喝过一口之后，索性举起坛子又灌了一大口。

山里红抢过坛子，也灌了一大口然后抹着嘴说：“我娘呢，以前是上海的大小姐，阔太太，家里据说是开米行的，很有钱。但是，自从她从这山下过，去看开封的亲戚，就再也没下过山。”

刘统点了点头，这个故事他这些天大概听人说过。

山里红接着在那里说：“我娘知道，我爹是不会放她下山的。所以，她在病重的时候，就求我大哥，让我大哥一定送我去上海读书，将来完成她的好多心愿。”

“你娘有什么心愿?”刘统淡淡地问了一嘴。

“我娘的心愿？我娘的心愿太多了，她想要大上海的胭脂，想要蜜丝佛陀的化妆品，甚至想吃功德林的八宝鸭。不过，她最大的心愿是，自己的女儿能见见世面，不是窝在山里的一个女土匪。”

“所以，你大哥就把你送到大上海去了?”

“是，我谎称娘在当年患病被人救了，与山东人生下了我，这样过了没几年她就去世了。于是，我顺理成章地见到了外公、舅舅，那些所谓的上海人。”

刘统乐了：“你能服他们管?”

山里红瞪了他一眼：“当土匪最擅长的，除了横枪立马，还有伪装。从上海到这个顺风崖的山头上，无论是眼睛都花了的老头子，还是我那个利欲熏心的舅舅，甚至山上刚刚落草的小喽啰，每个人都喜欢我。为什么，因为我懂得，如何让他们喜欢。”

刘统听完，又灌了一大口酒，笑着说：“明白了，你的意思是，你不懂，如何让我喜欢你。”

山里红一把抢过他手中的酒坛子，怒目而视，直勾勾地盯着他，像是被说中了心事。许久，又灌了一口酒才说：“你是不是娶过媳妇了?”

刘统下意识地摇了摇头：“要是娶上就好了。”

山里红不懂地问：“什么意思?”

刘统笑着说：“要是娶上了，你就自由了，就不用被那块玉的什么约定困扰了吧？我也自由了，可以早点下山。”

他刚说完，山里红一巴掌就扇了过来，刘统完全没料到对方会动手，结结实实地挨了一耳光。他也被打得生气了，狠狠地看着山里红：“好吧，我告诉你，我娶过媳妇了，你不用良心上过不去了。不过，我就是没娶，也不会找你这个恶婆娘。”

山里红又要打，手已经被刘统牢牢地攥住了。

山里红忽然就哭了：“我娘的心愿之一，就是不想我成为恶婆娘，只有粗来粗去的山里汉子能喜欢我……她希望我，能找个有身份有手艺的好男人，可惜，我做不到。在上海待了好几年，我都做不到，他们都太虚伪……”

女人一哭，刘统就心软了，连忙安慰说：“好吧，说真的，我娶老婆了，你别那么在意。我什么都不是，也没身份没地位，不能让你当个什么阔太太。你心放开吧，那块玉的约定，应该也失效了。”

刘统刚说到动情处，山里红就迅雷不及掩耳地又狠狠扇了他一巴掌。

刘统捂着脸，不想再和这个女人一般见识，两个人一来二去的，就这么一直喝着闷酒。很快，一坛子的酒就喝光了。两个人就在那里傻傻地看着月亮，看着影子。

山里红忽然抱住了刘统，念念有词地说：“你说，你喜欢我，说完了我就放你下山。”

刘统有点喝高了，一听能下山，就顺势点头：“好，好，喜欢你，你是个女中豪杰，男人都会喜欢你。”

山里红也喝多了，居然又反问：“那你为什么一开始不喜欢我？那么多人看着，你为什么不说？”

刘统心烦，女人的问题真是麻烦，应付着说：“嗯，因为我不是娶媳妇了吗！”

山里红笑了，放肆地笑着，又轻轻拍了拍刘统的脸，说：“你要是没娶媳妇，骗你家姑奶奶我，我就让你下半辈子都不安生。”

刘统被对方抱着极不舒服，连忙说：“你赶紧放我下山，你继续做你的好姑奶奶，说不定有空我还给你整点什么化妆品回来。”

大半夜的，山里红突然喊：“我不要化妆品，我要义乳，那些大明星都戴这个，我要迷死那帮老爷们！”

刘统的脸腾一下子就红了，他知道义乳是什么，也是个洋玩意，就是大上海明星们争先恐后换上，用来取代肚兜的。这本来是女人很私密的东西，山里红这大半夜的居然喊着说。

山里红酒劲上来了，有点怪怪地看着刘统：“什么人不迷我？为什么只有你例外，为什么偏偏你是例外？”

山上的天气凉得比山下快，两个醉酒的人已经是出口成哈气。山里红后来就一直哭，断断续续地抽泣。刘统只是劝了一句：“天凉了，早点回去歇着吧。”

山里红说：“回去？我已经回不去了……”

刘统不懂，还问：“我扶你？”

“笑话，”山里红一把推开他，“我再喝十坛也和现在一样，你呢，你行不行？”

刘统又不说话了，女人太难缠。

山里红最后说：“你说你是厨子，你会做功德林的八宝鸭吗？我娘爱吃，我也想尝尝。”

刘统看了看对方：“那个是素菜，你知道吗？”

“素菜？居然是素菜，你们这些当厨子的怎么想的？”山里红疯狂地笑了起来，“难怪我爹做了各种各式的鸭子，我娘从来没点头说过一个好字。二十多年啊，二十多年啊！娘啊，你怎么就不说，那是个素菜？”

刘统想，一个大上海的小姐，被困在这个荒山野岭的地方，她娘想的未必是一道菜，而是一种乡情。

山里红咆哮完，又哭了。刘统有点抓狂了，不知道该怎么安慰这个一会儿哭一会儿笑的女匪首。她的心态也许太复杂了，有她娘的，有她自己的，还有她曾经在大上海待过的那些日子。到底都发生了什么，为什么又回到了山上？

刘统当时不知道，石飞雄已经告诉妹子，救命恩人想下山，那就让他下山吧。

他还不知道，那块玉背后的约定，不是因为他娶了媳妇就可以解脱的。甚至，正是因为他说已婚，才带来无穷无尽的后患。

进城他才知道，相比城里的险境，小磨山简直就是天堂。

在小磨山，他的难题是一块玉，一个女人，一群土匪。在城里，他才发现，所有认识他的人，都成了随时可能让他丧命的天敌。

第四章　活，是自由的

刘统终于进城了，还是在两个土匪的保护下进城的。只不过，过了城门口的检查岗，他就让那两个土匪先回去了。两个土匪心有不甘，看着他走远还一直在那里踮着脚张望。

刘统说，你们不要再跟着了，再跟着我就不像个回城的商人了，到时候我们三个都被抓去问事，谁也救不了谁。

其实，山里红在分别的那一刻，肯定是很伤心的。只不过，刘统不知道她为什么伤心。一个在大上海见过大世面的女匪首，不应该为他这样的一个小人物如此牵挂。甚至，还置气地躲在屋子里没有出来送他。

两个随行的土匪说了："要不是二姑娘铁定让我们保护你，你就是借我们一个脑袋，也不敢送你进城。现在城里，不说安全不安全，光是抓壮丁就让人受不了，尤其咱们都是用过枪的人，那手上都有印记。"

山里红还是在刘统走到山脚下的时候，赶了上来，她的说法是：把玉还你。

其实，刘统想问，这块玉到底有什么故事呢？不过，他不敢问，这一问，说不定会牵出多少乱子来。这里已经耽误得太久了，城里的联络人已经不知道够出多少回变数。要是失去联络，他真不知道冒险走这一趟还有什么意义。

山里红说："你就这么无视我吗？你连这块玉背后，到底是个什么承诺都不去问？"

刘统说："玉是死的，人是活的，你是自由的。"

山里红又问："没了？"

刘统说："没了。"

然后，他转身走了。

他听得见，山里红在他背后骂。只是，他不能去关心了。

十字巷的老潘家，这个关键的地点刘统还记得，而且之前他也找到过旧的开封地图认真研究过。

不过，凭着一份旧的地图，去一个被炮火洗礼过的城市，还要循着被炮弹炸得七零八落的路，去找一个人家。这，其实就是大海捞针。

刘统仿佛看见了大海，不过，他没有捞到针。

站在十里巷的路口，望着一片老宅，有的还是残垣断壁，有的已经重新修缮过。正当他要抉择先去敲哪一家门的时候，伪警察局的巡警已经先瞄住了他。

"你这是去哪儿啊？"几个伪警察围了上来，用怀疑的目光打量着他。

刘统整个人第一次感觉到害怕，甚至感觉到腿肚子在抖。理智上，他告诉自己应该伪装得很害怕。实际上，不用太伪装，他的样子已经是吓坏了。只不过，他担心的是，近在咫尺要是出了问题，那不是一路上的冒死潜行都功亏一篑。

"我，我回家……"犹豫了一下，在探亲还是回家之间，他下意识地说出了回家。他也在想，老潘根本没有说明他的身份。当初他是觉得，不该知道的就不必问。现在才觉得，有时候多问一句看来还是有必要的。

"回家，这个新鲜啊！"当中一个个头高点的警察捅了捅自己的帽檐，戏谑着追问，"人家都是往外跑，逃的逃，投亲戚的投亲戚，你还回家？"

“他们说，他们说……”刘统结巴着，心里其实是在快速地盘算如何回答，“他们说，皇军把开封城管得很好，还有，还有大戏看，不要钱。”

“哟，还是个看戏不要命的主!”

刘统此时已经镇定了很多，故意装傻地问：“啊，难道不是真的？官爷，皇军管得不好吗?”

那个警察被噎住了，他当然不能回答不好，转而推了他一下说：“还挺能扯，走，带我们去看看，哪个是你的家。”

刘统心想，坏了，哪个是，他还没问出来呢。

六木今天的心情不好，因为另一队专门负责突袭和肃正作战的千叶正雄回来了，带回来的都是好消息，在周边十几个县城都取得了良好的战绩，拔掉了多个军统和共军的交通站。虽然六木知道，藤川长官是一个倚重谁就轻易不会改主意的人，但是千叶如此好的战绩，加上还带回来很多有价值的情报，这就显得把他完全比下去了。

六木不是没有功绩，起码在山东的时候，他就是给藤川争光最多的人。进入河南，他的运气似乎就用光了。不单战绩一般，而且还失去了自己最信任的同学山田。他经常会做噩梦，山田没有死，而是被军统给救了，还说出了一切。

坐在拖斗的摩托车里，六木完全没有打量这个城市的心思。只不过，前面的路被堵了，他才不得不从思绪中把自己拉回来。几个警察在盘查一个中国人，就这么点事，就把路挡了。开摩托车的日本兵按了几下喇叭，那些警察就像狗一样地点头哈腰，谦卑地让开。

按理说，六木也习惯了，这些警察就欺负中国人有精气神儿，执行起任务来几乎什么都顶不上。没事盘查路人，或要挟或讹诈，也就是想弄些钱。对这些发战争财的亡国奴，六木十分鄙视。只不过，心细的他还是示意手下把车子倒回去。

让他感兴趣的，是那个被盘查的中国人。

六木下了车，过去打量着那个中国人，丝毫没有理睬那些阿谀奉承的警察。这个人，眼下似乎怕得厉害，但是六木总是觉得，这种怕似乎有别的成分在里面。最关键的是，他怎么就觉得有些缘分感，似乎在哪儿见过。

“太君，太君，这个人有点怪，我们问问。不好意思，挡您的路了。”一个高个子警察在那里说着。

旁边的一个警察，也是一脸的媚态，但是嘴里却在说：“他能听懂吗，老高，傻笑笑就溜吧。吴局长三番五次地说，别掺和日本兵的烂事。”

六木瞪了那个警察一眼，用中国话十分清楚地说：“你们吴局长，一次都没有说过，见到日军长官要敬礼吗？”

几个警察吓得快尿了，立刻都站得笔直，过来一会儿才想起来敬礼。只是，反应速度不一样，敬礼敬得一片凌乱，有的看见别人敬礼，才想起来敬礼，可是手型又不知道应该按照哪种方式去摆。

六木嗤之以鼻，十分不屑，甚至不再拿正眼看他们。他转而向那个中国人问：“你从哪儿来，到哪儿去？”

刘统故意装傻，也学那几个警察敬礼：“报告长官，我，我回家。”

六木拉过对方手，仔细看了看：“你也是当兵的？”

刘统的手被对方拉着，不知道该不该缩回来，只是装出恐惧的样子：“不是，不是，没当过兵。长官，我以为都得敬礼。”

六木抬起头，盯着刘统的眼睛看了半天：“你还没有回答我，你从哪儿来。”说完，他一把拉下刘统背着的包袱。

刘统装作想要夺回来，然后又害怕地放弃了，低着头说：“我和师傅学做药材生意，路上走散了，我就先回来了。”

“呃？”六木把包袱打开来看了看，然后抬头说，“在哪里走散的？”

刘统随口说："青瓜堡子，离这里老远的。"

六木盯着对方的眼睛一直看："然后，你就这么走回来了？"

刘统赶紧摇头："没，被人骗过，然后又走错过，还遇上过土匪。反正，反正是……"

六木摆了摆手，示意刘统不用再说，然后他推开了那几个不知所措的警察，指了指旁边的老宅子说："你的家在哪里，带我去看看。"

刘统低着头，暗中打量着周边，心想，实在不行，他可以干掉这几个，或者借机逃走。周围的人太多，不适合动手。要是逃走，这风尘仆仆赶过来就算白搭了。

正在犹豫的时候，一个中年妇女忽然挤进来说："文统啊，你是文统吗？你可回来了啊，你爹想你都快想疯了，到处寻你啊。"

妇女身边的小孩子似乎很害怕，牵着女人的衣角问："妈妈，妈妈，文统叔是坏人吗？警察为什么要抓他？"

看到小孩子，六木的眼睛立刻放光了，他蹲下来，装作很亲切的样子问："小姑娘，你认识这个人吗？"

小孩子没敢回答，而是抓紧了妈妈的衣角。妇女赶紧说："这个人我认识，他就是我们隔壁……"

六木伸出手，示意妇女不要讲："小姑娘，你说，叔叔喜欢你。要是你认识这个人，叔叔就不抓他。"

小姑娘这才怯生生地说："他是文统叔叔，他做菜可好吃了。"

六木一听，摸了摸小孩子的头，立刻起身走了，什么也没再说，甚至完全没有理睬那几个看傻了的警察。

他相信，小孩子的话应该是真的，不会有假。

不过，等到他坐着摩托车走远了，女孩子才接着怯生生地说："妈妈，文统叔叔不是去学做菜了吗，学做菜，会让人的样子也发生变化吗？"

妇人一听，立刻使劲拉了她一把："别乱说，你文统叔叔走了这么久，能活着回来就不错了。这不是样子变了，这是你文统叔叔长大成人了。"

几个警察在那里长吁短叹，庆幸着日本长官走了，没捅什么娄子。现在回到原来的状态，又是他们的天下了。那个高个子警察看了妇人一眼，歪着脑袋瓜子说："这两天上方要求严查城里新来的人，你们说他是邻居，那得到他家里查查。"

老妇人也没理那几个又变得趾高气扬的警察，拉着刘统的手说："文统啊，你赶紧回家吧。潘老爷子想你想得都快得病了，这兵荒马乱的，我们都以为你回不来了。"

妇人拉着刘统在前面走，几个警察就在后面跟着。到了一处半新不旧的宅子，妇人终于松开了手，使劲地去砸门。

门开了，刘统愣住了。里面出来的人，一袭长衫，戴着黑边的眼镜，还蓄着山羊胡子，一派老学究的模样。

意外的是，这不是老潘吗？他的伤都好了？

刘统又一想，也没敢认，老潘从来没有过这副打扮，脸也瘦了太多。老潘说让他到十字巷找老潘家，这个人会不会是老潘的兄弟，只是长得太像？

门里的人，是拄着拐棍出来的，当时就把手里的棍子扔了："文统，是你吗，真的是你吗？你真的回来了？"

刘统思考了一下，立刻扑上去做泣不成声状："是我，是我，你的文统回来了，回来了。"

对方拍着他的肩膀，感叹着："回来就好，回来就好。"

两个人正想进屋，旁边的警察不干了，上来拉开两个人："你们确定？别这么生离死别的。"说着，一个警察指着很像老潘的人说："你说说，你们两个什么关系，他有良民证吗？"

像老潘的人正要说，那个高个子警察忽然想起了什么似的，拉过刘统说："不用他说，你说，你们是什么关系。"

刘统犹疑了一下，立刻说："他是我爹啊！"

像老潘的人愣了一下，然后一脸愤怒的样子。那几个警察还要问什么，像老潘的人，指着门上的一个标志说："睁大你们的狗眼看看，这是山本大佐副官亲自签署的条子，要不要我拿日兵管辖地区的通行证给你们看？"

几个警察看了半天，也没看明白，因为那个条子一般的标志，写的是日文。

"嗨，你别以为写几个日本字就能蒙我们。"

像老潘的那个人更愤怒了，大声呵斥道："就是你们吴作良吴局长来了，也不敢对我如此无礼。你们有胆量就报上名来，我去给吴局长打个电话，看看你们到底是归谁管的，是不是归土匪管的？"

几个警察终于悻悻地走了，周围围观的人这才慢慢散了。只是那个妇人还没走，很狐疑地看着刘统和那个像老潘的人。

像老潘的人喊了一嗓子，招呼下人拿出几盒糕点来，交到妇人手里，然后嘱咐说："文统这孩子从小我就喜欢，一直把他当亲儿子一样看。他刚才情急之下，说他是我儿子，估计是怕那些警察找麻烦。您别见怪，孩子刚长大，没见过世面，这兵荒马乱的估计给吓坏了。"

妇人犹犹豫豫地点了点头，转而十分热情地说："潘老爷子，文统遇上你这样的人家，实在是大幸啊。这要是换成别的人家，指不定被那几个警察敲去多少银子，保不齐，人都留不住啊。"

像老潘的人连忙说："那是，那是。"

说完，他嘱咐下人关上门，然后才拉着刘统往屋里走："文统啊，文统啊，你可是让我担心死了。"

刘统心里想，你才让我担心死了呢，刚才那妇人说"你爹想你都快想疯了”，又说“潘老爷子想你想得都快病了”，这怎么末了潘老爷子还不是他爹？

进了内屋，打发走下人，像老潘的那个人才说：“刘统啊，刘统，你可吓死我了，爹怎么能随便认呢？”

一看对方叫出了自己的名字，刘统宽心了不少，起码对方肯定是自己人。有过刚才认错的经验，这次他更不敢轻易认对方就是老潘了。

“这五常轮回……”

刘统刚想对对暗语，对方已经打断了他的话：“别五常了，你再错一次，六常都不够堵窟窿的。我就是老潘，不适应是吧，我得赶紧给你说说。”

“嘿，你个老潘，你的伤好得这么快？”

“其他的事，稍后再说。你得机灵点，多亏义字号的兄弟发现你进城，我才找隔壁李婶去接应你回来。你先记住，你不是我儿子，我也不是你爹。”

刘统下意识地问：“那我是谁？”

山里红开始觉得，放走刘统是个错误。刘统虽然木讷，但起码不是她最反感的油腔滑调那种人。尤其是刘统一走，大哥忽然就对那个吴秉安格外看好，就差要收他做二寨主了。那个吴秉安，的确会说话，而且也有能力，不到一天的时间就给大哥出了好几个良策，又准备带人行事，甚得大哥喜欢。可是，山里红最烦的就是油腔滑调的男人。

更为不齿的是，吴秉安居然劝大哥和城里的日本人合作，说他上次就和日本人说好了，一个月后要进城去谈归顺的细节。而且，谁也不知道他上次和日本人达成了什么条件，日本人居然又送了药品过来。山里红想，也许这一点是让大哥最高兴的事情。

刘统走了，山上的兄弟相继又有病倒的，眼看着不行了，就是日本人的特效药好使，就像是起死回生丹了。没人会像刘统那样注射，大家就试着直接把小玻璃管子打碎，一口灌下去，居然也好使。

心里烦闷得很，山里红也吃不下去东西，大哥石飞雄看在眼里也是心疼。无奈，心结还需心药医，解铃还须系铃人，但是系铃铛的人已经下山进城了。

刘统走了半天之后，柴老七忽然端来一道汤，山里红推说喝不下。柴老七说，你先看看，看了就有胃口了。山里红扭头看了看，发现一个硕大的海碗里，居然有一朵洁白如玉、造型逼真的萝卜做的牡丹花，而那碗汤也是五颜六色。再看里面的主料，细腻如丝，犹如燕窝一般。

“你还会做这么精美的汤?”山里红真的是被惊呆了。

“二姑娘，我说是我做的，你信吗?”柴老七看着山里红说，“这个花呢，是刘统走之前雕好的，叮嘱我一直用盐水泡着的。这碗汤呢，是他走之前熬的，说是需要用慢火炖着，什么时候二姑娘实在是不开心，就再用火炖半个时辰，端给你喝。”

“你们哪里整的燕窝啊？这个是燕窝吗?”山里红还是有些不解。

“这个当然不是燕窝，这个是萝卜啊。也就是刘统的刀功好，把这萝卜切得这么细，就像头发丝一样，做成这个样子，神了。”柴老七看着二姑娘心气好了不少，赶紧说，“你先喝点，快一天没吃东西了。”

山里红一开始还是简单尝尝，几口之后，就端起碗直接喝了起来。她这边吃得惬意过瘾，看得柴老七在一边馋得不得了。山里红喝到大半，才想起来，看着柴老七的样子，忍不住扑哧一下笑出声来，“你没先尝尝啊？看把你馋得，至于吗？说，你是不是被刘统收买了？就凭一碗汤?”

“没，没，”柴老七连忙解释，“我是看二姑娘开心，我就开心啊，开心，哈哈，开心……要不，我也尝一口?”

柴老七说话的工夫，眼睛都没离开那碗汤，实在忍不住，终于拿起来喝了一口。

山里红爽快地说："爱喝你就都喝了，话说那个刘统，真就是个厨子，这么费心弄一碗汤，没有什么话带给你？"

柴老七摸着嘴上的汤沫子，兴奋地说："有啊，刘统说，这道洛阳名菜，叫做'洛阳燕菜'，因为味道和形状酷似燕窝而得名。他说啊，这名字还和武则天有关呢。说是当年洛阳出了一个特大的萝卜，大家以为是神物，于是武则天就让后厨拿去做一道好菜。后厨犯难了啊，于是就用了众多上等食材啊，做了一锅高汤，然后把萝卜切得像头发丝一样。拿去给武则天尝，你猜怎么着？"

"怎么着？"山里红没心思听这个，不过她也不打算打断柴老七，生怕他说漏了刘统传过来的话。

"武则天说，今天这个燕窝怎么和平时不一样啊，清淡而入味啊！结果后厨禀报，那就是那根大萝卜。武则天高兴啊，于是亲自赐名。洛阳燕菜就是这么来的，洛阳不是牡丹出名吗，后来又有人放上一朵萝卜雕刻的牡丹，就更有意思了。"

"嗯，"山里红有点急，"故事说完了，刘统说什么了？"

"别急啊，刘统说了很多呢，"柴老七倒是说兴奋了，连说带比画的，"这道菜，虽然好吃，但是费劲啊，他的配菜的汤啊，正常是应该用什么海参、火腿、鱿鱼、鸡肉、冬笋、香菇、青笋，你说哪一样单独做出来不香啊。然而呢，这道菜却是用这么多高档的材料来烘托大萝卜……"

"好了，你不用说了，我懂了。"山里红伸手打断了柴老七，眼里似乎有点湿润，"刘统的意思呢，肯定是说，他和那块玉呢，就是个大萝卜，犯不上我们这样去衬着他，是吧？就是说我跟他是浪费了。这点意思，我品得出来。他这费心刻这朵花呢，意思是我也算去过大上海，应该出污泥而不染。虽然是个匪婆娘，但是要像洛阳燕菜里的大萝卜可以媲美燕窝一样，要有着自己更高一步的追求，对不对吧？"

山里红说着说着就沉进去了，觉得刘统对自己的心思真是难能可贵，特意通过一道菜来寄托自己的无奈与祝福。这当土匪的和不当土匪的，做事情就是不一样。

柴老七却是被山里红说愣了，不解地说："没啊，刘统没说这些意思啊。他是说，萝卜可以顺气，喝了这道汤，二姑娘的气可以消了。那些故事，是做汤的那么长时间里，无聊，我问他，他给我讲的。"

"柴老七！"山里红气愤地拍了一下桌子。

"咋？"柴老七真不知道二姑娘为什么忽然就生气了。

"行了，你走吧，和你说你也不懂。"

柴老七看情形不对，真的就收拾碗筷，转身出去了。走到一半，山里红又叫住他说："汤还有吗？"

"嗯，汤还有，不过萝卜就没多少了。"

"行了，你给大哥整一碗吧……只是，你别胡扯什么你的那些故事了。"山里红扬了扬手，示意他出去。

柴老七出去，回身关上门，走了几步，又蹑手蹑脚地回来，听听屋里面，山里红一点动静都没有，很是吓人。

柴老七还是走了，他走远了才在嘴里嘟囔着："我怎么不懂，你喜欢那个会做菜的小白脸了呗。这，谁不懂啊？"

关于"我是谁"这个问题，老潘只是简单介绍了一下，就抓紧把应该走的过场都走了一遍，甚至连邻居家也去拜访了一下。他介绍说，这是我们家老厨师的儿子，去上海学手艺躲过了一劫，现在终于安全回来了。同时，当着邻居的面，老潘表示，这孩子不容易，战火纷飞的还能回来，他大哥当初就说要他收做义子，现在由他正式收做义子，以后就叫潘文统了。

到了晚上，吃过晚饭，下人们都去休息了。老潘这才把刘统带到书房，关严了门，坐下来和他好好谈一谈“我是谁”的问题。

“你是谁？这个问题其实比较复杂，我们首先要解决，你原本是谁。”老潘坐了下来，点上一支烟，双目炯炯有神地盯着刘统看。

“这个，有疑问吗？老潘，你救过我的命，又是我领导，我就是你的人啊。我原本是谁，一个厨子，会点医术，不过，这些似乎现在都不重要了。”

“重要！”老潘看了刘统一眼，意味深长地说，“左部长交代过，对于起用你，组织上是有异议的，但是已经别无选择。”

“我知道，毕世成，他不同意，说我没什么能耐。”

“错，老毕不知情，恰恰是因为你能力太强。”老潘忍不住叹了一口气，接着说，“据我了解，上海有个医学世家，姓刘，祖上曾经是太医出身。但是传到了这一辈，出了一个叫刘统的孩子，对医学没什么兴趣，却对厨艺很感兴趣。虽然被家里逼着学了很多中医的东西，但是更喜欢研究做些什么有特色的美食佳肴。这一切，都是因为他的母亲，来自上海一家非常有名的老字号。这家老字号，曾经以一宴十八席的素烧鹅而冠绝上海滩，被称作是天下第一菜。”

刘统感觉有些冒冷汗，老潘平日里看似言语不多，为什么对这些了如指掌。

“你叫刘统是吧？你父亲很欣赏刘备，因为寄怀刘备应该统一天下的意思，给你起了这个名字。你为了脱离父辈的影响，十六岁的时候就东渡日本留学。在那里，你认识了你的未婚妻，并且私订终身。回国以后，你和你的未婚妻都积极投入到进步团体中。不过，后来由于你们身份和能力特殊，被拉入军统一期的培训班。军统就是喜欢拉学生！如果我没说错，应该叫洪公祠特训班，对外称作是参谋本部特务警员训练班。而你更是其中成绩十分优异的一员，年纪轻轻就被派去南京协助毒杀日本总领事馆要员。”

刘统看着老潘，他不知道老潘已经对他的背景完全掌握，这些是老毕都不知道的事情，他从未和任何人说起过。按理说，左部长如果告诉过老潘了，那老潘也不会有这么多要问的问题。

老潘看着他，慢慢地说："我只是不明白，为什么他们最后放弃了你，而你的未婚妻更是在军统培训班中途退出了。"

刘统仿佛又回到了南京那个惊心动魄的夜晚，嘴角略微有些抽搐，他没有正面回答，而是想了许久才说："好吧，现在你知道我是军统特务，你为什么还要选我？"

老潘努力地笑笑："你只不过曾经是军统的特务，南京毒杀领事馆要员一役，他们就放弃了你。明明可以救你，却任由日本人把你当疑犯关起来，直到最后以莫须有的罪名执行死刑。你要不是遇上了老毕，也许我们就彻底见不到了。"

"我过去是谁已经不重要，是不是可以谈谈我现在是谁的问题？"刘统看着有些疑虑的老潘，十分认真地说，"我知道，你是相信我的，要不然不会在这次行动中选上我。关于过去，其实左部长知道，我只是不想反复再提，好吗，老潘？"

老潘看了看他，意味深长地说："左部长信你，我信你，因为我们相信一个为了抗日敢于放弃家里荣华富贵的年轻人。本来，你无论是选择继承家里的医道，还是继承外祖父的老字号店铺，都可以有相对安稳的生活。不是吗？"

刘统的心像是被刺痛了一下："老潘，你觉得，现在这种时局，还可以有相对安稳的生活吗？"

老潘忍不住站了起来，激动地说："其实，我们有着类似的经历，只不过我年长了一些，加入革命的时间早一些。潘家，在开封，也是个大户。这里，一直是由我哥哥来打理。原本，我被派回来单独组织豫中一带的地下组织，可是刚一回来就赶上老谭奇怪地失踪。有说他变节的，有说他被秘密关押的，我不得不先撤回去。”

“那你为什么又被派去豫东任书记？老毕一直说，你是去接任他的。”

“我撤走的时候，的确是准备转战豫东一带的。不过，组织上考虑开封需要一个有身份背景的人，否则平白无故地建立一个组织，实在是太难了。最初，我们家老厨师的儿子和我一起投奔革命，组织上准备让他先回来发展开封的地下组织。这么多年来，我们家对外都说，老厨师的儿子出去学手艺去了，师从上海的著名厨师。他如果能回来，比我还名正言顺。可惜，人算不如天算，他在从延安回来的路上，在一场意外的空袭中牺牲了。”

刘统的眼睛一亮：“所以，你急需一个替代他的人物，这个人要会厨艺，而且年龄要相仿。”

老潘点了点头：“不仅如此，还需要沉着冷静，有足够的经验。因为我们已经花了很大的心思，搭好了桥，他回来之后的工作身份都安排好了。”

“哦？”

老潘再次坐下，看着刘统说：“我哥哥托了好几层关系，才帮他联系上。回来以后，到警察局的监狱当厨师。因为我们急需一个人，打入伪警察局的内部，探听失踪的老谭到底在哪里，是否还活着。”

监狱，刘统的脑袋有点发麻，上次日本总领事馆的经历，已经让他一辈子都难以忘记。这次，又变成了伪警察局的监狱，有没有简单一点的？

“你是不是在想，有没有简单一点的？”老潘笑了，“据我所知，你的未婚妻也关在这所监狱里，所以，我们有着共同的目标和出发点。”

刘统也努力笑笑：“既然有你哥哥打点，你为何还冒险回来呢？”

“因为你！”老潘无奈地摇了摇头，又叹息了一下。

“因为我？”

“因为你来得太慢了，一切都安排好了，然而你却迟迟不出现。老厨师担心儿子出事，真的去上海寻找去了，这一去就没回来。不过，这也好，没有这个名义上的爸爸，你这个冒名顶替的身份也不容易被揭穿。我大哥在日本攻城的时候，身体受了风寒，连病带吓的，半个月前就去世了。我大哥的家人，立刻就着手离开开封，这潘家的人如果都没了，你来了又有什么用?”

“我也没想到，中途耽搁那么多天。”刘统犹豫再三，暂时没有说小磨山的经历。

“唉，很多事情，人算不如天算。”老潘又激动地站了起来，“还好我及时赶回来，如今这个大宅子里，就只有我和你以及几个下人了。最鼎盛的时候，潘家是个上上下下几十口人的大家庭。”

刘统也感叹了一下，没有接着往下说，等着老潘的下文。作为多年的老革命，老潘一定不会是和他发几句牢骚，感慨一下这么简单的。

果然，老潘接着说：“和你说了这么多，就是想告诉你，为了你这一环，我们已经付出了太多。你这一环，只能成功，不能失败。”

刘统望着老潘，轻轻叹了一句：“我这一环，你又哪里都清楚。”

老潘摇了摇头，在桌子上用手敲了敲，然后压低了声音说：“整个五常行动，十个人，都是围绕你这一环来的。我怎么不清楚，你身上背负着十个人的生命代价和浴血奋战的拼杀。”

刘统看着老潘，老潘也看着刘统。

沉默了许久，刘统才说：“你是不是想说，如果我想回军统，就早点说，别耽误你们?”

“不，你已经没有退路。”老潘斩钉截铁地说，“今天，你一出现，我们整个行动就按照约定好的，已经启动了。每一环，都是单线联系的，我们不能等到好了，喊个一二三。所以，这次行动的启动，就是以你到达十字巷为开始。你继续完成任务，潜入伪警局监狱去当厨子，每个月有五块钱工钱。”

“老潘，如果有一天……”

老潘笑了笑：“还什么如果，日本人的领事馆你都潜伏得下来，一个监狱的厨子，你怕什么？”

刘统看着屋子里微弱的灯光，像是自言自语地说：“人，最怕的是有负别人所托。”

老潘也没有再说话，而是静静地看着他，像是有一肚子的问题要验证，但是都忍住了。

沉默了许久，刘统才收敛了开玩笑的姿态，十分认真地看着老潘说：“我本来也没有退路了，外祖父的老店，在日军打上海的时候已经毁于一旦。我母亲，担心我当兵那个舅舅的安危，跑去劝他和家人一起撤走。结果，被流弹击中……对于我来说，过去，已经完全翻过去了，军统都以为我死了。他们原本就是想牺牲我，掩护行动的人安全撤离。这其中的故事，太复杂，原谅我，不想再提了。现在，也好，我就是潘文统了，这个世界对于我来说，的确没有退路了。”

老潘听完，十分正式地伸出手，刘统却是有点伤感地伸出手。两个原本命运不会有交集的人，两只迥然不同的大手，这一刻紧紧地握在了一起。

握完手，老潘回身去书架上翻了半天，拿出几个厚厚的本子来：“这是我哥哥多年来的随笔和日记，你尽快通读一下，有些人和事，需要牢牢背下来。”

刘统接过来，看了看，这得看到什么时候，忍不住说了句：“这要是菜谱就好了，还能看得快些。”

老潘也笑笑：“我们不能聊太久，以免其他人起疑。你好好准备，我再沟通一下中间人，看看什么时候可以去监狱当差。对了，眼前还有件大事，警局向日本人学的，不用没成家的人。所以，过几天你就要迎娶潘文统指腹为婚的未婚妻进门。”

刘统立刻瞪大了眼睛：“什么？”

高和尚跑了！小磨山上最近一派和睦，谁也没注意这个过了气的人质。

石飞雄说：“跑就跑了吧，难道我们还要养他一辈子，他饭量那么大。”

高和尚又回来了，他说是马大少想和小磨山讲和，希望以后双方别再冲突，马大少愿意出一部分银元和 30 条枪。石飞雄很高兴，冤家宜解不宜结，妹妹当初是为了自己才犯险去绑架马大少的。马大少手底下有一支规模很大的队伍，日本人都依仗他们在乡邻为非作歹。真冲突起来，小磨山未必能尝到多少甜头。

石飞雄派黑罗汉去接收，高和尚却说：“大少说了，起码小磨山得去个二当家的，否则他怕将来没人认账。”

山里红本来就是个不怕事的人，当即就说：“那我去好了，只怕再把你家大少吓得尿了。”

石飞雄有些担心，又觉得人家马大少这么有诚意，只派黑罗汉去，的确是失了礼数。吴秉安在一旁请战，说是希望陪着二姑娘一起去，他担心二姑娘的安危。黑罗汉就说：“你到山上才几天？我们劫马大少的时候，你还不知道尿哪一壶呢。”

吴秉安人聪明，枪法好，老大喜欢他，风头正劲。黑罗汉本来就对他不服气，自己虽然不是什么三寨主，但是一直以来说话就是老三的位置。现在多了个吴秉安，山上兄弟都叫他快枪吴，搞得黑罗汉感觉失势了，自然是看他不顺眼。

山里红是站在黑罗汉这一边的，对于这个当初嚷嚷着喜欢自己的油腔滑调的年轻人，她除了鄙视还是鄙视。山上的日子待久了，正好下山散散心，她没理睬吴秉安，带着黑罗汉等几个兄弟就下山去了。

交接还算顺利，马大少本人没来，高和尚介绍说：“这是马家的管事木先生，相当于师爷。”山里红他们都谨慎地戴着面巾，看着这个木先生就觉得不顺眼，一看就是个阴损之人。果然，木先生说：“久闻小磨山的英雄大名，可否以真面目一见？”

山里红反唇相讥：“久闻马大少贪图美色，我怕这面巾一摘，就此回不去了。”

木先生尴尬地笑了几下，然后就拿出一纸协议来：“老朽不才，希望双方永久保持中立友好之态势，互不侵犯。他日若马家民团途经此地，还希望小磨山相为接应，不再为难。”

黑罗汉不识字，看了半天，也没看懂那协议写的是什么，只好拿给山里红。山里红一看，鼻子差点气歪了，这就是一个划分地盘的不平等条约。她用手里的马鞭拍了拍桌子说：“和就和，还签什么条约。都什么年月了，大清朝的遗风流毒木先生还抱着不放啊。”

木先生捋了捋胡子，文绉绉地说：“盖古今之论事，皆有白纸黑字之留存。惜当今之和睦，防患他日之变故。这条约，还是……”

山里红受不了了，示意木先生把手里的笔递过来。她把那份条约直接打了个叉，然后反过来在背面写了个“和”字，然后签上了“山里红”三个大字，反手又交给木先生。

木先生尴尬地看了半天，讷讷地说：“这，不妥吧？”

山里红生气地一挥马鞭：“什么妥不妥，你签不签无所谓，东西你们肯定是拿不回去了。签的话，放你们一行安然回去。不签，我就连你们这一队人马一起扣了。”

高和尚一听，立刻摆出接招的架势，挡在了木先生身前。

山里红气得够呛，往前走了两步：“高和尚，你在我们那里白吃了那么多干粮，也没做出啥贡献。怎么，这还要动手？你不是说好了，帮助我们里应外合吗?”

木先生一听，立刻阴着脸看着高和尚。高和尚赶紧辩解:“你血口喷人，我忠于大少爷，什么时候答应你里应外合了。”

山里红看着高和尚认真的傻样子，被逗笑了，故意上前一步:“你忘记了，那天晚上，你在我屋子里。你说只要我放你下山……”

高和尚汗都下来了:“我是自己逃走的，你别……”

看着他乱了阵脚，山里红忽然掏出手枪，直直顶在高和尚头上:“你现在就告诉他们，妥不妥，就这么定了，否则我先崩了你这个口是心非的秃子!”

木先生在后面赶紧解围:“石姑娘，你这是何苦呢。好好，就这样了，妥，妥。我们把东西给你留下，希望石姑娘说话算话。”

山里红又故意说:“高和尚，你告诉我，我说过什么话了?”

高和尚急出一头汗来，真想不出山里红说过什么应该负责的话。

木先生摇了摇头，举起那张纸，指了指那上面的“和”字。

山里红笑着点了点头:“放心，这个字我会负责的。”

事已至此，木先生觉得多说也无用，就当花钱买安心吧。双方清点完枪支和银元，木先生就带着高和尚等人离开。

山里红这个时候才在后面喊:“木先生，你回去告诉马大少，山里红说话算话，欢迎他来小磨山搓麻将啊，我一定会和的。哈哈……”

木先生显然是听见了，不禁摇了摇头。山里红开心极了，戏弄这么个阴损的小老头儿真是件大快人心的乐事。只是，她看到高和尚走在队伍的最后，那马背上似乎绑着一个女人，一身衣衫光鲜，看那样子，应该是要出嫁的新娘子。马大少的确是色胆包天，出来谈和，不知道顺道又劫了哪家的姑娘。

山里红计上心来，就附耳和黑罗汉说了什么。黑罗汉立刻摇头:“不要吧，大哥也说希望谈和。咱们这么做，那不是刚谈完就翻脸不认人吗？”

山里红黑着脸说：“你觉得那马大少，算人吗？”

黑罗汉还是不同意，说是咱们这么多东西要抬上山，别误了事。山里红噘着嘴上了山，左思右想，只有去找吴秉安。小磨山谈和了，但是吴秉安还不算小磨山的人。山里红不知道为什么，她就是想救那个新娘子。

刘统没想到，自己这么快就先上工了。老潘带着他见了伪政府的财务科徐科长，那个科长作为保荐人，约了警察局的吴局长。吴局长也认识老潘的大哥，说是一早说好的，那就先来吧。刘统就傻傻地去上工了，找的是勤杂科的田科长。田科长是个胖子，一天到晚都像是刚吃完饭的样子，总是在没完没了地剔牙。

田科长只说了一句话：“挺好的小伙子干这个作甚？”说完，他就一边剔着牙，一边领着刘统去厨房，交代给一个又矮又瘦的老头子：“顾师傅，这是新来的，吴局长介绍来的，你看着安排吧。”

说完，田科长扭身就走了。

厨房里有十来个人，大家都用异样的目光看着他，一点亲切都没有，全是防备。

“会做饭吗？”顾师傅问。

“会。”刘统谦逊地点了点头。

“会做菜吗？”

刘统一愣，这饭和菜还是分开的吗？不过，他还是继续谦逊地点了点头：“会。”

“那好，你就负责洗菜吧。”

刘统又是一愣，还以为会让自己做一道菜让他看看水平呢，这怎么就去洗菜了？刘统应承了一声，就真的去洗菜了。院子里，摞着好几堆白菜和萝卜，刘统数了数，估计到天黑也洗不完。这要是天天埋头洗菜，那是什么消息也打听不上了。

看着他一棵棵拿出白菜来认真地洗，路过的一个少年模样的人在他身边蹲了下来，就在那里乐。

刘统看了看对方，用肩头擦了擦汗："小兄弟，我是新来的，叫潘文统。"

那个少年白了他一眼："他们都叫我小石头，是学徒。"

"呃，"刘统不禁笑笑说，"在我家乡，也有个孩子叫小石头，这么巧。"

小石头又白了他一眼："别套近乎，你不是开封人吗？还是财政科徐科长介绍来的，老潘家的义子。还家乡，扯。"

刘统想，自己一听到这么巧，居然忘记了自己的身份，赶紧掩饰说："真的，我小时候在乡下长大，那里也有个孩子叫小石头。"

"我不是孩子，我十七了。"

"呦，看不出来啊，可以讨媳妇了。"

"当然，我十五就讨老婆了，要不这里不让干的。你呢，你老婆管你管得狠不？"

刘统忍不住笑出来声，这孩子居然讨老婆了，童养媳？他摇了摇头说："我定了亲事，老婆还没过门呢。"

"扯，你们大户人家真是不一样，这都能进来啊？"

刘统只是笑，没回答。看来老潘说的是真的，这里的确是在模仿日本人的用工模式，没有成家立业的一律不用，家人不在当地的也一律不用。这都是为了防止下毒或搞破坏，因为一旦发现你有异心就会连坐家人。南京领事馆那次投毒事件，军统是很成功地让主力全家功成身退，不过之后牵扯将近 1000 人无辜被抓。想起这些，刘统有些发呆和出神，这么多人前仆后继，为的是什么呢？

小石头看他没做声，接着说："你也别把头抬到天上去，这里每个人都是有来头的，都是这个长那个头介绍进来的。这年月，有份正式的工作不易啊，要不会被抓去当苦力呢。你啊，属于靠山比较低的呢，夹着尾巴做人吧。"

刘统想了想，看看四周没人，从兜里拿出老潘给他的糖果，递给小石头说："这是外国的糖，据说吃了顶饿。潘老爷子怕我吃不饱，特意给我带的，你尝尝。"

"收买我啊？"小石头嘴里这么说，却立刻把糖拿去放到了嘴里，然后指点着他说，"别说我不提醒你，这些菜不用这么洗，你这么洗洗到明天天亮都洗不完。这是给犯人吃的，你就拿几桶水，随便泼一泼，去去味就成了。他们做的时候，连烂叶子都不拣的。你啊，没必要这么认真。"

刘统一听，连连点头说谢谢。

小石头又叮嘱他说："千万别说你会做菜，那个顾师傅，最容不下会做菜的人。这里是什么地方，监狱，会做菜的有两个就够了，专门给警察局的人做。其他的人，会把菜扔到锅里就成了。"

刘统一听，这个老潘，特意找他来顶替真正的潘文统。原来，根本就不需要会做菜的，这不是白费心机了吗？

两个人正聊着，就听见里面闹了起来，副厨哭着回来了，和顾师傅抱怨说又被警局的人打了。小石头对刘统说："进去看热闹，你也学着点。"进去一看，顾师傅正训斥那个副厨："人家说什么就是什么，你回什么嘴？"

副厨说："这活儿没法干，根本没什么食材，让我做出花来啊？兵荒马乱的，有得吃就不错了。一来日本人，那些警察就一副奴才相。日本人说菜一般，他们就把我们叫去一顿训。"

副厨正抱怨着，顾师傅抡起手就打了他一巴掌："你要记着，你是个奴才，你不是厨子。”

副厨捂着脸，憋着话不敢说。顾师傅看了看四周，大家都往后躲。他的目光停在了刘统身上：“你，你过来。”

刘统有些不解，上前了一步，小石头抓了他一下，没抓住。

“你去，把这道菜端上去，那些爷要是说不好吃，你就听着。他们要是打你，你就受着。”

“啊？”刘统愣了，这算哪门子厨子干的活？

顾师傅说完，似乎有些不忍心，又加了一句：“放心，就是把筷子扔你脸上什么的，忍着点吧。你是新来的，又是吴局长介绍的，他们摸不清底细，未必敢太过分。”

刘统就这么颤颤巍巍把顾师傅重新做的菜端了上去，结果他一进餐厅，就发现那天的那个日本长官坐在当中。

六木是来提审新一批嫌犯的，吴局长去政府开会，没有作陪，底下人就不知道怎么陪才好了。六木正头疼千叶抓回来的几个嫌犯，嘴太严，没心思吃什么。藤川很依仗他的审讯能力，毕竟只有他的中文好，所以不让千叶自己问，由六木来。

本来，六木想劝藤川，在山陕甘会馆那里建个审讯所，新来的嫌犯关在那边审，这边警局的监狱根本让人信不过。可惜藤川说，会馆里那么好的居所，别让这些人煞了风景。六木就不得不总是几边来回跑，关键是这批人是千叶抓回来的，自己不能轻易下杀手，很难审出个一二三来。

一开始，六木并没有认出刘统来，只是吃了新上的菜，仍然忍不住撇了撇嘴。也许不是菜不好，而是他根本食之无味吧。底下的警察又开始训斥厨师了，六木这才看到眼前的这个一身厨子打扮的人，不正是那天自己拦下的那个做药材生意的吗？

六木伸手指了指，示意那个人过来。刘统一看是他，就有点慌，他记得，那天自己说的是做药材生意的，因为他当时包袱里有很多药材。

“你，是那个跑药材生意的？”六木用餐巾擦了擦嘴，指着刘统说。

“是，是！”刘统点头应着。

“你还是厨子？”

刘统想了想，怯生生地说：“我爹就是潘家府上的厨师，我这是混口饭吃。”

“警察局很好混吗？”

“不是，不是混。”刘统赶紧解释，“我是学了厨师手艺的，也跟人学倒腾药材，因为潘家的祖上店铺业务比较多，贩运药材是其中之一。”

“潘家，药材？”六木有些警惕地看看周围的伪警察。

一边的田科长赶紧解释：“嗯，潘家原来在开封是开大商号的，后来没落了，的确也有药材铺子。”

六木饶有兴致地打量着刘统：“既然你不是混，那你一定菜做得很好了，你做一道菜来我看看。”

刘统装作很犹豫的样子，六木却进一步提出了要求：“听说，中国的厨子，出师的时候，大多是做一道关于鱼的菜。你就做一道鱼吧。这里鱼总还有吧？”

他说着，看了一眼田科长。田科长汗都下来了，这刘统第一天来，怎么就惹上这么大的乱子，连忙点头说：“鱼，有，有，我们大厨顾师傅就很会做鱼。”

六木又接着说：“据说中国的厨师是很讲究刀功的。就让这位年轻人在这里处理鱼吧，我倒有兴致参观一下。”

田科长的汗啊，都快成雨了。他干吗多嘴，原本还可以让顾师傅在后面替这个年轻人做。如今，六木长官要求当面做，这要是做不好，那就成了他用人不利，招了混子进来。再说，这托人来当差的，大多都是混子啊。

鱼已经上来了，上好的活鱼，刀板调制料等也都端了上来。这些是小石头端上来的，顾师傅不敢露面，不过刘统看见他远远地从窗外向这里张望着，也是一脸愁容。

六木根本没有让刘统离开，一直微笑看着他。

刘统想了想，拿起刀来，从鱼下颚处下刀，将脊骨肚子刺去除，将鱼肉切斜面方块，刀刀都片至鱼皮，但不破，片好后略腌渍，滚干淀粉。调制腌渍的调料略微费了些时间，因为拿上来的调料根本不全。不过，仅仅是破鱼、片鱼的刀功就让在场的人十分惊叹，这么年轻的人，居然有这么好的刀功。

切、片完毕，刘统用肩膀擦了擦满头的大汗，看着六木，紧张地说："我可以去炸么？这道菜，入七成热油锅炸，再重油呈金黄色起锅，在鱼身上部装眼，以冬菇做两耳。在炸鱼的同时，还要勾糖醋汁，此菜色、香、味、形、声俱佳，外脆内嫩，甜酸适口。不知道太君有没有兴趣品尝，还是只是看刀功就可以了？"

六木说："我当然是想尝尝。"

刘统转身下去准备，顾师傅在厨房看见他的时候，一言未发。不过，刘统在炸鱼的时候，他一直待在旁边，一脸紧张的样子。

刘统将做好的鱼端上桌，并且趁热浇上糖醋汁，整道菜吱吱作响，犹如松鼠鸣叫。再看盘子里金黄色的鱼身，栩栩如生，很像俯首缓行的松鼠。六木拿起筷子夹了一口，忍不住赞了一声："好！想不到警局的厨房里，也是卧虎藏龙啊。"

旁边的人闻听，也试着夹起来尝尝，同样赞不绝口。

六木问刘统："手艺不错啊，这道菜叫什么？"

刘统赶紧做出奴才相，谄媚地说："松鼠鱼啊，太君才是龙虎之辈，我们都是鼠辈，不敢谈什么卧虎藏龙。"

六木笑了笑，这个年轻人居然很会拍马屁，只是这马屁拍得有点过。

他转头对田科长说：“想不到啊，你们雇的人，比我们那里的厨师做得还好。”

田科长赶紧附和：“不敢，不敢。”

六木接着脸一沉：“只是，把鱼炸成这样，还是不如鱼本身生鲜美味。我们大日本帝国，讲究的是生鲜之味，同样要做出极致佳肴。可惜，遍寻中原，找寻不到了。”

田科长又附和：“可惜，可惜……”然后使了个眼色，让刘统先下去。

刘统回到了后厨，大家都替他高兴，纷纷赞不绝口，小石头还给他鼓了掌。只有顾师傅依旧是冷冷的样子，只是说了一句：“年轻人，你必须先懂得，伴君如伴虎，尤其是太君。”

果然，稍后田科长追到后厨来，叮嘱刘统赶紧把婚事办了。现在日本人已经对他有印象，万一知道他是手续不全、条件不够进来的，麻烦就大了。

刘统皱了皱眉，老婆还不知道在哪里呢，老潘只是告诉他是个乡下人，已经安排同志李代桃僵。

晚上回去，见到老潘的时候，说起了这些。老潘一方面叮嘱他不要太招摇，另一方面叹气说：“组织上给你安排的人，半路出了岔子。周队长他们托人送消息过来，说新娘子半路被人掳走了，正在想办法营救。这世道，乱啊。”

刘统说：“能不能绕开这块啊，我也不能耽误人家女同志。我知道是假作夫妻，但是这任务不知道多久，人家女孩子今后怎么嫁人啊？”

老潘看了看他：“你还有空想这个，没法嫁人，就跟你过呗。”

刘统立刻说：“先说好了，只能是假扮，我有未婚妻的，我肯定要想办法救她出来的。要不，我来这里干吗？”

老潘生气了：“大家生死都置之度外，你还在乎谁当老婆。”

刘统不吭声，生闷气。

老潘也赌气半天，然后才说："婚礼的日子都定了，到时徐科长、吴局长他们都会来，你说这个周队长，护送个人都护送不明白。"

刘统忍不住说："组织上安排的是谁啊，我将来自己做工作，也别耽误了人家姑娘。"

老潘看了看他，低声说："周队长说你们见过的。就是那个在集市上卖艺的方如。不过她那个假哥哥林清有点难缠，说是想投奔革命队伍，但不是我们的人，总得防备着点。"

刘统乐了，他忍不住问："黑子怎么样了？他是不是和方如在一起？"

老潘所答非所问地说："现在城外出了一个锄奸英雄，他对外一直说叫毕世成，你懂了吗？"

因为在那次大集上，黑子就冒毕世成之名，是为了让这个名字响亮起来，让老毕看看他黑子不是等闲之辈。于是，刘统心领神会地说："那倒是好事，英雄终于有了用武之地。"

老潘摇了摇头："就是他护送的方如，结果半道好战喜功，和马大少的人发生了冲突，把人给丢了。"

吴秉安听说要去马大少那里抢一个姑娘回来，脑袋摇得像拨浪鼓一样。

他不认识马大少，但是知道马大少那里有一个民团的兵力呢。而且，这石飞雄刚刚亲自点头与马大少讲和了，这会儿正美滋滋地在聚义堂上数枪呢。

山里红看着这个没出息的油头粉面，想扇他一个耳雷子。

"你还说你能保我大哥成就一番事业，现在你连一个姑娘都救不了。"

吴秉安依然在摇头："二姑娘啊，兵书上说，敌众我寡，小固不可以敌大，寡固不可以敌众，弱固不可以敌强。马大少那里起码几百人的民团，我们就是以一当十，也得带上几十个兄弟吧，这么大的动静，你大哥能不知道？你大哥能不把你拉回来？”

“不用几十个，”山里红也摇了摇头，“就两人，你和我。”

吴秉安脑袋摇得更厉害了：“二姑娘，你这开玩笑吧。身犯险境而镇定自若，于万军之中取上将首级，那是大将风度。不过，那都是传说，你别拿生命当儿戏好不好。这不是过去，得讲究详尽布兵，全盘考虑，三思而后动。”

“什么步兵、骑兵的，你就说你胆子小。你什么时候变得文绉绉的了，不是一直和我哥吹是大将之才吗？”

“对不起，你大哥今天让我给他讲三十六计，讲了大半天，掉进去出不来了。”吴秉安道歉，他起身看了看屋子外面没什么人，然后才说，“冒险不是不可以，但是得值啊。多少大事可以做啊，出师也得有名啊。你去救个不认识的姑娘成了，没人知道你，败了，多少大事都干不上了。像二姑娘这样的巾帼英雄，如果就这么送命了，那简直是国之不幸。”

“行了，我知道你想留着命去跟日本人混个一官半职呢。”

“二姑娘，有朝一日我定让你刮目相看。”

山里红想了想，看来只有激将法了：“行了行了，和刘统比起来，你就是瓜和木了，不用相看。”

说完，她故意看也不看吴秉安，直接快步就走出去了。

果然，刚一出门，吴秉安就追出来了：“二姑娘，你别走啊，咱们不能强攻，可以智取啊。”

山里红停下来，回头看着急匆匆的吴秉安，忍不住笑了起来。

吴秉安挠了挠头：“那个刘统好在哪儿啊，二姑娘如此忘不了他。他打败高和尚，那是夺取了我的胜利果实。你不会是为了块破玉……”

山里红立刻做了个停的手势：“那不是破玉，我不准你这么说。”

聚义堂上，石飞雄对着黑罗汉，反复夸那批枪真的是不错，这回他们兄弟也有像样的成批武器了，这拿出去就算是一弹不发，那也威风。

正说着呢，柴老七慌慌张张地进来说，二姑娘和吴秉安偷偷下山了，也没说干什么去。

石飞雄皱了皱眉头："就他们两个？"

柴老七说："是啊，要不我着急呢。那个吴秉安，到底是个什么货色，还不知道呢。别回头，把二姑娘给骗走了。"

石飞雄想了想，然后就爽朗地笑了出来："能把山里红骗走的男人，估计还没生出来呢。"说完，他又隐隐有些担心。他担心的不是妹妹被骗走，而是怕妹妹骗吴秉安去做出什么把天捅个洞的事情来。

山里红追到了马家堡，才追上了高和尚他们一队人马。高和尚对山里红有种天生的亲切感，就在马家大院门外上把队伍停了下来。这里比较热闹，旁边经商的，摆铺子的，也都习惯了有民团的人挎着枪来来去去。人们倒是对外来的、敢骑马追到这里的蒙面女人很意外，都围过来看热闹。

看着满头大汗追上来的山里红，高和尚傻乎乎地说："二姑娘，有什么急事啊，你看你这面巾都快湿透了。"

山里红勒住了马缰，也没下马，拍马来到高和尚的面前说："你给我的枪不对，有两支被人换了，是旧的。"

高和尚就乐了："二姑娘，不可能啊，我们马大少爷给你们准备的，一水都是小日本的明治 38 式步枪，我们兄弟这背的都是汉阳造，你看看都是一样的。"

山里红在马上张望来张望去："和尚，我信你。但是，保不准是你的手下，暗地里偷偷换了。你敢不敢让你的兄弟都过来，让我看看是不是都一样。"

“二姑娘真是好威风啊，这跨一步就是马家堡了，还容不得你造次。”木先生慢慢从人群中转了出来，慢条斯理地说着。

“人在哪儿呢，光听到声儿，咋看不到人呢?”山里红故意做出四处张望的样子，最后才低头看到了木先生身上，“呦，这还一大活人呢，木先生，别人跨一步是到了，您老得跨三四步吧，还得别喘呢。”

木先生被气得够呛，手一挥：“兄弟们，都过来，让这恶婆娘看看你们手里的家伙。如果没有人换过那什么日本造，我看看这恶婆娘还有什么话说。”

一个姑娘家家的，能折腾出多大事来呢？一干人等纷纷围拢上来，也都是抱着看热闹的心态。

山里红把所有人的枪仔细地看了一遍。木先生在一边说开了：“二姑娘，如果你看不出来，今天，我可不能就这么让你走了。要不，这马家堡的名声往哪里搁啊?”

“往地上搁呗，你想放一炮到天上待着，你也得会飞啊！”山里红嘴上说着，眼里却盯着每个民团士兵的枪。忽然，她在一个大个子兵的身前停了下来：“哎呀，木先生，你自己来看看，这个大个子的枪怎么比别人的长呢。”

大个子辩解道：“这个是我自己改造过的，真的是一样的枪，就是加长了一点。”

木先生推开众人，冲着山里红说：“现在查无实据，你总该有个态度吧?”

山里红已经退后了几步翻身上马：“邪门了，一定是有人提前藏哪儿了。”

高和尚说：“别这么走啊，都到门口了，怎么都得去做做客啊。”

山里红用马鞭一指：“你们马大少都出来了，我再不走，他该纳我当姨太太了。我可是当大老婆的主儿，小心我把你们马大少的三妻四妾都弄残废了。”

众人回头一看，果然是马大少带着人马迎出来了。木先生和高和尚都无暇顾及山里红，赶忙去迎。马大少赶了过来，东看看西看看，问道：“刚才你们围的那个是谁？”

高和尚说：“是小磨山的二当家山里红，非说我们给错了两杆枪。”

“她胆子够大的呀。”说完，马大少挥起马鞭抽了高和尚一下，“她都到家门口了，你也不把她拿下。怎么着，我也得把她关在棺材里送一程。小妞上回折腾死我了。”

高和尚翻了翻眼睛，反正也不觉得疼，倒是不解地问：“大少爷，你不是说不光彩的事不提了吗？”

马大少这才觉得刚才自己说漏了，对于被封在棺材里被劫持，乃至尿在棺材里的事情，他吩咐过高和尚绝对不许再提。他尴尬地咳嗽了两下，转移开话题说：“让你们劫的姑娘呢，有没有失手啊。”

高和尚说：“当然没有，后面大何小何一起看着呢。”他一回身，就见到大何小何就在自己身后看热闹，还和旁边的人比着枪长枪短呢。

木先生在一边说：“坏了，我们上当了，山里红是来劫人的，不是来要枪的。”

高和尚挠了挠头：“不会啊，咱们不是看着她走的吗。就一个人，一个跟班都没有。”

木先生敲了一下他的头：“你就是个木头啊，兵法有云，这叫声东击西啊。”

这一次，马大少马鞭都不用了，直接踹了高和尚一脚，然后在那儿大声喊道：“赶紧给我追去，都给我抓回来，爷一下娶俩。”

这人马都追出去了，马大少气急败坏地往屋里走，本来是想出去散散心的，如今也懒得去了。他刚进了自己的屋子，门就被人猛地反扣上了，一杆黑洞洞的枪口直对着他的头。

"英雄，英雄，有话好说，有话好说！"

"呸，我和你没什么好说的，你们抓的那姑娘呢，赶紧给我放了。"

"人，不是，不是已经被你们救走了吗？"马大少颤巍巍地回答着。

"啊？什么时候？"

"就刚才啊，在门口。"马大少这才有胆量抬头，斜眼看看闯马家堡里如入无人之境的到底是何方神圣。一看不要紧，他鼻子差点气歪了。身边这个人，居然就是上一次在大集上拿枪对着他的那个黑小伙子。

来人正是黑子，他无意中和马大少的人马交起火来，本来是占了上风的，谁知道跑了一个，带来了大队人马。结果一场激战，他把方如给丢了。不用周队长训他，他都知道这事必须立刻补救回来。于是，豁出去单枪匹马就来闯马家堡了。

"英雄，真的救走了。"

马大少的话还没说完，院子里就回来了一大群人，为首的就是高和尚，他在院子里就喊着："大少爷，人跑了，没追上啊。"

黑子用枪指着马大少："转过去，趴门上，别让任何人进来。"

马大少果然听话地回身走了几步，趴在门上喊："先别进来，别进来。"

高和尚一听声音不对，反而是快步走到门口砸起门来。

马大少一个劲儿地反复喊别进来。高和尚就更急了，从侧面的窗户直接撞了进去。马大少这才敢回头，只见后窗开着，屋子里已经没了黑子的身影。

第五章　婚礼

日军进入开封城以后，开封的物价并没有飞涨，相反还很稳定。藤川所在的特务机构，居然有个专门部门，叫做“物资对策委员会”。每当物价上扬，若不是经过这个委员会核准，他们会施行严厉的处罚。城内的工商业者，知道申请手续十分繁杂，而且中间还有汉奸和翻译之类的讹诈，所以，宁可少卖也不敢涨价。所以，物价稳定的表象之下，是物品的极度匮乏。

日本从国内迁过来许多大商户，对于日本人和开封人实行两套价格，但凡日本人的吃穿用，产品就不愁，轮到国人，就艰难度日了。刘统虽然会做很多美味佳肴，可是买不到什么东西，也很难有表现的机会。就连老潘都说，没想到来了开封吃的还不如豫西了。

刘统说：“不是说潘家很有钱吗，你舍得花钱，咱就有好吃的了。”

老潘看看四周没人，才敲了他脑壳一下说：“早就被我大哥那几房太太分光了，我剩那么一点，也都想办法给老赵他们买药了。我对外就是装败家子，把家里钱财都败坏光了。”

刘统说：“那你还说婚礼要像样点。”

老潘又被气到了：“不像样，怎么打入他们的圈子啊。潘家在开封是上层社会圈子里的，所以才能疏通那么多门路。你要知道，这开封的药材、米铺、五金店，曾经有三分之一都是潘家的。上层人，你懂不?”

从那以后，刘统就管老潘叫没钱的上层人。

老潘倒是不生气：“要是和平年代，你一定是个最淘气的学生。”

刘统说：“要是和平年代，你一定是个吃穿不愁的公子哥。”

两个人说完，就在书房里发呆。老潘打开了书房的窗户，想看看外面的星星。也许是阴天，外面是漆黑一片。

刘统在监狱的后厨，一战成名，但是也让田科长担惊受怕，天天催着他赶快把婚事办了，并且催问日子定了没有。刘统推搪了几次，黑子那边终于传过来消息，方如已经救出来了，正在想办法进城。于是老潘就把婚期定了，大概是五天之后。他和刘统合计，方如进城以后，这边有人接应，五天的时间应该够了。如果拖的时间过久，多方都会起疑。

田科长对于五天的说法也不满意：“亲个嘴，入个洞房，还需要这么长时间吗?小石头都快有孩子了。你这老大不小的，早干什么去了?”

刘统只好推到老潘身上：“我们老爷说，我虽然是个下人，也算是潘家的人。潘家娶亲，礼数从来就没低过。”

田科长歪了歪鼻子：“死要面子，你们潘家大老爷在的话，各方还买个面子。潘家老二，就是个四处游荡的公子哥，要不是他哥哥当年的威望，谁给他面子啊。”

刘统没法回话，只好点头，假装同意这个说法。

“哎，你还不信是吧。”田科长显然对他的反应不满意，“我对你说，听说你是才回来。潘家已经不是以前的潘家了，以前的潘家，日本人都得给三分面子。现在的潘家，商铺没剩下几个，人几乎都跑光了。那个潘老二，就是回来捡便宜的。”

刘统故作木讷地说：“我们老爷说了，婚礼那天，吴局长和很多日本人都会去。潘老爷人挺好的，还给我做新衣服呢。”

田科长闻听此言，白了他一眼，哼了一声就走了。

刘统虽然露了一手，顾师傅却当作没见过，依旧分配他负责洗菜。连日来，顾师傅跟他说过的话，加起来没有十句。

刘统想，洗菜就洗菜吧，他特制了一个长长的铁钎子，每次都把十几棵白菜穿起来，然后一刀下去，白菜根就齐刷刷地落地。手腕翻飞，须臾间，他就可以把一筐白菜切成大片，放到大盆里泡起来。

做菜的师傅图方便，和他说："干脆，你按照老方法，先用水冲一下。然后，你直接切锅里得了。"

刘统也没客气，还是用铁钎子穿好，一刀下去把十几棵白菜的根切掉一边，然后单手提着铁钎子，在烧开的大锅上一举，另一只手刀花飞舞，白菜片就直接落入锅中。大家看了，都拍手称绝。顾师傅碰上了一次，把大家驱散了说："雕虫小技，无聊之极，有什么好围观的，看你们还能乐多久。"

小石头愿意跟着刘统混，说他是乐天派，还问他媳妇长什么样知道不。无意中的一问，还真把刘统难住了，老潘没交代这婚姻的背景是双方见过还是没见过。好在他急中生智，反问小石头："听说你老婆比你大，是不是天天管着你？"

小石头居然自豪地说："妻大五，赛似母。在豫北老家，这很平常。"

刘统乐了，故意揶揄说："那你一个老娘，一个赛似娘，是不是都管着你啊？"

小石头这回没了笑脸："别提了，比我娘还烦呢。"

第二天，小石头忽然饶有兴致地拿回一根白菜手环来："文统哥，师傅说你无聊。这大牢里的人，还有比你更无聊的。你看看，这白菜汤没喝，把你这打眼的烂白菜片子穿成了一个手环来。"

连续三天，小石头都捡到了细布条穿起来的烂白菜片的手环。他负责去牢里收拾吃过的东西。小石头没门没路，纯粹是因为跟着师傅一起进来的，所以这最脏最累的活就是他的。

刘统每次都说，这说明牢里的人比我们无聊。趁没人的时候，刘统偷偷把手环小心翼翼收藏起来。

晚上，进了老潘的书房，他兴奋地说："王思荃找到了，果然在牢里，她还活着。"

老潘也是喜出望外："你不是说他们还不让你进牢房吗，你怎么找到的?"

刘统小心地拿出三根手环来："她陪我做菜玩的时候，我曾经给她用生白菜片子做过手环，说是百财聚手的象征。我给白菜片打洞，都是菱形的，我说过这样才不容易烂。知道我这个方式，还能够把白菜片再穿成手环的，应该只有王思荃。"

老潘略微有些失望，只是应了句："万一是别人无聊呢。"

刘统使劲摇头："不会的，你看看这三个手环，数目是不一样的。而且每一片的大小都不一样，应该是思荃处理过的。她和我一起进的军统特训班，我侧重的是枪械，她侧重的通讯。"

老潘的眼睛一亮："那就是说，她能够很容易地把里面的情报传递出来了?"

"这也不能说容易，因为小石头会捡到几个是不确定的。"刘统指着手环说，"这三根手环，是分别做过处理的，道理和摩斯密码差不多，根据长短不同，形状不同，可以表示不同的意思。"

老潘不懂，摇了摇头，表示有点不可思议。

刘统认真解释说："摩斯密码一般需要很长的密码元才能表达一个简单的意思，比如电报是按几音长几音短来对应字母。同时也可以对应着用图形来表示，用长短来表示。这三根手环，密码元加起来也只够一句话的。我懂得不多，但是大意应该是，我在干什么，然后是安全以及父亲。我估计，思荃一定是做了很多手环，但是我得到的只有三根。"

老潘的眼睛一亮："那能不能传递信息给她，看看老谭是不是在牢里，在哪个房间，哪个位置，情况如何。”

刘统摇了摇头：“思荃教过我一些，大致的密码传递我是可以做到的。但是，我在做菜的时候，没机会把每个白菜片都精雕细刻成不同的形状。即便我有时间做这件事，也未必这碗汤就会送到思荃那里。”

老潘在屋子里来回踱步，许久才停下来和刘统说：“总结几点，第一，你这是个突破值得高兴；第二，你还得想办法打进牢里，如果你能借着送饭的机会进去，当面问还是最牢靠的；第三，你这个方法不能总用，万一有人起疑心或者读出你这个白菜片的秘密，整个行动就毁于一旦。”

刘统想了想说：“最后的担心倒是没有必要的，思荃对密码有自己的思考，而且有些要小聪明的偏好，除了我和她，这个是没有人知道的。何况，类似的方法我们只在南京用过，没有失手。”

老潘忽然坐了下来，盯着刘统看：“你们在南京，到底发生了什么？”

本来很兴奋的刘统忽然语塞，推托说：“这个已经不重要了。”

“重要，”老潘轻轻地敲了下桌子，“都什么时候了，你要是不告诉我你完整的过去，万一哪里出了纰漏怎么办？”

刘统也反过去看着老潘：“老谭失踪这么久，为什么我们还要营救他？如果他叛变了，就不应该被关在监狱里。如果老谭没变节，那日本人应该经常拷问他。现在看来，这两种情况应该都不存在。所以，你也没有告诉我完整的任务，万一出了纰漏怎么办？”

老潘说：“现在还不到说的时候。”

刘统赌气，也说：“我现在也不到说的时候。”

老潘急了：“我是你的直接领导，你必须对我知无不言。”

“我也……”刘统想了想，自己身上的秘密任务还不能说，“好，纯上下级的回答，我可以告诉你，但是大概要讲一天一夜。”

老潘知道他还在赌气：“你简单说，我也不想听你那些风花雪月的故事，我们对你，也是有着充分了解的。”

刘统说：“简单说就是，我们被派去南京，配合胡氏兄弟毒杀南京日本领事馆行动。但是去了以后才知道，军统吸纳思荃进来，是为了牵制她父亲。与我们那个行动一起展开的，还有一个刺杀她父亲的行动。”

“王思荃、王……”老潘像是忽然想起什么来，“难道他父亲是那个叛变投敌，导致军统整个华北区几乎全军覆没的人？”

刘统看着老潘，十分沉重地点了点头：“我和思荃，当时在南京，对于这些，只有我偶尔听到了一些消息。思荃还是很认真地执行任务，但是上面已经悄悄命令，行动结束让她自生自灭。实际上，这也就同判了死刑一样。”

老潘长出了一口气：“我只是知道你的身世很传奇，没想到你还有更传奇的地方。”

“世事无常吧，我们在日本相识的时候，完全不知道她家里的事情。后来我是为了她，才同意参加军统特训班的。所以，我对军统，本来就没什么好印象。如果不是思荃影响了我，我也许这一辈子都会安心学做菜了。我在日本的时候，对日本的料理都有所研究了，要不要什么时候我给你的日本朋友做一顿。”

老潘立刻摇头：“千万别，日本人用人，就是不用会日语的，怕情报泄露。你在警察局的监狱，也老有日本人去，你千万不能暴露你会日语。这样，他们无所顾忌地在你面前说情报的时候，你就派上最大的用场了。”

刘统说：“放心，经过南京一役，我已经把生死看得很淡。人哪一天来，哪一天走哦，自己都决定不了的，何必因为未知的事情而担忧呢。”

老潘说：“也是，南京一役，日本人抓了一千多个中国人。军统虽然行动成功，大振中华士气，但是牺牲的无辜百姓也不少。那，王思荃，怎么逃走的？军统动了恻隐之心？”

刘统摇了摇头说：“后来，我违反上面的安排，把我出逃的机会给了她。”

老潘沉重地点了点头：“那难怪，你能如此看淡。据我们掌握的情报，思荃是个好同志，她后来去了天津，参加了抗日锄奸团，继续抗日工作。”

“说句违心的话，我宁愿替她去抗日，她就不会被抓了。”刘统痛苦地说，“开封监狱，戒备森严，要救她出来，谈何容易。”

老潘看了看书房一角的大钟，说：“你过去的传奇婚史需要放一放，后天，方如就要过门了。她现在已经进城了，伪政府的财务科徐科长帮她安排了住处，他作为媒人也会出席婚礼。”

“非得假结婚吗？”

“你没看见田科长逼你逼得有多急吗，日子都定了，一切不能变。将来王思荃同志被营救出来，组织可以帮你解释这件事情。”

“那徐科长是我们的人？可靠吗？我是不是应该先见见方如？”刘统依然觉得假结婚这事，比让他潜伏在伪警察局还危险。

老潘露出一丝神秘的微笑：“我都说了，现在是国共合作时期。徐科长，是军统的人。不过，军统里也有我们的人，所以，我们才对你的资料了如指掌。”

刘统用很不屑的眼光回敬过去。

老潘笑了笑：“对徐科长，你不能什么话都说。徐科长知道我表面的身份，但并不知道你和方如的身份。他只是帮我的忙，以为这只是私事，你懂吗？”

刘统苦笑了一下：“你也别把军统的人当傻子，我这个军统的弃儿，都能猜得出你葫芦里卖的什么药。”

老潘又笑了：“你放心，我们还有后手。这个，也还没到该说的时候。”

同样的这个夜晚，山里红和方如，正一起在徐科长安排的住处促膝谈心。

有趣的是，山里红穿着一身新娘子的衣服，而方如的打扮倒像是一个陪嫁的丫鬟。

山里红和吴秉安联手把方如救出来，才发现这个姑娘受了枪伤，就在肩膀上，虽然包扎好了，表面上看不出来，但是不能拿重物，也不能被别人碰。两人坚持把她送回家去，方如称自己是进城完成婚事的，如果就这么回去，一辈子的清白就没了。

吴秉安说："别说你带着枪伤，就算正常情况下进城都容易被人查出来，或者被日本兵拉到哪个地方侮辱了。"

方如说："只要到了开封城附近，会有人送通行证过来，应该没问题，夫君家里在开封城是大户。"

吴秉安说："那你就想办法通知他们推迟婚事，你在家里养好了伤再去，这才是万全之法。"

方如还是摇头："那边都对外说了，如果我不去成亲，夫君家人会被日军怀疑，那就更不好办了。"

山里红就出主意说："那这么办，我换上你的衣服，打扮得花枝招展的。进城的时候，大家的注意力一定都在新娘身上，你在旁边涂点锅灰什么的，像个乡下丫鬟，没人注意你就好了。"

方如说："你们救了我就很感谢了，哪能还让你们以身犯险。"

山里红说："这算什么犯险，这多好玩啊。"

她说完，吴秉安的鼻子都被气歪了。他把山里红拉到一边说："得先回去和小磨山的人说一声，否则你大哥该着急了。"

"要说，你自己回去说。我又不是小孩，我大哥都习惯了，我整天就是东跑西颠的。"

吴秉安说："我看你，就是想进城去找刘统吧？他到底好在哪里，你们才相处几天啊?”

山里红像是被说中了心事，头一歪：“你别管。”

吴秉安放心不下，自然是只好答应送两个人进城。方如暗中留下了记号，黑子很快就赶了上来。他谎称是方如的哥哥，特意赶来送妹妹一程。于是，队伍又变成了四个人。到了城外，早有人在那里等着，把老潘家里的通行证递了过来。这样，进城也算顺利。如他们所料，看守路口的宪兵队，目光都集中在新娘身上，动手动脚过过嘴瘾，也没什么意外。

进了城，吴秉安就先告辞了，说是要去日本人那里。黑子一听，好半天才压住怒火。山里红也是十分愤怒，说：“你要是真去勾结日本人，我回去那天就崩了你。”

吴秉安只好解释：“我是去找日本人，我没说勾结啊。周旋，周旋你懂不懂？你是女孩子，没你大哥有远见。”

黑子犯过一次错误，造成方如被抓走一次，还受了枪伤，差点误了大事。这次，他虽然对吴秉安十分看不惯，还是没有造次，以免暴露了身份。

这一路，几个人都各怀心腹事，互相以为成功欺骗了对方，很好地隐瞒了自己的身份。其实，每个人都在想自己的事，根本没心思顾及别人。

与徐科长联络上，黑子也撤了，就剩下山里红和方如。山里红本来想走，说是她进城是为了找人的。可是方如说，要不你就先陪我吧，等婚礼完毕，我让潘家人帮你找，不是比你这么大海捞针容易得多。

其实，方如是想，一路上都是山里红扮新娘，这刚进了住的地方，如果山里红就走了，怕旁人起疑。

山里红对方如一直说自己叫刘飞虹，是进城来找情人的。吴秉安是她家雇的保镖，是被她逼着出来帮她进城的。只是半路看到方如被绑在马背上，以为是有人逼婚，她看不过才出手相救。至于进城要找的情人是谁，山里红一直没说。

是夜，更深雾重，两个人在屋子里，忍不住聊起了婚姻这个话题。山里红就说，你这从农村的大户人家出来，非要进城嫁给一个自己都没见过面的男人，这值得吗？方如就说，自己家和潘家当年就有婚约。

山里红就说："天那，那岂不是刚救你出虎口，又要进狼窝啊。这和绑你做媳妇，有什么区别啊。"

方如说："有区别啊，我娘说了，我未来的男人，只是潘家的下人的儿子。因为聪明乖巧，才被收为义子的。他啊，很有手艺的，还特意到外地干学徒好几年，刚刚才回开封。"

方如想的是，聊聊也好，先练练别说错，眼前这个不相干的人，即便有纰漏也没什么危险。倒是可以提前适应一下，省得进了潘家再有破绽。

山里红完全想的是另一回事，她在那儿若有所思地说："上一辈订的婚约，真的值得去遵守吗？你就不想追求自己的幸福吗？"

方如笑了："如果父母订的婚约，对方又恰巧是个好男人，那又有什么不好呢？"

山里红若有所思地说："如果对方也恰巧是个好男人了，但是他心有所属了怎么办？"

方如完全不知道山里红想的是什么，只是随口答："那你也可以用心啊，想办法抢过来就是了。除非，除非对方是已婚了。只要是没结婚，你就有机会啊。"

刘统又被六木叫去做松鼠鱼了，他原本想以第二天要结婚推掉，但是田科长说，千万别说，说了万一对方怪罪没结婚这事，那就捅娄子了。这边有什么事，你先应付着。然后，你悄悄把婚结了，这脚前脚后差不了多久。

刘统硬着头皮去了监狱的后厨，才知道这次六木居然是让他去审讯室里做。大家当时就都在猜，到底是什么人，这么特殊，需要厨子去审讯室里给做吃的。刘统却是脑子里嗡的一下子，六木这不会是发现了什么，做菜是假，审讯他是真吧。

事已至此，无论是谁，硬着头皮也得去了。小石头看着他慢慢走远的背影，在他身后一个劲儿地祈祷。

顾师傅就在那里冷冷地说："我早就说过吧，伴日本人如伴虎，我都拦着他了，他非得往虎口里跳。"说完，他又转身向着后面的人说："看见了吧，不要说我不给你们机会，这是什么机会，你们晓得了吧。"

审讯室里，光线昏暗，中间一炉炭火，熏得屋子里乌烟瘴气。

刘统被拦在了审讯室的外面，就在审讯室的门口支起来一口锅和案板。被禁止进入审讯室，这反而让刘统安心了。起码说明，他是安全的。带他来的警察说："六木长官让你就在这儿弄，他说到哪一步你就照做，不许进去，也不许往里面看。"

审讯室的门开着，他听得见六木那阴森又怪里怪气的腔调。

"我们聊得也累了，我特意请了一位中国厨子来给你做一道菜。"六木在里面说着，似乎还玩弄着什么，"你要是都说了呢，我就请你吃这道难得的好菜，你要是还是隐瞒，对不起，这道菜你就没有雅兴品尝了。因为我会让这位中国厨子，给你单独再做一次。不过，会用你的手来做。"

六木示意了一下门口的警卫，警卫支了支下巴，示意刘统开始做。

六木说："我先不说这道菜的名字，说说过程。首先，要把鱼剖成两半，然后去骨，把鱼肉均匀地斜划至鱼皮处，但不能划破，使鱼肉呈菱形小花。怎么样，你们中国人的菜是不是很讲究。"

六木说得很是镇定，甚至有大师讲学的投入，娓娓道来。被审讯的人却十分恐惧，惊叫着：“太君，我都说过了，千叶君也说了，会放我走的。”

外面刘统切菜的动作很是麻利，六木没有接话，审讯室内外就只有刀切鱼肉的声音。

“你听到了吗，这是刀切过肉的声音。乱世啊，你们总说是乱世。能有这么好的师傅是很难得的，不要提千叶，千叶都没有赶上这么好的美味佳肴。你现在的选择是，说，然后饱餐美味。不说，我们一起来尝尝用你的手，做出来是什么味道。”

“我真的都说了，真的都说了，你还让我说什么啊？”

六木没有回答，似乎在享受刀片过鱼肉的声音。刘统切菜的手都有些颤抖，现在他要做的就是镇定地做完每一道工序，不能让六木起疑心。只不过，剖鱼的程序没多久就完成了，刘统犹豫还要不要腌制鱼肉。

“为什么停了？”六木有些愤怒地吼着。

“太君，鱼，鱼片切完了。”门口的警卫害怕地先说了出来。

六木的脸上露出一丝微笑，他站起来走到被审讯的人那里：“是不是很快？也许不会疼。”

他抚摸着那个人被绑在柱子上的一只手：“这个时候，鱼还是活的，还会动，像你的手一样，还有温度。”他把那个人的手往外拉了拉，“然后，我们就要把它放到作料里，怎么说，是泡一下，还是应该叫腌一下？”

六木的话又停了下来，他的手沿着那个人手背上的血管来回滑动，然后使劲按了一下说：“然后，就是放到油锅里炸。这时候，皮还是在一起的，也许你还感受得到，你的手被炸成金黄色，外焦里嫩，一碰就酥了……”

“太君，我真的都说了，千叶君都说过可以放过我，来这里只是例行公事，真的，真的，真的！”那个人已经恐惧到了极点，大声地喊了出来。

“你的意思是，千叶君骗了你?”六木回到了座位，整了整衣服，“千叶君没有骗你，他说的是，你说出全部事实，我们会放了你。可惜，你还没有说出全部事实。”

“上一次，他们突袭进城抢药的分队，我就及时送到消息了。千叶君他们去突袭，整个地点都是我留下的标记。这一次，有人要进城行动我又及时告诉马大少他们了。我已经被周队长他们发现了，我不能再回去了，所以我才来找千叶君的。”

六木笑了：“也许你说的是真的，但是我请你记住，无论到什么时候，你不要说都说完了，也不要说再也不能回去了。否则，这顿鱼你吃不上，连普通的饭菜你都吃不上了。你，能明白我的意思吗?”

谁都能明白他的意思，被审讯的人几近崩溃。他现在开始明白，为什么六木要审讯他。他如果真的什么也说不出来，那就没有任何价值了，也就是随时可以被处决。

刘统听到周队长三个字的时候，他身子就一震。这个人应该是周队长那边的人，应该是早就已经有了反心。还好，这个人落得这般地步，也算他自找的。可是，刘统越听越觉得那个人的声音相当熟悉。自己在周队长那里待的时间不长，这个人是谁呢，会不会认识自己呢？还好，六木禁止他进入审讯室，要不然真认出来，这里是铜墙铁壁，可真是插翅难飞。

心里想得凌乱，手下的功夫就有点欠佳，刘统炸鱼的时候，意外把调料瓶子弄翻，撒出来的调料溅到了油锅里。一时间，油锅里噼里啪啦地炸开了，旁边的狱警都跟着直躲。

六木在里面却笑了，对着被审讯的人说：“这是油在唱歌，你听得懂吗？说实话，眼下物资虽然丰富，但是我还是不想浪费油来炸你的手。”

里面被审讯的人已经被吓哭了，痛哭流涕，嘴里嘟囔的话，六木没能听懂。刘统听得出，那是用河南方言在骂龟儿子是个骗子。顾师傅经常这么骂小石头。

趁着捡调料瓶的工夫，狱警也在躲，刘统悄悄往审讯室里瞄了一眼。这一瞄不要紧，他整个人都吓出一身冷汗来。他迅速回到原来的位置，避免狱警注意到他在往里面偷看。刘统装作看锅里的鱼，实际上心已经全乱了。里面的人，被绑在十字柱子上，似乎还没有受过什么大的刑罚。但是，刘统一下就认出来，那个人就是和方如在一起，还假扮过他哥哥的林清。林清不是组织上的人，只是对方如有好感，一直跟着方如，顶多算是进步青年。难道因为组织上安排方如做假新娘，林清就怀恨在心了？可是，方如怎么能把这么重要的事情告诉外人呢？

这个时候，六木已经在里面说："这道菜的名字现在可以告诉你了，叫作油炸松鼠鱼。你的选择做好了没有，马上，我就要让厨师上菜了。也许，厨师还没现场炸过人手，他也很怕。"

刘统的心都要跳到嗓子眼了，这一进去，林清肯定认得出他，那就不用招别的了，直接指认他就是了。接下来，要被炸手的，还指不定是谁。

狱警在那里也有点烦："你的鱼是不是炸好了，太君说要上菜了。"

刘统颤巍巍地把鱼起锅，头脑里一片空白。六木也在里面说："有些人，也许是不见松鼠鱼不死心。来，端上来给这位看看，他的手，过一会儿会炸成什么样。"

刘统犹豫着，把菜递给了狱警，抱着最后一丝希望看着狱警，那意思是"爷，您帮着端进去吧"。他没说话，怕里面的林清万一听到了会起疑。

谢天谢地，狱警一把抢了过去："想什么呢你，这么磨蹭。老实在这里待着，你不能进去，也别往里面看。"

六木似乎并没在意谁端上来这道菜，他热情高涨地自己接过盘子，中途还被烫得直甩手。当然，这里面也许有夸张的成分，他的目的是恐吓："你看，多烫。一会儿，你的手也是这么烫。现在，你选择吧，吃菜，还是等着被做成菜。"

被审讯的人还是在哭，哭个不停，嘴里喊着："我想想，我使劲想想。"

六木端着鱼盘子在那个人的鼻子下面来回晃："要不要我给你些提示？你是告诉千叶君，抢药的人要进城，可是千叶除了浪费不少炮弹，没抓到一个人。你告诉千叶，有人要进城行动，派去劫人的马大少只抓到一个女的。可马大少说，那个女的很快又被一大队人救走了。谁，能动手那么快去救人呢？我有理由怀疑，你两边吃好处，没有报一点有用的消息。"

被审讯的人听愣了："不可能，马大少胡说，哪有那么一大队的人马？"

六木摇了摇头："我不关心谁胡说，你现在只需要告诉我，那个女的进城干什么？还会不会来，又会去哪里。"

"太君，我真的说的都是实话。他们都是单线联系，单独派任务，我真不知道那女的进城去哪里。"

六木又摇了摇头，退了一步说："看来，只有让厨师进来了，你的手，很快会成为另一道美味佳肴。"

狱警犹豫了一下，因为六木交代过禁止任何其他人进入审讯室。可是，现在是六木发令了。他略微愣了一下，然后冲着刘统说："太君让你进去，你发什么呆呢？"

刘统急得满头大汗，他到底该怎么办？

老潘在家里急得团团转，第二天就要举行婚礼了。为了这次婚礼，他几乎启动了所有资源，请了很多要员来参加，同时也花掉了潘家大部分储蓄。为的就是，能够结交更多的人，也让更多人知道刘统的特殊身份。这样的话，潘家才更安全，刘统也更安全。

可是，刘统一大早被人叫走，去了警局的监狱，过了晌午也没有回来。该试的衣服没有试，该准备的饭菜也没有准备。而且，很多人是之前见过小时候的潘文统的，刘统是否把资料都记齐了，也未可知。

政府财务科的徐科长特地来了一趟，叮嘱明天不能出任何差错，同时也带来了一个令人十分紧张的消息。警察局的周局长要来，日本华北特务机关的总长藤川也要来。这是谁也想不到的，一个堂堂的日本华北特务机构的核心，为什么要来参加一个中国商人义子的婚礼呢？

徐科长交代说："现在，开封商会的宋会长和日本人顶得很厉害，日本人一直想找个人取而代之。如今的开封城里，大商家跑的跑，撤的撤，没剩下几个有威望的。潘家一直是开封的大户，你哥哥曾经把商铺开到了整个开封城。现在日本人听说家里只有你主事，之前你的名声又是个好吃懒做的浪荡公子，估计是要打你的主意。"

老潘想了想："潘家早就江河日下，我估计藤川也许是多面出击，未必每个人都会成为他的理想人选。"

徐科长点了点说："藤川很注重实力，如果不能听他们的话，又不能为他们提供足够的物资帮助，我估计不会选你。但是你也要想好对策，最好是推掉。"

老潘笑了："也许有人早就盯着这个位置呢，想要蹚这浑水的估计不少。"

徐科长摇了摇头："难啊，这个肥缺，看着极为有利，但是实在不敢轻易抉择，就是个烫手的山芋啊。藤川的胃口很大的，据说有一家比较亲日的商铺，直接被藤川给要没钱了。连店，都被日本人直接接手了。现在日本从东北和国内调来大批商户。他们掠夺的，不仅是土地和资源，还有更深层次的东西。"

老潘摇了摇头："现在这日本人开的店越来越多，各行各业都介入颇深，真的是有朝一日能把日本人赶出去，这恢复经济也颇费周章。"

"没想到，你对经济发展还有一番研究。"徐科长笑了笑，"你们潘家是做酒和药材起家的，我还以为你只对酒比较懂行呢。”

老潘回敬道：“我还以为你只对财务比较懂行呢，不也有忧国忧民的劲儿。”

“这要不是生逢乱世，我们也许可以联手好好干个买卖什么的。你想，你有潘家的威望，我有政府财政方面的资源，这买卖还做不大吗？”徐科长看看时间，叹了口气说，“多说无益，你记着，明天藤川如果和你约谈，千万不要显得太精明。”

老潘点了点头，又焦急地说：“这新郎官文统啊，一大早被警局叫去了，到现在也没回来啊，该不会有什么事吧？这明天这么多贵客，可别出什么娄子。”

徐科长也皱了皱眉，然后又说：“应该没有大碍，文统只不过是个厨师的孩子，算是你大哥的义子，应该没有人会在他身上做什么文章。周局长和我是多年的朋友，有他在，不至于连个厨房的学徒都罩不住。”

刘统觉得，现在谁也罩不住他了，只要他一踏入审讯室的门，这么多人精心布置的行动就提前以失败告终了。

他正犹犹豫豫，装作胆小不敢进的时候，里面的林清终于开口了：“太君，太君，不用叫厨师了，我想起来了。那个女的，应该是进城结婚的。”

“呃？”六木显然来了兴趣，千叶把这个人交给他的时候，说是没什么用了任他处置。可是六木觉得，这个人还可以再挖掘，所以他没有动刑，而是玩心理战。显然，他赢了，他觉得这会让千叶后悔的。他现在反而不急了，悠悠然来到那个人的面前：“结婚？会有人这个时候进城结婚？”

林清声音都破音了：“这个时候进城结婚干什么，我就真不知道了。要不，您放我回去，我豁出命去给您打听清楚了。”

六木笑了，放你回去，放你回去你肯定跑得远远的了。“什么时候结婚，城里的哪家人?”

“这个真不知道，好像就这两天，她要进城的时候是很急的。”

“那你提供的消息，又是无从考证了，我怎么知道你说的是真的?”

林清想了半天，忽然想起什么，大声喊：“我知道，我知道怎么找到她。她受了枪伤，在肩膀上。这开封城里结婚的新娘，应该没有有枪伤的。”

六木又审了半天，没审出更多的，就吩咐人先把这人押下去。在下去之前，粗暴地喂林清吃了好几口松鼠鱼。对他说，东西都吃了，回去就好好想想，还有什么细节可以说，要不也许就没下顿饭了。林清哪有胃口，吐了一地。

六木先出了审讯室，看到一旁面如土色的刘统，笑着拍拍他的肩膀：“你看，你做的菜再好，也有人无福享受。”

说完，他往外走了两步，又踱了回来：“你，跟我走吧。”

刘统看着对方盯着自己，装作害怕地低着头：“我，我得先回去说一声。”

六木装作热情地搂住他的肩膀：“不用了，这些东西我吩咐人送回去。你跟我回去，很多人想尝尝你的手艺呢。”

“我，我准备一下再去，成吗?”刘统还是低着头。

六木放开了刘统的肩膀，走开了一步说：“我知道，明天你就要做新郎了，还没有恭喜你。放心，我们藤川机关长，明天会出席你的婚礼，我也会去。一会儿，我会派人送你回去，派很多人。”

刘统心里想，这个狡猾的家伙，分明是派人去看着。

六木拉着他往外走，完全是不由分说，走出去几步才像是自言自语地说：“刚才那个人说的话，你是不是都听见了？有个女共匪，这两天也要成亲，不会这么巧吧?”

刘统默不作声，六木就笑了："怎么，新郎官，你怎么不兴奋？你的新娘子长什么样，漂亮不，你不高兴吗？"

刘统只好回答："小时候家里就定的亲事，包办的，我还从来没见过那女的长什么样。"

六木居然大发感慨地说："中国人的陋习，没有爱情怎么能结婚呢？不过，也许有些人结婚根本就不是为了爱情，而是另有目的，你说是不是？"

刘统真的不知道怎么回答，不过他觉得也不能是怕到底的模样，那会让六木更加怀疑。

"这是传统，父母之约媒妁之言，中国人有中国人的礼数。"

老潘等了一个下午，没等来刘统的消息。傍晚时分，终于等到刘统回来了，不过也带来了一队宪兵队的人。宪兵队的人都是便衣，屋里四处搜查了一遍，就在门口分散开把守着。他们当然不是来服务的，几乎是把整个院子都围了起来，所有人只能进不能出。

刘统进了屋子，先是说太饿了，就去厨房自己找吃的。老潘说，别那么没正形，明天就要娶老婆过门了，还这么莽莽撞撞的。刘统这才站定了，先倒了三杯茶，咕咚咕咚地喝了下去。老潘一看，就知道坏了，这是他和刘统约定好的，所有事情重复三次，就意味着出事了。他一边嘱咐下人去给刘统热饭，一边拉着刘统的手说："你赶紧去试试你的新衣服，我挂在书房了，要是不合适，还得连夜改。"

两个人进了书房，刘统是拎着茶水进来，关上门就在书房的桌子上用手蘸着茶水写了几个字：林清、叛。

老潘面色沉重，也倒了一杯茶水，故意装作弄湿了手，然后在桌子上写道：非、我们、人。

刘统一看，鼻子都气歪了，是不是谁的人重要吗，这个人关键是了解很多实际情况。他连忙又蘸着茶水写，方如事、他知情。

水慢慢地蒸发掉了，基本写完最后一个字，头两个字就没有了。

老潘看了看，似乎明白了，压低了嗓音说：“这个人是跑外围的，怎么你遇到他了？”

刘统摇了摇头，示意老潘还是用水写字。

老潘推了他一把：“这个书房的构造很奇特，窗子一边是邻近院子里的水池，所以没人可以偷听的，除非是站在门口。宪兵队的人，不会笨到跟到家里来偷听。”

刘统还是摇头，用手指了指房顶。

老潘焦急地说：“声音小点就可以了，楼上是你的卧室，没人听得到。抓紧时间，我们不能在屋里时间太长。”

刘统犹豫了一下，还是低声说：“林清是个汉奸啊，难怪当初方如就给我写过字条，说五常有变。他密报了好几次，周队长他们很危险。这次，他还把方如进城的行踪告诉马大少了。最关键的是，他最后供出了方如是进城结婚的，而且肩膀受了枪伤。”

老潘低声问：“你是怎么知道的？”

刘统想想就来气：“日本人让我去拿他的手炸了做松鼠鱼，这孙子就全招了。看来，他应该对方如有意思，忍到最后才说。”

“有什么意思，这黑子办事也是的，方如受了枪伤怎么不说，这明天一验伤，不是让人连锅端吗？”

刘统倒是不急，他看着老潘说：“还有一夜的时间，我们应该有对策。换句话说，你应该有办法。”

老潘示意刘统赶紧试衣服，他嘴里嘟囔着：“我又不是神仙，我对什么策，林清没认出你来吧。”刘统摇头说，他只是在审讯室外面听到，谢天谢地没让他进去。

两个人比画了半天，发现这新衣服做得特别合身，就连谎称出去改衣服的机会也没有了。

老潘在屋子里踱来踱去，想着该如何应对。

刘统说："要不给那个徐科长打电话吧，就说我病了，婚期推迟。"

老潘看了他一眼："你这不是不打自招吗，不说这电话可能已经被监听了，就说明天那各界名流你怎么应付。"

刘统再说什么，老潘也没再理睬，竟然一个人先出去了。张妈过来问刘统要不要吃饭，已经热好了。

吃饭的地方，正对着门口，宪兵队的人看得一清二楚，刘统虽然根本吃不下，还得做出很高兴的样子，把一桌子吃的风卷残云一般地打扫干净，他真想找个没人的地方吐一下。

老潘倒是很镇定的样子，还差人给宪兵队的人送水送吃的，全都被拒绝了。

家里人已经开始张灯结彩，刘统无聊，数了数彩灯和花球，发现居然都是单数，他明白了老潘的心思。

一切婚礼的准备工作都忙得差不多了，刘统借着给老潘道晚安的机会，又进到他屋里说："你是不是和外面的人约好了，彩灯都是单数，就是事情有变？"

老潘看了看他："有时候太聪明也不是什么好事。"

两个人还没往下说，就发现屋外狂风阵阵，不一会倾盆大雨不约而至。两个人的脸立刻变得比乌云还黑，也顾不得礼数，纷纷跑到外面去看。果然，所有的彩灯都被大雨浇灭了。他俩望着大雨，十分失落地回到屋里，刘统说，不知道外面的人看到了没有。他又好奇，问老潘，外面接应的人是谁？

老潘看了他一眼，轻声地吐出两个字：黑子。

刘统差点就给老潘跪下："亲娘啊，怎么是他啊，他的脑子像块木头啊。"

老潘也是紧皱眉头，思考良久才和刘统说："如今只有一步险棋可以走，就是方如来了，如果真的有人查验，我就翻脸不认人，说不认识这个女人，她不是你定好亲事的方家闺女。"

刘统心中一凛："那不是牺牲方如了？"

老潘叹了口气："就这步险棋，你也得祈求明天结婚的不止你一个。要不然，还是难逃嫌疑。"

第二天一早，张妈就进来和老潘说："二老爷，今天真是个喜庆的日子，城里好多人家办喜事啊。开封城啊，好久没这么热闹了。"

外面宪兵队的人减少了很多，估计是一下子这么多结婚的，他们人手也分配不过来了。

其实，六木的意思，昨夜就开始全城搜捕，但是藤川没有批准他这么做。说是如此一来，倒是容易打草惊蛇了。你也不知道哪家媳妇是共匪，你查了一个地方，其他地方的人就会闻风而逃。这些都是老潘他们不知道的，他和刘统，只能静静等待命运的安排。

刘统穿戴整齐去接新娘，宪兵队的人就分出了几个人跟着，这一路引来路人议论纷纷，说是谁家娶亲这么排场，这么多兵跟着。刘统心里暗暗叫苦，希望那边能知道有变数，换个人来代替方如。

很可惜，那边不但没有换人，还多了几个送嫁妆的人。刘统一看，打头的居然是周队长手下的人。那人热情地上来抱抱他，说是这孩子都长这么大了。然后，他才看见旁边便衣装束的人，才发觉不对劲。

刘统看见新娘子披着盖头上了轿子，他的心都要碎了。这不是让日本人一锅端了吗？他本来想和周队长的人说什么，直接被宪兵队的人上前推开了。送亲的人也不能抽身离开，只是用眼光来询问刘统。刘统不能表现得太过分，还得装出喜笑颜开的样子。

一个人，最大的痛苦可能就是，明明悲伤到极点，他还得笑。

花轿到了潘家，已经是宾客盈门。鞭炮齐鸣锣鼓喧天之后，刘统就眼睁睁看着六木首先走了过来。他先是对刘统一番恭喜，然后就转到了轿子前："都说中国女人最漂亮的时候，就是当新娘的时候，能不能让我们先一睹芳容啊。"

刘统立刻冲了过去，挡在轿子前："太君，这新娘得由我迎下来，您屋里坐，稍后我让新娘子给您敬茶。"

六木端立一边，微笑着没说话，刘统颤颤巍巍地把新娘子迎下轿子。六木这个时候，忽然上前用手在新娘的肩部狠狠压了一下。新娘子吃不住力，嘤咛着叫出声来。

老潘见状，连忙走到前来贺喜的山本大佐的副官那里，言语了几句。那位副官就过来对六木说："今天是潘家娶亲的日子，六木君就不要为扫新人了。"

六木知道对方官阶高过自己，立刻立正敬礼，用日语说："我们要查一个要犯，肩部受了枪伤，也是打着新娘的旗号，职责所在不得不查。"

副官想了想，和六木说："那你找个专人，到里面去查一查，不要扰了大家的雅兴。"

六木倒是有所准备，叫出一名日本女人，让她带新娘进屋去查验。同时，他也带着人守在了门口。

刘统完全听得懂两人的对话，急得直对老潘使眼色。老潘又去和那个副官交涉，那个副官说，查就让他们查吧，潘家还经不起查吗？

刘统再看周队长那边的人，几个游击队的人已经开始往一处聚，看来已经是准备背水一战了。

进去检验的女子一会儿就出来了，站在六木的身边耳语着什么。刘统的心已经提到嗓子眼了，他在观察地形和人群，看看哪个日本人的官阶更高一些，迫不得已就得挟持一个人质来对付六木。

没想到，六木居然笑着过来和他说："文统君，你们潘家果然经得起考验，抱歉，我也是例行公事，希望没有扫了你的雅兴。藤川先生一会儿会来和你义父协商要事，我先替他祝你们新婚幸福了。”

刘统完全傻了，里面那个没有枪伤的新娘子是谁？难道周队长他们一早就知道有变，已经事先有了安排，为什么这一路上送亲的人还对他是那种眼神？他在人群中找送亲的人，送亲的人也在用目光找他，示意他赶紧进去看看新娘。

送亲的人的眼神，分明就是没有任何准备，里面的新娘是不是个陷阱？刘统双腿像是灌了铅，不过他必须得进屋去看看。打开门，只见屋里并没有埋伏，也没有任何人。只有那新娘，似乎刚刚重新整理好衣服。这个新娘是谁？周队长的人都没有安排，又是谁安排的？

新娘子一回头，刘统傻了，这不是山里红吗？

山里红冲他冷笑着，上前一步，抓住了他的双手摇了摇。刘统呆若木鸡，这山里红怎么变成新娘了，方如呢？就在他完全云里雾里不知所以然的时候，山里红已经抬手给了他一记响亮的耳光。

“刘统，你不是说你结婚了？枉我真的信你了，原来你这才娶亲。”

刘统倒是被这一巴掌打清醒了，一把抓住山里红的手，把她往里间拉，一边拉一边说：“我的姑奶奶啊，外面都是日本人啊，你怎么变成新娘跑到这来的啊？”

山里红倒是不惊不慌，甩开刘统的手说：“我知道，你现在叫潘文统，我叫方小叶，是吴桥镇方老班主家里的唯一一个闺女，这些年住在城外的河西村，跟着舅舅长大的。”说完，她倒是扬扬自得地笑了笑。

刘统心里想，这鬼丫头怎么知道这么多的呢。“姑奶奶啊，你当这是过家家吗？你一旦进了这个门，一会儿再见了门外那么多人，你还回得去吗？”

山里红把盖头往旁边一扔：“我哪知道你们潘家这么有势力啊，你说，你义父是不是大汉奸？”

刘统急得在屋子里直转：“你啊，真是能坏事，事情不像你想的那么简单。”

刘统一边转一边嘟囔：“怎么办呢，怎么办呢？”

山里红居然乐了：“就办了呗，那块玉本来就有承诺，现在不是皆大欢喜了？”

刘统看着玩世不恭的山里红，嘴里嘟囔着：“也只有这样了，可不是我毁你清白啊。大不了，过两天和他们说，你意外得瘟疫死了，送回娘家葬了。”

刘统刚觉得这个办法也许可行，山里红就又过来给了他一耳光：“潘文统，你到底有多烦我啊，就这么不愿意见我吗，就这么咒我死吗？”

这次，刘统迅速地抓住了山里红的手，嘴里还低声训斥着：“你再打，我这个新郎官一会儿还怎么出去见人。”

山里红看着他焦急的样子，居然很得意地说：“我跟你说，是我娶你，不是你娶我。将来，你都得听我的，以后要跟我上山当压寨丈夫。否则，我就向日本人告发你。”

刘统气愤地说：“我还告发你呢，你这个匪婆娘，开封城的伪政府开高价悬赏你和你哥呢。”

两个人连说带气，眼看就扭打在一起。这个时候，外面的人喊：“准备好了吗，该拜堂了。”

刘统一听，是老潘的声音，立刻喊了一句：“好的，这边没事，马上出去。”然后，他才鼻梁对鼻梁地看着山里红说：“你叫方小叶记住了，说错了，就是死，还不止你一个人死。”

山里红居然在他鼻子上捏了一下：“没问题。”

刘统气坏了，这姑娘还当玩呢，他又十分认真地问：“你是认真的？”

山里红退开了一步，整了整服装和头饰：“当然，你这个压寨丈夫我要定了。”

“我不是！”刘统歪着头说：“你记住了，我们只是假拜堂。”

监狱里，小石头在收拾犯人吃过的碗盘的时候，发现一个女人盯着他看。

“小兄弟，我问你个事啊？”那个女犯人看周围没有别人，居然向小石头招手问话。

小石头被吓了一跳，没理睬，他不想为了一句话丢了这份差事。这里有明确规定，他们不能和任何犯人说一句话。

“小兄弟，我只是问你，那个爱把白菜都穿个洞的师傅，怎么这两天没心思做穿孔白菜了呢？”

小石头心里一震，这个人怎么还问起潘大哥的事情来了。他心里反复告诉自己，不能说话，不能说话。

那个女犯人被单独关在一个最里面的特殊单间里，似乎一切待遇都比其他女犯人好很多。顾师傅交代过，别看都是蹲大狱的，人和人也是不一样的，监狱里同样分三六九等。有的人家里有钱有势，可能关几天出去又是地位显赫的自由人了。再有那些帮会的，你要是得罪了，可能外面帮会的人哪天就把你给做了。所以，绝不能得罪任何犯人。

那个女犯人又说：“这里没有别人，你就告诉一声，他是不是走了？我只是很喜欢吃他做的菜啊。”

小石头没忍住，回了句：“他只是洗菜切菜，那菜又不是他做的。”说完，他就后悔了。

果然，那个女犯人笑着说：“那你告诉我，他是不是走了，要不然我就告诉狱警你和我交谈了。”

小石头皱了皱眉头，这个女人虽然身陷囹圄，但是还是看得出长得很漂亮，怎么心地却是这么坏呢，还逼他说实话。小石头看着旁边没人，急急地说了句：“今天他结婚，估计要过几天才会来。你喜欢吃白菜汤，等着吧。”

小石头说完，赶紧收拾了眼前的碗碟准备出去。他猛地一抬头，发现那个女的居然不说话了，黯然回到角落里坐了下来。小石头没再说什么，快步往外走。走到外面，他又好奇地忍不住回头。

那个女的独自坐在墙角那里，好像是哭了。小石头就想，这个女的也是，虽然监狱里的饭菜的确是难吃，但也不至于为了几顿白菜汤吃不到就哭吧。

第六章　入府

婚礼的气氛是热烈的，新郎新娘却各怀心腹事。

出屋行礼之前，山里红说："刘统，我告诉你。那块玉是我爹在我小时候，为了感谢救命恩人许下的承诺。如果男方已婚，女方为奴为婢也要跟随一辈子。"

刘统说："这里另有曲折，你记住我现在叫潘文统，叫错了就有生命危险。其他的，留到以后慢慢解释。"

山里红说："我是跟定你了，如你抛弃我，不得好死。"

刘统说："你再犟下去，怎么死的你都不知道。"说完，他为了安抚住这个棘手的女匪首，不得不努力说点好听的，"话说，你穿上这喜服，戴上凤冠，围上红裙，还换了双绿鞋。"

山里红杏目圆睁，娇嗔道："怎么?"

刘统忍住笑，努力地说完："还挺好看的。"

这一对真真假假的新人，踩着红毡走向前厅，潘家的一个妇人拿着一盘谷草和高粱谷子以及 12 枚铜钱，照着新娘的头上撒去。周围的观者高兴地争着喜钱，有缘拾到的，立刻将喜钱绑于小孩的帽檐上，据说可以辟邪免灾。妇人又引着两个人走到天地桌旁，一左一右分别行礼，此为拜天地。本来该在洞房喝的交杯酒也在这里进行了，满堂都是闹喜之人的欢声笑语。

刘统一直是胆战心惊，生怕山里红哪根筋不对，误了大事。

山里红却是喜极而泣，和方如彻夜交谈让她感慨幸福应该靠自己抓住。偏偏到最后见到迎亲的居然是刘统，一怒之下她打晕了方如取而代之。这场意外的婚礼，分明就是她抢来的。可是不抢，将来真要去为奴为婢吗?

新娘的哭声，惊动了邻近的几个人。离得最近的开封商会宋会长，忽然站出来说："潘家的亲事，我也是见证人之一啊。新娘方小叶很早就痛失双亲，是个可怜的孩子，难得潘家还记得这门亲事，今日促成圆满。我想，新娘的泪水，也是喜极而泣。"

老潘立刻还礼说："想当初我大哥定下这桩亲事，就是把义子文统视如己出。这门婚事，我们是一直牵挂着的，今日也算是圆满了。"

宋会长居然十分动容："想当初方班主来此间停留，小叶她还是个孩子，现在能否让大家见见这孩子如今是不是越来越漂亮了。这十多年，发生了多少事啊，可不要物是人非啊，是不是。"

"是啊是啊!"

"可不是，方班主那时候可是技惊四座啊，他的杂技班子，那可是轰动整个开封城啊。"

"多可惜，那么早就走了，这孩子可怜啊。"

山里红脚底下踢了刘统一下，还好刘统下盘还算扎实，纹丝不动。他明白山里红的意思，假作帮她整理盖头，用极小的声音说："你的麻烦大了，你爸应该是杂技班的班主，当年很有名的，来自吴桥，杂技之乡。"

老潘那边盛情难却，只好把目光转向刘统，又看了看天地桌旁的秤杆。刘统心领神会，故做憨厚的腼腆状，拿起秤杆，颤巍巍地挑开了新娘的盖头。

一时间，赞美之声溢于言表，什么沉鱼落雁、闭月羞花之词都被满堂的宾朋毫不吝啬地送了上来。

山里红自信地笑了笑，每个女人都认为自己是天下第一美女，虽然在山上待的日子很久，山里红也不能免俗。

宋会长忽然又感慨说：“想当初，那吴桥过节是掌灯三日，放烟火，演杂技，百姓齐欢，官不禁夜。素闻方班主对女儿自幼言传身教，要求极高，倾其所有悉数传授。今日大家这么高兴，方姑娘要不要给大家露两手啊，我们可是很久没看过真正的吴桥杂技了。”

老潘还在那发愣，这不是方如啊，这姑娘是哪里冒出来的？他的眉头都快皱成十字花了，不停地看着刘统。刘统没有正式接老潘的目光，这婚礼之后还不知道该怎么解释呢。反正没被六木他们识破，这就是大幸了吧。

满屋的宾朋已经开始起哄了，大家压抑了太久，难得有这么一个尽情撒欢的日子，谁都是乐得一笑。

老潘和刘统都快傻了，不知道该怎么绕过去，山里红却十分自然地上前了一小步说：“家父当年就承蒙各位长辈抬爱，给了个‘十方圣手’的雅号。我自小研习杂技，但是后来因战乱而荒废，学艺不精，实在是无法登大雅之堂。”

藤川那边听了六木的翻译，忽然脸色一沉，低头和六木说了几句。六木立刻起身说：“我们大日本帝国，努力建设的是大东亚共荣，何来的因战乱而荒废？对于中国的传统技艺，我们都会发掘和保护的。这一点，相国寺的永安、永乐、永民、同乐多个戏班都是见证。方姑娘，不要让我们失望。”

“对啊，人说吴桥，上至九十九，下至才会走，吴桥耍玩意儿，人人有一手。”

“是啊，我去过啊，那里的小孩子下雨天都是用鼻尖顶着雨伞走路啊，绝啊。”

“方姑娘，来一手方班主的蒙面飞刀啊，袖里乾坤也可以啊！”

大家你一言我一语，眼看这就压不住了。老潘赶紧出面说和：“今天呢，是义子文统和方姑娘大喜的日子，这什么道具都没准备。大家要看，改日好不好。”

“择日不如撞日啊！”

“这结婚的日子，肯定是吉日良辰，好日子啊。”

大家又是说笑起来，兴致反而越来越高，六木则是用一种怀疑的眼神盯着山里红。

山里红看着这个日本人就没好心情，一时冲动就脱口而出：“好吧，那我就给大家献丑了。不过，还请这位先生配合一下。”

六木没想到山里红答应得这么干脆，愣了一下：“需要我配合？”

山里红笑着说：“蒙面飞刀，需要配合啊，还请长官立于十米开外的门前，配合我的表演。这需要十足的定力，一动不能动，只要稍微动了，飞刀可是不长眼睛啊。”

老潘又是眉头紧皱，出来解围说：“这进城也不让带刀，你什么装备都没有，怎么表演啊。”

山里红则笑着说：“还请潘老爷帮忙随便找几把一样的小刀，再找一些糖果出来，这蒙面飞刀和袖里乾坤，我可以一起给大家表演。”

老潘不明就里，之后吩咐下人去办。刘统知道山里红大哥是有名的顺风雷，最拿手的就是飞刀，作为妹妹应该也不差到哪里去。只是山里红怎么知道方班主叫十方圣手，又怎么知道袖里乾坤需要糖果的呢。他装作担心的样子走过去，小声耳语：“别玩得太大了，那边是日本特务机关长，说中文的、你要用来当靶子的，是他的左膀右臂。”

山里红没理他，而是走过去拉着六木的胳膊，把他引到十米开外的木板门前站好：“长官，就在这里，可不能动哦。”

六木心里大骇，这个姑娘到底技艺如何，他不会因为这么个场面白挨几刀吧。他看了藤川一眼，藤川不但没有阻止，反而看得兴致勃勃。六木暗自叫苦，藤川，根本不懂中文啊。

山里红在那边准备了一番，将下人拿上来的十把飞刀在天地桌上一字排开，然后又将一块大红布盖于头上。转过身，她向在场的各位作了个揖：“小女子学艺不精，如有冒犯，还望大家海涵。”

她这话刚说完，中间离得近的几桌人几乎走光了，都立于四边驻足观看。人家蒙面飞刀，是一手拿着一把刀，另一只手依次飞出去。这山里红，把刀摆在桌子上，她一会儿必须得转身拿刀，再转身飞出，还蒙着大布，那，能有准吗？

六木感觉自己的腿肚[illegible]哆嗦，可是事已至此，他不能打退堂鼓了。

山里红再次喊[illegible]千万别动！”话音一落，她闪电般地变换身形，屈[illegible]用手向后去摸刀，然后依次迅速飞出。一、二[illegible]飞刀之间她还绚丽地转身，换手，盖在头上的镶金边红[illegible]舞动起来，犹如一片火花闪耀。

大家还没看清怎么回事的时候，十把飞刀已全部射出，分别插入木板。两排整齐的飞刀入木半寸，几乎紧贴这六木的军服双臂，刀把还在微微地颤动……

六木愣了一会儿，侧着身子才从中走了出来。瞬间，大家掌声雷动，完全折服于这神奇的飞刀表演。山里红微笑着，掀开头上的红布转动起来，绕着厅堂走了一圈，所到之处随手一抓，用红布一盖，再揭开红布，就是一把糖果撒将开来……

掌声，欢呼声……

藤川喝了不少的酒，是所有贵客里最后一个离开的，看样子很高兴。六木跟着出去，却是一脸铁青。

老潘趁着送客的工夫，赶紧拉住刘统问：“这姑娘哪儿冒出来的，方如呢?”

刘统作为新郎，自然是陪了不少酒，他也没工夫多解释，只好实话实说：“方如被她打晕了，绑在客栈的柜子里。”

老潘眼睛瞪得斗大：“这姑娘，你认识?”

刘统又实话实说：“算是吧，她误认为和我有婚约，来抢婚的。”

越说老潘越迷糊，皱着眉头说了句：“这都是哪跟哪啊，不是胡闹吗?”

两个人没说上几句，外面的巷子口就炸开了锅。老潘和刘统赶紧往门口那边赶，就听得外面有人喊：“有刺客，有人刺杀日本人了。”

老潘还没反应过来，刘统大喊了一声“坏了”，就冲了出去。

等到老潘赶出去的时候，发现门外的巷子口，日本兵倒了一地，刺客已经逃开了。六木和几个日本兵躲在一户人家的门洞里，正在那里喘着粗气。而刘统在一边的树后，紧紧地压在藤川的身上，后背上的衣服已经是血红一片。远处有一队日本兵还在追着刺客逃走的方向，一边放空枪一边乱叫着。

被刘统压在身下的藤川，许久才用日语叫着：“不要追了，救人要紧。”他轻轻推开刘统，站起身来拍着灰土，安然无恙。刘统则是软绵绵地倒在一边，已经不省人事。

这是刘统当新郎的日子，不过他还没入洞房，就直接进了医院的抢救病房。他是否当上了新郎已经不重要了，因为这天成了他当上大汉奸的重要一天。他被医院的车拉走的时候，很多路人都冲着车子的方向吐口水，低声怒骂：“败类，大汉奸，最好救不活。”

黑子找到客栈的时候，方如正呆呆地坐在床边。

“你没事吧，不是被绑在柜子里吗？怎么在这里坐着?”黑子关心地问着，一边来回打量着方如。

“我没事，刘统那边没事吧?”方如焦急地问着，黑子摇了摇头说没事。他接受的任务是来寻找被绑的方如，还不知道婚礼上发生的事情。

方如叹气说：“我可以在很短的时间打开最难开的锁，可以在转身之间解开任何绳索。但是我解不开的是人心。”

黑子傻笑着：“这样挺好，多亏这样了。”

方如还是不服气：“那个女人，救了我，怎么成了抢婚的?我和她讲了很多我的故事，本来是想让她相信我就是个普通新娘，别对我的身份起疑心。”

“方如，你做得没错，还多亏她抢婚呢。林清居然成了汉奸，你得赶紧想办法出城。刘统那边传过来的消息，林清一早把你出卖了，说是有枪伤的新娘就是你。现在，全城都在搜有枪伤的新娘呢，你要是去和刘统完婚，那大家都完了。”

方如低下了头：“其实，是我有私心，没早说出来。我一早就怀疑林清不对劲了，可是我们是一起出来的，他一直对我照顾有加。”

“屁，什么加，有假还差不多。老潘说，被日本人一吓就把你招出来了，还没用刑呢。”

方如起身，收拾了一下身边的东西，忽然想起来什么说：“你走吧，我自己想办法出城。现在我是最危险的，我不能连累了你。”

黑子居然傻笑着说：“我不怕你连累，连累一辈子才好呢。抓紧吧，周队长他们已经提前出城去接应了。”

方如想了想说：“不行，我现在这个状态出城，人家一查一个准。再说，我得留下来，我还有任务的细节要告诉刘统。”

黑子急了：“那怎么行呢，周队长要求我务必确保你的安全。我都计划好了，兄弟们有办法。你别逼我再把你绑起来。”

方如笑了：“我不是开玩笑，行动一开始就有第二方案，如果我没有成功去参加婚礼，有义字号的接应我。你啊，还是先管好你自己吧。”

黑子眼睛一亮，犹豫了一下，十分认真地问：“真的？你可别骗我。你别伤心啊，刘统不娶你，将来战争胜利了，我娶你。”

方如装作生气的样子：“你说什么呢，你赶紧走。又忘了？我和其他人得保持单线联系。”

黑子有些不舍，但还是转身出去了。

方如看着黑子出门，眼眶里已经浸出了泪水。她从身边的包袱里取出一把小手枪，然后坐到那边的镜子前，对着镜子里的自己发呆。这一天，自己本来应该是美丽的新娘的，为什么偏偏一切都变得如此冷酷无情？她知道第二套方案是什么，她很清楚，也很冷静。

她最后看了一眼镜子里的自己，然后闭上眼，慢慢把手枪对准了自己的太阳穴……

六木在医院，他的任务居然是保护一个中国人，因为这个中国人刚刚替他的顶头上司挡了子弹。

藤川的命令是，盯着这里的医生，要不惜一切代价救活这个年轻人。

六木的想法是，他什么时候可以好好审一审这个人。看着眼前还在昏迷的刘统，六木慢慢地伸出手，捏住刘统那苍白的右手，反复地看着。

一个普通的中国厨子，如果没有经过特殊的训练，关键时刻，怎么就敢冲上去替人挡子弹？或许不是敢不敢的问题，就连很多军人，受过训练的人，也未必能在枪响的时候做出这样的决断。面对子弹横飞，人的本能一定是躲，怎么会迎着冲上去？

刘统的手上，的确可能有很厚的茧子。某种程度上来说，手上的硬茧可以判断出一个人是否当过兵。但是，厨师每天都是靠手干活，手上有硬茧也是正常的。最关键的是，如果一个人右手食指中间有硬茧，那才是最好的证据。因为只有士兵才会反复练习扣动扳机，因此会在食指中间产生硬茧。六木装作关心的样子，拉着刘统的右手抚摸着，慢慢地掰开每个手指，抚平，然后专注地看着食指。

此时，老潘就在病床的另一边，他一看六木专注的样子就知道他在观察什么。这下，老潘的心里更急了，要是被六木看出来，那刘统这子弹就白挡了。刘统也是，怎么想起来救藤川呢，这日本特务要是真被刺客杀了，也许是件大快人心的好事。唉，这个身世奇特的厨子，他脑子里到底想的是什么？为什么行动起来总是和别人不一样？作为行动的负责人，他起用刘统到底是一着妙棋，还是一着臭棋？难道左部长一开始就给刘统安排了特殊的任务？看着他有几次吞吞吐吐的样子，老潘就有所怀疑。

老潘能做的，只剩下祈祷了，祈祷刘统命硬，能挺过来；祈祷刘统只是受过训，没真正当过兵，因此食指中间没有硬茧……

六木反复观察了半天，摸了又摸，眉头皱上又展开。最后，他无奈地起身和老潘说："潘老爷子，我已经嘱咐医生全力救治。我还有任务，就先告辞了。如果文统醒来，还望让士兵告知一声。"

"不敢劳您大驾，您忙，您忙，我会留在这里照顾文统的。"老潘连忙恭送六木出去，嘴里一个劲地客气着。

门口留下了两个宪兵队的人，算是一个交代吧，老潘从兜里掏出点大洋打点两个人，说是多费心了，官爷愿意歇着就歇着，不必站得这么累。

宪兵队的两个愣头青也是吃拿卡要惯了，嘴里还是说："潘老爷您客气了，这次您这个义子就是藤川长官的救命恩人了。我们可得好好守着，不能出了意外。"

老潘连忙摆手："不敢，不敢！劳烦二位了！"

宪兵队的人看见六木带人走了，也就没了拘束的劲，直接到对面的长椅上坐着去了。老潘这才折身回到病房里，看着还在昏迷中的刘统，他是又疼又气又怜。他忍不住叹着气小声说："选了你，真是份孽缘。你这在医院躺着，家里还放着一个陌生的新娘，这还怎么开展工作，愁都不够愁的。"

压抑得太久了吧，老潘说完这句，泪水差点掉出来。想了想，又抹去了泪水，帮着刘统把被子盖好，重新把他的手放进被子里。放好之后，老潘又不免好奇，拿出刘统的右手来，自己也忍不住翻看一番。

"不用看了，我娘从小就教我用橄榄油抹手。还有啊，用鸡蛋清涂面部或其他部位的皮肤，效果更显著。最省事的，是每天将黄酒 1 升放入洗澡水中，你要不要试试。"

老潘扭头一看，刘统正半眯着眼睛看着他。

"你小子，疯了吗，替藤川去挡子弹。你知道大家现在叫你什么吗，叫你汉奸。"

刘统机警地看了看门外，没发现什么人影，才小声说："汉奸好啊，汉奸不是更适合帮你开展工作吗？"

老潘抬头看看门外，还特意起身去窗户那边看了看，回过身来才说："我再一次和你说，你不是替我工作，你是替革命事业工作，你的命不是你自己的，是革命事业的，你要珍惜，要慎行。"

刘统吃力地摆了摆手："好了，我就知道你是做政委的料。整天都是老调常弹，小心没忍住讲给日本人听。"

老潘十分认真地拍了他的手一下："我和你说，以后你再有什么行动，必须提前报告。你要知道，多么辛苦才坚持到今天这一步？你以为就你一个人在付出吗？"

"好了，我不是一时冲动。我想过了，如果藤川在潘家门口被刺杀，那潘家能脱得清干系吗？上一次日本领事馆投毒行动，是成功了，但是日本人抓了不相干的一千多人。我不希望那样的悲剧再次重演。"

"那你也不用拿命搏啊？"老潘急得眼泪都快掉下来了。

刘统知道老潘担心他，伸出手，费力地在老潘的手上拍了拍：“放心，我是受过训练的。以当时的人数对比和距离，刺客是无法击毙藤川的。而我把藤川扑倒在地上，从射击的距离和角度来计算，都不会有生命危险。我受的伤，表面很重，但都是子弹擦伤和跳弹的划伤。医生有没有说，主要是流血过多，伤势并无大碍？”

老潘没有受过如此精密的培训，一时也说不出反驳的话来：“医生哪敢这么说？估计还头一回有这么多日本兵护着一个中国人来医院呢。你啊，就算有十足的把握也不要冒险，不值得。”

“不冒险，这么多人的付出就真的白费心血了。也不知道是哪儿的势力，偏偏选这个日子这个地方来行动。他们要是成功了，潘家恐怕就要血流成河了。”

“没你说的那么严重，藤川还等着我取代宋会长，出任开封商会的会长呢。”

“呃，你答应了吗？多好，你就是大汉奸了，我是小汉奸，便于开展工作。”

“你还笑得出来，商会的会长是个赔钱的活儿，你得出钱出力啊。要是平时，还可以靠指定行业规则来牟利。现在，说了算的是日本人，宋会长就靠一己之力与他们周旋，是个值得敬佩的人物。不过，我估计他也察觉到什么了，这婚礼上尽给新娘出难题。”

“不怕，”刘统又拍了拍老潘的手，“你这个假儿媳妇，只比方如更强，不会比方如差。”

老潘在刘统的手上拧了一下：“你想什么呢，忘记要救你未婚妻了。这个假媳妇，过两天就找个借口把她送走。不管她什么来头，地下工作不是谁都能干的。哪天，她说错一句，所有人都完了。”

刘统吃力地扭着头，看着老潘的眼睛，努力地笑笑：“恐怕是请神容易送神难！现在多好，我在医院休养，吃日本人花日本人的。你啊，好好考虑一下公公和儿媳的关系多么难处吧。”

方如的手被一只大手紧紧地扣住，她想扣动扳机，却完全发不出力气。

来人正是黑子，他还是放心不下，又折返回来。

“你怕不怕疼？”黑子问。

方如摇头。

“你怕不怕死？”黑子又问。

方如又摇头。

黑子说：“你不怕疼，也不怕死，你有枪，我有枪，你为什么选择死？你的这把枪里，至少有五发子弹，如果我们上街去，至少可以干掉五个日本鬼子。即便是不到这个数，打死一个你也不赔。”

方如的眼泪就涌了出来：“是我没有及时告发林清，是我连累了大家，连累整个行动。”

“没有人天生就会行动，没有哪个行动可以百分百圆满，你有什么可自责的？”黑子慢慢松开手，转而坐在方如的面前，扳着她的肩膀，认真说着。

方如有些吃惊，一向是大老粗的黑子，怎么会说出这么精深的道理来？

黑子看着方如，还想说什么，可是嘴张了半天也没说出来。半晌，他才尴尬地说：“周队长就教了我这么一句，早知道这么麻烦，我多问几句好了。”

方如被黑子认真地想不出其他话的样子逗乐了，反倒是破涕为笑。

黑子好像突然想到了什么：“你不是不想连累大家吗？我有办法，前提是，你真的不怕死！”

方如坚定地点点头：“不怕，只要不连累大家，慷慨赴死又何妨。”

黑子笑了："别的办法我不懂，打架我在行。日本人不是都在搜肩部有枪伤的新娘吗，我们就去抄他们的老窝，周队长不是一直对那批特效药感兴趣吗？我们去劫了，你就是有一万个错，也可以将功赎罪了吧？"

方如眼睛一亮，随之又暗淡下来："黑子，谢谢你。不过，你当抢那批药是去药房抓个方子那么简单吗？"

黑子拍了拍脑壳子："忘了和你说了，我计划很久了，正好他们现在肯定都在盯各个地方结婚的，咱们来个声东击西。"

老潘回到府上的时候，刚一进门，就听到城南那边轰隆一声巨响。没多久，原本在潘府门前的宪兵队就都被调走了。

傍晚，徐科长匆匆赶来，老潘赶紧把他拉入书房，焦急地问外面到底发生了什么事情。

徐科长也说："这开封城，看来是要不得安稳了。不知道是哪里来的队伍，去劫狱了，把开封监狱的南墙给炸了个大洞，还说要救一个叫林清的。"

老潘脑子里在画符，这又是哪一方的势力，救这个汉奸干什么？他正考虑怎么抓紧除掉这个汉奸，难道周队长他们先动手了？

"那人救出去了吗？"

"救什么救啊，开封监狱关的是整个华北地区的重犯，看守相当严密。虽然说宪兵队和日本人都忙着抓负伤的新娘，但是留守的人也不少。更何况开封监狱，易守难攻，十几个人挡住几十个人都很容易。从包黑子那个年月起，开封的监狱就很有名。"

"唉，不知道是哪路人马，徒劳啊，无用功。"

徐科长看着老潘："你怎么看，会不会是军统老牛的人？"

老潘立刻摇头："不知道，老牛已经离开开封很久了。据说，他去组织军统整个河南站了。现在啊，世道太乱，太复杂。这中午就在潘府门口，还有人刺杀藤川啊，也不挑个地方，要是成了，我们可怎么办啊？”

徐科长小声说：“老牛把你介绍给我，说是多帮忙，这个没问题，我欠他太多人情。但是，反过来我要劝你和老牛少联系。老牛比较激进，什么事都做得出来。现在比较乱，有土匪，有外围的抗日锄奸团，还有老牛他们什么中统军统的。作为中国人，能为中国人出点力，我愿意。不过，不能冒进。”

老潘点了点头，他知道徐科长顶多算个进步人士，是军统河南站牛站长争取的对象。而牛站长早就被我党秘密发展为党员，人在军统，暗中却是在帮着共产党做事。对于徐科长，他不能说得太多，所以他更多地是发问：“听说，中午参与刺杀的人都被日本人击毙了。”

徐科长摇了摇头：“藤川身边的人，别看没多少，却都是个顶个的高手，武器也好。藤川这个人，我们还很不了解他。他在天津又安排了肃清行动，据说军统整个天津站差点被连锅端。抗日锄奸团的年轻学生们又被抓了三十多个，现在已经全部撤出天津了。这中午的事情，搞不好，是这些年轻学生一时心急干的。”

老潘拍了拍徐科长的肩膀：“多事之秋，做个有心的中国人，足够了。不能逞强，也没必要勉强。”

徐科长点了点头：“我只是帮老牛，其他的，也未必能做多少。我们以后也少来往吧，以免有嫌疑。”

老潘点了点头，寒暄了几句就送徐科长出去。

看着徐科长出去了，老潘在心里也画起符来。徐科长和军统河南站的牛站长是老相识，牛站长说过此人绝对可靠。徐科长今天的一席话，也许是为了安全考虑，但是却好像把双方的距离说远了。

门口有人来禀报，说是药材铺子的人来送账本。老潘立刻出去，那个人把账本递过来，说了句：“最近这药材很难运进城，不过，我们还是成功了。”

老潘看了那人一眼，又翻开账本看了看，里面夹着几张借据，他就明白了。他抬头冲那个人点了点头，那个人抱了抱拳，转身出去了。

藤川是在刘统的病房里得知监狱被炸的消息，来报告的士兵是用日文说的，监狱那边被炸了，好在一个犯人也没逃走，只是山本大佐放在那里的特效药品丢失了一部分。

刘统完全听得懂，心里是一阵阵激情澎湃，不知道王思荃安危如何，要是他能参与，是不是可以趁机把她救出来。可惜，还不知道是哪部分人干的。

六木示意那个士兵不要再说了，这里的环境不适合。那个士兵看了看假装昏迷的刘统，还是附在六木的耳边说了句：劫狱的人，有个是女的，就是肩部有枪伤的那个。

藤川倒是一直镇定自若，脸上的颜色都没有变过。他理都没理那个士兵，反而告诉下属把医生叫进来。医生是个中国人，一看到满屋的日本兵就吓得有点慌神。藤川用日语发问，六木在一边翻译："这个人，危险，有没有？"

医生看了看六木，又看了看藤川，想了半天没敢说。

藤川看了一眼六木，意思是为什么医生还要看他脸色？这屋子里，藤川的权威才是神圣不可侵犯的。六木赶紧和那位医生说："实话实说，别到处看。"

医生知道六木懂中文，小心翼翼地说："其实，这人的伤势没有生命危险，子弹都是划伤和擦伤。只不过，失血过多，我们已经尽全力救治了，尽全力救治了。"

六木翻译给藤川听，藤川又问："那这个人怎么一直没苏醒过来。"

医生一听，立刻说："下午醒过来了，醒过来了，现在也许是麻药的作用，睡着了，睡着了，要不要叫醒他？"

六木翻译给藤川听，藤川旋即摆了摆手，站起身又看了刘统半天，喃喃自语说："这个人，有恩于我们大日本皇军，一定要全力救治，重重奖励。这样，会有更多的中国人愿意为我们效力。"

六木知道这话大多是说给他听的，所以翻译的时候就直接跟刚刚进来的院长说："这个人醒了，问问他有什么要求，尽量满足他。"

院长立刻堆笑："一定，一定。"

六木陪着藤川出门，在门口的时候还是忍不住和藤川用日语说了句："机关长，那个林清是千叶正雄的人，我看他的情报有假。"

藤川瞪了六木一眼，示意他不要乱说。

六木其实是急于撇清自己，是他审出来肩部负伤的新娘会在这两天完婚。谁知道把开封城办喜事的人家都搜遍了，也没发现有什么带枪伤的新娘。现在监狱被炸了，还有人要劫狱救那个林清，这责任他六木可不能一个人担下来。

藤川一直到了走廊里，才用日语小声说了句："你不必自责，更不必盯着千叶，那批药山本一早就盼着被劫走呢。现在才有人动手，他都会觉得晚了。"

老潘晚上出去送饭，山里红就堵在厅堂里，说是："老爷，我去送吧，我也想去医院看看文统。"

老潘打量了她一眼，回绝道："你是新媳妇，三天之内，你都不能出门的，这是起码的妇道。"

山里红白了他一眼："什么妇道啊，闷死了，这么大个潘府，也没什么好玩的，吃得也不好。"

老潘看了看动来动去的山里红，怎么看都觉得不顺眼："这是战时，有吃的就不错了，哪有那么多说法。"

山里红笑了："呦，您还知道是战时啊？你不是汉奸吗，日本人都对你毕恭毕敬的。要不是你招惹这么多日本人来，文统会被打伤吗？看来，当汉奸也没得什么好。”

老潘被气得一脸惨白，把山里红拉到了书房里，关上门问：“你到底是谁？”

山里红摇头晃脑一副不在乎的模样：“我就是方小叶了，你义子的新媳妇。要不，我是谁？”

老潘压低了声音说：“方班主当初订下的这门婚事不假，方班主有一个女儿叫方小叶也不假。可是方小叶从小体弱多病，根本就没学过方班主的手艺，更别提什么袖里乾坤、蒙面飞刀。”

“我是从小体弱多病，那就得锻炼才能好啊，才能身体强健啊。”山里红倒是毫无畏惧，“你是不是想娶个丫鬟进来，好好伺候你啊？我和你说，我方小叶就为了文统一个人来的，和你一块大洋的关系都没有。”

老潘被气得不知道说什么是好。

山里红倒是越发来了劲头：“我跟你说好了，你是文统的义父，你当汉奸什么的，我暂时可以当作看不见。但是，你要是在家门口做什么对不起文统的事，做什么对不起中国人的事，我可不是吃素的。除了飞刀，我打架也很厉害。”

说完，山里红在老潘面前挥了挥拳头。老潘被这个颇有些爱国义气的奇女子，气得哭笑不得。他对这个女人还不了解，没法和她说什么实情。不过看来刘统说得对，这个女人装方小叶倒是装得很像，而且的确不好对付。

山里红像是做了什么决定一样，在桌子上捶了一下：“就按你说的，我三天不出门，我可以做到。你不是说文统没有生命危险吗，你就去医院好好伺候着。这个家，表面上还是二老爷你说了算。但是关起门来，从今往后，就是我们家文统说了算。”

老潘忍不住乐出声来，脱口而出：“凭什么啊？”

山里红看了看眼前这个半老的家伙，觉得不露点真功夫这人不会怕她，于是从笔筒里拿出一支最粗的毛笔来，放在三指之间，轻轻一用力，大拇指粗的毛笔杆应声折断。

老潘想制止，但是已经完全来不及了。

“造孽啊，你知不知道这是清代的大狼毫，我家几代传下来的宝贝啊！出去卖，至少要几百大洋的古董啊！”

山里红吐了吐舌头，掩饰着说：“什么，什么啊，一支破笔，你讹人啊？”

看老潘心疼得不得了，欲哭无泪的表情，她又学着老潘的口吻：“这是战时，有得吃就不错了，还什么古董。”

老潘忍无可忍，抓住山里红的手说：“从现在开始，到文统回来之前，这家里所有的东西你都不能随便动。你要是再敢乱动一样，我就叫文统回来休了你。”

老潘送去的饭刘统根本没肚子再吃。在院长的亲自安排下，几乎是每过一个时辰就有一顿，又是流食，又是营养液什么的。刘统说，再吃一份老潘的，那他就的胃就彻底撑爆了。

老潘把和山里红第一次短兵相接的经过说了，刘统笑得差点把伤口的缝线绷开了。老潘示意他不要大喜大悲，外面还有宪兵队的人看着。

刘统不得不把实情说了，还特意交代：“这个人是土匪，二当家，要不怎么蒙面飞刀都不在话下。只是我实在猜不出，她怎么会袖里乾坤的魔术。她说她无意中救下了方如，帮助方如进城，所以方如待她如姐妹，把方小叶的背景都说给她听了。”

老潘叹道：“方如肯定是想把戏做足，让每个人都相信她是方小叶。没想到，半路杀出来个匪婆娘，抢了她的角色。只是，这个山里红是敌是友，难以分辨，现在还不能把实情和盘托出。”

刘统点了点头：“组织上不是一直讲究单线联系吗，这个山里红就算我的单线吧。在她面前，你就委屈一下，继续演汉奸吧。等我回去以后，再看看怎么处理。”

老潘想了想，也只能如此。他看看门外没什么人影便低声和刘统说：“方如任务失败，差点自杀，多亏我安排了黑子去救她。结果，黑子也是做事不考虑，居然带着方如和几个人去假劫狱。方如是个开锁的好手，他们一路顺利进入仓库，居然很轻松地抢走了不少日军的特效药品。”

刘统有些着急：“我一早就和周队长说过，那批特效药可能是陷阱。”

老潘觉得他声音有些大，又看了看门外，确定没什么动静，才低声说：“当初，可能是个诱饵。只是，这么久之后，也许还真被黑子他们钻了个空子也不一定。我只是觉得，他们得手得太容易了。”

刘统笑了笑，也压低了声音：“大喊什么救林清的办法，也算是亡羊补牢，疑兵之计。估计是方如想的吧。但是，林清这个人还得想办法赶紧除掉，否则危害太大。”

“这个我们在想办法，希望方如的离间计能有效果。”

刘统说：“也许有用吧，我看那个六木，已经开始把林清的事往别人身上推了。不过……”

老潘看了看门外，压低了声音问：“不过什么，你怎么看那批药的事情？”

刘统想了想，吃力地分析了半天，抬头和老潘说：“我听那个藤川和六木说，山本安排这批药，已经等了太久了。我总觉得，虽然时过境迁，这可能还是个陷阱。否则，藤川为什么根本不在乎？”

老潘完全想的是另一件事：“藤川来看你，你也装昏迷？下次来你可想好了怎么应付，你老是装昏迷，万一被看出来，也很危险。”

刘统晃了晃脑袋：“这次不是装，那帮医生，为了讨好日本人，大概是怕我喊疼，使劲打麻药。我这一下午，真的是晕晕乎乎的，不是装。

不过藤川来的时候，我依稀有感觉。他们对话，我能不抓住机会认真听吗？也就是我吧，换个人估计早没知觉了。”

“你又吹，小心牛皮被日本人捅破了。你要知道……”

“好好，我知道，我的生命不是我一个人的，是属于整个行动的，好了吧？”

老潘摇了摇头，这个刘统的脾气，倒是和那个山里红有得一拼，也许只有山里红将来能管住他。

“你能联系上黑子他们不，那批药最好先不要动。”

“黑子他们已经撤出城了，这小子，打仗真的有一套，动作也够快。日本人的兵力都围到监狱去的时候，他已经带人从城门闯出去了。”

“黑子是个战将，就是不适合秘密工作，如果他负责那批药，更要叮嘱他不要轻举妄动。”

“他们的人也受伤了，据说是藏在运粪的车里出去的，现在估计忙着洗澡呢。那批药，劫了就劫了，人员没大碍，谁还管他是不是陷阱呢。”

“也是啊，人已经撤离，药已经劫走，这还算什么陷阱呢？”刘统在那里冥思苦想，不得其解。老潘似乎也意识到这里面有问题，值得思考。良久，两个人忽然同时想到了什么，异口同声地低声说：“那药不是药！”

老潘急着要走，却发现医院里戒严了，谁也不能走出病房。

意外的是，监狱局的吴局长推门进入病房，和老潘寒暄了几句，表示来探望救人的英雄。

老潘和刘统交换了一下眼神，都觉得吴局长绝对不会屈尊来看望他这个厨子，就算是看在藤川的面子上，也顶多是陪同一起来走走过场，断不会单独前来。而警察局长来看一个厨子，医院也犯不着戒严。

果然，吴局长说了一些客套话，就表示这也是任务所致，赶上了，顺便来看看。

“您看，我们文统在警局也没做太久，还劳烦局长您大驾，亲自来探望。”老潘拿出商人的派头，拣好听地说着，“婚礼人多，有什么照顾不周，还望海涵。哪天，还请局长到潘府一坐，鄙人理当略备薄酒，再次好好款待。”

“不必了，酒恐怕是喝不上了。”吴局长长叹了一口气，“这警察局的局长难做，现在这个战时的警察局局长就更难做了。”

老潘又是一拜说：“现在日本人对城市管理严中有序，商户买卖也都开市流转。有部队长期驻扎，这鸡鸣狗盗之事也大大减少，吴局长还是太执着于尽忠职守了。”

“屁，我是个粗人，潘老爷子别在意。”吴局长起身看了看外面，又回过头来说，“老百姓管现在叫什么，叫战时，叫沦陷。咱们都心知肚明，什么时候都需要你们做买卖的。可是这警察局呢，需要你，你就是看家护院的，不需要你的时候，就把你当兵使唤，当枪用，一样往上顶。啪唧一搂枪栓，你就是一弹落在地的弹壳，就是一炮灰。”

“也是，难为吴局长，心想大局，眼看四方，国之大任刻刻铭记，民之疾苦时时挂念。”老潘觉得说这些溢美之词，自己都恶心。但是，眼前这就是工作，不但要说，还得往好了说。

“别时时刻刻了，我已经有得烦了。这上午，在潘府参加婚礼，喜酒还没喝上呢，和藤川那边连句话都没说上，六木那边就说什么要查负伤的新娘，还是带枪伤的。查吧，查了半天，没查出来呢，监狱被人炸了个大口子。唉，多了也不和潘老爷子您说了，再说就是机密了。”

老潘拱了拱手：“吴局长辛苦，这么晚了，就早点回去歇着吧。”

吴局长一摆手：“歇什么啊，这还没消停呢，监狱里有一个女犯自杀了。你说，愁人不，关了这么久都没事，这突然自杀，图什么啊？”

老潘不得不好奇地问：“这犯人自杀，由她去好了，还用吴局长亲自出马，如此大动干戈？”

吴局长拍了下大腿说："不怕和你说实话，这个女的，他爸在南京那边，官比我还大呢。偏偏这女儿，就是要什么抗日救国，参加好几次刺杀行动。他爸给日本人那讲情了，日本人也不得不给个面子。所以这人是不能处理也不能放，就在我这里好吃好住伺候着。你说，这是警察局还是招待所啊？"

老潘一惊，强忍着不去看刘统。两个人都知道，这监狱里关的女犯，父亲在南京任高官的，除了王思荃还会有谁？刘统差点就跳下床来直接问话，碍于吴局长在这里，他才不得不忍住。

老潘只好试探着问："那，这自杀的女犯人现在怎么样了，救过来了？"

"这不抢救着呢，医生说没大问题。"吴局长心烦意乱地说，"日本人那边啊，他爸也奈何不了什么。但是我这里，就不好说了。人家每周都打电话过来问情况，他女儿要是在我这里死了，还不是日本人枪毙的，那我这干系就脱不掉了。他爸啊，在国民党那边就是有名的大特务，这手底下嫡系的职业杀手就一大批。你说这年月，谁都得伺候着，烦不烦。"

老潘总算是松了一口气，刘统却在那里十分焦急，那样子就盼着吴局长一走，自己蹦下床出去看个究竟。

老潘又试探着问："那这么重要的人物，早点放了不就成了。"

"放？"吴局长神秘地摇了摇头，"日本人聪明着呢，这样的人才不会放呢。牵制，你懂不懂？"

老潘看了一眼刘统，刘统使劲给他使眼色，那意思就是这么好的机会赶紧多问问。老潘搜肠刮肚地想也没想出来再问什么，倒是吴局长先开口了："潘老爷子啊，我就按照过去对你兄长的叫法延续下来了啊。你说，这潘二爷也不好听。你哥在世的时候，那对警察局没少出力。这次警察局的监狱需要重新修缮，潘老爷马上要出任开封的商会会长了，还望多多帮忙啊。这资金，日本人肯定不会给的，还得我自己筹。这里，就仰仗潘老爷了。"

老潘忍不住一皱眉，怪不得吴局长居然来看刘统，原来是在这儿等着呢。

“宋会长不是干得很好吗，我潘兴茂无才无德，可当不了这个会长啊。不过，吴局长请放心，无论如何，警局监狱的重修工作潘某自是会鼎力支持的。”

吴局长乐了：“有您这话就好。不怕和你透个底儿，这会长恐怕迟早都是您的了。”

方如回到了队上，就一直闷闷不乐，黑子一直守在门口，在那里练倒立。

方如在屋子里偶然瞥见，也就随他去了，可是直到天黑，黑子还在那里倒立，她就不得不出去过问几句。

“回去休息吧，今天这么凶险，你就别跟自己较劲了。”

“你吃饭了，我就回去。”黑子倒立在那里，傻乎乎地笑着。

“我吃不下，你别只顾着我一个人。今天和你一起行动的兄弟，有几个受了伤的，你去看看人家。”

“他们都说过我了，重色轻友，我要是再回去，不是白被他们说了。”

方如叹了口气，在门槛上坐下来，就这么陪着倒立的黑子。许久，她杵着下巴的手都换了一次，黑子居然依然倒立，纹丝不动。方如叹了口气说：“你这功夫是怎么练出来，光在这倒立着，世界就能颠倒过来吗?”

“以前，我有个队长叫毕世成，我一犯错误，他就罚我倒立，罚着罚着我就适应了。”

“这么说，你犯过的错误，很多很多?”

“是啊，你看看，我犯过那么多错误，我不是还好好活着，你为什么想不开呢?”黑子倒立着，居然两手轻松地挪了挪，又靠近了方如一些，

“毕队长说我，那犯过的错误，就像是天上的星星，数也数不清。”

方如被黑子憨厚的样子逗乐了，随之，又沉默了下来，没多久眼眶就湿了：“你犯的错误，就像孩子打个架，惹个乱子，无伤大雅。我呢，把刘统他们都陷于危险的境地。那个女人，也不知道是什么路数，我太大意了，也许整个行动都被我搞砸了。”

黑子一听，倒立着咧了咧嘴：“吉人自有天相，你说是不是？你今天要真去结婚，那就被日本人拿个正准啊。所以，六筒那个家伙，就是福星，你就别替他操心了。”

“六筒，六筒是谁？”方如不解地问。

“六筒就是刘统啊，我给他起的外号，我们毕队长，后来的毕书记，也这么叫。可是我叫呢，他就批评我，说是不能给革命同志起外号，就罚我倒立。你说，世界哪有那么多公平，他自己不会倒立，就会罚别人。我和你说，有一天我当了队长，我就把老毕绑树上，大头冲下绑，让他尝尝倒立的滋味。”

方如又笑了一下，她自己都感觉到，那是苦笑。黑子的世界多么简单的，想什么就说什么，犯错误了就去倒立。可是，对于她来说，错误是无法挽回的，即便把自己绑树上倒立，刘统的危机也无法化解。

这个时候，周队长急匆匆地赶来，看见黑子在这里还笑得傻兮兮的，上前就踢了他一脚。黑子虽然倒立着，反应倒是机敏，双手撑地，180度一个转体，居然就让开了。

周队长气呼呼地说：“你小子，就会捅娄子，这回你倒立一晚上也无法挽回了。老潘安排智字号的发电报传消息过来了，这是冒着很大风险的。”

黑子一听，立刻一个翻身站了起来：“怎么了，不是约定的时间发电报，那很容易被发现的。老潘有什么紧急的事情？”

周队长皱着眉头说：“老潘说，监狱的那批药很可能是个陷阱。”

“陷阱？陷阱也让我们给蹚平了，怕什么？”

“要不说你是个愣头青呢，老潘说那批药搞不好不是药，可能是细菌武器，也就是病毒药剂。本来受伤的几个兄弟，我想用点特效药试试，现在果然都有不良反应了，老东北在那一个劲儿吐呢。老潘那边建议，所有接触过药品的都要隔离观察。”

黑子傻了：“不是吧，有这么严重，不是药还能是毒？”

“太可能是毒了！”周队长皱着眉头说，“去年日本人对陕北就实施了细菌武器的病毒攻击，有什么伤寒菌，霍乱菌，延安那边对这个很是头疼，正抓紧想办法呢。上个月，日本人又对浙江投了六次细菌炸弹，散播鼠疫和霍乱等病菌，以致这些疾病大面积发生和流行。”

黑子似懂非懂，挠着头说：“老东北他们没事吧，要病就吃药呗，干吗接触过的都得隔离？”

“你傻啊，这些都是瘟疫性质的疾病，一旦传染开来就会造成大面积的非战斗减员。日本人这招真狠，不动一兵一卒啊，就把瘟疫投到我们家门口了。”

黑子自言自语说：“那还真得抓紧，谁接触最多呢？”

周队长也焦急地说：“是啊，你赶紧列个名单，包括你，也得隔离观察。尤其是有伤的，要单独隔离，最容易被感染。”

黑子忽然担心地回头看着方如，脱口而出：“有伤又接触最多的，就是……就是方如。”

周队长眉头皱得像一团疙瘩，关切地看着方如。

方如倒是很平静，苦笑了一下：“不用隔离了，这个世界，也许在催促我离开。”

刘统的伤势好得很快，一方面是院方全力救治，另一方面是刘统趁着没人，自己给自己针灸治疗。自从能下地，他就开始和所有的医生护士打成一片，给男的讲怎么吃最补，给女的讲怎么吃肤色能好看。医院的营养灶也成了他经常出入的地方，虽然很多师傅对他投以敌视的目光。但是藤川的救命恩人，这块金字招牌成了他最好的护身符。

刘统所做的一切，都是为了想办法进入王思荃的病房。果然，他做的汤，让一直不怎么吃东西的王思荃喝光了。吴局长找到医院的人交代说，反正刘统也要在这里休养和治疗，就让他负责这妮子的一日三餐吧。据说过两天这妮子的父亲还要从南京过来和日本人斡旋，到时候要是交不出一个白白胖胖的女儿，他这个警察局长恐怕也干不下去了。

刘统终于得其所愿，可以亲自给王思荃做吃的，由此演变到给她送饭。

第一次，刘统慢慢地推开门，一身病号服的模样端着一盘子美食进来，王思荃几乎理都没理他。门口还有警察局的人看着，刘统不方便直接说话，就故意把盘子碗整得叮当作响，希望王思荃能转身，能看到自己。结果王思荃还是背对着他，气若游丝地说："放那里吧，我今天什么都不想吃，你先出去吧。"

这下刘统不得不开口了："大小姐，我是被特意派来给你营养配餐的，您怎么也得起来看一眼，这打了孔的白菜汤，您中意不中意。"

听到他的声音，听到他这一席话，王思荃的肩膀立刻抖了一下。不过，她还是努力装作镇定地慢慢转过身子。在看到刘统的那一刻，她激动得几乎要立刻跳起来。不过，她还是立刻甩了一个杯子过来："你出去，我不想见口是心非的中国人。"

刘统看得出来，王思荃此刻的敌意很强，只是不知道为什么。他立刻指了指门外，又指了指自己："小姐，您现在身子骨很弱，白菜能解毒，味甘、性平，很适合您的身体恢复。而且，常吃白菜还有美容的功效。"

王思荃一听，百感交集，忍不住说："容颜易老，韶华易逝，纵是千娇百媚，生逢乱世，故人已成他人闺中宾，旧事已随风散尽，更有何益处可言?”

刘统何等聪明，一下就猜中，让王思荃自杀的原因，一定是她多日等不到刘统的消息，最后却等来了他结婚的消息。狱中的王思荃，一定是万念俱灰，才做出冲动的举动来。

“小姐，很多青菜可以雕花您知道吗？很多时候，你看到的未必就是真实的，就像这道白菜汤，你看着如笋如玉，但是它依然是白菜，始终不会变的。”

说完，刘统抬起汤碗旁边的一个装食品的盘子，只见盘底用酱料涂了很多长短不一的竖点。然后，他把整个餐盘放在病床旁的柜头，慢慢地退了出去。他是个送餐的，不方便说太多，也不便停留太久。

门口的警察对刘统搜了搜身子，又往病房里看了看，见王思荃还是那么静静地躺着就把门关上了。

病房里的王思荃，等到警察退出去，激动地拿过那个盘子，直接把上面的食品倒在了汤里。然后捧着盘子，翻过来，兴奋地在那里数着竖点，她知道，那些都是摩斯码的一种简易排列，掺杂了他们两个才知道的使用习惯。她暗自破译着：我依然爱你，其他都是行动的一部分。

破译完毕，她兴奋地把整个盘底都舔干净，一个点儿也不留。然后，她激动地把盘子抱在了怀里。她误会了，刘统就是为了她而来的，那场婚姻一定是假结婚，那只是他行动的一部分。

刘统时隔很久才去打听，那个特殊病房的女犯人今天吃了没有。结果人家告诉她，那个女病人今天有点反常，不但开始正式吃饭了，居然还找看守说她要化妆。刘统笑了，女人永远是改不了的，把容貌看得比什么都重。

士为知己者死，女为悦己者容。

山里红终于能来见刘统了，而刘统却一点不想见她，因为六木几乎每天都来，山里红的脾气，如果一言不合顶撞起来，这个烂摊子可不好收拾。

“潘二爷说是药材铺的生意太忙，所以不得不让我来照顾你。”

“我不需要你照顾，这里是日本人的医院，你不惹乱子我就烧高香了。”刘统压低了声音说着，然后指了指床头柜子上的水果，“憋坏了吧，这里的水果，你拿回去吃吧。”

山里红也不客气，挑起一个又大又红的苹果来啃，一边啃还一边说：“你们那个潘老爷也太抠了，家里的饭菜叫什么啊？给谁省呢，还说什么一支毛笔就是古董，值什么好几百大洋。”

“那是真的，潘家的东西你别乱动。”

“我怎么不能乱动了，要是真的，我哪天就给当了去。给你买点好吃的，补补身子。这都是什么？光吃这些水果有什么用，没个老母鸡汤什么的。”

“你可千万别，我在日本人这里舒服着呢，什么吃的都不缺。而且，外国人讲究吃水果补充身体的元素，比老母鸡汤不差啥。”

山里红愣了一下：“什么叫元素？”

刘统犯愁了，这个还真不好解释，他随口说：“就是精气神的每一个组成部分，你在上海没上学吗？女校有很多课程啊。”

“念书？认字我没问题，其他的没兴趣，换过三个学校，都找家长谈，说是老师们都受不了我。”

“好了，你赶紧走吧。这里日本特务一天来几遍，你哪句说漏了，我就从医院换到监狱去了。”

山里红有些不乐意：“我怎么就说漏了，潘老爷之前还怀疑我呢，现在不也完全服了？我没看错你吧，你家老爷是个汉奸也就罢了，你怎么也当汉奸，还救日本人？我和你说，要不是你没康复，这笔账我得好好和你算。”

“这都是为了生计，是策略，你别乱说。”

“什么策略啊，你怎么和吴秉安一个腔调。我可告诉你，听说你在警察局监狱里做事，你要是干出什么对不起中国人的事情，可别怪我大义灭亲。”

“灭什么亲，我都说了，我们是假结婚。城里的生活你受不了，过两天我想办法送你出城。”

“什么城里的生活啊，城里的生活就是当汉奸啊，你当我三岁小孩子啊？老潘说城外发生瘟疫了，你是不是想着我死呢？”

刘统心想糟了！老潘这么说，肯定是黑子他们抢的那批药真的出问题了。否则，老潘才不会因为生意忙而不来看他。刘统想的是，也许得观察一些医院的情况，关键时候可能得偷些药运出城。而山里红却翻来覆去地说，城里城外她都能适应，但她不能适应和汉奸生活在一起。

“我告诉你，潘文统，你要当厨子在哪里都能当，没必要非得窝在监狱里当厨子。你到底怎么想的？”

山里红的声音越来越高，刘统怎么暗示也没有用。这时，门忽然被推开了，一个人一边进来一边说：“谁非得在监狱当厨师啊？”

刘统一看，真是担心什么来什么，推门而入的可不就是六木？

山里红这点分寸到底还是有，看见六木进来就不说话了。刘统努力地坐了起来，十分谦卑地和六木说：“长官，您别怪她，她见识少，不会说话。”

六木倒是饶有兴致地坐在了床边：“不会说话，会飞刀，这个我记得。”

山里红的脸红了，她属于人来疯，人越多的场面她反而不怕。倒是现在，病房里就三个人，她还真不知道该说什么了。主要是她也担心，哪一句没说对，刘统的安全会受到影响。她嘴上不认，但是刘统说过的话，她还是真听。

刘统说："你不是说家里没人看着，你赶紧回去吧。我这边有太君安排的人，照顾得特别好。"

六木居然没拦着山里红，就放她这么走了。山里红出去了，又返回来，拿个袋子把那些水果都装走了。刘统不得不解释："家里没吃过这么好的水果，我一个人又吃不了，给她带回家尝尝。"

六木只是淡淡地笑，看着山里红像刚采完果树一样，慌不迭地出去了。

"正好，今天潘家人没在，我想问你几句话。"六木看到屋子里就剩下二人，终于开口了，"就是谈谈，好吗？"

刘统觉得，这怎么像审讯呢，六木说是谈谈，那口气却完全不容推辞。他只好下意识地点点头，又把身子坐直了一些。

"你能否解释一下，你怎么会在子弹横飞的时候，去挡子弹？"六木小心翼翼地选择字眼，最后还是很直接地问了出来。

刘统想了半天，才吞吞吐吐地说："太君，可以说真话吗？"

六木点了点头。

刘统这才说："我没想到有子弹打过来了，我看藤川机关长站那个位置危险，我想拉他进来啊，结果没站住，就倒在他身上了。"

六木像是没听明白，狐疑地看着刘统，刘统只好又吞吞吐吐地重复了一遍。六木好像终于听懂了，豁然开朗一般地笑了笑。然后，他忽然拿出一把匕首，狠狠地刺向了刘统，刘统躲也没躲，几乎是眼睛都没眨，匕首直接滑过他的脸，刺在了床头。

六木笑了笑："你，不怕吗？"

刘统傻笑着："我知道太君不会伤我，我如果躲，反而可能受伤。"

六木摇头："不对，这份定力，不是常人能有的。"

"但是厨师不是常人，是成天和刀打交道的人。"刘统看六木还是不信，起身拔出那把匕首，看看床头柜子上还有一颗剩下的葡萄，用手拿过来，用食指按住一半，回头对六木说，“长官，这么按着，用这把匕首砍十下，你敢不敢？”

六木有些微怒，坐过来一些，接过匕首，又按住了葡萄，想了想还是摇了摇头。

刘统二话没说，接过来匕首，直接用另一只手的食指按住一半的葡萄，迅速地切了十下。那一半葡萄，居然被薄薄地切成了十片。刘统用手轻轻一推，那十片葡萄才慢慢地摊开，像绽放的花朵。

“长官，献丑了。我想说的是，厨子天天都练这个，对刀很有认识。而且，我们都是从小就练定力，要不然别人一吓，你可能就把自己的手切了。”

六木坐在那里看了半天，也想了半天，许久才似懂非懂地点了点头，居然说了句：“看来，我得向你学学刀法。”

刘统立刻傻笑说：“不敢不敢，我们这都是雕虫小技。”

六木的眼神里还是充满了怀疑，不过，他居然从自己随身带的包里拿出一本菜谱丢给刘统。刘统一看，是日本菜的菜谱，完全不解地看着六木：“长官，这是……”

六木笑了笑：“藤川先生一直想找个信任的厨师，做一些他喜欢的菜。这个人，实在是不太好找。现在，他觉得找到了。”

刘统还是不太懂，一头雾水地看着六木。

六木努力地堆出笑容：“你太太刚才不是说，厨子在哪儿都能当，为什么非得在监狱里做呢？”

刘统有些明白了，但是不敢说什么。

六木接着说：“你被选中了，进我们的山陕甘会馆做厨子。前提是，你在出院之前，能把这菜谱里的菜练熟几样。”

“啊？”刘统太意外了，他知道那地方是日本华北特务机关的老窝。不过，他是老潘特意安排进监狱潜伏的，这要是进了藤川的府宅，任务怎么办啊?

六木诡异地笑了笑:“这回你太太会满意了吧?不过,这是个机会,也是个挑战。那里原来的厨子,哪个都是有来头的。只不过,你的刀法也许会帮你。”

刘统还是在想,那任务怎么办?

第七章　活死人

毕世成第一次感觉到绝望，身边的警卫员报上来的数字，整个独立大队几百人打得只剩下五十多人了。

这是一次意外的遭遇战，本来豫西独立大队的任务是看好东部的山麓，这里是离日军进攻路线最远的一线，上级认为这里的任务最轻松才留给毕世成他们的。

谁也没想到，日军的汤口部舍近求远，选择在东部山麓进攻，企图切断整个大部队回撤根据地的路线。毕世成是喜欢打仗的，但是让他一个大队应付日军汤口部的一个旅团，他实在是喜欢不起来。

战斗不只是惨烈可以形容的，这个独立大队的番号，是毕世成好不容易才争取来的，如今打到当初一起奋战的兄弟都联络不上几个的时候，毕世成就准备率领几十人直接搞一次突袭了。身边的小六子阻止了他，上级给的任务就是坚持到第二天中午，坚持到那一刻，就可以安全转移，任务不能违背，不能让一条大路给敌军轻松穿越。

毕世成在心里暗暗叫苦，到明天中午，还有几个兄弟可以一起转移呢？他们都下了必死的决心，哪怕是让日军踩着自己的尸体过去，也绝不能退后一步。可是，老毕心疼他的队伍啊，这都是人啊，一个个的人啊。

战斗打到傍晚，毕世成发现了新的问题，什么吃的都没有了。

负责粮饷的是后勤方大木头，毕世成劈头盖脸地骂："你是怎么当后勤的，粮草给整了个精光。"

方大木头其实也上来参加战斗打了大半天，他知道老毕心里急："头儿，你急也没有用啊。是你说的，不要把粮草都带着，这次咱们任务轻。也是你说的，把粮饷隐藏在各处，省得被一锅端。"

老毕挠了挠脑袋瓜子，这话的确是他说的。

"那你就不过过脑子啊，战斗打成这样，你早干吗去了，整吃的啊，那漫山遍野什么不能吃啊？"

"是你说的，头儿，炊事班全员参加战斗，没有胜利还吃什么吃。"

天色渐渐黑了下来，老毕知道日军不会摸黑进攻，因为分不清敌我，日军的损失会更大。他看着灰头土脸的老方，瞅瞅尸横遍野的战壕，命令副队长老赵继续严防死守，多挖防御工事，自己带着小六子和几个人去拉吃的。

老赵不同意，说是战场不能离了指挥官。

老毕大手一挥："不能离个屁，不能离，要是刘统在，用树叶也能给你变出美食来。现在，谁也没我对这里熟，我不去谁去啊。"

老赵说："我去，你藏粮饷的地方我都知道，我跟着你去了。"

老毕假装踹他一脚，没好气地说："你去，你个城里出来的，转两个山坳子你就转晕了。方向感都就着大米白饭吃光了吧？当年我爹在这一带当土匪，从小我就跑遍了这里每一座山头。你们放心吧，我一个人的话，谁都伤不了我，倒是人多了我还得照顾你们。"

老毕说得对，从追踪到夜间探路再到躲避敌军视线，他都是一流的。几个人花了一个时辰就成功翻到了两个山头的后面，结果发现他们藏粮饷的玄风崖山洞洞口，被日军驻扎了。

玄风崖居高临下俯瞰整个东麓山脉，是当年一支有名的土匪队伍的老巢。后来土匪军阀的队伍围剿，整个洞口都被炸坍塌，老毕记得至少有两条只可容身的暗道可以进去。几个人从后面翻上去，借着树藤直接从暗道爬了进去。等到他们备齐足够应付队伍三餐的粮食，怎么出去成了问题。

进来可以从暗道走，但是出去就必须走洞口附近的宽一点的暗道，就必须和日军驻扎在那里的小分队遭遇。老毕想了想，把所有随身携带的手榴弹收集到了一起，一合计，应该有一拼。于是，他安排了小六子他们在洞口的暗道埋伏好，自己则带齐所有的手榴弹沿着顶部的暗道重新爬上去。

居高临下，驻扎在这里的一小股日军大半夜被老毕的手榴弹炸开了花。东逃西窜的日军，终于发现火力主要来自于后面的悬崖顶上，残余的队伍就疯狂地扑了上来。老毕一个人扔光了所有的手榴弹，估计小六子他们应该趁乱从洞口冲出去了。自己正准备顺着洞顶再返回山洞里，这时才发现，树藤不知道什么时候被自己碰到掉洞里了。

身后是悬崖，暗道处的洞顶到洞里也有十几米高，自己跳回到洞里，肯定摔个半死最后被日军发现；跳下后面的悬崖，估计不会被发现，因为日军没工夫下那么深的悬崖去搜，只是生还的希望几乎是零。老毕在那里艰难地做着抉择，日军的小队已经扑了上来……

在阵地上把战斗工事挖得十分认真的副队长老赵，等来了小六子他们带回来的粮食，等来了第二天清晨日军的意外撤军，唯独没有等回来毕世成。

方大木头站在战壕边上，哭丧着说："毕队长，你这是用的招魂术把日本鬼子都唤走了吗？可你啥时候还魂啊，我给你烧头七。"

刘统和王思荃终于联系上，误会也解除了，他还没敢开口说一句话，因为外面一直有宪兵队看着，这时他就等来了新任务。

藤川亲自带着六木找到他，让他给病中的一位高级将领准备营养配餐。

藤川的意思很简单："汤口少将刚刚在一场战斗中意外受伤，这是目前我军在中原战役中负伤的最高长官。医生的意思是，汤口少将的身体很虚弱，但是他又拒绝我们厨师做出的所有食物，现在生命危在旦夕。文统君，希望你可以创造奇迹，在战时食材匮乏的情况下，做出让汤口少将满意的菜肴。"

刘统这个气啊，他刚和王思荃联系上，这还没机会聊上几句呢，又给了这么个新的任务。

他在厨房里发呆，六木居然找到他，对他解释说："汤口少将心气很高，估计这次意外负伤，让他很不服气。中原一带的饭菜，应该是很难满足他的胃口。如果文统君能够做出上次我给你的菜谱上那些日本美味，也许能打动他。"

刘统还是发呆，他是想，饿死他才好呢。日本料理，对于他来说一点都不难，因为喜欢研究美食的他在日本留学时，早就偷师学艺掌握了不少日式料理的精髓。问题是，他要大展身手，还是彻底装作不会做呢？如果做不好，估计他就可以留在监狱，还有机会经常见到王思荃。如果真的大露一手，藤川是会大加赞赏，但是他刘统就会被招募入府去做厨子，那见不到王思荃不说，老潘的任务怎么办？

六木拍了拍发愣的刘统："我们日本国的料理，虽然看似简单，但是精髓很难掌握，一般人学艺几年也很难学成。难为你了，文统君。"

晚上，老潘来探视，带来了最新的消息，那个汤口，与毕世成的独立大队发生了遭遇战。

"老毕带人去抢粮食，意外遭遇了在山上驻扎的汤口部指挥所。老毕是土匪油子出身，对那一带的地形十分熟悉，顺着暗道进去，顺着暗道出来，顺便把指挥所给炸了。他们还不知道那是指挥所，只以为是挡道的一小股日兵。第二天汤口部退兵了，他们还不知道为什么。事后才知道，是旅团的头头汤口少将被炸伤，伤情严重，只好先停止围剿了。”

刘统听着很兴奋：“老毕不错啊，终于参与到战斗里，他也是得偿所愿啊。立这么大一功，还不得当个团长什么的了。”

老潘神情凝重，拍了拍刘统的手背：“你要有个心理准备，老毕为了让大家先撤，自己殿后，可能已经牺牲了。”

“什么？不会吧，上天入地，哪一样难得住他？”

老潘摇了摇头：“听说，他被一队日本兵堵在悬崖上，你说，机会有多少。”

“那个汤口什么少将，他们还让我给他做营养配餐，我不吃死他才怪。”

老潘眼前一亮：“怎么，他们让你给他做吃的？”

“是啊，藤川那个老滑头，估计是为了讨好汤口，将来和山本对着干好有靠山。”

老潘想了想：“这是一次机会，你要把握好。”

刘统点了点头：“嗯，我得想想，怎么能把他弄死，让藤川他们还看不出来。”

老潘摇了摇头：“不是，你要救他。”

刘统不解：“为什么？我要替老毕报仇！”

老潘无奈地看着刘统说：“如果你让不吃东西的汤口有了胃口，那就说明的确是你的厨艺过人。这样，你就可以充分取得藤川的信任。还有一个坏消息……”

刘统更加不理解了：“藤川要把我弄到他府上去呢，如果我离开监狱，那你的行动谁来完成，咱们的任务怎么办？”

老潘叹了口气：“因为还有一个坏消息，城外的周队长他们已经中计。山本那批特效药，的确如我们想的，其实是病毒。现在病情最重的就是接触最多、当初还有伤的方如……"

刘统沉默了，他明白老潘的意思。

老潘接着说："监狱那边相对来说，好进去，大不了再花钱找周局长，他还在找我出钱呢。可是，日本人这边，我们一直是空白，了解得太少。治疗那些病毒的特效药，应该就在日本人手里。你，明白吗?"

刘统沉默了许久，才看着老潘说："你知不知道监狱后厨的老顾师傅，他有一句话特别对啊。"

老潘不解，看着刘统。

刘统说："那就是，伴君如伴虎，尤其是所谓的太君!"

第二天一早，刘统来到医院的后厨，和几个厨师打过招呼，就进到后面的更衣室，准备把病号服换成厨师服，琢磨着怎么给那个该死的汤口少将做该死的菜。

他还没走到木质更衣隔断那里，就被一个黑影捂住了嘴巴，一下子被推到了隔断里。刘统不知道是敌是友，没敢轻易动手，当对方把黑洞洞的枪口顶到他的后脑勺上，他才猛地一低头，反手一个倒擒拿，直接去扣对方手腕上的穴道。他不傻，万一是哪个愣头青直接来一枪，他就白搭上自己的一条命。

两个人在狭小的隔断里搏斗了半天，刘统终于找到了转身的机会，把对方狠狠地撞到了后面的墙上，顺势挥掌使劲砸对方手腕的太渊穴。对方受不了如此重击，手中的枪立刻滑落，刘统顺势接住，没给对方任何机会，抬枪顶住了对方的胸部。

定睛一看，偷袭他的居然是黑子。

"怎么是你?"刘统当时就一愣。

黑子喘着粗气，一脸不服气的样子："是我，怎么样，大汉奸，怪我心软，没第一时间崩了你。"

外面的人喊道："小潘，你没事吧。"

刘统立刻喊："没事，脚下滑了一下。"

黑子也是机灵，立刻双腿跳起盘住了刘统的腰部，以免外面的人从底下能看到更衣隔断里是两个人。

外面人远远地嘟囔了几声，然后就走开了。

刘统看着黑子那怪怪的动作和怪怪的样子，就乐了。黑子想把腿放下来，刘统立刻低声说："就这么样吧，万一有人路过该看到了。"

黑子瞥了他一眼，低声怒喝："你不怕我剪刀脚废了你。"

刘统一想，肯定是老潘他们没来得及解释什么，而且他现在的身份也不方便对外解释。"从豫西打到开封，你赢过我吗？怎么，现在当了锄奸队长，功夫没长脾气长了？"

黑子瞪了他一眼："我技不如你，我认，但是我不会当汉奸，不会去替日本特务头子挡子弹。"

刘统一想，时间长了外面人又会来问，赶紧说："这是各自的任务，黑子，你别那么莽撞，有事听周队长和老潘的。你来这里干什么？"

黑子看了看他，低声说："你告诉我，你是不是汉奸。"

刘统这个着急啊："不是。你快说，你来这里干什么。"

黑子这回勉强露出笑容："我估计你有任务吧，很多人都不信。不怕告诉你，我是来投毒的。狗日的鬼子，拿一批病毒让我们当特效药抢。现在，我就给整个医院投毒，看他们怎么治疗，我给方如抢点解药回去。"

刘统的鼻子没气歪了："你傻啊，你投毒，那死的可能还有中国人。而且，如果真的特效药都给这医院用了，你还上哪儿去抢？"

"管不了那么多了，方如快不行了。对了，你是厨子，在这里当厨子？你告诉我，哪个菜是给日本人吃的？"

刘统眉头紧皱，黑子还是那么鲁莽，想投毒，估计也没和谁商量就闯来了。

“你，现在赶紧想办法出去，关于解药的事情，我自有办法。”

六木觉得自己现在像个勤杂工，藤川为了讨好汤口，居然派他去盯着潘文统做饭。这仅仅是因为他的中文好吗？

来到医院的病房，护士说潘先生去了后厨。六木又来到了后厨，见到几个中国厨师，唯独没见到刘统。问了问，说是小潘可能在更衣室摔了一跤，不知道起来了没有。六木一听，这个笨拙的中国人，菜做得还凑合，怎么好好的还能摔一跤。这要是伤口开了，藤川肯定会责怪于他。

六木快步走向更衣室，远远地就看见有个人站在那里转来转去地不知道在干什么，他大喝了一声：“文统君，你没事吧？”

刘统把帘子拉开了一半，赤裸着上身说：“没事，我马上换了衣服出来。”

“伤口没摔到吧？”六木又关切地问着，向前走了两步。

刘统故意把后背转过去给六木看：“就是滑了一下，还好，伤口应该没裂开。”

六木看着刘统那狼狈的样子，站住了，想了半天才说：“我在外面等你。”

刘统长出了一口气，看着六木走远了才对里面被挤在一边木板上，靠着半边帘子遮住的黑子低声说：“你也太重了，累死我了。”

黑子改成大字形支撑在木板之间，有点心疼地低声说：“你玩真的啊，你背后这么多伤。”

刘统换好了厨师的衣服，看了黑子一眼说：“你别再想一出是一出了，赶紧回去等消息，你不惹事，我就安全。”

刘统换好了衣服出去，偏偏碰上六木往回走。刘统迎上去说：“好了，我们外面谈？”

六木推开了他："我总觉得那里好像还有人。"说完，六木径直走向更衣的几个木隔断，直接挑开了刚才刘统所在的那个隔断的帘子。

山里红在和老潘较劲，双方几乎都是各不相让。

山里红和城里的联络点联系上了，小磨山在城里也有自己的点，负责掌握这边的动态消息。她只是带话给山上的大哥，自己最近要在开封城里玩上一些时日。但是吴秉安已经把城里的事告诉了石飞雄，石飞雄气得要进开封城来抢人。吴秉安只好劝他，既然婚事都办了，那就随她吧，怎么也是圆了那块玉石之约。

山里红从山上找了一个会杂技的土匪到潘家来，美其名曰，学习杂技。她实在是太闷了，老潘平日里又不怎么和她说话，下人们也不敢和她说话。大哥那边又担心她一个人，正好她闷，说是山上的刘大裤腿子会杂技，她大哥就派了刘大裤腿子来陪她，也算是保护她。

老潘不干了，这潘家的人是越少越好。本来一个山里红还不知道怎么处理呢，又多了个男的，这传出去也不好听啊。

山里红告诉刘大裤腿子不能暴露身份，就说："这是我父亲以前的弟子，也是我们家的老管事，一直照顾我。"

老潘说："方班主有几个弟子，那都是有名的，现在都跑到重庆那边去了，你当大家不知道？"

山里红想了想："这是方班主的关门弟子，外人都不知道。"

老潘立刻说："好吧，我现在去医院让文统回来，立刻就休了你。"

山里红一听就怒了："死老头子，你活腻了啊，老拿这个吓唬我。"

刘大裤腿子没轻没重的，上去就扇了老潘一巴掌。

山里红见状，上去扇了刘大裤腿子五耳光，给他打蒙了。

"二小姐，你这是哪出啊？"

"他是我老公公，我男人的义父，你知道不？有你下手这么重的吗？

这是城里，你给我收着点。”

老潘挣扎着爬起来，看了看四周，还好没人看到：“这位女侠，潘某不知道你是哪里的二小姐。但是我想告诉你，这里是日本人的地盘。你在这里逞能，你才是活腻了。”

山里红看着老潘那认真的样子，倒是笑了起来：“大汉奸！怕日本人我就不来当这个好媳妇了。”

说完，她转身对刘大裤腿子说：“走，我们练习蹬缸去。”

说完，两个人回到了刚才摆开架势的地方，刘大裤腿子扶着，山里红仰在石桌上练起了蹬缸。

老潘定睛一看，那蹬的缸，居然是潘家少有的景德镇的瓷器啊。

“二位神仙，这是清末景德镇的瓷器啊，你们拿它当什么啊，杂技道具?”

山里红又玩了两脚花活才停下来：“我说大汉奸，你老说没钱，怎么家里样样都是宝贝啊?我这练杂技，不也是为了家里好吗，你没看日本人对杂技很感兴趣?”

老潘晚上去见刘统的时候，脸巴子是肿的，刘统听了整个过程，十分担心地说：“那个教杂技的，得想办法整走。山里红在上海待过，还有点正形。他们那的土匪，太容易暴露了。”

老潘愁啊：“说得容易，你都说了请神容易送神难。”

刘统想了想：“我给你写个字据，你交给山里红，她一定会让那个人走的。”

老潘在一边担心别的事：“汤口的事情你准备得怎么样了，他的病房在三楼里间，那是绝对禁止中国人去的地方。我估计特效药也许在那里。”

刘统说：“你还不知道吧，今天上午黑子来要投毒，说是让日本人也得病，看他们怎么治。这个黑子啊，差点让六木堵个正着。”

老潘一惊：“没连累你吧。”

刘统笑了笑：“没有，有惊无险吧。还好，黑子有时候也挺聪明，跑得比较快。那个六木倒是挺逗，还和我说，让我注意点，我是他们的人了，现在很多中国人想刺杀我。”

老潘叹了口气：“干我们这行的，就怕自己人捅娄子。”

刘统不以为然：“还好，他的莽撞让我想出了好办法，我和六木沟通得很好，明天应该可以知道那批特效药在哪儿，是什么样的。”

六木掀开帘子的一刹那，刘统的心都提到嗓子眼了，还好，黑子的动作很快，居然及时地提早翻了出去。六木把所有隔断都查了一遍，才回过头来和刘统说：“你得注意，你现在是我们的人，很多中国人想要刺杀你。”

刘统放下悬着的心，想了想才说：“我们出去聊吧，你们不是说汤口少将不吃饭也拒绝用药吗，我想到折中的办法了。”

六木眼睛一亮：“什么办法？”

刘统一边往外走，一边故作谄媚地哈着腰：“太君，日本的美味，靠的主要是鱼啊，而且都是海鱼，开封肯定是没有的。即便有，也可能不是活的了。我琢磨了半天太君给我的菜谱，我看着那上面画的金枪鱼的样子，想到了一个很好的替代品。如果刀法得当，再加上一些后期的调味，我估计可以乱真。”

六木点了点头，他已经开始相信这个年轻人了。

刘统接着说：“而且，可以把药品混到这个肉里面，和调味品一起腌制，估计可以不用强迫少将吃药，就能起到治疗的作用。”

六木有些怀疑了，这个他的确是有点不信，鱼是讲究新鲜的，这怎么可能。

刘统搓了搓手说："只是，我是试验，需要用几种方式尝试，这食物材料和药品，都得多点，要不我怕弄不成。"

六木想了想，回答他说："这个没问题，只要你能让汤口少将开口进食，这就是大功一件，藤川先生会重重有赏。"

第二天一早，刘统还是像往常一样，先去给王思荃送自己做的早餐。

有宪兵队的人在门口监视，两个人一句话也不能说，王思荃只是微笑着，用汤勺划着粥，一圈，两圈，然后又吹吹。刘统第一次的时候没注意，第二次就开始注意，心里暗暗记住，每次划动的长短，吹气的长短。很快，他就读出来大概的意思，是"父亲在和日本人谈判，我安全"。

其实，两个人以前在一起训练的时候，玩过很多类似的游戏。发报靠的是几长几短，摩斯密码也类似这个，那么其实平日里很多动作是可以转化成发电报一样来传达。关键是，两个人之前有过默契，心里能达到互通。在南京的时候，刘统就是靠这个传递消息给王思荃的。如今，看到反过来的传递，刘统有些激动，又不能表现出来。

刘统手里什么也没有，也不能有大幅度的动作，监视的人明确交代了一句话都不准说。此刻，他背对着宪兵队的人，可以很轻松地用口型来传达意图。他保持住身形，嘴型微微变动，反复做了几次：我有任务，为了国家。他看到，王思荃的眼神亮了起来。

对于王思荃来说，她本来有良好的生活，甚至连婆家都一早安排好了。然而，她却在日本留学的时候，就积极参加到救国运动当中。从某种程度来说，刘统参加革命，是受了她的影响。现在看到他说有任务，为了国家，这是最让她高兴的事情。

一切尽在不言中，两个年轻的心似乎又一起为了同一个目标而跳动。

退出王思荃的病房，回到自己的病房，刘统还没来得及好好兴奋一下，六木就推门进来了。他其实早有预料，六木会来得很早，但是没想到这么早，一点兴奋的时间都不留给他。六木来问他，需要几支药剂，是不是能够保证一次成。

刘统故意装作不懂的样子，反问：是药剂还是片剂，还是药末？这都是不同的。

六木也不清楚，只好回身再去问医生。随后，六木带来一个日本医生，两个人带着刘统去了三楼。刘统这是第一次来到医院的三楼，这里几乎是中国人的禁区。除了很少一部分医护人员以及杂物清理者，中国人几乎在三楼就是绝迹的。

三楼的病房又被人为地分为三道关卡，第一道关卡在楼梯口，过去之后就是医护人员的工作区。第二道关卡在第一个病房外，第二道关卡和第三道关卡之间，有大概十几间病房。这里一般住的是日军的中层官员，基本都是一人一间。而第三道关卡里面，就是特护病房和秘密的药品库。之所以安排在最里面，是因为医院的这一侧，里面直接挨着山本部队的机关所在地，任何人是不可能从那里面潜入医院的。

在第三道关卡外面，六木就示意刘统停步，能让他到这里已经是很不容易了。六木和那名日本医生进去了。旁边经过的人员都用怪异的眼神打量着他，而第三道关卡的守卫，更是直直地盯着他。

刘统站在那里，一动也不敢动，只能眼珠偶尔转转打量着四周的环境。恰巧旁边的病房门开了，有人推着装药的小车出来，刘统不得不闪身让一让。在转身之间，他顺势往病房里瞥了一眼，这一眼不要紧，他这心里就犯起了合计。里面住的是一个中国人，因为他看见桌上摆的居然有大蒜什么的，地上的鞋也是一双本地手工的布鞋。这布鞋只有本地人才穿，在周队长那里他是见识过的。再者，日本人进犯中国，还没见哪个日本人爱穿布鞋的。

可是，三楼的特护楼层里，为什么有一个中国的病人呢？他是谁，他为什么得到这么好的待遇？

转瞬间，日本兵已经高喝了一声，刘统听得懂，那是说不要乱动，他故意装做听不懂，还好心去帮那个护士推车。日本兵已经走了过来，他这回假装害怕，站在原地又一动不动了。不过，刚才那一瞬间已经够了，他又观察了一下，病房里的人似乎病得很重，窝在被子里一动不动，那身上的被子都没个明显的起伏。

六木和医生已经回来了，医生递过来一个玻璃药瓶和几支针剂。药瓶里都是粉末状的药，针剂就简单了都看得懂。日本医生说了半天，六木才翻译："你说的几种都有，但是药片显然不合适放到食品里，医生说或许针剂最合适。"

刘统其实听得懂医生说什么，医生明明说的是针剂好放到食品里，但是针剂的作用是进入血脉，效果也许不明显，粉末的话，味道比较明显，容易被吃出来。

刘统看了半天，才和六木说："适不适合放到食品里，这个我来想办法，关键是哪个最有效果，对汤口长官的病情最有利。"

六木有些鄙视地看了看刘统，觉得他还挺自信的，也觉得有点麻烦，但是又不敢怠慢，只好翻译给医生听。医生想了想，还是推荐了那瓶药剂，特意嘱咐六木，每次用量不能超过指甲大小。

中午时分，六木和藤川一起来的。这次安排刘统给汤口少将掌厨，对于藤川来说，是一次冒险。在开封，日军的势力也分为几支，藤川想要获得更多的支持，就必须冒险一试。

刘统把做好的菜肴端上来，六木和藤川都惊呆了，这完全就是一道地地道道的日本生鱼片。不但肉色鲜美，而且摆盘也十分讲究，几乎和六木给刘统的那本书上画的一模一样。

"你是怎么做到的，这里不可能有这么新鲜的鱼肉。这不是河鱼吧，我们大日本帝国的子民是不吃河鱼的。"

刘统心里想，你们就嘴上这么说，这都什么时候了，上次六木吃松鼠桂鱼的时候，也没提什么河鱼不河鱼的。

“藤川先生，这绝对不是河鱼，我看了那本书，里面提到这一点。确切地说，这不是鱼肉。”

藤川十分惊奇地看着刘统，这分明十分类似红金枪，难道还是猪肉和牛肉混合而成的？

望着藤川异样的表情，刘统直接说：“这是上好的马肉，吴局长听说我要为汤口少将烹饪美食，特批我一匹上好的幼马。我查过资料，贵国很早就有食用马肉刺身的历史，并且称之为樱肉，因为马肉一旦与空气接触就会变成近似于樱花的颜色。我想，只有这道菜，能让汤口少将感觉到家乡的味道，会食欲大增。”

藤川还是摇头：“我知道樱肉是什么样的，刺身虽然是日本国民爱吃的食品，但是由于不好保鲜，常吃的人也不多。樱肉的色泽应该是比较艳丽，红肉中夹杂一些如雪点般的肥肉，而你这道菜则如同红金枪一般。”

刘统笑了笑说：“生鲜食品，讲究的是一个鲜字，我国早就有冰镇保鲜的良方。除了宫廷里会有冰窖以外，民间一般是放到深井里去镇一段时间，效果也很好。这边人家夏天吃西瓜，都是采用这个方法。关于肉色，是因为我精选了不同位置的马肉，通过特殊的方法处理，然后才会形成如此逼真的色泽。”

藤川犹疑着准备尝一口，六木想要阻拦，觉得试菜的工作应该由他来做。藤川推开了他，表明十分相信刘统。夹起薄薄的肉片，藤川轻轻地放入口中，咀嚼片刻，感觉肉片冰凉鲜美，旋即融化了一般。

“好，可以送上去了。”

“是啊，这道菜不能放太久的。”刘统端起菜就要走，却被藤川挡住了。

他叫来一个日本人，很仔细地交代了半天，然后才对刘统说：“我上去有事情要和少将谈，你就不必露面了，以免引起不必要的麻烦。”

刘统略微呆了一下，六木看着他的表情，笑了笑，过来拍着他的肩膀小声说："你们中国不是有句古话，民可使由之，不可使知之。"

说完，六木露出一丝怪异的笑容，然后转身跟上藤川走了。

刘统呆呆地站在原处，他预料到藤川是不会让他露面，哪能让少将知道这么精美的食品，是一位中国年轻厨师做出来的呢？这个六木，还真是个中国通，这么生僻的话都懂，将来肯定是个不好对付的角色。

旁边的厨师看着他有些失望的神情，忍不住劝他说："日本人，用你的时候你是人，不用你的时候，你就是狗。别想太多，小心为上。"

刘统点头称谢，忍不住攥了攥自己的衣角。

回到病房里，护士已经等他半天，批评他自己不记得按时吃药和休息。刘统和对方开玩笑，说能活着就不错了，哪还敢谈休养。护士是中国人，家里人都是在伪政府工作，所以对战时的混乱也没多少担心。倒是劝刘统说，你现在是皇军的大红人，以后别忘了有机会帮自己美言几句。

刘统就笑："美言什么，你想到藤川先生府上去做内护啊，跟用人差不多。"

护士说："那就不必了，只是要是有机会待在二楼就好了。这家医院，一楼都是重伤残疾的士兵，又粗俗又恶心。三楼呢，都是高官，哪里没应付到就非打即骂，搞不好会有生命危险。二楼的特护最舒服了，工作也少。"

刘统心里想，真是什么时候都有愿意偷懒的人。"你不是二楼的吗，还去三楼和一楼？"

"只是现在是而已，院长重视你，派我来给你护理。要不，我是属于三楼的，天天提心吊胆。"

忽然，刘统想起了什么，故意装作不经意地插了一句："三楼好像也有中国人啊，哪有那么多日本高官天天要住院？"

“中国人?”护士愣了一下，旋即笑了一下说，“你是说307那个活死人吧？他是中国人，可惜他是个大犯人。日本人也是怪，把他打个半死，还把他再救过来。这么折腾好几回，那个人基本和活死人差不多。”

“这么残忍？为什么呢?”

“据说啊，是个共党的要犯，关键人物。肯定是打死也不说的那种，所以才受这么多罪。”护士忽然想到了什么，捂着嘴说，“哎呦，我忘记了，院长不让说的，你可别告发我!”

刘统乐了:“我只是好奇，我告发你我又没有饺子吃。”

护士本身对他基本上没有防范之心，反而接着说:“你不就是厨师吗，都说你做菜好吃，什么时候给我们这些护理你的人做一顿啊?”

“好啊，主要是食材的问题。日本人看得很严，还有警察局的吴局长也派人看着，我没法偷工减料给你们弄。”

护士乐了:“早说啊，我们可以想办法。那个活死人，基本不怎么吃东西，就靠药顶着，但是每天还是好菜好饭地给他做。日本人也奇怪，你说治好了又折磨个半死，不是浪费粮食吗？我和管厨的熟，就从他的饭菜那里偷工减料，没人看得出来。”

刘统故作高兴地说:“好啊，我们可以商量商量吃点什么好的了。”

两个人还没说太多，六木就兴奋地进来了，女护士立刻装作收拾药品，一句话不敢再说。

六木倒是没废话，十分兴奋地说:“汤口少将终于开始进食，文统君，你的功劳不小。藤川先生的意思是，这道菜日本的厨师应该也会弄了，你再结合本地的中国食材，想想做什么新的日本料理可以让少将更有胃口。”

刘统装作吃药，听了以后一口水差点没呛到。这道菜都花了他很大心思，还要再想新的?

六木看着他的样子，又是一丝诡异的笑容:“文统君，我相信你能做到。”

傍晚，老潘来探望刘统，刘统看看门口没什么人，这才掀起自己的衣襟，用针慢慢地挑开缝线，从里面慢慢倒出一些粉末来。

“这是我虎口拔牙搞来的，枉我还得费尽心思给那个破少将做什么料理。”

老潘也是皱眉头：“我已经听说了，你让日军的一位少将打开了胃口，医院的人都把你当传奇来谈论。只是，少将一级应该有随军的日本厨师，怎么就看中你？”

刘统颇有些得意地说：“很简单，日本的厨师懂日本的料理，但是不懂中国的食材。而我在日本待过，既懂料理又懂食材。”

老潘小心翼翼地把那些药粉末用纸叠好，揣到了里怀：“你悠着点，千万别暴露你懂日语。”

刘统点了点头，换了个话题说：“这些药，估计救方如一个人是差不多了，可是要救更多的人肯定就不够了。”

“找到药品存放的地方了吗？”

“找是找到了，知道大概位置，在三楼第二道岗的里面，可是……”

老潘焦急地问：“可是什么？”

“可是那边的建筑，是延伸到山本的兵营院子里的，从外面爬进去偷是不可能的。如果从楼里上去，那么多道关卡，恐怕也是行不通。”

老潘眉头紧皱，点了点头，这的确是难。不过他反过来安慰刘统说：“不错，干得漂亮，剩下的事情我去考虑。你已经做得很好，别轻举妄动，以免引起怀疑。”

“你怎么想办法，除非买通汤口的随从进去偷，不过也几乎是不可能的。那里的医护人员中国人都很少，而且基本都进不了第三道岗。”

说到这，刘统忽然想起来什么，兴奋地坐了起来：“对了，老潘，我还有个天大的发现。”

老潘的眼睛一亮：“这个天，有多大？”

刘统说：“三楼的病人主要是日军的高级将领，不过有一个例外，就是307病房里是个中国人。护士说是我们的人，还是日军的重犯。我猜，会不会是老谭？”

老潘急了：“这么大的发现，你怎么不早说？”

刘统叹了口气说：“据说已经被打得死去活来，护士们都叫他活死人。狗日的，为了从他嘴里挖到什么，打残了治好，治好了又打残，人就这么被折磨得差不多了。我偶尔瞥见了，一点活生气儿都没有。”

老潘急得直搓手：“这可怎么办？本来就很难营救，他这种状态，即便救出去我们也没有医疗条件来救治。”

刘统点点头：“是啊，日本人把他放在三楼，一个是严加看管，另一个肯定就是病情十分严重。我估计，他在这里还能当个活死人，真是救出去，也许离开医院就成死人了。”

老潘犹豫了半天，终于和刘统说：“那好，你的新任务来了。”

刘统十分激动：“什么新任务，你有办法了？”

老潘刚要说什么，病房的门忽然被撞开了，两个人都吓了一跳。这么晚应该不会有日本人来，而守卫的宪兵都打点过，不会来叨扰。

还好，闯进来的是山里红。

“你们两个汉奸，还在这里谈笑风生，家都快被人抄了！”山里红走到病房中央，气愤地说着。

刘统看了她一眼，十分严肃地说：“第一，你回身去把门关上；第二，你说话声音小点；第三，你别老喊什么汉奸。”

山里红还要发作，刘统立刻起身翻东西：“我的玉呢，我的玉怎么不灵了……”

山里红知道他什么意思，虽然气得没办法，还是一一照做。关好了门，才回来在床边小声说：“吴局长派人来抄家，值钱的东西被他们搬走了好几样。你说你们这汉奸怎么当的，自己都吃不好，家还被人抄了，那还当汉奸干什么？”

老潘气得紧皱眉头：“你懂什么，别在这里胡乱嚷嚷，吴局长那边，是我同意的。”

老潘不说话还好，他一说话，山里红立刻转身指着他的鼻子骂：“你还好意思说，没钱就别装什么豪客富商。为个什么商业会长的空名头，白白给警察局重建捐这捐那。这回好，人家都欺负到家里来了，你还说什么同意了的。”

刘统在一边劝：“这是战时，必须有斡旋的方法，没你想得那么简单。”

“我不懂你是握拳还是踢腿，我方小叶长这么大，还没受过这门子窝囊气！”

刘统和老潘都被她忽然转向说自己是方小叶气乐了，这山里红的确是可造之材啊，居然骂到这个分上，还记得说自己是方小叶。

尴尬地笑了一阵子，刘统忽然正色道：“好吧，方小叶，你是想留下来，还是想被我休书一封，灰溜溜地回去见你大哥？”

山里红被激怒了：“就凭你，休书？”

山里红还要说什么，刘统忽然就亮出了手里找到的那块玉，摇了摇，然后直盯盯地看着她。

“好吧，我想留下来，这个时候回去，会被人笑死的！”山里红无奈地放下了架子，她义无反顾地进城来找刘统，现在天地都拜了，就这么被撵回去，她这个二姑娘的面子还往哪儿搁？

“那好，给你个任务。”刘统收好了那块玉，然后对山里红说，“回去把杂技练好，等我痊愈出院的时候，你必须练会五个以上的项目，不包括你婚礼上表演过的。”

“你个六筒，真把自己当牌了，还要求起老娘……”

刘统立刻瞪了她一眼，然后冲着老潘说：“你带纸了吗，我现在就写休书……”

山里红知道自己一时口误，赶紧说：“别，好吧，潘文统大少爷，我答应你还不成吗？不过你劝劝你们家这个老汉奸，这么过下去，不被闷死，也被饿死了。”

刘统点了点头，然后指了指门口：“现在，你可以回去了，要优雅地走出去，像个潘家的好媳妇！”

山里红气得没办法，往地上吐了一口唾沫星子，然后转身出去了。

老潘看着山里红出去了，才叹气说：“真是一物降一物，难为你了，怎么能降得住她？”

刘统摇头：“你错了，是一人降一人。人要是愿意听谁的，那真是没法说得清道理。就像是左部长，我和他聊过一次，他就把我征服了。”

老潘看着他，假意在意地说：“亏我还救过你的命，你现在一口一个左部长。左部长把你推荐给我，现在你得听我的。”

刘统收拾了心情，知道自己也说多了，当着老潘说这些干什么。他立刻抓紧时间问：“你说，我的新任务是什么？”

老潘犹豫了一下，说：“暂时没有了，我另有考虑。”

第二天一早，刘统还是如常地去给王思荃送饭，进门的时候，他却发现病房里已经没了王思荃的影子，反倒是吴局长一筹莫展地坐在那里。

看到刘统进来，吴局长招了招手：“来吧，拿过来吧，正好我还没吃早饭呢。”

刘统十分意外，不过他还是镇定地端着托盘过去，然后把托盘里的东西一样样拿出来。每放一样的时候，他还特意用搭在肩头的手巾把盘子的边擦干净。

吴局长笑了笑说："你啊，真是有心人，我也来尝尝，你做的到底是什么美味，可以让一个自杀的女人胃口大开。"

"没有不爱吃饭的人，只有不会做饭的厨子，您说，是不是？"刘统一边故作谦卑地说着，一边接着把每个盘子都擦一下，好像生怕有什么汤汤水水烫到局长。其实，只有他自己才知道，关键的一个盘子底下写着摩斯码，他这么做只是掩饰擦去那个盘底摩斯码的动作。

到了最关键的那个盘子，刘统手略微有些抖，做了这么多掩饰，就为了擦掉这个盘子底下的痕迹。偏偏在这个时候，吴局长一把拿了过去："不用擦了，我是个粗人，没那么多讲究。"

说完，吴局长在那里一手拿着馒头一手端着粥，然后又放下馒头直接用手抓了一口盘子里的小菜。

"嗯，这个小菜味道不错。这战乱的时候啊，难得有如此美食，难怪那小妞会动了胃口。"说完，吴局长居然直接端起盘子，夸张而粗俗地直接往嘴里倒。那盘子底下用酱料写的形状奇怪的密码，就完全暴露出来了。

就在这时，门被推开了，有个警察进来报告说："局长，人押上车了，您说，至于这么急吗？"

刘统眼疾手快，赶紧用毛巾把盘子挡住，然后假装替吴局长接着盘子："局长，您看，您爱吃我可以常给您做，别吃到衣服上，那就不好看了。"

吴局长听言，放下盘子直接交到了刘统手里："你啊，不用这么费事，哪有那么多顾忌。为了这小妞，可把我折腾个半死，只要项上人头能保住就不错了，还管什么弄脏衣服。"

"不至于，不至于！"刘统接过盘子，顺势就用手巾把盘子底下擦干净。

吴局长和那警察都没注意到这个细节，刘统就快冒出一头大汗，还好是有惊无险。

吴局长对那个警察说：“你上来干什么，跟着车回去。这个妞的老爹不好惹，已经和日本人谈好了条件。又送回我们监狱去，这不是逼我把犯人当爷伺候着吗？”

那个警察说：“吴局，有那么严重吗？她爹要是厉害，日本人干吗不放人，干吗还关回到监狱去？”

吴局长白了他一眼：“你懂什么，日本人也不傻，能白放吗？这妞在天津参与过刺杀日军高官，不杀就不错了。这次，是答应了日本人做内应，调查出监狱里的奸细，所以才回去的。”

刘统心里一惊，王思荃虽然有老爸保着，不至于丢了性命，但是这做内奸的任务可不是好干的，将来即便是出去了，那也是各路人马势必除掉的对象。

吴局长看了刘统一眼，忽然想起了什么：“你小子伤要是好得差不多了，早点回去。知道这个妞怎么自杀的不，就是先绝食后自尽的。你啊，赶紧出院，给这小妞的胃堵上，可别再出什么幺蛾子。”

刘统一听，故意说：“六木长官那边说，想把我调走……”

吴局长眉头一皱：“妈的，什么好人他们都要抢，让不让别人活了。”

刘统赶紧说：“局长，您帮着想想办法，我可不敢去他们那儿，多恐怖啊！”

“别乱说，说皇军恐怖，你不想活了吗？”吴局长拍了拍大腿，站了起来，“我帮你拖一拖，你抓紧出院，那小妞娇生惯养的，吃不惯监狱的饭菜，别再来个自杀什么的。”

吴局长前脚走了，六木随后就到，刘统当时正在后厨做那天杀的日本料理呢。这一次他做的是怀石料理的全套煮物，闻起来就十分诱人。

“嗯，文统君，你真是可造之材。”六木说完，指示随从端起整个装满食物的托盘就出去了。

刘统叹了口气，这一关算是又过去了。这个时候后厨没什么其他人，刘统就一个人坐在厨房的窗前发呆，心里想的都是王思荃。

这次，六木没走多久就回来了，阴沉着脸对刘统说："跟我上楼，汤口少将要见你。"

刘统一愣，这个少将，见他这个厨子干什么呢？他也不能反驳什么，只能低着头跟着走，心里像扔进了一串爆竹一样，七上八下地炸开了花。

六木扭头看了他一眼，没好气地说："你怕什么，你的心跳快得连旁边的护士都听得见了。"

刘统站住，双手一摊："长官，要不我就不去了。我就是个厨子，没见过这么大的官啊。"

六木露出一丝坏笑："你们中国的老百姓，呃，不对，是厨子，见皇军会害怕吗？"

刘统心想，装也得装下去，太镇定反而容易误事："我这腿肚子都转筋了。"

六木不解："什么是转筋？"没等刘统回答，他挥了挥手说："你不用害怕，记住别乱说话就是了。藤川先生找了个日本厨师，说这些菜是他做的。少将就把人叫去问了问，第一次还成，这一次就被看出来了。你记住，你就是给那位日本厨师打下手的。"

进了三楼里间的特护病房区，刘统顺势记住了那边一个大锁看门的库房的位置，以及大概离四面的距离。他观察到走廊的尽头有一扇不大的窗户，里面用铁丝网封着，一个士兵在那里把守着。而另一边，是一个公用的水房，里面是卫生间。

进了病房里，果然藤川和上次那个替身厨师都在。汤口少将半坐在病床上，盘子里的食物已经空了。只不过，那朵刘统用萝卜雕刻成的花还在。

藤川在里面眉头紧皱，他不想让少将知道自己找了一个中国厨子。

汤口伤得不轻，刘统第一眼看到他的面色，就知道这个人是刚从鬼门关转了一圈又回来的。说实在的，他真是恨老毕为什么没有再炸得准一点，直接把这个什么少将送上西天。现在，他眼看着间接害死老毕的敌军首领，自己却不能手刃仇人而后快。同时，他还得委屈自己，装成一副奴才相。

汤口少将用手指微微指了指刘统，示意他过去。刘统犹疑了半天，没敢动步。藤川是希望他走过去，还是不希望他走过去呢？自己的一举一动，暴露在六木、藤川、汤口三个老奸巨猾的日军眼前，一个细微举动的失败都可能意味着自杀。

藤川低喝了一声："少将让你过去，你就过去。"

刘统其实听懂了，他故意装作不懂的样子看向六木，六木只好翻译了一遍。

颤颤巍巍地走过去，刘统把汤口的面目看得更清晰。汤口的样子有点像风烛残年的老人，能否挺过这个难关还不好说。腿底下的部分虽然是用被子盖着的，依据那凸起形状看，这位少将应该是一条腿被截肢了。他很可能再也回不去战场了，难怪他一度绝食。

"你怎么知道日本料理是什么样子的？"少将吃力地问着，六木在一边低声翻译。

刘统故作结巴地说："书上，书上看的，六木君给我一本书。"

"你怎么知道马肉可以做成生鱼片的？你又是用什么代替鱼肉来做熟三文鱼块的？"

刘统想了想："马肉的纹理应该与生鱼片很像，而代替鱼肉来做熟三文鱼块的是我用胡萝卜掺入了豆腐。"

汤口少将点了点头，又叹了叹气："这些摆盘的石头呢，你怎么想到放石头？"

刘统说："也是书上看的，书上说正宗的日本料理有一种叫做怀石料理，我就觉得应该放两块溪水中找来的石头。"

汤口少将点了点头，又叹了叹气："为什么，为什么一个中国厨师，可以用这么粗糙的食材，做出我家乡的味道？为什么，为什么？"

屋子里死一般寂静，谁也不敢说话，谁也不知道汤口说这些的目的是什么。

良久，藤川才试探着说："少将，你还是好好休息吧，我们会精心准备更好的饭菜，您会早日康复起来的。"

屋子里又是一片沉寂，汤口没有回话，而是双眼直勾勾地看着天棚。

藤川小声说了句："六木君，告诉厨师先下去吧。"

六木还没有翻译，汤口少将忽然怒喝了一声，看了一眼藤川，然后大声说："这个人，不能活，杀了他！"

尽管汤口说得很急，几乎是语无伦次，但是刘统还是听懂了，脸色一下就变了。还好，藤川和六木一样惊讶，异口同声地问了句："什么？"

"杀了他，是他让我的意志动摇了，是他让我居然动摇了。"汤口少将努力挣扎着，似乎想半坐起来，"杀了他，现在就杀了他。"

旁边的医护人员和随从都上前安慰少将，努力让他再重新躺好。

藤川更是很着急地说："少将息怒，我这就照办。"说完，他掏出手枪，直接顶住了刘统的头。刘统脸都灰了，他不知道为什么形势会急转直下，他听得懂少将说的是什么。他真想骂，这个没人性的少将，不知道是爷救了你吗，不知道是爷在饭里放了药你病情才见好转的吗？早知道，自己为什么不放点毒药替老毕报仇，起码也赚了。

藤川用枪逼着刘统，很粗暴地把他拉到了门外。枪口，一直都是对着刘统的头。刘统本能地喊着："太君，太君，这是哪一出啊！"

在走廊里，应该可以有反击的机会？刘统反复思量，要不要还手。

病房内，汤口虽然看不到外面的情况，还是在那里喊："杀了他，现在就杀了他！”

藤川的枪响了……

汤口终于不喊了，屋里又是死一般地寂静，所有人都惊呆了。

第八章　一本书

毕世成醒来的时候，发现自己躺在一辆马车上，他伸手摸了摸身旁，居然都是冷兵器，刀枪剑戟一应俱全。慢慢适应了马车里的光线，他半坐起来，看看周围的环境，自己居然被放在了一堆演出用的道具里。

马车外面，赶车的一男一女正在争吵。

男的说："你说这路本来就不好走，你还带着这么一个半死不死的人，一会儿把马都累倒了。"

女的说："行了，这一车的东西，哪一样都比他这个大活人沉。说了几次，让你卖掉几样，你怎么不乐意。"

男的又说："卖，卖掉了我们怎么活？咱们这个杂技班子，就靠这些硬家伙吃饭呢。"

女的叹了口气说："这兵荒马乱的，哪有人看我们的杂技啊。"

"去开封啊，据说那里的日本人连开大场子，欢迎各路的戏班子。"

"你是不是男人，让我给日本人演，我宁愿去死。"

"你看你，动不动就要死要活的。你救的这个人是军人，要是被日本人发现了，咱们这么多口人，就都死定了。"

"你不是给他换衣服了吗，谁能看得出来？"

自己这是被一个杂技班子给救了？外面两个人一路说，一路都是吵嘴的样子，但是吵来吵去又像是很和气，他该如何插话呢？毕世成想来想去，意识逐渐清醒，这背上、腿上的伤口都开始疼了起来。他当时是直接从悬崖上跳了下去，虽然有很多树藤挡着，但是到底摔了多高，他也分不清楚。只记得当时一番剧痛，就没有意识了。现在，还是假装没醒过来吧，先看清形势。

到了中途一个休息的地方，马车停了下来。毕世成努力坐起来，顺着马车上的帘子向外观察，车队是停在了一个人烟稀少的小镇上。他还要往外观察，突然一张硕大的脸出现在了他的眼前："兄弟，早就醒了吧，你还要装睡多久？"

这张大得有些恐怖的脸猛地被拉开了，一个娟秀的面庞挤了过来："你醒了，要不要先喝点水？你都昏迷了十多天了。"

那张大脸又挤了过来："兄弟，哪条道上的？你是会胸口碎大石，还是会拿大顶，要不然，会不会用喉咙顶红缨枪？"

老毕有点尴尬，不知道怎么回答。那张娟秀的面庞又挤了过来："你别听他胡说，我们这里是杂技班，混口饭吃。我叫方小叶，他是我师兄，我们都叫他牛大脸。"

老毕终于找到机会说话："谢谢你，救了我。"

"哎呀，你会说话啊，还有我呢，我给你换衣服换药的，你怎么不谢谢我？"牛大脸又挤了过来，这次他把帘子直接掀了起来，他和方小叶不用挤来挤去了。

瞬间的强光让老毕把眼睛闭了起来，盲目地回了一句："谢谢你，大脸兄弟，救命之恩……"

还没说完，老毕就感觉脸上被扇了一巴掌。他睁开眼，才发现那个牛大脸正怒气冲冲看着自己。

"大脸是你叫的吗？我告诉你，这杂技班里，除了小叶，没一个敢这么叫我的。"他这话还没说完，就被方小叶一脚踹到了一边。

“你这是干什么啊，人家刚醒过来，你就动手啊，怎么那么野蛮？”

“我野蛮，我野蛮也没去杀人放火。这帮当兵的，除了杀人放火抢东西，还会干什么？我们那几样宝贝东西，没被日军抢走，倒是被他们这些当兵的抢走了。”

方小叶一听这个，又要踹他，牛大脸已经悻悻地跑开了。方小叶看着一脸愧色的老毕说：“你别听他胡说，我们是被国民党抢过。我看你的服装，你应该是八路军吧。老百姓都说，这么多队伍里就你们对老百姓好。”

老毕努力地挪出来，坐在了马车外面：“姑娘，谢谢你。不过你师兄说得对，我跟着你们的确会连累你们，我这就先告辞吧。”

说完，他就要下地，可是一阵剧痛，让他反而直接躺倒在马车上。

方小叶赶紧上前扶起他说：“你急什么啊，这才刚醒过来，别再把伤口崩开了。”

两个人没说上两句话，牛大脸就匆匆忙忙跑过来了：“小叶，不好了，出事了，谢老四他们出事了。说是买吃的，结果被人抓走了。”

方小叶一听就急了：“怎么了，谢老四能胸口碎大石，就等着被人抓啊？”

牛大脸说：“小帽跑回来，说是遇到日本兵了。对方手里有枪，他们五个人都没敢反抗。小帽掩在后面，才跑回来的。”

方小叶急得快哭了：“他们傻啊，惹日本人干什么啊？”

“谁敢惹日本人啊，谁知道他们为什么抓人啊？”牛大脸也是一脸的愁容。

毕世成忽然开口了：“暂时他们应该是安全的，日本兵抓人，肯定是抓劳工，去修工事的。”

牛大脸看了他一眼：“那怎么办啊，还不如被土匪抓了可以花钱赎回来。”

毕世成看了看周围的形势，应该离他们团打响阻击战的区域不远。

“鬼子兵有多少？”

牛大脸立刻招呼小帽过来问，小帽气喘吁吁地说：“有十几个呢！都有枪，我们虽然都会功夫，可功夫也比不过枪啊。”

毕世成松了口气：“十几个，那就是一个小分队，估计是来抢粮拉壮丁的。这里离县城还有段距离，抓紧去抢人还来得及。”

牛大脸气哼哼地看着他：“抢，怎么抢？我们十几个人赤手空拳，人家十几条枪呢。”

毕世成看了小叶一眼，小叶似乎很相信他，他扭头对牛大脸说：“这是咱中国的地盘，别说才十几个鬼子，就是到县城里去抢，也能抢得回来。”

牛大脸没好气地说：“这兵荒马乱的，保命第一，和鬼子兵打，指不定死的人比救出来的人还多。”

这回轮到方小叶没好气地看着他：“那你说怎么办，眼看着谢老四他们被抓走？你是大师兄，大家听你的。”

“总得求个安全的办法吧，保命第一啊。”牛大脸为难地看了看大家，扭头看着方小叶说：“你是少班主，大家听你的。”

方小叶气得没说话，毕世成把眼睛眯成了一条缝，想了半天才说：“命，不是这么保的。”

在日军医院的走廊里，藤川的枪响了，立刻惊动了各层楼的士兵，日本兵、宪兵，呼呼啦啦跑上来不少。负责保卫的是山本大佐的人，也是冲在最前面的，藤川没有出声，示意他们都下去，这里没什么事。

来人还是凑上来惊恐地问：“长官，没什么事情吧。”

藤川低声说：“没什么事，汤口少将的吩咐，你们下去吧。”

来人看了看四周没有什么异样，只是向着外面的一扇窗的玻璃被打碎了。另一边，一个中国人瘫坐在走廊的地上。

六木也从病房里冲了出来，看到刘统只是瘫坐在那里，十分紧张地小声问藤川："先生，这是……"

藤川做了个噤声的手势，随后冲着刘统摆了摆手，示意他先回去。六木看懂了，低声用中文对刘统说："先生让你先回病房，不要出声。"

刘统虽然很镇定但是也吓呆了，慢慢地倚着墙挪动了半天，然后才在几个宪兵的拉扯下慢慢地回到了病房。

一个人被枪指着头，然后子弹就从你的耳边飞过，一瞬间，你的脑子里会想什么？

刘统想的是，任务怎么办。

受过训练和没受过训练的人就是不一样，他从藤川的眼神里看得出，这个日本人还不想让他死。在病床上缓了半天神，他开始觉得刚才六木的眼神有点异样。

想到这里，他猛地起身下床，脱下裤子，拿起旁边的水杯，分别倒在了裤子的屁股部位和床单上。想了想，他又努力对着床单想尿一下，可是使了半天劲，只滴出少许来。唉，忙活半天没喝水，没有尿意啊。

刚做完这些，门外就响起了脚步声。他连忙把裤子掖在床角，又跳上床用被子把自己盖好。床是湿的，他只能侧躺着。

进来的居然是藤川和六木，显然他们首先发现了病房里的异味。藤川还故作矜持，六木已经不自然地用手捂了一下鼻子。看到藤川严肃的样子，他又不得不放开了手。然后看了看躲在被子里的刘统，忍不住露出一丝鄙夷的笑容。

刘统看在眼里，乐在心里，希望这一关可以蒙混过去。六木这个诡异的中国通，他刚才在楼上一定是发现了什么。按照他的思维，一个差一点被击毙的普通人应该被吓得屁滚尿流吧。

藤川倒是丝毫不介意地坐在病床边上，刘统不好意思地看着六木，然后用手指了指，示意那凳子上也是湿的。藤川明白他的意思，把他的手摁了下去。

“让你受苦了，汤口少将是个喜怒无常的人，我很了解他。我要是真杀了你，等到什么时候，他想吃你做的菜，再让我找一个和你一样的人，我可是做不到了。”

六木翻译了一遍，刘统只是傻傻地说不敢、不敢。

藤川对六木说：“找人给他换一套好一点的衣服，这医院他暂时不能住了，先让他回家躲躲。”

六木出去吩咐医院的人照做，回来又和刘统说：“先生让你先出院，回家治疗，我们会派最好的医生和护士去潘府给你复查。”

刘统赶紧说：“谢谢救命之恩啊，我这伤也好得差不多了，我可不敢再住下去。人家医院救命，这里要命！”

六木没全翻译，只是说：“你赶紧回去，不要出门，不要让人看见你，也不要和任何人说这里的任何事情。”

刘统忽然像是想起了什么说：“有用吗，刚才楼上那么多皇军的人和宪兵队的人都看见我了。”

六木瞪了他一眼：“你还不知道吧，我们藤川机关长也是少将军衔了。不要说开封城里，就是整个华北地区，先生说话也是有分量的。”

这一点刘统还真没想到，这个鬼子不知道杀了多少中国人，破坏了多少地下组织，居然升得这么快。

床边的藤川不知道刘统的心理变化，有点怪异地看着他，用生硬的中文说了一句：“辛苦你了！”

刘统真的是一愣。随后，藤川的脸上露出一丝怪异的笑容。刘统全部看在眼里，充分明白了什么是笑里藏刀。不过，他嘴上还是一个劲地说：“谢谢救命之恩，谢谢救命之恩。”

藤川在出门前和六木说了句：“这里的事情不要说出去，我要用的人，居然被吓成这样，支那人真是没骨气。”

刘统听得懂他的日语，真想把水杯扔出砸这两面三刀的鬼子，你才没骨气呢，你全家都没骨气，爷这是伪装得好！

被人前呼后拥蒙头盖脸送回家，刘统的样子很狼狈。完全不知情的老潘，虽然一脸茫然，还是立刻热情地迎了出来。宪兵和医护人员一番摆弄，把刘统的房间弄得跟病房一样，还留了很多特效药。老潘一直是微笑地陪着，临走时还送了一行人每人一份红包。等到人都走了，老潘才进来十分着急地说：“你怎么出院了呢？”

刘统没好气地说：“我怎么出院了，我再不出院就要被那个汤口少将给崩了。不知道他们内部在斗什么，藤川没下杀手，我才保住一条命回来见你。”

老潘眉头紧皱：“你这一撤回来，我们医院就彻底没有人了，老谭怎么办？”

刘统长叹了一口气：“你愁，我比你还愁呢。”

“什么？”老潘以为自己听错了，反问了一句。

刘统知道自己说多了，立刻说：“我说，我也替你愁。”

老潘犹豫一下说：“本来呢，我是想你即便救不出这个人，也想办法打听出他还有没有什么没来得及转移的东西需要我们处理。再有，就是他手里有一份重要的东西，是当初开封地下组织发展的进步人士名册。本来以为不重要了，不过，现在我又有些担心。”

刘统不解：“担心什么？”

老潘看着刘统，面色略微沉重地说：“营救老谭，是为了他手里的名册，当时的地下电台，当初地下组织的发展进程等等，他最了解。可现在怎么办？一是不知道他到底是什么情况，二是医院里没我们的人，这可怎么接近他？”

“你给我点时间，医院上上下下除了日本人，我都很熟，也许我能够做到。而且我刚刚知道，藤川已经是少将军衔，所以他才敢顶着汤口的命令不杀我。这个人目前还很器重我，这就是我的机会。”

老潘摇了摇头：“也许是到了必须实施第二计划的时候了。”

刘统一惊：“为什么？”

老潘解释说：“当初那些进步人士，大多是开封被占领之前发展的，现在日本人已经彻底占领这里。时过境迁，我们五常行动的几个组进入以来，基本都重新发展了。那份名单，现在找到也没有用。最关键的是，以老谭目前的状况，救他出去是不可能的，为了安全起见，我准备请示上级组织，要不要实施玉碎计划。”

“你是要杀了老谭？老潘，不是吧，他是我们的同志啊。据护士反映，他是被折磨得半死又救过来，如此反复几次了都一个字没吐。对于这样的硬汉子，我们怎么能下得了手呢？”

“形势变化得太快，天津、济南等很多地区的地下组织相继被破坏，藤川的手段和速度都让我们头疼。最关键的，是听说他们研制了一种新药，会让人丧失意志力。”

“那我就更得加快行动了！”刘统忽然自言自语了一句。

“什么？”老潘似乎没听清，特意问了一句。

“没什么，我只是说难怪藤川这个狗日的军衔又升了，一个特务头子当上了少将。”刘统十分气愤地说着，然后又认真看着老潘，“老潘，我和你说这个人不能杀。”

“刘统，革命需要牺牲，这个你必须得懂。”老潘沉重地摇着头。

“好吧，你可以请示，只不过请示的时候加一句，代号五常说这个人不能杀。”

老潘奇怪地看着刘统，许久才半信半疑地说：“刘统你是不是有什么事情在瞒着我？”

刘统不知道该怎么说，只好假装背部伤口疼，干咳了几声。

老潘看他没搭茬，继续说："五常行动中，五个组，信字号的是你和黑子，礼字号的是方如，除了仁字号的是需要我们配合行动的，其他人你都没接触过，都由我来领导。这个代号五常的人，左部长交代过，让我在适当的时候配合他。这个人，难道是你？"

刘统看了看外面没有什么动静，才笑着点了点头："其实，这次五常计划最初的目的就是重建开封地下组织，重任主要在你这里。而左部长在这之外还有个行动，原谅我，这个任务太沉重，我不能随便说。"

老潘像是懂了，慢慢地点了点头，然后又捶了刘统一拳："你起码也应该早点透露点意思吧，我是你救命恩人啊，你都瞒着我。这不是重要的，重要的是，我不派你来，你可怎么办？"

刘统无可奈何地说："你不是一样，到现在你才说花名册的事情。老毕那里呢，你们俩好得能穿一条裤子，你也没把我的真实身份告诉他。"

"算我多此一问，地下工作，就是刀尖上舔血。少一个人知道，就是多一份安全。这也是为了保护我们的同志，左部长一定告诉过你这个道理了。"

刘统忽然想起了什么说："山里红呢，那个匪婆娘呢？"

老潘神色一正，十分严肃地说："你不能管人家叫匪婆娘，不合适，她起码还是个爱国的姑娘。为了任务顺利执行下去，你得学会叫她老婆。要不然，细枝末节都可能让我们损失殆尽。"

刘统无奈地叹了口气："那好吧，我老婆呢？"

老潘看着他那十分好笑的样子："你老婆的确是个神人，这几天据说就把那些杂技的把式都学会了。家里她待不住，我又怕她去医院惹事，不让她去看你。这不，今天她自告奋勇去管铺子去了。"

这个时候，药材铺子的管事就匆匆忙忙地赶来了，一见面就把老潘往门外拉，十分激动地说："这个方姑娘是哪来的啊，她只不过是潘家义子的老婆，真当自己是少奶奶了啊。去了就说要大降价，现在老百姓都在我们那里抢药呢。”

老潘看了看卧室里往外面张望的刘统，故意说：“文统是我大哥认的义子，也就是我们潘家的义子。现在大哥的家人都走了，在这里文统就是我们潘府的少爷，他老婆当然就是少奶奶。”

药材铺子的管事一听，有点不乐意地说：“二爷，大爷在的时候，可不准女人管事。这是要出乱子的，老百姓一哄而上，药品抢光了怎么办。您可是吩咐我给您留着不少好药材，现在都被她搬到门市去了。”

“乱弹琴！”老潘虽然想护着刘统，护着山里红，但是一听这个消息，还是发怒了。那批药，他是准备偷偷送到城外去的，山里红要是真的低价给卖了，周队长他们那边怎么办啊？

管事一看说对路子了，立刻说：“二爷，您可是说了要偷偷拿到城外卖高价的，别怪我没提醒您！”

老潘一脸愁容，挥了挥手说：“行了，你先回去，我稍后就赶过去。”

管事还没走呢，一个小二模样的人就匆匆忙忙地跑进来了：“不好啦，少奶奶被日本人抓走了！”

管事立刻给了那小二一巴掌：“哪来的少奶奶，少奶奶都在重庆呢。”

小二捂着脸，有些冤枉地说：“是她自己这么叫的啊，当着您面她不也这么说。”

刘统在屋子里，听得真真切切，心里想这个山里红还真的是有点仗义，肯定是觉得战时老百姓手里没什么钱买药救命。

老潘问了问详情，打发药材铺子的两个人先走。进了里屋，他就直接跟刘统说：“赶紧想辙，送这神仙姑奶奶走人。我那批药是给周队长他们留着的，山里红这不是捣乱吗？”

刘统笑了，这神仙怎么送啊，平白无故地怎么把自己的老婆给变没呢？

两个人正在想对策，时间不知不觉地匆匆流逝。老潘起身说，还是花钱了事吧，不知道又得损失多少。这个时候，门口有汽车响，两人一起迎到门口一看，山里红居然被日本人用车给送回来了。

山里红看见刘统，飞也似的跑了进来：“老天爷，你出院了啊！想死人了，终于回来个能好好说话的。”

刘统说：“我出院容易，你怎出来的，日本人没为难你？”

山里红十分兴奋地说：“为难我什么，那个什么物资对策委员会，是归藤川管的。藤川亲自见的我，知道我身份了，根本就没为难我啊。”

刘统眼睛都瞪得溜圆：“什么，你见到那个老奸巨猾的主了？”

山里红点了点头：“是啊，还有婚礼上被我扔飞刀的那个。我啊，就给他们讲道理。他们不是希望太平吗，希望把开封城管理得井井有条吗？那你什么价格都那么高，尤其是治病救人的药材，老百姓都买不起，老百姓都怨声载道，那怎么显得你管理得好？”

刘统听得下巴都快掉地上了，这姑娘胆子也太大了，居然敢和日本人讲道理。

“他们，听了？”

“何止听了！”山里红兴高采烈地说，“人家说了，只要你们家潘二爷肯当什么会长，那价格就是可以商量的。我一听，好啊，老百姓这回有救了，我就拍胸脯说，这当会长有什么难的，包我身上了！”

刘统听完，被山里红逗得笑出声来。老潘则在一边铁青着脸，低声怒喝：“简直是乱弹琴，那个会长，就是他们的商业打手，就是帮他们欺负中国商人的。你这个毛头丫头，懂什么，胸脯是你能拍的吗？”

山里红这才正眼看了一下老潘，没好气地说：“我说你个臭老头，又忘了是不是？我说什么来着，这家以后就是我们家文统说了算，哪轮到你说个不字了。”

老潘被气得脸一阵青，一阵白的，刘统则是笑得不能自持。

山里红还不依不饶地说：“汉奸你都当了，还差这么一个名？这次是为老百姓好，你怎么的，汉奸当腻了？”

老潘被气得没吱声，山里红不干了，走到一边拿起一个花瓶说：“臭老头，你说这个很名贵是吧？你赶紧说，谁说了算？”

老潘没理她，倒是看了一眼刘统，示意他赶紧管管这个野丫头。

山里红见他没回话，直接就把花瓶扔了出去。刘统见状，一个前滚翻就扑了出去，倒在地上把花瓶抱在了怀里，一边嚷着痛，一边对着山里红喊：“行了，你闹够了吧。这里，真的是潘老爷说了算！”

毕世成的意思，是自己藏在棺材里，可是牛大脸他们东找西西找的，也没找到一口棺材。这么个人烟稀少的小镇子，哪还有人去开棺材铺。于是乎，牛大脸找来一个破草席子，把毕世成挪下了马车，大大咧咧地卷在里面，笑呵呵地对方小叶说：“我们家乡那里，能有张草席子就不错了，你看成不，实在找不到棺材。”

方小叶没说什么，毕世成倒是在里面闷声闷气地喊：“你把我捆这么紧，我喘气都费劲，还玩什么图穷匕见啊！”

牛大脸没好气地说：“还文绉绉的，捆紧了你才安全。”

毕世成只好转而问方小叶：“方姑娘，你们这些人都有什么特长？”

方小叶想了想说：“这些人，功夫还都可以，像小帽，你给他根绳子，哪都能爬上去；大脸呢，力大无穷，练的硬气功，可以胸口碎大石；其他人，有会晃杆的，有会翻跟头的，有会舞大铲子的……平日里，打架都不吃亏，就是没打过鬼子。”

毕世成问：“那，你呢？”

牛大脸抢着说：“小叶可是得了我们班主真传，会变魔术，还会蒙眼飞刀！最厉害的，是舞鞭啊，十米外，能把你脸上的苍蝇打死，还不伤你一根毫毛。”

毕世成点了点头，笑着说：“你们这群人啊，不去打鬼子都浪费了！”

方小叶有点脸红了："毕大哥，我那功夫都有个前提，就是对方站着不动，那鬼子还能站那里不动啊？"

"活学活用吧，爹妈和师傅们教给我们功夫时，都没想着小日本会打进来吧？"毕世成给他们打气，"咱们人比他们多，只要找机会靠近了干，那十几个鬼子就是小菜一碟。"

整个杂技班就这么化身成了一个奔丧的队伍，大家把能找的白布都用上了，离近了看还是古里古怪的。毕世成从席子里爬出来看了看，自言自语地说："办大事就不能拘小节了，咱们出发。"

一行人按照毕世成指引的小路有如暴走一般抄近路过去，直奔一个叫牛回头的垭口。毕世成身体羸弱，坐在马车上还喊着："记住了，一会儿两个对一个，别乱。按照刚才我们分好的编号，搞定你的再去帮别人，千万不能乱。"

牛大脸有点不高兴，看着毕世成呼来喝去的十分不顺眼，他跟着喊了一句："保命要紧啊，别救了五个人伤了十来个。"

方小叶几乎想拿马鞭子抽他："大脸，你乱嚷嚷什么，我们总共才十几个人，还能都伤了，乌鸦嘴！"

一队人气喘吁吁地赶到了目的地，鬼子兵果然还没到，牛大脸又磨叽："是不是已经过去了？"

这回毕世成和方小叶不理他，杂技班里的其他人也不理他了，毕世成在地上画着图，给每个人分任务，对方小叶说："你们有飞刀准的吧，一会儿在这里，有力气大的吧，一会儿在这里，其他人注意分散开，别太近……"

这边还没说完，把风的小帽那边就喊："来了来了，鬼子来了。"

牛回头这个垭口，是个270度的大急弯，两边又是不高的峭壁，毕世成他们躲在这一边，日本鬼子的小分队不到近前是看不到他们的。毕世成抓紧安排好，自己赶紧钻进了草席子里面。牛大脸就在那里嘟囔：

“他倒是会躲，自己躲起来，让我们卖命！”

方小叶瞪了他一眼：“师兄，你能不能别这么丢脸，人家那是最危险的活儿。一会儿你不会吓得跑开吧，这可是人盯人的，别因为你保命要紧，大家都送命了。”

牛大脸学着方小叶的口气说：“乌鸦嘴，我是那种人吗？”

一群人按照布置都到位了，虽说个个身手不凡，但是第一次和拿枪的日本兵干，难免都有点紧张。

鬼子的小分队过来了，一转过垭口，被眼前的奔丧队伍吓了一跳，看清了都没什么武器，才试探着走过来叽里呱啦地乱叫。谢老四和很多其他壮丁被捆成了一长串，但是谢老四首先就看出来这奔丧的队伍是自己人，居然紧张得不知道怎么迈步。这倒是反而救了他们，日本兵看着路被一群白衣素袍的人堵着，气急败坏地都端着枪涌到了前面。为首的一个嚷着什么，过来用枪就捅那个草席子。

一群人的心都提到嗓子眼了，这一刺刀下去，毕世成不就挂了吗？

毕世成早就把草席子处理过，只是虚掩着，他也完全能看到外面的情况。等到刺刀就要刺到草席的一刹那，他猛地掀开草席，一手抓住鬼子的枪杆，顺势猛地一拉。鬼子还没明白怎么诈尸了，毕世成冰冷的匕首已经刺进了对方的胸膛。

按理说，毕世成动手就是信号，可是杂技班的人毕竟没经历过这个，居然都愣着没动。好在那边日本鬼子只是看见最前面的人晃了晃扑倒在草席上，没想到遇到和他们拼命的人，还都急着往前来想看个究竟。毕世成已经拿起那个鬼子的枪，搂起枪栓，借着鬼子的尸体做掩护，抬枪就撂倒了一个冲上来的日本兵。

这一枪，终于唤醒了所有人，峭壁上的人把准备好的石头雨点一般地砸向鬼子。方小叶他们在底下也按照事先的布置，两个对一个地动起手来。让人意想不到的是，最勇猛的居然是牛大脸，他操着一个胸口碎大石的大铁锤，犹如一股黑旋风一样冲了上去，一手撂倒一个，鬼子个个都是脑袋开花。近身肉搏，这些完全没有防备的鬼子，根本就不是杂技班这些人的对手。

一场混战之后，方小叶他们只有小帽受了轻伤，鬼子被全歼。

牛大脸战绩彪炳，可是之后却傻傻地抡着大铁锤站在那里反复嘟囔：“保命要紧，保命要紧……”

毕世成吃力地挪步过去，拍了拍他的肩膀说：“这就对了，最好的保命方式就是攻击，我说得没错吧。”

牛大脸居然说：“刺激，刺激，太刺激了，原来杀鬼子这么爽。妈的，被他们欺负很久了，老子看不惯他们很久了。”

方小叶在一边，听闻此言，一个劲地笑。谢老四他们被解开了绳索，过来一个劲地谢牛大脸：“大师兄，你好勇猛啊，我们都以为从此再也见不到你们了呢。”

牛大脸缓过神来，又有些发愁地看着那些和谢老四他们一起被抓的壮丁，忧心忡忡地问毕世成：“这些人，怎么办，放他们回去，一定会说出我们的。”

毕世成想了想：“那也得放他们回去啊！”

那些壮丁里有几个人说：“我们不回去了，回去早晚也被抓壮丁，我们和你们一起杀鬼子吧！”

牛大脸没好气地说：“我们不是杀鬼子的，我们是演杂技的！杂技班，你们懂不懂，怎么带着你们？”

牛大脸这话一说完，方小叶和毕世成都差点被他气得背过气去。牛大脸还傻乎乎地小声问：“怎么了，我这么说有什么不对吗？”

方小叶看了毕世成一眼，低声说：“怎么办，大脸都告诉人家我们是杂技班了，这早晚得让鬼子抓了去。附近这十里八乡，还有几个杂技班啊？”

牛大脸这才觉得自己说漏了最严重的事情，想了半天如何补救，他才眉头紧皱地对毕世成说：“要不，我们把愿意跟着的带上，不愿意跟着的都干掉！省得胆小的留下来给鬼子通风报信！”

毕世成被气得是哭笑不得：“牛大师兄，你说话过不过脑子啊，你的力气都用去抡大锤了啊！那都是老百姓，咱们怎么能杀老百姓呢？”

牛大脸急了：“那杀也不能杀，放了又会咬出我们来，那怎么办啊？保命要紧啊，这被日本的队伍知道了，咱们还演什么杂技啊，这哪里还有容身之地啊？”

毕世成想了半天，看了看牛大脸和方小叶，半晌才说：“我倒是有个容身之地，你们不用演杂技，保证顿顿能吃饱，没事还能杀杀鬼子，爽一爽！”

刘统被迫蹲在潘府里面，简直就是无聊之极，老潘出去打听消息，刘统被六木要求不能出门，就只能在家里看着山里红。

山里红倒是乐意看着他，坐在旁边看着，心里就美滋滋的，脸上也乐开了花。

刘统被看得一万个不自在，忍不住问：“你笑什么呢，有你这么盯着人没完没了地看的吗？”

山里红倒是不介意：“我看我的压寨丈夫啊，你说上哪儿挑这么好的男人去？又会做饭，又会看病，身手还好，怎么天上就给我掉下来一个文统哥呢？”

“呃，我鸡皮疙瘩都要掉一地了！”刘统鄙夷地说着，用手直接把山里红的脸推向另一边，“我和你说过，我们是假结婚，我有未婚妻。”

山里红不明就里，又转过头来，还认真地说：“我知道你有未婚妻，但是被我抢了，我就是你的妻子。我告诉你，你就死了这条心吧，我不会同意你纳妾的。什么时候，风声不紧了，你就跟我回山寨。”

刘统知道她说的是方如，赶紧解释说："我的未婚妻不是你打晕的那个，这里面很复杂，你不懂的，我以后和你解释。"

山里红倒是嘻嘻哈哈的："你不用解释。咱俩结婚，婚礼上来了多少名人啊，连日本人都来了，全开封都知道，你还想赖账啊？我和你说，你就是跳进什么黄河，也洗不清了。"

刘统没有办法，只好故伎重演："那好吧，我写休书，我休了你，我还把休书贴到城门口去，看你回去怎么见你大哥。"

"呵，你还有别的招没？真没意思！"山里红只是收敛了一些，没多久就打着哈欠说，"这也太无聊了，咱俩到院里比试一下怎么样，看看到底谁厉害？人家都是比武招亲，咱们比武定谁说了算，怎么样？"

刘统立刻捂住山里红的嘴，看看外面没什么人经过才松开了手说："你给我记住了，这里没人知道我会功夫，在这里我就是个厨师，明白没？说错了，你我都性命难保。"

山里红有点不乐意："干什么啊，躲躲闪闪的。我跟你说，不愿意委屈自己当汉奸，就赶紧和我走，何必这小心那小心的？"

刘统要崩溃了，他低声和山里红说："姑奶奶啊，你开个条件吧，怎么能让你自己个儿走？求你了，开个价吧。"

山里红得意地摇头晃脑，笑而不语。

还好，老潘回来了，说是有要事和刘统谈，终于把他救了。山里红十分不情愿地说："出去练杂技玩去，不陪你们这两个汉奸了。"

老潘赶紧关上门，坐定了和刘统说："有一个好消息，也有一个坏消息，你想先听哪一个？"

刘统说："你赶紧说吧，一会儿山里红又闯进来了。"

老潘也就不再绕圈子："好消息是，汤口少将死了，你可以自由了，不用老躲在屋子里了。"

刘统眼睛一亮："怎么死的？"

老潘摇了摇头说："不知道，日本人将官死了从来不对外宣布的。他们的部队，也都是死了长官也不改名，汤口部还叫汤口部，新委派过来的将官也还接着叫汤口。这样一来，就给对手一个错觉，他们的将官就像永远打不死一样。"

刘统忍不住骂了句："鬼子真狡猾！"

老潘接着说："今天那边传来消息，汤口部又要出征了，新派的将官也到位了。我估计，这个汤口估计是出事了。派人一打听，果然，伤口感染，抢救几次没抢救过来。"

刘统有点狐疑："他们不是有特效药吗，怎么一个小感染，人就挂了？难道是那天被我气的？"

"也有一个说法，是军统那边打听出来的，说是藤川和山本这次为了少将军衔斗得很厉害，但是汤口最后选择站在了山本那边。所以，有人怀疑是藤川做了手脚，才让汤口不明不白地挂了。藤川是华北日军特务机构的头子，这方面他是太擅长了。你啊，要和他周旋，可得小心点。"

刘统倒是不以为然："习惯了，你不是说，地下工作本身就是刀尖上舔血。那坏消息呢？"

老潘有些为难地说："坏消息是，吴局长听说你自由了，让你赶紧回监狱去上工，说那个王思荃又闹绝食呢。王思荃你倒是肯定能应付，她估计是有事情和你说。关键是，那个林清，我们想了很多办法还没有除掉。他关在那里，你要是回去，比较危险。"

刘统想了想："这个不怕，当务之急，我还是应该想办法回医院，要不老谭那边怎么办？"

老潘点了点头，接过话题说："五常同志，上级说了，让我现在转而配合你的特殊任务，玉碎计划暂时不能实施。"

刘统挠了挠头："可是我怎么回去呢？"

老潘也是一脸的无奈。

刘统自言自语说："回医院，当然是看病，除非我再受伤。我这伤其实早就好得差不多了，怎么能再受伤呢？普通的受伤也不行，只能是原来的伤口又开裂了，哪有那么巧，能让我原来的伤口……"

两个人思考了半天，忽然都想到了一起，对视了一下，几乎是异口同声地说："山里红！"

毕世成回来了，还带回来一支个顶个是高手的队伍，老赵别提多高兴了。老赵拿出藏了好久的老白干，说是和死里逃生的毕团长好好喝一下。牛大脸闻着酒香就来了，非要参与进来。老赵不知道该怎么解释，这队伍里怎么也有个等级之分，团长和政委喝酒，掺和进来一个新兵，那不是乱了吗？可是，老毕刚刚给杂技班的人讲，革命的队伍里人人平等。

老毕倒是不在乎，让大脸去把方小叶和小帽他们都找来，大家高兴，喝个欢迎酒。

两瓶酒，这么多人喝，基本上就是不怎么解渴。方小叶倒是悄悄把老毕拉到了一边，说有事和他说。

"你看，这么多人呢，有啥事不能以后说啊？"老毕跟着方姑娘走出屋子，有些扫兴。

"毕大队长，有些话我必须和你说清楚。"方小叶硬拉着毕世成走出很远。

"你们姑娘家的，就是麻烦，有话就说呗，咱是革命队伍，互相都没什么好隐瞒的。"

方小叶走到了没人的地方，才停下来："我救你的时候，不知道你还是个大队长。你带我们来的时候，也没说有这么大的一支队伍。"

"队伍大还是坏事了？人多力量大啊！"

"毕大队长，咱们杂技班的人，大多是从小就在一起，现在你这么大的队伍，大家都担心被分到各个连去，怕是以后就见不到了。而且，很多人只是想暂时躲一躲，都有个心愿，将来还是要把杂技班坚持下去，不能就这么散了。”

毕世成挠了挠头：“你的担心也不无道理，这群人，撒到各个营去当新兵，估计他们也不服。”

“是啊，他们都自由惯了，都是讲究江湖义气的人。你突然有这么一个队伍，纪律严明，我怕他们不适应。”

“方姑娘，这个你多虑了。大家在一起就是打鬼子，没什么不适应的。我告诉你，我家里还是当年豫中一带最有名的土匪呢，我爹，那就是匪王！我这个土匪世家都能适应，你们就是卖艺的，有啥子不能适应？”

方姑娘点了点头，没有再说话，一个人想着想着眼泪就出来了。

毕世成这就慌了：“怎么了，有话你说啊，田大婶欺负你了？咱们团里女兵少，但是田大婶她们都是一个顶好几个的热心肠，你和她们在一起还不适应？”

“不是，田大婶她们待我很好。”方小叶摇了摇头，“我只是觉得对不起我爹，他辛辛苦苦拉起这个杂技班，临终的时候就希望我能把这杂技班继承下去，千万别散了。可是，这不还是散了？”

毕世成看了看天空里皎洁的月亮，小风轻轻一吹，酒劲醒了不少。他拉着啜泣的方小叶说：“方姑娘，我想到个办法。这次和汤口部一战，我就有个想法，成立个特别机动连，个个都是高手的那种，到时候直插敌军的心脏去搅和，那比几个营打阻击战还有用呢。”

“你的意思是……”

“我的意思是，就成立个特别机动连，以你们杂技班的人为核心，这样大家就不用散了，都在一起。我再选一些人，你们会功夫的帮着训练，那也许就是一支奇兵啊。”

“毕大队长，你真是好人，不会为了我们违反纪律吧？”

“这有啥子违反纪律，这是好事。我和你说，就让你当连长，就叫小叶连！”

方小叶扑哧一声破涕为笑：“多难听啊，不要，让大脸当吧。”

老毕故意一怔，摆了摆手：“那不成，那叫大脸连，太难听了。”

方小叶又笑了：“名字不重要，只要大家在一起，有一天打败了鬼子，把他们都赶出中国，我们还可以接着完成我爹的心愿，把杂技班再弄起来！”

两个人倒是越说越兴奋，方小叶给老毕挨个介绍杂技班里每个人的特殊技能，说得老毕心潮澎湃，这么一支擅长奇袭的队伍，要是训练得法，将来就是战场上一把隐秘的尖刀！

毕世成的想法得到了老赵的支持，特别机动连就这么成立起来了，老赵给起了个响亮的名字，叫做铁牛连。

刘统还是顾着吴局长的面子，先回监狱去上了几天工，为的是联系上王思荃。

再次回来，刘统已经是藤川十分器重的大厨，连顾师傅他们都得听他的。而且，监狱里上上下下，刘统可以随意进出。刘统感慨，这特殊待遇一直是他最期待的，可惜现在他已经知道老谭大概率不在监狱里。

刘统和王思荃再见面，两个人都很感慨，王思荃还激动得流出了眼泪。现在两个人也不用什么暗号和密码了，刘统直接端着饭菜大摇大摆地进去，直接进了王思荃的牢房。吴局长所言非虚，王思荃这牢房简直就像是旅馆的单间，居然还有小镜子什么的摆设。

刘统简单把自己的经历说了一下，说是已经加入中国共产党，这是一支真正革命的队伍，上级待下级也很负责任。这次，自己打入开封府，是为了解救王思荃，也有重要的任务在身。危险时刻存在，但他有信心成功完成任务，和王思荃一起全身而退。

王思荃听得热血沸腾，她一直对自己那个投敌卖国的父亲恨之入骨，也对完全放弃自己的军统体系十分厌恶。

“我能不能加入你们的组织，我要和我那个汉奸父亲脱离关系！”王思荃满脸都写着兴奋，一直参加抗团的年轻姑娘，此刻似乎又找到了新的光明之路。

“这个我定不了，”刘统只能小声地说，“你暂时还要利用你父亲的关系，想办法先出狱，这样才方便我们一起行动。”

“他，他是能保我不死。但是日本人不傻，让我交代出监狱里潜在的地下组织人员才能放人。我也不傻，不会替日本人卖命。”

刘统看着牢房外面暂时没有人经过，小声说：“你可以，利用这个机会除掉几个危险人物。”

一听有行动的意思，王思荃的眼睛就亮了：“除掉谁？”

刘统蘸了点菜汤，在一边写了两个字：林清。然后，等到确定王思荃看清楚了，他就把字抹掉。王思荃也蘸点菜汤，在一边写了个问号。刘统就笑了，两个人习惯了用暗语和密码说话，其实狱中的守卫很相信他，早就跑回去坐着喝茶去了，没人监视，两个人完全可以用说话的方式来交代事情。

“这个人曾经是个进步青年，对我们城外队伍的信息知道不少。现在他投靠日本人，很危险。这个人认识我，如果我遇到他，就很危险。”

王思荃听刘统讲完，点了点头，似乎已经在思考怎么除掉这个人。

刘统接着说：“方法很简单，借刀杀人！我们会安排人在监狱外面通往他的牢房的位置挖一条假地道，适当的时候，你揭发这个人就足够了！”

老潘在家里悠闲地喝茶，山里红再怎么折腾，他也不闻不问。

郁闷的山里红在刘大裤腿子的协助下，开始练起了高难度的高空叠椅。就是人在上面把一张张椅子叠起来，一般会叠到十把椅子，离地高度达到三十丈，艺人在上面做手倒立和头部支撑倒立。这个表演看起来简单，实际上是最考验艺人的耐力和耐心，稍不注意就会失败。

刘大裤腿子在一边说："二姑娘，这个你就算了吧，练这个起码得练上一年。而且啊，人家那椅子都是特制的，中间有个豁儿，一把椅子卡在一把椅子里的……"

山里红远远地看见老潘在客厅里优哉游哉地品茶，居然没出来呵斥她别毁了椅子，心里就觉得不舒服。她对刘大裤腿子说："你瞧见没，今儿咱家二爷居然没过来骂我毁坏他的宝贝凳子，一看就是瞧不起我，认准了我练不了啊。我啊，非得练给他看！"

"别介啊，你赌这个气干吗啊？你要是有个闪失，回去老大还不剐了我。"

"哪那么多废话，你不怕我剐了你？帮我扶着！"

山里红没好气地上了院子里的石桌子，一把椅子一把椅子地重了起来，刘大裤腿子也阻挡不了，只好小心翼翼地看着，一把把椅子递上去。重到五把椅子的时候，高度就已经超出院墙了，潘府外面的很多人就在那里驻足观看。山里红是人来疯，越是有人围观，她越是兴奋，赶紧招呼刘大裤腿子上椅子。结果，第六把椅子还没重上，她就瞥见刘统回来了，一兴奋就走神了，椅子稀里哗啦地倒下。刘大裤腿子也管不了那些椅子了，紧张地去接山里红。山里红倒是没急，趁着椅子散开的一刹那，一个鹞子翻身，干净利落地跳了下来。

外面的人一阵起哄，刘统进来的时候却没生气，只是对山里红说："你这个太危险了，练点别的不行吗？"

山里红傻兮兮地笑："刘大裤腿子说这个难，我就练这个。"

刘统说："这个难什么啊，这个就是凭运气和有机关，你找木匠给你做特制的椅子，那一个卡一个的，谁都能行。”

山里红不服气：“我看过别人演，小时候就看过，就拿饭店里的椅子重的，哪有什么机关。还运气，有能耐你来运气一个。别说多，就我刚才那六把椅子的高度，成了我什么都听你的。”

此言一出，山里红就有些后悔，刘统背部的伤还没好利索，而且他也说过不能露会功夫的事情，自己何必说这么狠的话呢。

山里红本以为刘统会生气，没想到刘统却兴致大发地说：“真的，真的什么都听我的？那我就试试。”

老潘居然破天荒没有阻拦，只是站过来说了句：“文统啊，注意休息吧，一会儿医院复查的医生和护士就来了，你别再让人说你不注意保养身子。”

刘统笑着回了句：“二爷，怕什么，就是玩玩，难得今儿高兴。我这身子，也养得太久了，闷得慌！”

说完，刘统真的上了院子里的石桌子，还一把把拿起椅子重了起来。重到第四把椅子的时候，山里红才觉得他是真的要练练了，忍不住喊：“你注意点啊，别逞能！”

刘统在上面回了一句：“不会，我们当厨师的，这手比你们稳多了，你就瞧好吧！”

刘统很快就达到了第六张椅子，院外的人看见换成一个男的练，再次围拢过来，居然还有叫好的。刘统很兴奋的样子，重成了第六张不说，还试图在上面倒立。山里红倒是没担心，但是外面的人却议论起来：“就听说潘家的这个义子做菜厉害，还会这手？”

一个人说：“我看未必，你看他这个倒立，费老大劲了。”

另一个人就跟着附和：“可不是，那椅子估计谁都能重这么高吧，你看他能倒立起来吗？”

最后一个更逗：“我看他的屁股有点大，倒立困难！”

刘统试了几次都没成，不过他还是想试的样子。山里红觉得奇怪，以刘统的身手不至于倒立都做不出来，而且看他的眼神，怎么好像在等什么似的。终于，外面的人开始起哄了，汽车的喇叭声也响了起来。是医院的车来了，藤川安排刘统先回家躲躲，但是也嘱咐医生定期到潘府给他诊治复查。车按点来了，却被围观的人挡在外面进不来。

刘统在上面喊："小叶，你回去给拿个手巾来叠着，这木头太滑！"

山里红刚一转身准备进屋，忽然觉得什么不对，她还没来得及转回去，身后就噼里啪啦地一阵乱响。回头一看，刚才还在高处努力倒立的刘统，已经四仰八叉地摔了下来。由于山里红和刘大裤腿子都想着要不要进屋拿手巾，根本就没看这边，想要冲过去接已经来不及了。虽然石桌子挡了一下，刘统还是实打实地背朝下摔在了地上。刘统呻吟着，努力想翻身起来，试了几下都没成。

山里红赶紧跑过去扶他，结果摸了一手的血，再看刘统的背部，大概是差不多好的伤口崩开了，衣服都被血渗透了。山里红的泪水一下子就涌出来了："你怎么这么傻，保护自己都不会啊。"

老潘倒是在后面怒斥山里红："你就闹吧，早晚有一天把你家男人闹死。"

山里红想辩解什么，医院的人已经推开众人冲进院子了，为首的医生招呼着："赶紧拉回医院抢救。这要是摔出个什么好歹来，怎么和藤川少佐交代啊，我们几个脑袋都保不住啊！"

山里红想跟着去，但是医院的人和老潘都没同意，说是车里坐不下了。山里红站在潘府门口，看着车子远去，感觉这周围的人都在指指点点地说道她，心里就一百个不乐意。对外面的老百姓也不能发作，她只好回去欺负刘大裤腿子。

"刘大裤腿子，你哪根筋不对，今天非得教姑奶奶练这个！"

刘大裤腿子也是一头大汗："二姑娘，你不是说要练难的吗？那个潘老爷就激我，说是有能耐教你练个叠椅子……”

“你别说了！”山里红气呼呼地自己进了屋，越想越觉得不对劲。今天这刘统和老潘都有点不对头，刘统怎么连倒立都做不起来呢，六把椅子才多高，居然摔这么重？想想老潘在客厅里喝茶时那悠闲得意的样子，山里红怎么都觉得今天的这个事好像有什么阴谋。

一连几天，山里红都没再练杂技，刘大裤腿子也不知道该做什么好，无聊地在院子里练习起柔术来。

刘统虽然再一次受伤，但是他自己有分寸，那都是皮肉伤，不会伤到筋骨。他最兴奋的不是又回到医院了，而是这一次安排的病房，居然就在三楼那个活死人病房的楼下。他满脑子都是计划，可惜医护人员给他像包粽子一样缠了一堆绷带，有力气也无处施展。他白天就呼呼大睡，到了晚上就在那里观察外面的探照灯多久扫过一次。

到了终于能活动身体的时候，他就在夜里偷偷翻到楼上的病房里，可惜那个活死人伤得很重，一点清醒的迹象都没有。

老潘来看刘统的时候，问他怎么样，有没有把握把人救走。刘统说，救走肯定不是最好的选择，先治疗吧，鬼子的特效药对这个人无效，咱们试试老祖宗留下的办法吧。

这之后，老潘总会带着煲好的汤来看刘统，其实里面都是按照刘统开的方子熬好的中药。刘统夜里去用中药给老谭治疗，然后将其使用的药品收藏起来，转给城外的周队长他们。这么反反复复了好久，刘统都快失望了，他每天冒险翻到楼上的病房里，结果却是面对一个动都不能动的活死人。

终于，刘统在一个夜晚给活死人喂过中药之后，忍不住叹了口气：“左部长啊，你说面对个活死人，我怎么完成任务啊？”

他这话刚说完，就感觉有人抓住了他的手腕，刘统本能地吓了一跳，想要往后躲，那只手却紧紧地拉住他。刘统定了定神，才发现居然是那个“活死人”。

“你能动了啊？”

活死人吃力地张开嘴说：“我早就能动了，我只是怀疑你每天来给我灌这些黄汤，到底什么目的。”

刘统这个高兴啊，兴奋之余他开始努力回想，左部长跟他说过，如果救出老谭怎么对暗号来着，时间有点太久了。他记得是句诗，那是老开封地下组织与上级单方面接触的暗语，应该只有老谭才知道。

“曾向，曾向……”刘统吃力地想着，那个人也不言语就那么看着他。

“曾向梁园看雪飞！”刘统终于想了起来。

那个活死人犹疑了一下，还是回答了一句：“除去梁园总是春。”

刘统看了看对方，慢慢地摇了摇头：“不对啊！”

那个人吃力地露出一丝笑容，又回答他说：“邹枚授简尚依稀。”

刘统轻轻地拍了下大腿，激动地说：“这回对了，我就记得特别拗口还难懂。你真的是老谭？”

老谭费力地点了点头，慢慢地说：“他们派人冒充我们的人，试了我太多回，我总得一防。”说完，老谭干瘪的眼角居然流出了泪水，“谢谢组织，还记得我这个人。我没有愧对组织，外面传我叛变了都是假的。”

刘统立刻说：“你别激动，组织上一直都没忘记你。只不过，找到你可是费了好大的周折。”

老谭顷刻间老泪纵横：“我是苟活于世，整个开封城，组织上那么多人，基本都死了，狡诈的藤川偏偏留下我一个，还诬陷我叛变。我活下来，就是想有一天能见到组织的人，告诉他，我没有！”

刘统看着外面走廊的光晃了晃，估计是有看守在巡视，连忙伏低了身子，趴在老谭的耳边说：“你的身子还得养，我给你喂的都是中药，表面上你就继续装活死人吧，别激动，我们慢慢想办法。”

老谭点了点头，忽然想起什么：“外面就是他们的兵营，你怎么进来的?”

“我啊，装病人啊，就住在你楼下。”刘统进一步压低了声音说，“先别说别的，当务之急，一个是当初的花名册在哪里，不能落到敌人手里；另一个，是上海那边转过来一个海外人士带过来的一本书，现在在哪里?”

老谭想了想，半天才说：“花名册，是进步人士的名单吧，我已经烧了。不过，那些人我都知道，可以慢慢地讲给你听。那本海外人士带过来的书？是那本蓝皮的古书《牡丹亭》吧，厚厚的一本，我也不知何意，放在书架里了，估计都被抓我的人抄走了。”

刘统急了：“那本书很重要，你好好想想，被谁抄走了?”

老谭想了半天，才慢慢地回答他：“我掩护的身份就是开古旧书店，家里当时好多藏书，都是十分有收藏价值的。估计，不是被警察局的人抄走了，就是被日本人抄走了。那本书，很重要吗？我觉得品相倒是一般，本来应该按时送到交通站的，可惜我第二天就出事了。”

刘统还想问什么，可是觉得这次时间已经太长了，外面走廊里的灯光变化越来越频繁，再待下去恐怕出事。他只好安慰了老谭一句，然后翻身从窗户直接回到了自己的病房里。

好多天都没睡上什么好觉了，刘统觉得，今晚终于可以睡一个踏实的好觉。

方如的病终于好了，黑子一直紧张得不得了，几乎是干什么事情都分心，以至于周队长停止了他一切关于刺杀的行动。

方如再一次走出自己的房间的时候，第一眼看到的就是黑子，她笑了笑：“我病了多久了？你难道一直在门口练倒立吗?”

黑子傻兮兮地摸着自己的头，嘴里一个劲地说：“真好，真好，你终于好起来了。”

方如却是十分担心其他人：“是，感谢大家，拼了命把我从死亡线上拉回来。其他人呢，怎么我病了这么长的日子，再出来看看，好多人都不认识了。”

“你是幸运的，好多人都没你这么幸运，没有挺到这一天。这个山本大佐，有一天我一定要手刃他而后快。周队长花了很大的力气，才又招了这么些人。”

方如喜悦的脸上立刻浮现出乌云片片：“还是我不对，没搞清楚是特效药还是毒药，就搞回来了。”

“怎么能怪你呢，是我出的主意，我已经向周队长检讨过好几次了。”黑子赶紧劝方如，“周队长说了，打仗就是你死我活，谁也不可能永远是常胜将军，吃一堑长一智吧。”

方如还是叹气：“非战斗减员，这是队伍里最不愿意看到的。”

“小日本还玩细菌战，我本来是准备到开封城里投毒的，让那帮日本鬼子也尝尝细菌和瘟疫的滋味。可惜，那个刘统居然阻拦了我，说是反而会害了开封的百姓。”

“他有他的想法吧，对了，他那个假媳妇，怎么样？”

“假戏真做了呗，据说那丫头还真会杂技，比你还像那个传说中的方小叶，倒是帮了刘统一个大忙。刘统神乎其神，没人知道他脑袋瓜子里想的是什么，居然救了日本特务机关的头号人物，叫什么藤川的。现在啊，他是开封城里尽人皆知的头号大汉奸。”

方如看着黑子嫉恶如仇的样子，反而笑了一下说：“你啊，就是太莽撞，向刘统多学学吧。你看看人家，头号大汉奸就意味着日本人对他充分信任。有了这份掩护，什么任务都好完成了。”

“我不成，我可不成！”黑子把头摇得像拨浪鼓一样，“干什么都行，就是让我当汉奸不成，伪装我都伪装不出来，还不得憋屈死啊！”

方如说：“这才说明，刘统的工作比你复杂，比你的难，也比你的危险。”

“啊，这样，这样我真没考虑过。”黑子挠了挠头，“咱们也别光说这些了，告诉你个好消息，大部队要过来了，据说是一个团的兵力搞一个穿插作战，加强这一带抗击日寇的力量。你知道吗，我的老书记要来了。”

方如想了半天才明白黑子说的是什么：“你是说，那个逼你犯错了就倒立的老区委书记？”

“是啊，”黑子兴奋地点着头，“就是那个老毕啊，我冒他的名字干了很多刺杀大行动，毕世成这个名字附近很多的老百姓都知道。他现在是独立团团长了，据说独创了一个铁牛连，个顶个的武林高手，在豫西一带让鬼子闻风丧胆啊！”

方如有些不信：“这年月还有武林高手？都是热兵器时代了，日本鬼子手里有枪。”

黑子说：“你还别不信，你自己不就是个高手，什么锁都能开？周队长这里经历了细菌战的瘟疫袭击，兵力受损严重，据说是组织上派老毕的队伍来支援，要有一次大行动！”

方如有些茫然地望着远方，她其实在想，自己本来的任务就是配合刘统，现在身份被人冒名顶替了，自己本来也应该是大行动的一员的，如今怎么好像成了个不相干的门外人。

黑子还在那里兴奋地说：“咱们队伍要是强了，就先去打掉那个嚣张的马大少，让那些汉奸武装都看看，给日本人卖命没好果子吃。”

方如有些不解：“怎么又扯上马大少了呢？”

黑子气愤地说：“他打伤过你啊，我要去替你报仇，周队长不让，怕他们的人疯狂反扑。说什么，要打就彻底打残他们，要不就别隔靴搔什么？”

方如笑了：“隔靴搔痒！”

“对，隔靴搔他痒！”黑子憨厚地笑了笑，不禁有些后悔地说，“那天为了去救你，我杀到马大少的卧室里去了，我搔什么痒，我真能一枪崩了他。他那么对你，我现在还不能对他动手？”

方如想了想，有些感触地说：“你那么在乎我，谢谢了。不过，周队长也许有周队长的打算，也许，只是时候没到。”

刘统又要出院了，虽然他想一直泡在医院里，可是六木亲自来看过，觉得他已经完全好了，让他抓紧时间出院，回潘府去看看，准备去藤川那里上工。

刘统已经拖延了好几次了，就连那个对他印象很好的女护士都说：“你为什么不爱出院啊，人啊，但凡有能耐就别在医院待着，没病都传染上病了。”

刘统说：“这里多好啊，吃住都是不花钱的，还不用怎么干活。”

“你还说，我都听说了，上次你激怒了汤口，差点没被枪毙了，多亏藤川机关长护着你。”

“我没激怒他，我哪敢激怒他啊，我给他做了他爱吃的，这还有错了？”

女护士看着他那认真的样子，笑了：“人家都传藤川要你当贴身大厨呢。你出院了，不是一样好吃好住没商量。你要回医院，哪个敢拦你啊？”

刘统知道她的意思：“嗯，我懂，找机会我就和院长替你美言几句，好不好？不行，院长是日本人，估计我联络不上。那几个负责后勤的、负责医务的副院长，我估计还能说上话。”

“你就嘴巴灵光，你答应给我做大餐还没做呢。”

“你弄的材料不是也没弄到吗，上次那个马肉我倒是多做了不少，可惜你没在。”

“好吧，你出院了，记得有机会回来给我做大餐就好。”女护士说着，还特意塞给他几副特效药，“你留着，万一伤口有反复就用用，别对任何人说。”

刘统连连道谢，小护士一出门他就发愁，这院是必须得出了，要不谁都看得出他故意拖延了，可是一出院，就和老谭失去联系了。

老潘亲自来接刘统出院，大包小裹地搬回去不少东西，都是各个屋的病友送的，也有那些医院的副院长什么的送的。大家都知道他要去藤川家做什么贴身大厨，这让刘统颇有些一朝得志，众星捧月的感觉。这年月，日本人的威慑力最强，连给日本人当个厨子都有这么大的面子。

回到潘府的书房里，刘统把这些人情世故都讲给老潘听。老潘感慨了一番说：“战时啊，大家都奔着保命啊。那个藤川，是个笑里藏刀的老手，其实心狠手辣。城里有几个很有名声的人物，被他查出来私通重庆那边，抓起来好几个了，基本都是满门抄斩。开封城里，人人自危。那个宋会长，顶着不让藤川促成日本的几个大公司收购城里的老字号，结果暴毙。估计，是被藤川的人暗杀了。”

刘统有些担心地问：“老潘，那你，你是不是已经当上那个什么会长了？你得注意啊，别破绽没露出什么来，倒是因为商会的事惹到藤川了。”

老潘无奈地苦笑了一下：“你那个老婆啊，都和日本人拍胸脯了，我这个会长能不当吗？药材价格是降下来了，可是城里大面积缺货。日本人现在的做法，就是把国内的大商户搬过来，咱们主要的几个老字号，关乎城市经济命脉的，都主要是日本人在做了。宋会长用命都没拦住，我更没办法去拦。亡国，必然挨打。”

“是啊，城都破了，宋会长血肉之躯又怎么能挡得住日本侵略者的铁蹄。”刘统也十分伤感地长叹一口气。

“对了，你让我查的老谭那个书店的事，我派人去查了。”老潘停止了经济话题的探讨，抓紧说起了正事，“据说当初老谭被抓，书店里所有的书籍和古玩什么的，都被瓜分了。我调查的结果，大部分古玩被吴局长抢先一步搜走了，也没什么太值钱的。倒是那些书，居然是被藤川的人拉走了。不知道是不是要挨个查看，是否有什么有价值的线索。”

“不会吧，看情况，藤川应该没发现什么啊？”刘统有点不解地思考着。

“要不，他应该发现什么？”老潘出其不意地插了一句。

刘统笑了，还是说：“老潘，我知道你好奇。但是还没到时候，左部长交代的任务有两个，不到关键时候我不能说出来。这事情，知道的人越少，越安全。”

两个人刚说到这里，忽然屋角的一个红木低柜的门开了，里面噼里啪啦滚出一个人来。刘统和老潘完全没有想到，那么小的柜子，怎么能藏住一个人呢？两人都吓了一跳，这刚说到最关键的地方，要是消息泄露出去，所有的行动就可能暴露了。

第九章　重地新厨

政委老赵和团长毕世成，接了任务以后，就一直闷在屋子里一言不发。

屋子外面，围了很多战士，有铁牛连的，也有上一次参加过阻击战的。大家都知道，大部队要继续转移，与太行地区根据地的主力会合。然而，他们这个团，并没有接到西撤的通知。其实，很多战士都是豫西的，他们乐于不撤，乐于留在家乡这里。

老赵看着一直没说话的毕世成，终于忍不住说："你去和大家说吧，该说的总是要说的。"

老毕扭头不说话，生闷气。

"你有情绪，你也要憋在肚子里，化在肚子里。外面是一个团，大家等着你鼓劲，不是等着和你一起闹情绪的。"

"我没情绪！"老毕终于抬起了头，"我能有什么情绪，我们团一直以来都是最牛的一个团，所有硬仗都是我们打的，所有最惨烈的战役都是我们挡在最后面。我能有什么情绪，我还能有什么情绪？"

"你看，你这不是有情绪，是什么？"

"我只是觉得，这个队伍重新拉扯起来，多么不容易啊？上一次对汤口一役，几乎整个团都打没了。这么短的时间内，我们重新拉扯起来，还建立了最强的铁牛连，威震四方，敌人闻风丧胆。”

“是不容易，可是哪一场战斗不是硬仗，哪一场硬仗不需要有队伍挡在最后面？”

老毕呼啦地一下子站起来了：“我是怕硬仗吗？我是怕挡在最后面吗？可是现在呢，现在是我们没仗可打了啊。穿插，扯动，保护大部队顺利转移，这个我懂，可是为什么不让我放一枪一炮呢？”

“战术，你懂不懂，你和鬼子硬碰硬，你什么时候能穿插到位啊！从豫西到豫中，这可不是一天一夜的路程。这么大的一支队伍，穿插过去，最快也要半个月，你懂不懂？”

“老赵，你是做政工的，我理解，你要讲战术，上级要讲战术，我都理解。可是，你们得理解我。好家伙，这边大部队开打了，最大的战斗开始了，就要彻底揍汤口部队一家伙了。我们呢，我们撤了，还要日夜行军地撤了。你们怎么就不相信，我老毕，既能给汤口迎头痛击，又能按时穿插到位呢？”

“老毕，你怎么和当初的黑子一个样，这么好战呢？对鬼子的这盘棋，绝不是一天一战就能结束的。上级让我们穿插到敌人心脏的部位，那也是从全局考虑。这就好比你和别人动手，打胳膊打腿，那得打多长时间啊。你要注意保护自己，伺机寻找对方的破绽，然后一刀刺向心脏，那才是更快的取胜法则。”

“得了，你们就是不了解我。我是一边打胳膊打腿，一边也能找到破绽，没有破绽我也打出他的破绽来。”

“毕世成同志，你这是什么态度，我最后一次和你说，给你一袋烟的工夫，想好你的话，出去给大家做动员去。”

老毕乐了：“赵启霖同志，我的烟，戒了！”

老赵被他气乐了，自己从兜里摸出一根洋烟来，点着了，然后大口大口地吸着。

毕世成立刻就憋不住了："你个老赵，什么时候有这个洋玩意儿的，还掖着藏着的。来，快，给一根!"

"你不是戒了吗?"

"我戒的是烟袋锅子，又不是你这洋烟。"

"那你是答应了，抽完了出去做动员。"

"你说你个老赵，你是政委，你不动员，非得让我去动员。有政工干部，还需要我这个大老粗去动员?"

老赵掐灭了手里的烟："这一次不同，必须得你做动员。你想通了，战士们就都想得通了。很多人都知道，这次穿插行动，虽然是直插到敌人的心脏地区，也可能是一场有去无回的旅程。我们要面对的，可能是陷入数十倍于我们的日军合围之中。"

"拿来吧，"老毕一把抢过老赵手里的烟盒，"我看啊，是你心里有情绪吧。还什么数十倍于我们的日军，我们擅长什么，游击啊！日本鬼子再多，他们还能多过中国人？那是他们的地盘，但是我老毕要是想去晃一圈再回来，就跟玩似的。"

一根烟的工夫，毕世成已经站到了外面院子里的磨盘子上："同志们，我知道你们都在等消息。大部队要开战了，要和汤口部队硬碰硬地干一仗，干完这一仗就要转移到太行山区的根据地与主力部队会合！我们呢，我们没有接到开战的任务，也没有接到转移的任务。我们要干吗？哄老婆孩子吃饺子吗？当然不是，吃饺子还没到时候，等到把日本鬼子都赶出中国我们整天整宿地吃饺子。现在，我们要的就是速度，以最快的速度穿插到日军在豫中最根本的心脏地带去。他们不是追着我们打吗？我们能一味地跑吗，我们能一味地撤吗？我们要出击，要在他的心脏上插上一刀，让日本鬼子知道，中国的饺子不是那么容易吃到嘴里的……"

老毕高声做着动员，老赵却在一边一直抽闷烟。只有他清楚，这次行动是豫西抗击日军的重要一环。最快的时间内，他们要穿插到豫中和豫东，与那里的队伍会合，在日军围剿的大后方开辟新的战场，牵扯日军主力对太行山根据地的疯狂反扑。可是，这么大距离的穿插行动，还是奔赴敌占区的外围做游击，这就如同敢死队冲到了敌营中。

刘统和老潘，看着从低柜里跌出来的这个人，居然是山里红。她那么“魁梧”的身躯，是怎么塞进那么小的柜子里的呢？

山里红站了起来，拍打身上的灰尘，整了整衣服，看着目瞪口呆的两个人说：“看什么看，没见过练柔术的吗？人家只是练柔术练得起劲，就到处找哪个柜子更小，想挑战一下！”

刘统张了好大的嘴终于合上了：“嗯，看过练柔术的，没见过骨头都长硬了的大姑娘还去练什么柔术的。”

“哎呀，你还挖苦人啊，我和你说，刘大裤腿子这次是有绝招了，就我这样的，你这样的，别看年纪大了，一样能练，有工夫我教教你！”山里红一边说着，一边坐到了两人中间，“当然，这个不重要。我说，大小两个汉奸，你们商量什么呢？不对，不应该是汉奸，你们，你们应该是……卧底？”

刘统和老潘，你看看我，我看看你。这山里红不但是都听见了，而且都听明白了。

看见两人不出声，山里红接着说：“我就觉得不对，你们俩一天神神秘秘的，当汉奸有当得这么憋屈的吗？你们是哪条道上的，是打鬼子的不，算我一个，我早想打打鬼子过过瘾玩了。”

老潘有些鄙夷地说：“这个不是玩的，会玩出人命的。”

山里红居然第一次没有反驳，也没有骂老潘“老汉奸”，反而是慢条斯理地说：“我知道，这有啥不知道的。我也是去过大上海的，我一个特别好的朋友就是当兵的。老……老爷子，你说说你们是哪条道上的啊？”

“我们不是哪条道上的！”老潘看了一眼山里红，又看了一眼刘统，觉得这事情有点无法隐瞒下去了，但是让山里红知道详情，又是很棘手的一件事。

刘统接过话说：“我们是有组织的，当然也就有纪律，不能随便告诉你。”

“你们什么组织啊，还不接纳爱国女青年？”

刘统乐了：“你，你充其量算是爱国女土匪。”

山里红终于发作了：“怎么的，好说好商量不行吗？土匪，土匪怎么了，土匪那也是被逼上梁山的。”

刘统看了老潘一眼，心里也在想主意，毕竟山里红如今已在这个局之中，不是今天说完明天就可以让她走人的，怎么也得先想办法把她安抚下来。

“好吧，你要加入我们组织也可以，但是你得经受住考验。”

“小意思，说吧，什么考验？”

刘统看了老潘一眼，然后转头向山里红说：“第一个考验，就是你保证十天之内不惹事，当好一个妻子、儿媳妇，不要做任何不合常理的事，不要让任何人为你担心，为你闹心。”

“你这算哪门子考验啊……”山里红想发作，可是想了想，居然忍住了，“好，这个难不倒我，我跟你说，你说话得算话啊。十天，我就做给你们看，我就不信了。”

刘统和老潘相视一笑，这个山里红争强好胜，这倒是她的命门，如此看来反倒是好对付了。

“你们刚才说的左部长、老谭和什么两个任务，都是什么啊？”山里红忽然想起来刚才两个人聊的话题，忍不住好奇地问。

刘统和老潘笑不出来了，这妮子怎么记忆力这么好，刚才两人说的事她都记得，这其中任何一个，要是她把不住口胡乱说出去，那就可能让行动功亏一篑啊。

老潘赶紧说：“你不惹事的考验已经开始了，这个话题你就不应该问。而且，你记住了，那两个名字就咽在肚子里，一辈子都不能吐出来。”

刘统也抓紧说：“对，包括什么刘大裤腿子，你哥，你山上的兄弟，你们城里的那些暗哨，还有潘府的用人，对任何人，你都不能再提起。”

“至于吗？”山里红有些不乐意，噘起来嘴。

“你看，你受不了考验，那就算了！”刘统立刻准备拂袖而去。

山里红赶紧拉着他说：“好，好，我答应你们，行了吧，但是你们有朝一日得告诉我啊，要不我不是最后要含恨而终了吗？”

刘统笑了，然后又点了点头。

老潘也觉得没法再聊下去了，任务的事情只能稍后再找机会和刘统谈。今天两个人都有一肚子的事情要告诉对方，居然就麻痹大意，没有注意到书房里还藏着一个人。

山里红正准备拉刘统走，忽然想起了什么，拉着刘统说：“我给你看个有意思的，我的惊天大发现。”

刘统站住了，十分闹心地看着老潘，意思是不知道这丫头又有什么发现。老潘也是微微一摊双掌，不知道山里红又有什么文章。

只见山里红跑到屋角的低柜那里，打开柜门，在里面鼓捣了半天。忽然，另一边半面墙的书架哗啦啦地动了起来，整体移向了一边。山里红跑过去站在那里，兴奋地和刘统说：“我发现这里有个好大的密室！”

藤川一个人站在书房的中间，巡视着眼前的书架，手轻轻地掠过每一本书的书脊，似乎在侍弄自己喜爱的宠物。

六木进来要报告，藤川示意他等等，自己倒是抽出一本书来，翻开来慢慢地看着。许久，才把书放回去。藤川想了想，又抽了出来，拿在了手里。他转身示意六木在书房中间的茶台旁坐下，自己则坐在了对面。

“中国人的古书，都是宝贝啊。可惜，不知道有多少这样的宝贝可能毁掉了。中国人推崇读书，最后却是一些文人治国，缺少军事大家。”

“先生好雅兴！”六木恭维了一句，“不是文人，中国近代，都是些庸才，谈不上治国。也许，真是需要我们来帮助他们发展大东亚共荣圈。”

“知己知彼百战不殆吧，我倒是希望像六木君那样通晓中文，可以好好研究一番。中国古代传下来的瑰宝，还是不少的，值得我们好好研究。”

“先生果然是爱书之人，整个开封城的珍品古籍，还有赖于先生及时收集于此。”

“你有所不知，这不仅是古籍，也是财富。这屋子里的每一本书，都是被他们称为文物的古籍。何况，更大的财富还是书里的内容。要想统治支那人，要想弄懂他们的想法，就要弄懂他们的文化。”

“先生所言甚是。”六木觉得该说的话也都说了，应该提到自己的正事了，“今夜前来，六木有几件重要的事情汇报。第一，南京政府那个高官的女儿，在监狱里终于吐口了，她告密说，有人准备挖地道越狱。”

“呃，这是好事，说明这个棋子我们用对了。”

“不过，这个核心的人物可能是千叶君上一次抓的变节人物，就是那个说受伤的女共匪要混进城里结婚的人。”

“这个，不用避讳，你去处理吧。”

六木暗自一喜，上一次那个林清让他出尽了洋相，他早就想找个机会除掉他了，碍于他是千叶正雄找回来的，一直没法痛下杀手。

“不对，”藤川忽然说，“也别急着动手，先把消息散出去，就说是那个高官的女儿告的密。”

“先生的意思是……投石问路？”

“不止于此，先看看狱里的反应，他们互相斗起来，也许各色人等就都露出马脚了。”

“先生果然高明！”六木嘴里赞叹着。

“那好，第二件呢？”

“第二，就是我接触了多次的那个人，吴局长也推荐了他。这个人叫吴秉安，被国军方面关押过，因此特别反感重庆政府，想要投靠过来。据说是在城外小磨山有一支队伍，人不少，武器装备也有，可以为我们所用。”

“嗯，你好好接触一下，军统那边出了个牛子强，连续在华北一带做了好几起刺杀大案子。我们现在兵力不足，一时也施展不开，正好借助他们中国人打中国人，我们也好从中得利。”

“嗯，这叫隔岸观火。”六木得意地说着。

藤川抬起头，很反感地看了六木一眼，六木才知道自己多嘴了。他连忙转移话题：“这个吴秉安我也接触几次了，吴局长也谈过是他的一个远方亲戚，应该是可信的。不过，他有个要求，就是希望见见先生。”

“呃，为什么要见我？”藤川脸色终于有所缓解，反问道，“又是想要个职位的？”

六木点了点头：“中国人都是这样，希望有个一官半职的，希望先生出面，能给他一个稳妥的承诺。中国人管这叫定心丸。”

“定心丸？”藤川笑了，“中国人喜欢吃药啊，我们就喂他吃药，反正药量多少，我们可以随意掌控。”

六木连忙点了点头。

“不过，”藤川忽然又改口了，“见我之前，你有几件事情要弄清楚。第一，就是这个人到底有多大能力。比如，他既然是国民党那边出来的，想办法看看能不能把那个什么豫中军统站的站长，叫什么牛子强的引出来，设法把他骗到开封来逼他就范。如果这一点能做到，还值得我给他承诺。第二，派几个生面孔去试试他。”

“是，先生，这个我已经安排了，引牛子强到开封来的事情，我再去和姓吴的谈。”

六木起身，行礼退出。藤川也站起身来，把手里的书合上，又放回了原处。他的手随意地滑动，看看对哪本书更感兴趣，当然也是他能看得懂的名字。他的手停在了一本蓝色古书的书脊那里，上面的三个字，他看了半天，略有些疑惑。

那本书的名字赫然是：牡丹亭。

藤川用手按了按书脊，慢慢地又把手放下了，抬眼望了望满屋子的宝贝，转身走出了书房。

另一边，在山里红兴奋地宣布发现密室的同时，刘统却是一肚子担心。

刘统看了老潘一眼，老潘的脸都快成土色了。

“这是我家，我知道这里有密室。这密室是我哥哥在开封沦陷前建的，可以躲过普通的炮弹攻击。”老潘走过去把密室的机关重新关上，然后怒目看着山里红，“你要是想继续在这里待下去，就收好你的好奇心，学会基本的礼貌，不要在别人家里东翻西翻的。”

“我没翻，我在那柜子里碰到，它自己就开了。”山里红有些不服，“再说了，这是你家，不也是文统的家吗？难道你说过那么多义子就像亲生儿子一样的话，都是假的？”

老潘看了刘统一眼，瞅都不瞅山里红：“不要考验我的耐心！”

刘统赶紧拉着山里红说：“还在这里站着干吗，赶紧走吧！”

老潘摆了摆手，随即又冲着刘统说：“你把她送回屋就回来！”

山里红一个人气鼓鼓地回到了屋子里，刘统说了句好话就要走。山里红不乐意了：“人家都不把你当义子看，你还这么热脸贴冷屁股？”

刘统着急，扔下句“你不懂”就匆匆走了。山里红气得一个人在屋子里噼里啪啦地把桌子上的小东西撇了一地，最后实在是无聊，她关了灯，上床抱着个被子在那里生闷气。忽然，她好像想起了什么，又跳下床，点着了灯，并且调得很亮，七手八脚地把一地的东西都收拾好。然后她坐在了镜子前面，忽然就拿起了化妆盒里的胭脂花红。这些，都是结婚那天预备的，她还没动过。今天，她就要开始使用了，心里不禁一阵阵激动。

山里红想明白了一件事情，这是刘统正式回潘府的第一天。上一次短暂回来几日，刘统有伤，所以就一直住在了靠近用人的客房。这次，刘统痊愈了，他还有什么理由睡在客房呢。两个不明不白走到了一起的年轻人，无论怎么样也是光明正大拜过堂的，还没有入洞房呢。今晚，注定是个难眠的兴奋之夜啊。

果然，过了很久，山里红趴在梳妆台上都快睡着了，刘统才回来。

山里红去开门，迎面就把刘统吓了一跳："你这大晚上的，是闹的什么鬼啊？"

山里红有些狐疑地问："我闹什么鬼啊？是你心里有鬼吧，啊？"说完，她还捅了刘统一下。

刘统进了屋，把门掩上，然后才说："你赶紧洗把脸，化的什么啊，就是生气也不能这么对自己啊。这大半夜的，你出去能吓死半条街的人。"

山里红这才明白刘统是笑话自己化妆化得像鬼一样，立刻不乐意了："你说的是真心话？我看你每次见到医院里来复查的护士，都眉开眼笑的，那护士不就化成我这样？"

刘统扑哧一下就乐了，原来山里红还妒忌这个啊，他立刻站过去说："好好，是我不对，不，你懂不懂，这个川菜呢，好吃，就在一个辣字上，可是你要把辣椒放得太多了，那就没法吃了，更别提什么美味了。你，懂了吗？"

"我有什么不懂，你就是说我现在没法看了呗？"山里红劈头盖脸就是一拳打了过去，刘统机灵地一躲，两个都压抑了半天的年轻人，就此在屋子里比画起来。

刘统是防御为主，山里红一开始只是想开玩笑，然后越打越打不着，慢慢地就开始发狠，手底下的动作也越来越大。凳子被踢倒了，刘统赶紧去扶，然后再闪身躲开山里红的攻击。花瓶被山里红的旋风拳扫到，刘统赶紧一个闪身去扶住。两个人闪躲腾挪斗了半天，山里红还真就没打到刘统一下。后来，山里红气得不动了，就坐在桌子旁，把桌子上的东西一样一样地往下扔，左一个又一个的，刘统是左闪右扑，接得很辛苦，最后难免是气喘吁吁的。即便是这样，还是一会儿撞到了门，一会儿撞到了床柱子。

门外的吴妈到底忍不住了，听见动静过来问："文统啊，你们没事吧。"

刘统一时心急，张嘴就答："没……没事……我们……能有什么……事。"

他说完了这一句，才发现自己真的是累得气喘吁吁，说话都断断续续还带着喘气声。然后，他就觉得有点不对劲了。

果然，吴妈在外面笑了出来，低声说："文统，你这相当于是新婚的洞房花烛夜啊，你可得悠着点，别伤了身子骨。"

山里红扔东西的手，立刻就停了，脸一下子就红了。刘统呢，脸早就红得犹如番茄一般。听得屋子里忽然一点动静都没有了，吴妈那边立刻蹑手蹑脚地回屋去了。

刘统和山里红相视而笑，不知道该说什么。山里红害羞地咬了咬嘴唇，默默转身上了床，然后放下了床头两边的帘子。她兴奋得心脏都快跳出来了，忍不住扭过头去背对着外面。心跳的声音自己都能听见了，这一晚来得有点突然，因为老潘根本没告诉她刘统今天出院，要不她怎么还到处找地方练柔术呢？

等了好半天，山里红也没等到人上来，却发现灯关了。山里红拉开帘子，借着微弱的月光一看，刘统居然睡在了地上。她立刻没好气地跳下床去，使劲踢了对方一脚：“你怎么的了，关键时候没骨气了，退缩了？”

这回轮到刘统心跳得快蹦出来了：“我不能占你便宜，我又不能上别的屋去睡，要不会引起下人的怀疑。”

山里红干脆坐在了地上，捅着刘统的脸说：“占什么便宜，咱俩不是拜堂了吗？”

刘统不敢把脸转过来：“我不是说了，那是假结婚，我有未婚妻的。”

“假结婚也是结婚了！”山里红快被气哭了，这都什么人啊，怎么到现在也忘不了那个人呢，“未婚妻也不是妻子，不是没结婚吗，咱俩都结婚了，你得对我负责。”

刘统一听山里红一声比一声高，立刻翻身坐起来，捂住她的嘴：“我的姑奶奶，负什么责啊，你别把大家吵醒了，就是对生命最大的负责了。”

“谁都知道我和你拜过堂了，你还不要我，我以后怎么嫁人啊？”山里红低声埋怨着。

“你看，是你自己打晕了原来那个女孩，你自己跑到花轿里去的，你让我怎么负责？”

刘统这么一说，山里红立刻就真哭了：“刘统，你不是人！”

刘统赶紧就劝：“好好，我不是人，我不是人。姑奶奶，你别哭了。到时候行动结束了，我去找你大哥解释清楚，当面赔罪好不好。就说，你当初是为了好玩，都是假的。”

山里红看了刘统一眼，十分正式地坐好，然后又把刘统的身子也摆正，说：“我不管你是刘统还是潘文统，我现在很认真地对你说，我，喜欢你，所以，我不是闹着玩的。我是来抢婚的，而且我抢成了。那块玉的承诺，我也践行了，我现在可以当老婆，就不用当妾了。话说，我也不让你再找妾。”

刘统怔住了，看了她半天，忽然说：“二姑娘，我要是现在和你说，那块玉，真的不是我的，你信不信？”

第二天一早，老潘起来的时候，居然发现山里红已经在客厅里沏好茶候着了。一口一个老爷地叫着，还毕恭毕敬地端上了茶水，这让他有点不适应。

吃早餐的时候，山里红也没像往常一样抢着吃，居然陪着吴妈去收拾院子。等到刘统和老潘都吃完了，她才端走剩下的饭菜，一个人在偏厅里去吃。

老潘不适应，刘统更不适应。

老潘忍不住把他拉进书房，把各处都查了一遍没有人，才说：“你昨晚做什么了，不是假戏真做了吧，这女匪首怎么忽然像换了一个人？”

刘统苦笑着摇了摇头。

老潘正色道：“你可得注意组织纪律，人家毕竟还是黄花闺女吧，你不能耽误了人家。再说，你不是还惦记着王思荃吗，将来人家出来了，你怎么办？”

“我保证啊，我一点歪念头都没动过。”

“那怎么这姑娘睡了一觉就像变了个人，真把自己当成受欺负的小媳妇了？”

“我也不知道啊，我就是昨晚被逼得没办法，再一次告诉她，我不是那块玉的主人。和她有婚约的也不是我。”

“你这么说，她受刺激了？”

“受刺激倒是好了，”刘统皱着眉头说，“她不信啊，就说我是在考验她。她说了，不就是十天吗，她就十天不惹事让我们看看，然后加入我们的组织，看我还对她说假话不。”

老潘的头也疼了，忍不住和刘统商量："你看吧，人家有进步的要求。可是眼下，咱们的行动要是让她掺和进来，真不知道会不会出乱子啊。到时候，人家要是做到了不惹事，你怎么办，真向上级申请，接纳她加入？"

刘统向外看了看，低声说："首先，我认为她做不到；其次，如果她真的能做到，她又有那么好的身手，又有那么强的队伍，能争取拉进革命队伍里，我们为什么不争取呢？最后，也是最重要的一点，现在我们也想不出办法把她送走。"

两个人还没议论多久，外面就有日本兵来接刘统。刘统低声骂了一句："好的不来，坏的总是来得这么快。六木说让我去藤川那里当厨子，这就找上来了。"

老潘笑了笑："你也别抱怨，也许你是最幸运的潜伏者了，这都潜伏到鬼子特务机关的核心地带去了。"

刘统终于被找去藤川的山陕甘会馆上工，几天才可以回家一次不说，什么时候能回家还要会馆里的管事来定。这对于刘统来说，无疑是抓住了一根救命的稻草。在潘府，他必须和山里红同一个屋子就寝，这简直让他太为难了。虽然几次之后，山里红骂着说：我是女土匪，但还不至于是女流氓吧。

第一天就遇到了怪事，刘统进入会馆的时候，居然看见前面进去的人的背影，特别像吴秉安。好久没见这个人，此人走路异常轻盈，一看就是拥有一副好身手，以刘统的眼力，应该是不会看错。可是，吴秉安来这个华北特务机构干什么呢？难道，他真是代表小磨山来被招安的？日军在华北兵力分散，轮到藤川可以用的兵力就更少，藤川一直想招安地方武装为己所用，这个吴秉安真的是甘当汉奸么？

山陕甘会馆挂的还是会馆的牌子，风貌也还是原来的风貌，只是重兵防守的架势，让人深深地知道这里早已物是人非。刘统的感觉就是，好地方都让日本人占了。要是换到太平盛世，自己能在这么好的环境里上工，那也算是件幸福的事。

可是，如今的刘统显然是不幸福的。六木带着他去见后厨的管事，管事又带他去见总厨，总厨又带他去见内厨领班，内厨领班……这人还好，姓魏，是个开封人，没有太为难刘统，没有像监狱里的顾师傅那样只是让他洗菜。这回，是让他洗菜加搬菜，还有劈柴烧煤。

刘统的鼻子都要气歪了，自己能赢得日本人的信任，却总是被中国的同行敌视。这里比监狱的后厨更让他压抑的是，连个小石头那样可以说说话开开玩笑的人都没有。

内厨其实是个在会馆里很受尊重的工种，因为只有那些充分得到日本人信任的，才能进入内厨工作。内厨，字面理解就看得出，是专门负责给日本人做一日三餐的。当然，还有外厨，基本是会炒菜就可以干，主要是应付那些会馆里的中国人的胃口。

内厨的饭菜，十分讲究，一日三顿饭，必须实行营养配餐。外厨的饭菜，真的是能填饱肚子就不错了。刘统先是搬了一上午的菜，结果被魏师傅通知到外厨那边去用午饭，等他去的时候，连菜汤几乎都不剩了。

饿着肚子挺了一下午，刘统就思考着怎么能迅速打开突破口。藤川招自己进来的，这块金字招牌怎么也不至于让他就干个苦工的活吧。只是洗菜劈柴，什么时候才能接触到核心任务，搜集到有效的情报啊。魏师傅看着他一肚子憋屈的样子，居然主动要和他聊聊。

“你原来是哪家饭庄的？”魏师傅领他坐在后厨院子中间的石凳子那里，开门见山地问了起来。

“呃，我哪家饭庄也不是，我是在监狱里帮厨的。”刘统木讷地答着，对于能否从魏师傅这里打开缺口，他一点都不抱希望。

“呃，听说你还救过机关长的命？”

“嗯，凑巧！”

魏师傅看了他一眼："你知道不，这里的厨师，最看不起的就是实打实给日本人卖命的，尤其是帮着日本人欺负中国人的。"

"呃，还这样？"刘统眼睛一亮，如果真是这样，他日后的工作就应该好开展了。

"所以，你不要以为你的身份可以帮你，机关长再器重你，和大家处不好关系，你在这里也很难待长。"

"嗯，谢谢魏师傅教诲。"刘统心里想，我本来也不想待长。

"见到日本人啊，别点头哈腰的，中国人看见都烦。而且，咱们的总厨，原来是开封第一楼饭庄的大厨，藤川去那里吃过一次饭，就坚持把他要来。这里的每一个掌勺的大厨，几乎都是藤川亲自招进来的，所以你别以为你多了不起，头别老是抬得那么高。"

"是是，谢谢魏师傅教诲。"刘统真不知道自己怎么就高调了。

这个时候，日本人的管事正好经过，看着两个人在这里聊天，冲着二人就过来了。那个魏师傅看了刘统一眼，立刻说："你先别站起来，日本人最烦别人站起来比他高，再说厨房里那么多中国人看着你呢，这第一印象很重要。"

刘统心里正是烦乱，听了魏师傅这么一说，也就没站起来，只是坐在那里微微点头。

管事就这么走近了，没想到魏师傅立刻就站了起来，点头哈腰地问好，那表情就跟摇尾乞怜的哈巴狗一样。刘统一下子就傻了，不知道自己到底该怎么做。

日本人的管事上来就给了刘统一巴掌，嘴里还嘟嘟囔囔地说着日语。刘统听得懂啊，那分明说的是哪里来的野蛮人，不知道规矩。魏师傅却跟他说，你先走吧，别在这里挨打，我替你解释。

刘统一想，也是，起身点点头，说着"太君，我新来的，不懂事，您见谅！"说完，他捂着嘴巴就要走。

谁知道，那个日本管事从后面大跨了两步，一脚把刘统踢了一个跟头。刘统感觉得到风声，完全可以躲开，可是他还没弄清形势，不敢轻易暴露自己的身手。于是，他只好硬硬地挨了这么一脚，还顺势摔了出去。

“我没说走，谁让你走的？”日本管事气愤地站在他旁边。

“太君，这个人自以为救过藤川先生的命，有点小脾气，你多担待。”那个魏师傅，看着像是说情，实际上却是把刘统越整越被动。

果然，日本管事更生气了：“你们来这里，都是做工的。你们中国人在这里，没有身份，只有要守的规矩，懂不懂？”说完，他又在刘统的身上踢了两脚，踢得刘统假装十分疼痛号叫着，才气鼓鼓地走了。

刘统躺在那里，最难受的不是疼痛，而是居然被魏师傅给设计了。魏师傅居然也不避讳，蹲在他身边说：“别说我不帮你，我可是帮你说尽了好话，这个管事，最恨心高气傲的人，你受着吧。”

晚上，刘统又没吃上饭，魏师傅让他把菜从这里搬到那边，又从那边搬回来，说是日本管事吩咐的，他也没办法。

一天没吃饭不算什么，关键是回到了住的屋子里，刘统发现自己的铺位上连个褥子都没有。另一边魏师傅的铺位上，却明明有两床褥子。他坐在那里发呆，忍不住觉得好笑，这个魏师傅就这点小能耐，一天就用尽了吧？

忽然，外面吹哨了，屋里的人都往外走，刘统看了魏师傅一眼，魏师傅居然什么也没说，自己就出去了。刘统起身慢了一些，落在了最后，出门的时候就挨了日本兵一枪托。所有人在外面的院子里站成了两排，日本管事拿着一个花名册，让一个中国翻译在那里一个一个地点名。刘统这才知道，魏师傅叫魏明鹏。

晚上，真的是饿得肚子咕咕叫，这连活动都只有外面的一个小院子，上哪里去整吃的呢？半夜时分，魏师傅居然拿出来一个日式的面包递给了他，还低声说了句："吃吧，别饿着，大家都想试试你，没人有恶意的。"

刘统心一软，在这么个如同蹲监狱的地方，大家互相提防也是情有可原，自己也许是把魏师傅想得太坏了。有了这个香香的面包，他的肚子终于不叫了，也可以安稳地睡一个好觉。

第二天一早，天刚亮，院子里的哨子又响了。日本管事和翻译，一大早又开始点名。点完名，日本管事就十分气愤地低声和翻译说了什么。翻译就怪腔怪调地喊："总厨给藤川先生预备的早餐，居然被人把面包偷吃了，你们到底哪个是馋嘴的狗，胆大包天敢偷内厨的面包？现在站出来！"

人群中一阵骚动，但是没有人站出来。刘统心里都要气冒烟了，那个魏师傅，怎么就一环接一环害他呢，这到底是要闹哪样？

"你们现在站出来，还有机会解释，别让管事大人去你们的屋子里搜出来！"翻译又喊了一遍，还是没人吱声。

管事已经没有那么多的耐心了，带着几个日本兵和一条大狼狗就进了一群人住的屋子。没经过什么仔细的搜查，那只大狼狗就蹲在刘统的铺位那里一顿狂吠。日本兵挑开了被子，仔细翻了翻，果然找到了面包屑。

"这个铺位是谁的？"翻译官气急败坏地喊着。

大家立刻毫不留情地转身，一起望着刘统。万般无奈的刘统，只好慢慢地举起了手。翻译官立刻跳将过来，吼着："好大的胆子，机关长吃的东西你也敢偷吃，不教训你你是不知道这是什么地方。"说完，他就一巴掌扇了过来。

这一巴掌，没有打中刘统，硬生生地被人拉住了。刘统还不至于吓得闭上眼睛，这种跳梁小丑他看得太多。所以他眼睁睁地看到了发生的这一幕，反倒有些讶异，因为拉住狗翻译官手的居然是那位管事。

管事居然也会中文，他略微有些吃力地说着：“你们中国人，不是讲究团结吗？不能一个人犯了错就随便打人，他还是新人。”

刘统讶异的是，这个说不能乱打人的，就是昨天对他拳打脚踢的日本管事，今天怎么好像换了一个人。

果然，那个管事不是省油的灯，他装出一副亲密而体恤新人的样子，拉着刘统的胳膊，两个人一起坐到了铺位上。然后，他看着吃惊的一众人等说：“他是新来的，你们不是。你们站成两排，互相掌嘴，二十个。”

所有人都先是吃了一惊，然后就是愤怒。管事并不在意，而是转而用日语对翻译官说：“告诉他们，谁打得最轻，听不到响亮的耳光，我就把谁的肉割下一块来喂狗。”说完，他还指了指地上那只凶神恶煞的狼狗。这段话说完，他又轻声轻语地对刘统说：“不要怕，是他们没教好你，不要怕。”

刘统懂日语啊，听完管事说的话他就知道怎么回事了。其他人是等到翻译官说完，才开始哄然大乱，纷纷议论关我们什么事啊，又都骂刘统是个丧门星。

管事安抚着刘统，站起身说：“我要听到手掌的声音，谁再用嘴巴出声，我现在就放狗了。”说完，他居然还记得回头看刘统一眼，点了点头。

没有办法，屋子里的人不敢再出声，站成两排，噼里啪啦地对着扇起嘴巴子。

管事牵着狗走到了门口，回头皱了皱眉：“声音不够大，我要听到更响亮的！”

于是，嘴巴子果然就扇得更响了，有的下手重了，对方不乐意又更重地反扇回去。翻译官颠颠地跟到管事的身边，笑着说：“还是您有办法，这办法真高，看他们谁还惹事！”

管事没有回头，看着屋外说：“中国人，的确是团结，耳光，如此响亮!”说完，他大笑着出去了，那只狼狗和狗一样的翻译官也跟了出去。

屋子里，立刻就安静了，死一样寂静，大家都怒目看着刘统，那眼睛里都能喷出火来。

“你们听我说，这是他们的阴谋……”刘统的话还没说完，一群人就都扑了上来，嘴里还喊着，打死他，打死这个卖国的狗汉奸!

刘统就在那儿想，双拳难敌四手，这词儿是谁想出来的?这二十多只手呢，他还不能硬性地还手，万一再打伤了谁，就更难以收场了。

山里红开始做菜了，第一次做了一桌子菜，让老潘十分惊讶。真是不是一家人不进一家门，山里红这个打打杀杀的女匪首，居然做得一手好菜。

山里红看着老潘惊讶的表情，有些不屑地说:“我也是混过大上海的。不过，你也别指望我像刘统那样能干。我就会做这些，都做了，以后也没新的了，别指望着我能给你做牛做马做美厨娘。”

老潘的脸立刻就故意阴下来了，敲了敲盘子边说:“文统走的时候说了，你惹我生气，那也是惹事，这才三天你就忍不住了?”

山里红也来气了:“我说老汉奸，你也太喜欢生气了吧?”

“你再叫我老汉奸，也算惹事!”老潘抓住山里红的软肋了。

山里红看了看周围没什么人，低声说:“你们到底是什么组织啊，甘愿当别人眼里的汉奸，是啥间谍组织吧?搞离间的?”

老潘低头往嘴里扒拉饭，想了半天才说:“既然是组织，就有组织纪律，十天还没到，不能说。”

山里红鄙视地说:“得了吧，要不是文统在你们组织里，我才不稀罕呢。”

老潘被逗笑了，山里红要是真加入革命组织，那也是很有趣，居然是为了一个人而参加革命，这是算动机不纯，还是算刘统争取了更广泛的抗日力量？看在这个女匪首背后还有一支队伍的分上，老潘和刘统商量过了，决定忍她十天，以观后效。

山里红还要说什么，吴妈拿着一个帖子过来，说是有个经营药材的人求见。老潘看了一眼拜帖，上面居然写的是城外城药材铺。哪有这家铺子，来人是谁呢？他让吴妈请客人进来，这客人一进来，山里红就有点傻了，来的居然是石飞雄，她大哥！身后还有柴老七等几个随从，阵势可不小。

老潘也是何等聪明的人，一看山里红的眼神就知道了，朗声道："这位一定是石大老板吧，这战事频繁，大老板还亲自登门拜访，稀客，稀客啊！"

山里红惊讶地看了老潘一眼："我的事，文统都告诉你了？"

老潘不高兴地看了她一眼，又看了看下面的人，示意她不要乱说话。接着老潘起身说："走，走，咱们书房里好好聊聊。"

石飞雄居然面不改色，看着妹妹转了转眼睛，说的却是回答老潘的话："上次承蒙潘老板关照，小店的生意才得以延续！"

老潘明白对方的意思，冲着山里红说："小叶啊，你进来吧，给倒杯茶，不要麻烦吴妈了。我们聊点生意上的事。"

吴妈等下人就明白了，退出到外面去了。老潘等人进了书房，刚一关上门，山里红就迫不及待地说："大哥，你疯了啊！你进城来干什么，你不知道你的人头比这整个宅子都值钱啊？"

石飞雄大大咧咧地跨坐在椅子上："你还管起你大哥来了，长兄为父，你懂不懂？偷偷跑下山就算了，莫名其妙得罪了马大少也算了，居然自己个儿就偷着把婚事办了。怎么，看见大哥也不抱抱，就知道训大哥。"

山里红立刻过去，起腻地坐在大哥的腿上："哥，我知道你最疼我了，你也知道，我在一个地方待久了，会憋出毛病来的。"

石飞雄一把拉过妹妹，在她鼻子上掐了一下："让哥哥看看，哎呦，也没胖啊，这城里的生活一定不咋的。怎么样，这里你也待腻了吧，跟大哥回去吧。”

山里红摇了摇头，还没说话，老潘已经干咳了一下：“令妹胆子很大，日本的衙门都闯过了，所以她暂时还走不了。”

石飞雄拍了山里红肩膀一下：“不错啊，是我妹妹的样子，怎么样，杀了几个鬼子？”

山里红低声说：“没有，我是让他们把药材的价格降下来，要不百姓买不起。”

“难得啊，妹子啥时候菩萨心肠了？”石飞雄忽然发现什么不对，摸了摸山里红的肩膀，“你的肩膀怎么了，受伤了？”

山里红看着大哥锐利的目光，也没隐瞒，低声说：“练杂技摔了一次，刚才做饭的时候，劈柴劈猛了。”

石飞雄一听就不干了，对着老潘说：“老头儿，你居然敢欺负我妹妹，你活腻了吗？我妹妹，连我都没吃过她做的菜。”

老潘居然没生气，而是笑着说：“我可不敢欺负她，她不欺负我就不错了。这都是她心甘情愿的，不信你问她。”

石飞雄扭头，狐疑地看着妹妹。山里红愤愤地瞪了老潘一眼，然后又无奈地点了点头。

“石大英雄，你可能还没发现吧，你妹妹可是秀外慧中啊！”老潘笑了笑，又冲着山里红说，“小叶，你去把做的菜端进来，给你大哥尝尝。外面不方便，我们就在书房里边吃边聊吧。”

山里红也想露一手，正要出去，柴老七已经跑到了前头：“二姑娘，这些粗活哪能你做啊，我们来。”

几个喽啰出去，三下五除二，连饭桌子都一起搬了进来。

老潘这边和山里红说：“现在我们都打开天窗说亮话，你和你大哥解释一下，身份还有称呼的问题，别说错了惹麻烦。”

这个时候，刘大裤腿子也赶来了，热情地给老大介绍这边的情况。石飞雄听了半天，嘟囔了一句：“怎么这么复杂啊？”

山里红着急的是大哥的安全，赶紧问：“大哥，你知道就行了，早点回吧，城里还是很危险。”

石飞雄居然大大咧咧地摆了摆手：“不怕，那个吴秉安真厉害，我没看错他。他啊，在和日本人谈判，连进城出城的证都搞到了，放心吧。”

“又是那个吴秉安。”山里红有些不乐意，“哥，你不是要当汉奸吧。”

石飞雄笑了：“汉奸有什么不好，你这个公公，不已经是开封伪政府的商会会长了，那才是大汉奸呢！”

吴秉安走在街上，有些心事的样子。六木虽然和他谈过好几次了，但是藤川这个机关长一直没见过，一句承诺也没得到，他还是很不放心。

进了旁边的一间茶楼，吴秉安找了一个角落坐下，店小二过来招呼，他示意只要一壶茶。

茶还没上来，意外却来了。街面上忽然警笛大作，紧接着两个披头散发的青年女子便闯了进来，一直跑到了吴秉安的身边，急匆匆地说：“我们是抗日的青年，先生帮忙行个好，救救我们。日伪特务马上追上来了，这里有没有后门？”

吴秉安看了两个人一眼，十分气愤地一把将两人推开：“你们抗不抗日，关我什么事？走开走开，爷正烦着呢。”

茶楼里的人没听到女青年说什么，倒是听清楚了吴秉安大声的回答，齐刷刷投过来愤怒的目光。

女青年越发着急地说：“我认识你，上次我们在豫中见过的，牛子强牛站长还夸你能力强来着，没时间了，帮个忙！”

“牛子强？”吴秉安站起来了，“你们通敌啊，牛子强是刺杀开封官员的要犯！”说完他冲出茶楼，冲着正追赶过来的警车大喊：“嫌犯在这里，在这里!”

伪警察们停下车，立刻冲进了茶楼，两个女青年慌不择路跑上了二楼，没多久就被抓了下来，塞进了警车里。

吴秉安掸了掸衣服，回到了座位上，嘴里嘟囔着扫兴，招呼小二赶紧上茶。小二过来冷漠地说：“你走吧，我家老板说，不招待你这样的贵客，我们招呼不起。”

吴秉安起身，看了看小二，又看了看周围愤怒的茶客，笑了笑，嘴里说着：“识时务者为俊杰，开封又不是只有你们一家茶楼!”

他起身走了，没注意到角落里一个愤怒的汉子，这个人，居然是潜伏进城的黑子。黑子立刻准备起身跟过去，旁边的方如拉住了他：“别冲动，我们这次有任务，行动完了再说!”

黑子看了方如一眼，强忍住怒火坐下来。

旁边的一间肉铺门口，魏师傅笑着拍了刘统的后脑勺一下：“看什么，看够了没有，你们这些汉奸，都一样的结局。我告诉你，你以后也别想喝茶了，你的事迹在茶楼早就传开了。”

刘统脸上手上都是伤，都是早上被那些工友连打带挠造成的。以他的身子骨，这些人动手动脚也就是给他挠痒痒，不过痛是在心里的，他还得想好办法与这些人相处。看着吴秉安远去的背景，刘统站在那里有些发呆。这个吴秉安，绝对不是该当汉奸的那种角色，他对那两个女青年如此决绝，为的是什么呢?

魏师傅又拍了他一下：“怎么的，被打傻了啊?我和你说，别看你有机关长罩着你，双拳难敌四手，今天早上的教训还没够吗?以后老实点，要不大家没事就打你一次。”

刘统已经回过神来了，连忙点头说：“是，是!”

魏师傅说：“我们订的肉和菜，会有伙计送去，现在还有些调料要买，我写在单子上了，你去办！”

刘统接过单子，抬头看着满脸坏笑的魏师傅，就知道这家伙要干吗了。不过，他还是问了句：“师傅，不和我一起去吗？”

魏师傅笑着说：“你傻啊，很难得出来一次，不逍遥快活去，多可惜。”

刘统故意说：“那我呢？”

“你？”魏师傅鄙视了他一眼，“你不是刚娶媳妇，你那热乎劲还没过吧。再说了，等你熬到我的位置你再想这些事吧。现在你要去那些店，把那些必备的调料都给我买齐了。藤川先生明晚要请客，你可一样不能少了。”

刘统连忙点头称是，魏师傅又嘱咐了一句：“记住，晚饭前一定赶回去，否则我们要是再跟你挨耳光，估计今晚大家就要打得你起不来床。”

刘统看着魏师傅走远，瞅瞅附近就有一家潘家的药材铺子，快走几步到了后门，轻轻敲了三下，里面的人打开门，正是几次给老潘送消息的人。

刘统低声说了句：“五常有道！”那人回了句：“信智礼义仁！”

刘统点了点头，递过去那张单子：“两个时辰之内，帮我把这些东西买齐了，送到山陕甘会馆后面那个胡同的潘家绸缎庄！”

那人接过单子，点了点头。

刘统看了看周围没什么人，压低了帽檐，顺着吴秉安走远的方向追了过去。

石飞雄这顿饭吃得很香，最关键是妹妹的手艺，他赞不绝口啊：“妹子啊，真是女大不中留啊，在山上你从来没给我做过一顿饭啊。”

山里红生气地说：“我不给汉奸做饭。”

石飞雄十分不在意：“你这是给谁做的，给这老家伙做？他不也是汉奸!”

老潘坐在另一边，本来不想参与兄妹二人叙旧，这个时候不得不反驳了一句：“潘家是开封城的大户，虽然家道中落，那也是重要的大商户。我这是形势所迫，也是为百姓着想。”

石飞雄吐着碎骨头渣子，抹着嘴对山里红说：“你哥哥我这也是为形势所迫。吴秉安说，要是和日本人硬碰硬，我们几天就被他们的大炮消灭了。现在，咱们是与鬼子周旋，保全实力。汉奸的事，我可是一件没做过。”

山里红不依不饶：“你没做过，那你也是精神上的汉奸!”

“嗨，精神上的汉奸，妹妹，你这都哪来的词儿啊！怎么的，城里住得久了，开始管大哥的事儿了？你要管，我还真让你管。我告诉你，十天之内，你把事情处理好，跟我回山上。”

“我不!”

“妹妹，你贪图这里什么啊，我看你这吃的也很普通，没比山上好啊。你瞅瞅，你在这还得劈柴做饭的，人家当你是老妈子用呢。那个刘统，有什么好啊，连小白脸都算不上!”

“哥，你又乱说！是潘文统，潘文统，你再说错就可能掉脑袋!”

“你看看，这个男人会做菜也能抓住女人的心了。我妹妹，那不是铁石心肠来的么？就这么个，这么个什么，什么文统，就把你征服了？”石飞雄说到这里，看着妹妹的嘴已经噘得老高，立刻正色说，“实话和你说，我们是和日本人周旋，哪天真打起来了，我们在山里也周旋得开。你在这城里，多危险啊，那不是等着让人家当人质吗？”

山里红不乐意了：“你要是不来看我，谁知道我身份啊？我现在是杂技世家的传人方小叶，我有新的身份，很安全。哥，你要真为我的安全着想，就别老来烦我。城里咱也有不少兄弟呢，我怕啥！论打架，论欺负人，哪点你妹妹都不会吃亏。”

石飞雄也不乐意了："还不吃亏呢，你瞅瞅你，肩膀都受伤了，还练什么杂技，还不如有时间练练功夫呢。"

两个人有点要吵起来的样子，老潘立刻制止二人："小声点，别让外人听到。石英雄请放心，到了适当的时候，我们会想办法送你妹妹回去的。"

石飞雄看了老潘一眼："这还差不多。我和你们说，我妹妹是好玩，才自己冲到这来的，你们可得好好待她。那婚事，我不知道，不算数。那个什么文统，要是想动我妹子，我可不答应。"

"哥，你说什么啊，我乐意的，还有那玉石的承诺。"

石飞雄脸一黑："玉石承诺，玉石承诺也得明媒正娶啊。"

"哥，还明媒正娶呢，是你妹子我机灵，及时抢婚，要不然就只能给人当妾了。"

"妹子，说一千道一万，我就和你说一句吧，反正你也不想回去，待在城里一定别惹事。这不比平常，日本人又鬼又坏还贼啦的狠毒，你小心点。"

"哥，你这是一句吗？你少来看我，我就安全。"

石飞雄看了一边一直不吭声的老潘一眼，拉着山里红的手说："妈临终前把你托付给我，就说了一句：别让你妹受欺负！"

山里红的眼圈也红了，忍不住拉住大哥的手："哥，你也注意安全，注意身体，少和鬼子打交道。"

石飞雄拍了拍妹子的手，然后对老潘怒目而视："告诉你那个什么义子，他要是敢欺负我妹子，我就把你整个潘府给烧了。"

老潘淡淡地笑了一下："能欺负你妹子的，估计就只剩下日本鬼子了。"

吴秉安在城里七拐八拐的，居然没有再进任何一家茶楼或饭店，而是进了一家瓷器店。在里面逛了一阵子，像是在等什么人，然后又回到了门口。太阳毒辣辣的，这大下午的人的影子都没有多长，吴秉安抹了抹汗，似乎有些焦急。

忽然，店旁边一个补鞋的老人慢慢地凑了过来，低声和他说：“修鞋吗，南京的，重庆的，都能修。”

吴秉安瞄了这个人一眼，十分粗暴地推开了他。

那个人居然不生气，又凑过来说：“先生人在开封，就忘记了重庆的家人吗?”

吴秉安无聊地看了一眼面前这个人，推了他一把说：“你谁啊，别在这儿烦我。”

鞋匠看看四周没什么人，压低了声音说：“我是地下党的交通员，有几位同志在禹王台被捕了，听说你有办法，能否帮着营救一下。实在是情况紧急，不得已而求助。”

吴秉安打量了对方几眼，忽然揪住对方的衣领，左右开弓地狂扇了对方几个耳光：“你有病是吧，这是开封，是皇军的开封，要念经有的是寺庙，别在这里把我往火坑里推。你被捕了几个同志，你怎么知道我和你是同志？我告诉你，有多远躲多远，让我再看见你，我就报警抓你。”

“吴秉安，你太不够义气了，就是你们当初的站长牛子强也不敢这么对我。”

吴秉安笑了，一脚把对方踹出去好远：“你什么时候听说我是牛子强的人，我告诉你，牛子强和我是过命的大哥，但是我不是他的手下，你别血口喷人。”

“吴秉安，你甘当汉奸走狗，你总有一天不得好死。”

吴秉安居然不知从哪里掏出一把枪来，指着对方说：“你走不，你再不走我让你今天就不得好死。”

鞋匠爬起来，狼狈地逃开了。吴秉安似乎心情很差，一个人焦急地看着路口，路口一个人也没有。他揣好枪，想了想，顺着瓷器店的胡同往后院走去。刚一走到阴影里，他身后猛地从墙里跃出一个人来，直接掏出枪指着他的脑壳。

吴秉安已经听到了背后的动静，顺势就向旁边的墙角倒去，那人指过来的枪居然就失去了目标。趁对方错愕之间，吴秉安一个伏地挺身，跃起的同时一只腿已经扫了过去。来者不善，善者不来，对方居然也是好身手，两个人就在巷子间狭小的空间里打斗起来。

来攻击吴秉安的，不是别人，正是刚才在茶馆里就十分看不过眼的黑子。黑子是越打越急，除了刘统以外，他还是第一次遭遇近身肉搏占不到任何便宜的对手。上一次对高和尚，黑子也觉得互有得手，这一次他打了半天，反倒是对方好像越打越轻松，自己却一招先机都占不到。

情急之下，也顾不得江湖道义，黑子再交手的时候，拿着枪的手正好对着对方的头，他立刻扣动了扳机。对方见他手动就已经预判到他要开枪，奋力将黑子的手腕推向空中，然后头部猛力地偏向一边。枪声响了，震得吴秉安的脑袋发晕，他甩了半天才清醒。黑子还要趁势攻击，对方却忽然冲着他摆了摆手："你赶紧逃吧，你再不逃就逃不掉了。"

黑子怒喝一声道："爷的字眼里就没有逃字，你受死吧，臭汉奸！"说罢，他再一次冲着对方抬起了手里的枪。对方这次没有给黑子任何机会，他的枪还没抬起来，对方就已经弹出一枚石子，正巧砸在了他的手腕上。黑子手上一麻，劲道就没了，立刻用另一只手去扶枪。对方已经借着一边矮墙的力量，一路扫堂腿直接踢在了他的肩膀上。黑子想用力扛住，把对方顶翻在地。对方在空中居然能够在墙头一点，另一只脚变换了方向，直接踢到了他脖子上的筋脉。

黑子感觉一阵恶心想吐，眼前也发黑，对方又连出几拳重重地砸在他的心口处。黑子拼命抵挡护住胸前，对方居然反手一个举火燎天直接一掌击在他的下颚处。这一次，黑子的身子直接飞了出去，撞在后面的墙上又反弹回来。

吴秉安也许是想速战速决，毫不留情地趁着黑子身体无助地弹回来，居然一脚踹在了黑子的膝盖窝。黑子一下子就跪倒在另一边的墙下，手里的枪也掉了出去。吴秉安立刻捡起枪，指着黑子的头："给你两个选择：第一……"

黑子迷迷糊糊地觉得，对方这第一还没说完，眼前就又来了一个人和对方打斗起来。似乎吴秉安还并没有占到上风，因为他在喊："你们车轮战啊，你们人再多，一会儿鬼子来了一个也跑不了。"

黑子终于看清了，眼前来的居然是刘统。

刘统显然也很着急，接着一个花招，双手扣住吴秉安握枪的手，一个剪刀绞，对方吃不住力，手里的枪就落到了刘统手里。刘统示意对方不要再打了，然后把枪还给黑子。

"刘大哥，怎么是你？"黑子这回高兴了，站起来拿枪指着吴秉安，"死汉奸，我只给你一个选择。"

刘统忽然拦住他说："这个人不能杀，你赶紧走。"

黑子看了他一眼，眼神里都是不解和怨恨："这个人为什么不能杀，他推开求救的人，还让两个女青年被警察抓走，狗嘴里吐不出个象牙来，留这种汉奸何用？"

刘统着急道："什么时候，你说话还一套一套的？"

黑子还要说什么，吴秉安忽然掏出了自己的手枪，黑子立刻提醒刘统防备。没想到吴秉安居然说："你们来得也算是时候，为了那一枪，我也得有个交代。"说完，他居然冲着自己的腿打了一枪，这一枪瞄得很准，只是顺着肉皮擦过，虽然是鲜血立刻涌了出来，倒是也没有大碍。

黑子愣住了，不解地看着刘统。刘统说："你见过哪个地下工作者，在大街上随便求助陌生人？遇事要冷静，要分析！你赶紧走吧，又要耽误正事了吧？"

黑子说："刘统，你是不是当汉奸当得太舒服了？"

刘统抬起手，想狠狠地捶这个不明事理的黑子一拳："赶紧走！"

黑子一闪躲开，然后跺了跺脚，转身翻过旁边的院墙，消失在远处的树影里。

吴秉安虽然自有分寸，但还是疼得有些咧嘴："你怎么不走，你真的以为我是好人？"

刘统听到听远处警笛声已经响了起来，抓紧说了一句："知道我洪公祠经历的人，应该不超过五个人。能够认识你的，应该只有一个，就是牛子强。"

"呃，在山上我要挟你那次？我只是随便一说。能打过我的，应该也不超过五个人，今天起你算一个。什么时候，我得报复一下。"

"是吗，希望你好自为之，别做什么对不起国家的事情。"

"彼此彼此！"吴秉安笑了笑，忽然字正腔圆，特别强调地说了句，"都是霜桥走马，但求无过。"

刘统愣了一下，可是时间来不及了，他只好拱手说："有缘再叙！"说着，已经轻展身形，翻过旁边的围墙，拐过高低错落的一道道院墙匆匆离开。

不一会儿，宪兵队的人就赶到了，吴秉安正慢慢地往胡同口挪。宪兵队的人立刻举着枪，谨慎地把他围起来。吴秉安掏出身上的通行证，和对方说："你们哪位是管事的，我是六木少佐的人，我被袭击了。"

刘统赶回到会馆附近，那个接应他的人已经一早在绸缎庄那里等他。看见他来了，才匆匆地上前说："你要的调料，奇了怪了，全城主要的铺子都没有卖的，全部缺货。"

刘统眉头一皱，这又是什么情况。好在那个人接着说："没有办法，我只好找了相识的饭庄，给你要了一些。虽然品种凑齐了，但是分量就不一样了，有的多有的少，你看看。”

刘统接过来看了看，的确是有的调料少得可怜。那人抱歉地说：“饭庄也不是所有调料都齐备，有的人家也不多了，我基本都要来了。”

“好，只好先这样了。这里面肯定又是有人在做文章，否则如此普通的调料不可能全城缺货。”刘统谢过了对方，把手里的调料一包包放好，又扎在一起，“你先回去吧，告诉老潘，查一下仁字号的货到了没有。另外，这封信，带给老潘。”

刘统赶回到会馆的后厨，魏师傅已经是一脸乌云压城的模样在等着他。

“你跑到哪儿去逍遥了，居然比我回来得还晚？”

刘统不愿意多解释，直接把包裹递了过去：“奇怪不，这么普通的调料，全城缺货。”

“你分明是在狡辩，”魏师傅大声地骂了一句，附近的工友就都注意到了这边的情况，纷纷向这里张望。魏师傅清点了一下，接着说，“你说说，你也挺大个人了，买点调料都买不全。这八角不是老吴家的，品相看着就不对；花椒，一看就不是第一楼的，颜色都太老了；桂皮倒是对了，是漱荣斋的，但是分量太少了，这怎么备宴啊？”

刘统心里想，魏师傅的实力，绝对做不到让全城缺货，那会是谁要做这个文章呢？

果然，晚点名的时候，管事又是阴阳怪气地一顿说：“今天，有人第一次出去采买，居然连最普通的调料都买不齐。”

翻译在那里煽风点火：“怎么会买不齐呢，原因只有一个吧，就是这个人把时间耽误了，最后没有时间去买了。”

刘统倒是不在意，这分明是有人故意而为之，现在他就只有眼睁睁看着对方的戏要怎么演。

果然，管事的又冒了一大堆的日语，刘统听得明白，那是说：“说你们不团结，就是不团结，什么时候你们中国人才会懂得团结的道理?”

翻译高调地把这话翻译了一遍，所有人都骚动了起来，这么一说，搞不好又要和早上一样了。

那个管事倒是不急，等到大家都议论得差不多了，才慢条斯理地说：“你们就不能安静一下吗？我不会再让你们互相扇耳光了，重复的事情，做起来多没劲。”等到翻译说完，他再一次过去搂住了刘统说：“这一回呢，还是他们不对，是不是，所以他们得罚，是不是?”

翻译快速翻译了一下，刘统赶紧摇头。管事当然不会理睬，自顾自地说：“就是他们不对，罚他们每个人做一百个伏地挺身好不好？这样还强身健体。”

说完，管事就走了，剩下翻译官和几个日本兵，牵着大狼狗看着大家。所有人没有办法，只好照做。本来晚饭吃得就不饱，很多人做了一半就实在做不下去了。几个日本兵开始用枪托砸，所有人就只好拼命做完。

回到屋里，刘统站到了门口就没往里面走。可是后面的日本兵却推了他一把，然后把门从外面锁了起来。屋里面根本就没有开灯，所有人立刻就扑了上来，刘统眼疾手快扯过了最近的一床被子盖在了身上。任凭屋子里打得噼里啪啦的，屋外的日本兵就是充耳不闻，也不来制止。

大家本来就不剩多少力气，所以没打多久就先后停手，躺在大通铺上喘着粗气。有人挺着剩余的力气，把屋里的灯点上，这才看到，刘统居然双手拉着门上的一个横梁，团身挂在那里。虽然衣服都被撕破了，但是显然没受到太多的皮肉之苦。众人十分疑惑，赶紧过去掀开那床被子，里面被打得很惨的人，居然是魏师傅。

刘统轻轻地跃身而下，和大家抱了抱拳说：“各位，我也不是有意，想必是有人要陷害在下，所以才事故频出。”

旁边的一个人想站起来骂他，却根本没有力气，只好半躺着说：“你这个狗汉奸，人人得而诛之，谁害你都是替天行道。”

刘统笑了笑，轻声说："是吗，大家都是这么想的吗？如果是这样，那么陷害我的人干吗要连累大家呢？"说完，他看了看伤得不轻，几乎没什么力气的魏师傅。魏师傅被打得连话都说不出来了，满身是伤，他也不知道怎么就被刘统一下子就拉过来了，还用被子兜头盖住，喊也喊不出声来。

这个时候，门开了，那个管事进来了，看了看屋里的形势，然后指着刘统说："你，藤川先生要见你。"

刘统这下子纳闷了，有些狐疑地问："现在？"

翻译在一边吼了一句："哎呀，你还威风了，怎么，机关长要见你，还得先约个时间吗？"

刘统想了想说："那我换件衣服吧。"

管事说："不用换，就这么过去。"

刘统懵懵懂懂地跟着管事，绕过了好几个弯，来到一处僻静所在，居然是个花园模样的地方。一个凉亭里，藤川和六木居然在里面悠然地喝着茶。看见刘统来了，藤川轻轻挥了挥手，其他人就退出去候在了不远处。

藤川看了看刘统狼狈的模样，居然也没问什么，自顾自地说："文统君，让你受苦了。我会给你个说法的。"

六木如实地翻译，刘统赶紧说："不敢，不敢。"

藤川接着说："怎么样，你们中国人欺负中国人，是不是更有手段，更狠毒？"说到这里，他居然用中文很晦涩地说了四个字："笑里藏刀！"

六木再翻译，刘统没敢吱声，他也不知道怎么回答。

藤川示意他坐下喝杯茶，然后才说："你们中国人很在乎中国人这三个字。其实，只要是能受人赏识，能有发挥才能的地方，又何必在乎是哪国人呢？我可以告诉你，那个管事，其实是个中国人，只不过，他很小就去了日本。在你看来，他该拥护哪国人？"

六木翻译的时候，居然自作聪明地加了一句："士为知己者死，何必在乎知己是哪个国家哪里的人呢？"

刘统开始有些明白，这背后的阴谋都是藤川在搞鬼。

藤川说了一句："我只是想让你明白，其实中国人斗中国人，远远超过我们所谓的侵略。我们是为了大东亚共荣，也希望文统君为了大东亚共荣的早日实现而努力。今后，就不必刻意在乎中国人这个身份，那是没有意义的。"

藤川说完了，给六木使了个眼色。六木起身，拉着刘统一边翻译一边示意他往回走。到了工屋的门口，六木在那里喊了一声："哪位是姓魏的师傅？"

魏师傅一看，居然是少佐在喊自己，也顾不得伤痛，连滚带爬地从屋里冲了出来。屋里的其他人也没了睡意，都挤在门口和窗前看。

六木看着这个人，嘴角露出一丝冷笑："你是魏明鹏？你知不知道文统君是什么人，什么身份？"

魏师傅有些犹豫地看了看刘统，然后赶紧低头说："知道，知道，我都是按照太君……"

他还没说完，六木就打断了他的话："你知道，还对他这么无礼？"说完，他就掏出了手枪顶着魏师傅的额头。

魏师傅急了："太君，太君，我这都是管事……"

六木的中文反应很快，居然立刻说："你不用辩解，文统君已经告诉我一切了。"

说完，他的枪就响了，魏师傅张着大嘴瞪圆了双眼，一头栽倒在地上，鲜血喷了一地。

所有人都惊呆了，就连刘统也以为六木只是吓唬魏师傅，没想到居然如此草菅人命。魏师傅再怎么暗中害他，那说不定也是藤川的阴谋，怎么能这样随便被了结了性命呢。刘统的嘴巴张得好大，眼睛瞪得更圆。

六木大声地宣布："从今天开始，潘文统接替魏明鹏的位置。"说完，没有任何解释，转身就走了。

管事在一边安排人把魏师傅的尸体拉走，刘统还在那里呆呆地站着。这藤川到底是有什么阴谋，难道安排这一切，就为了彻底断绝他和所有中国人的关系吗?

日本兵推搡着把刘统逼进了屋子里，一屋子人下意识地躲得远远的。

刘统在门口尴尬地站着，好半天才说出来一句："现在，我若是说见到藤川，一句话都没说上，你们信吗?"

满屋子都是敢怒不敢言的味道，大家的眼神里都是愤怒。

第十章 阴谋阳谋

王思荃没有想到，自己和林清会一起被六木拉到了台子上，底下是黑压压一片的狱中犯人。

六木很久没有来这里了，显然对这里已经很失望。对于王思荃，他没有失望，也没有得意，有的只是怀疑。王思荃知道，虽然她采取了很慎重的办法来告发林清，六木还是不信任她，这一点她从六木的眼神中看得出来。她先是在狱中投诉有人在谈论地道，然后又把矛头指向林清所在的牢房。最后是林清自己帮了她的忙，林清逢人便说日本鬼子最不可靠，帮日本鬼子就是在自杀。

其实，林清说的是实话，因为他投敌的举动的确是反而换来了牢狱之灾。他天真地认为，他从一个进步青年到一个卖国求荣者的转变，只有日本人知道。就像他曾经天真地认为，六木会给他一个很好的承诺。可惜，他失望了，六木很长时间没有再理睬他。所以，狱友问他因为什么进来的，他大大方方地说自己是抗日英雄，无意中失手被擒。

上一次黑子和方如来抢药，故意布下迷魂阵，喊着是来营救林清的。这越发坚定了林清的想法，外面还不知道他是卖国者，不知道他出卖了大家。而他，在每日枯燥的牢狱生活中，最大的幻想就是有一天被人拯救出去。所以，他经常会编造各种越狱的故事，说是有一天，抗日的队伍会来帮他越狱，逃出生天。

狱中的人大多因为各种原因被抓，最受尊敬的人就是和抗日沾边的。当然，只能是沾边的，因为真正是抗日英雄的，如果大大方方地说出去，早就被日本特务拉出去严刑拷打了。所以，林清只说自己帮过抗日队伍，抗日队伍不会忘记他。

狱友也同样或天真，或无聊地问他："开封监狱守卫森严，他们怎么救你啊？"

林清每次的回答都不相同，因为他都是信口开河，以至于自己都记不住。他大概说过把墙炸个大洞，把守卫买通了之类的。偏巧，他最近的说辞是："再森严，他们也不能把地下五百米都分兵把守吧。你们看着吧，有一天，会有一条地道直通我的牢房，我带你们一起逃出去，神不知鬼不觉。"

他说完，大家都竖大拇指，都在无奈中幻想真有那么一天。

当然，这一天根本就没来。但是在狱警调查地道事件的时候，有人就把林清举报了，说他说过，会有一条地道。然后，狱警在监狱外面不远的地方，还真就勘察出一条地道来，直通外面不远处的一条小巷，只不过还没有挖到监狱里面。狱警坐不住了，当作重大发现汇报上去。一层层地汇报，六木，终于又来监狱了。

六木没有再审林清，他已经没这个耐心了。他对吴局长说，要开大会，全体犯人的大会。

大会，成了公判大会，谁也没想到。

六木没有讲话，虽然他的中文很好，他还是坚持让监狱长讲。监狱长扯着嗓子说："皇军给了大家足够的时间，希望大家能改过自新，能挖出藏在你们当中的，真正对大东亚共荣心怀叵测的乱党。可是，你们太让皇军失望了。现在，柴米油盐多贵啊，开封的老百姓想吃顿好的，难不？可是皇军呢，从来没亏待大家。但是大家呢，一点表现也没有啊，太让皇军失望了。”

说到这里，监狱长不知道说得是否恰当，他知道六木精通中文，所以忍不住回头看了六木一眼。六木居然被他说乐了，没有什么不高兴的表情。于是，监狱长就放开了说：“你们吃着皇军的，穿着皇军的，你们不能忘本啊！你们拍胸脯想想，你们做什么贡献了？”

王思荃站在一边，无聊至极，同时还有巨大的担心，她不知道接下来迎接她的是什么，六木这么安排只能会有更狡诈的阴谋。这个监狱长的水平的确太差，有问犯人有什么贡献的吗，你把人家关在这里还要人家对你叩拜谢恩吗？

监狱长的下一句，就把王思荃吓了一跳：“还好，有王思荃这样明事理、懂规矩的优秀，优秀……反正，是她向我们举报居然有人企图越狱！”

王思荃愣住了，这不是彻底让她曝光了吗，六木这么安排是怎么想的？底下的犯人也骚动起来，大家虽然被抓进来的原因各不相同，但是大家恨的人是一样的，那就是汉奸。

监狱长接着喊：“你们当中，是不是也有人知情，但是却没有举报，还妄想着一起逃出去？”

林清的脸色已经变得铁青了，因为台上就站着他和王思荃，这个他根本不认识的女子。既然这个女的是好的表率，那他就是被认定为那个要越狱的人了。林清越想越不对，他扑通一声就跪在了六木的面前：“太君，你别听这个女的胡说，我是说过有人挖地道救我，那都是吹牛的，都是吹牛的。太君，最毒妇人心啊，您应该是知道的。”

六木一脚踢开了林清，看都没看他，而是起身走向了监狱长，接过对方手里喊话的大喇叭，简明扼要地说：“我们的确是没有耐心了，这里的所有人，一个月之内，只能留一半。我们不能无休止地等待大家转变，我们也没有那么多的物资给无用的人来消耗。今天起，不能提供有用消息的，我们一天杀一个。”

说完，六木转身掏出枪，对着林清的头部就是一枪。林清还想叫什么，还想努力站起来，站到了一半，就轰然倒地了。殷红的鲜血，慢慢地在台子上散开，一直流到了台下。六木看了王思荃一眼，嘴角露出一丝诡异的笑容。转过头，他对监狱长和吴局长说：“善待这位姑娘。”说完，他就下台直接走了。

院子里的犯人立刻就炸锅了，一天杀一个，这到底是什么意思，怎么选，怎么定？有人说，是不是两个人二选一啊，能举报的就留着，不能举报的就杀了。有人说，听到监狱长之前和那个狗局长聊，说是一个牢房一个牢房地过筛子。有人说，反正总要一死，城都破了，你们还想能活着出去吗？

议论纷纷的人群被持枪的狱警们分开，然后一拨拨地押回牢房。王思荃是最后一个被送回去的，这一路上，她都感觉到所有人在吐口水，所有人都在低声骂她汉奸。狱警在后面训斥，谁再骂，谁再骂就先毙了谁。

王思荃已经充耳不闻了，在六木开枪的那一瞬间，她的耳朵就像被震聋了一样。她离得本来就近，六木动手很突然，尤其是“一天杀一个”这个决定，更是让她惊呆了。或许，是她的心被彻底震乱了吧。虽然刘统说林清是坏人，但是在他倒地的那一刻，王思荃还是有点同情这个人。

如果没有这场战争，所有的好人坏人，分类标准是不是要换一个？

刘统几乎一夜没睡，他没法睡，守着一屋子愤怒的人，他要是先睡着，肯定会有生命危险。门口有卫兵看着，不让所有人出门，刘统也一样。刘统在想，藤川这是在玩什么花招。想让刘统自绝于所有工友，这一点已经做到了。难道还要让工友们在今晚做了他？那藤川花一番心思的目的是什么？

一直坐到天明，刘统都没敢睡，工友们倒是放下了所有成见睡得特别香。第二天一醒来，所有人似乎又重拾了愤怒。刘统思考了一夜，只是偶尔打个盹，也没想明白藤川要玩什么阳谋。所有工友都出去了，门口的士兵才又将门一关，告诉刘统："上边通知，你上午可以睡觉。"

一觉睡到中午，刘统好久没有感觉到睡得这么香，直到自己被饿醒。他去找吃的，门口的卫兵直接带着他去见了上官总厨。上官总厨，就是后厨里的老大了，为人和蔼可亲，永远都是小心翼翼的样子。但是，当他笑的时候，所有人却都害怕。因为他说一句话，就可能让底下的小厨子、帮厨的、采买的各色人等，送了性命。

上官师傅只对刘统说了一句话："藤川先生中午想吃你做的菜，你睡了这么久，还剩……呃，几乎也没剩什么时间了。"

刘统转身进了厨房，发现厨房里干净得几乎找不到任何食材，到处都是午餐后剩下的菜，油腻腻的炸丸子，还有大锅炖的白菜、粉丝、白豆腐，基本上也都是剩得一点半点的。这些都是中午给普通的军官吃的，而且显然是供应过后剩下的残羹冷炙。藤川每顿饭都是单独做的，但是为什么没有人一早告诉他今天中午要由他来做？

身边的采买跟着刘统，还在背后说："上官师傅吩咐了，你要什么，我们立刻就给你买。"

刘统睡意全无，站在那里只想骂人，现在买，让藤川直接吃晚饭吗？

上官师傅过来，摆手示意采买等其他人先出去："潘文统，潘师傅，那是机关长钦点的大厨，今天他第一次掌勺，一定会做出色香味绝佳的菜肴，大家就不用跟着操心了。"

所有人都退了出去，上官在临出门前，与刘统附耳说道："魏师傅是我的师弟，你知道吧？"

刘统一听，整个人立刻打了个冷战。他连忙摇头，上官却示意他不必摇头："你不用解释。我可以告诉你，藤川在用我之前，也是这么做的，就是让我们和底下人划清界限。在这里，只有他欣赏你，用你，其他人都恨你。你是孤立的！永远不会再有援手。这对于他来说，才是最安全的。”

刘统一听，连忙低声说：“既然师傅懂，那就没必要再为难在下。”

上官师傅淡淡地笑了笑：“懂？我懂，但是你懂了吗？能让藤川这么做的人，之前，只有我，这里所有的人基本都是我暗中招来的。现在，藤川在想什么，你能懂吗？”

刘统一听就明白了，藤川显然是觉得老用上官师傅，危险系数就越来越高，因为他在后厨位高权重，时间久了自然是培养自己的人。藤川这个老狐狸，连这后厨的事情都算计，也不怕浪费自己的脑筋。

他连忙傻笑着说：“师傅，我懂了，我这次做差了，藤川就不会用我了。”

上官又摇头：“不，不，你不能做差，你怎么能做差了呢。你做差了，就会给藤川机会迁怒于我。魏师傅，就是没有明白这个道理，死得很冤枉。”

刘统傻了，那怎么办？

上官师傅看着他的样子，诡异地笑了一下：“所以，为了保全我自己，我早就已经替你做好了，绝对是色香味俱佳的美味。只不过，都是藤川已经吃腻了的。”

刘统心想，藤川说的也不无道理，有的时候自己人算计自己人，比算计鬼子还厉害，这劲头要是都用到抗日斗争中去该多好。

上官看着刘统面无表情，接着说：“当然，我不会逼你，菜放在门口，你可以自己选择端不端上去。而且，我还要告诉你，藤川喜欢自己发现问题，他不喜欢人告状的。”

说完，他转身出门了。

刘统看着厨房里的情形，脑子里在飞快地转着。

一刻钟不到，外面已经有人来催，机关长的饭菜弄好了没有。上官在自己的房间里，悠闲地剔着牙，看催菜的人带着刘统走远了，他才慢悠悠地晃出来。等到他晃到厨房门口的时候，惊呆了，他摆在院子中央石桌上的那些饭菜，刘统根本就没有端走。这个新厨子，难道是空着手去告状了？

藤川面对一大碗热气腾腾的菜，有点讶异。或许，这应该叫饭。到底是饭还是菜？感觉什么都有的样子，似乎很丰盛，又看着像是把乱七八糟什么都放在一起来应付自己的感觉。

他皱着眉头，看了一眼站在外面的刘统，没有问什么，而是直接品尝了起来。吃了第一口，他就觉得味道特别，但是又说不出是哪部分特别。然后，就是第二口，第三口，一直到把整整一大碗都吃光了。

刘统一直在外面候着，看着藤川先是皱眉，然后是异样，然后是喜笑颜开，然后是十分兴奋……等到一大碗都被吃光了，他的心才终于放下来。

藤川示意他进去，然后问他："你做的虽然好吃，但是难免有应付之嫌吧？"

一旁的翻译翻译过来，刘统早已经准备好了说辞："长官，这不是应付，这的确是开封的一道特色菜。"

"呃，什么特色菜，我没有看出特色来，只是觉得味道的确不错。你第一次主厨，就给我做如此简单的特色菜？看起来，就是把所有的剩菜放到了一起，这菜能上得了宴席吗？"

刘统倒是乐了，等到翻译说完，才慢慢地说："这是开封有名的杂烩菜，河南人只有逢年过节或是家中来了贵客，才会十分隆重地做这道特色菜。杂烩菜就是把白菜、粉丝、油炸过后的白豆腐、肉丸子等放在一起，再加上十多种作料熬成一大锅。吃时，可以配上蒸馍或米饭，味道十分香。我觉得，长官一定是吃过很多中国的特色菜，但是这道菜由于适合做给很多人，上官厨师一定还没来得及做。”

藤川想了想，说道：“这个菜名我倒是听说过，据说还有个故事，没想到居然是这么做的。”

“长官的确是阅历丰厚，连这道菜有故事都知道。”

藤川倒是不介意，反而说：“我这里有很多藏书，没事我喜欢翻翻。那个故事，你倒是说来听听。”

刘统犹豫了一下，简单地说：“原来是为了纪念岳飞被害，一位当日过寿辰的官员，选择了把所有菜烩在一起。这丸子就好比秦桧的头，油炸豆腐就是秦桧的肉，粉条就是秦桧的肠子。所以，这道菜最初叫炸桧菜，是秦桧的桧。”

藤川摆了摆手：“其实不对，岳飞只是你们国家内战中一方的将领，何来的英雄？内战，双方都是各为其主，允许有手段，有计谋。就像我和你说的，不必在乎你是中国人，有一天大东亚共荣真正实现，也许你就是大东亚的英雄。”

“长官过奖了！”刘统谦虚了一句，心里却想，原来这个老狐狸可能早知道这个故事，故意卖关子在这里等他呢。好歹，这一关应付过去了，自己得考虑接下来怎么开展正常的任务才是。老是纠缠于和本地的厨师斗来斗去，听着藤川教训来教训去，这不是他存在的目的。

没想到，藤川居然接着说：“昨晚你肯定一夜没睡吧，难得你现在还有这么聪颖过人的头脑。一个人只有有了大把的时间去思考，才会更加懂得珍惜。”

说完，他看着刘统，久久没有再说什么。

刘统终于明白对方的用意，赶紧说：“长官教训得极是，小的既然已经入府，与长官有缘，必然会为长官尽心尽力，不惜肝脑涂地……”说这一番话，他自己都觉得好恶心，最关键的是，他还得说得很忠诚的样子。

“不要再叫长官，下午我要去开封府衙看看，你随我一起去吧。”

刘统想，这藤川又要要什么花招，难道是去游山玩水欣赏中国的名胜古迹？

他回去简单收拾了一下，换了身干净衣服，就在上官师傅等人惊讶的目光中走出了后院，跟着藤川一行出了会馆。在门口，他居然看见了在一边候着让路的吴秉安和六木在一起，这个吴秉安到底是在做什么？他压低了帽檐，不想被认出来。可是，吴秉安显然还是认出他来，居然没有吃惊，只是鄙夷地坏笑了一下。

藤川倒是很客气，出了门上了车，示意刘统上后面的车。刘统上了车以后，车子开动了，他往后看，才看见吴秉安被六木送了出来，一个人往外走。刘统在反复地设想各种可能，即便是简单的被招安，吴秉安也不至于大摇大摆地反复出入日本的特务机关吧。

车子开出去一段路，刘统忽然发现街边有个人自己很熟悉。想了一下，猛地记起，那是周队长的人。车队已经平安地通过了，这些人的目标显然不是藤川。藤川每次出行都有几大金刚护卫加上一支人数不少的队伍随行，周队长他们就是再恨藤川也不敢轻举妄动。那么，这么多游击队的人出现在这条街上，是要对付谁呢？

车子抵达开封府衙的那一刻，刘统忽然想起来，会不会是吴秉安？上次黑子没得手，反而被对方打得不轻，该不会是怀恨在心，现在带上队伍来刺杀吴秉安吧？

刘统真的有些急了，上次吴秉安提到的那句话，分明是有用意的，自己还没来得及调查清楚，这个黑子，怎么会这么莽撞呢？

藤川已经下车，刘统也必须跟着，他该如何找借口脱身呢？

周队长是反对黑子采取行动的，但是黑子说，他的人截获了重要消息，这个吴秉安搞到了一份花名册，要呈给藤川。据说花名册里，是小磨山队伍的完整名单，还包括豫中军统站以及周队长这里游击队的少部分成员。如果真的落到了日本特务机关手里，后果不堪设想。

周队长倒是不在意："他的名单，也许就是从贴在城门口的通缉令上抄的名字，搜集到了一起。一份名单，证明不了什么。"

"这个人怎么看都像是个卖国求荣的主儿。上次在城里，他好几次把爱国青年推出去，还动手打人。如果不是一心给日本人做走狗，即便是不帮忙，也不会打人吧。"

周队长坚持说："我们的队伍经过上一次瘟疫折磨，造成大范围的非战斗性减员。现在老毕他们的队伍马上就要来了，说话这工夫可能就在马家堡了，等到会合在一起，实力强了再做打算也来得及。"

就在这个时候，黑子的手下过来耳语了几句，黑子立刻就急了，对周队长说："这个吴秉安，已经拟任汉奸特务队的队长了，据说他刚和六木在第一楼吃过饭。他还说，他可以提供国共双方在开封城里潜伏人员的名单，这是不是就要威胁到刘统了。上一次我发现，刘统好像和他是认识的。"

周队长也在发愁，拿捏不准是不是该出手刺杀吴秉安："据说，刘统的任务关乎到整个战局变化的……"

"这不就行了，赶紧动手吧，到时候可没有后悔药了。"

黑子就这么安排人手出发了，周队长则带了两个人，先进城去拜访老潘。双方约定好了，等到周队长确认了消息再动手。周队长不能直接去潘府找人，需要通过中间的联络站，扮作谈生意的商人，在铺子里等老潘。

老潘来的这段时间，那边黑子他们已经埋伏好，六木和吴秉安乘坐的车子也相继在藤川和刘统他们出行后，驶出了会馆。黑子这边着急，周队长那边却一点消息都没有。

周队长终于等到了老潘，几句寒暄之后，他急忙说出了黑子的刺杀行动一事。老潘当即表示：“不可，刘统已经传消息过来了，让我们的人先远离这个吴秉安。具体原因，现在还不方便明说。”

周队长说：“我也觉得没必要为了这个人整出太大动静，一个靠忽悠土匪和日本人的跳梁小丑，我们有什么好怕的。刺杀他，岂不是帮助了他，反倒让日本人更器重他。”

“你也不要这么想，很多时候我们一要讲纪律，二要等时机。”老潘的手反复在桌子上不停地敲着，“具体原因，刘统没有说，他肯定有他的分析。我也能猜得到一些，不过，你们就不要参与进来了，这件事由我们城里的人来负责。你赶紧告诉黑子，千万不要轻举妄动。”

两个人刚说到这里，外面的枪声就响了起来。周队长喊了一声“糟了”，立刻别过老潘，匆忙带人往黑子他们埋伏的地点赶。果然，黑子他们遭遇的不仅是一场硬仗，还是一场突围战。黑子没有想到，六木居然像是先知先觉一样留了后手。表面上看只有两台车，几个兵，黑子觉得错过了可能就很难再找时机。于是，他没等到周队长的信号就动手了。

谁知，刚动起手来，日本兵和宪兵队就像预先埋伏好了一样从四面八方涌了过来。

吴秉安在车里吓得有些六神无主的样子，但是嘴里还是大大咧咧地说：“居然有人敢刺杀六木少佐，真是不要命了，啊哈？”

六木微笑着看了看他：“这些人，应该是冲你来的。贵部所谓的暗杀队，一向都是以暗杀叛节的中国人为己任吧，刺杀我们日本皇军军官的，还是很少吧。”

“冲我来什么啊？”

六木拍了拍吴秉安的腿，泰然自若地说：“放心，自从你上次受伤以后，我就知道你被人盯上了。这次是我特意放出消息的，料定他们会贸然出手。殊不知，已经落入了我的手掌心。”

外面的黑子已经杀红了眼，他刺杀多次，这支小分队是他一点点带起来的，每个人都有一手绝活。可是，他们每次都是速战速决，从来没有大范围面对这么多的敌人，完全是一场正式的遭遇战。前面几个狙击点，高处的队员已经纷纷倒在雨点一般的子弹下，黑子只好招呼后面的人赶紧撤。然而，后路也被堵死了。

就在他眼看要绝望的时候，周队长几个人从外围杀到，一路冲出了一条血路，带着黑子他们从熟悉的胡同突围出去。二十来个人出来，突围出来却只剩下十个人不到，黑子还想返回去再杀几个："跟他们拼了，多杀一个赚一个。"

周队长死死地拉住他："赶紧带兄弟们撤，兄弟们在一起是为了革命，不是来拼命的。"

黑子咬牙切齿，目光狰狞，还是长叹一声，继续向城外撤。可是追兵太多，而且还有机动部队。黑子他们靠脚板跑路的，怎么也比不过人家开着车追剿。眼看一群人又要陷入重围，周队长却突然不跑了。他停下来对黑子他们说："你们赶紧分散，先找地方躲起来，天黑以后找联络站想办法送你们出去。有手雷的都留给我，我来断后。"

黑子一听不干了："不，我来断后！"

周队长指了指自己的腿，然后使劲推了黑子一把："我已经是跑不了了，你们赶紧撤，这是命令！"

黑子这才发现，周队长的大腿中枪了，整个一条腿的裤子全被鲜血染红了。黑子的眼泪哗的一下就涌出来了："队长，这次行动是我张罗的，我要是不能把你带回去……"

周队长已经把枪顶在了他的头上："你赶快给我滚，再不滚我就崩了你丫的！"

枪声渐近，后面的追兵明显跟了上来，周队长选择躲在了一个牌坊的后面，把所有的手雷都码在自己的面前。黑子他们几乎含着泪离开的，折损了这么多兄弟已经让他们的泪哭干了，周队长留下殿后，则让他们感觉眼里流的不是泪，而是血。

周队长一直等到追兵临近，才齐刷刷地将手雷先后扔了出去，整个街路被炸得石子乱飞，追兵那里面也是血肉横飞哭爹喊娘。于是，追兵不得不后撤，躲在了不远处两边的胡同口向这边胡乱射击。

眼前的手雷，很快就用完了，周队长就用没有受伤的腿做支撑，单腿跪在牌坊后面，用手里的枪还击。追兵那边忽然没有了枪声，似乎大部队赶了上来，也许是在研究对策，或许准备包抄过来？周队长还没有想明白，对方的手榴弹就成捆地扔了过来。这个距离老开封府衙不远处的老牌坊，转瞬间就被炸得轰然倒塌。周队长想爬出去，可是受伤的腿失血过多，他已经没力气快速移动，整个人被砸在了里面。

听到枪声，刘统的眉毛开始挤在了一起，又听到爆炸声，他就知道黑子他们应是遭遇了不测。藤川却是丝毫不为所动，似乎是饶有兴致地参观这开封府衙的“府司西狱”。

“府司西狱”其实是北宋年间，设在开封府衙署内西南角的一所牢狱，由当时的司录司直接掌管，因此得名府司西狱。这里是临时关押罪犯的地方，相当于后来的拘留所。有意思的是，这里和宋代的所有监狱一样，都设有狱神庙，供奉狱神皋陶。所以，藤川在这里东看西看，还让翻译给翻译那些对联以及相关的文书，十分认真的样子。刘统这边，哪有一丝兴致，整个心都要飞出去了。在藤川的面前，他还得装出害怕的样子。

“怎么，听见爆炸声就害怕了？”藤川看到他的样子，有点不以为然，“现在的开封，虽然还有一些战乱，但是只要你跟在我身边的，就是最安全的。你说，不是吗？”

刘统不明白藤川的用意，只好小心翼翼地说：“是，是，机关长所言极是。”

藤川居然摆了摆手：“不要叫我机关长，你和他们一样，就叫我先生吧。”

一行人走到了典狱房里，藤川对里面的一把椅子产生了浓厚的兴趣。警察局随行的人立刻上前谄媚地说：“这是一把龙椅，藤川先生要不要坐一坐？”

“呃？”藤川果然很有兴致。

“据说当年宋太祖突然亲临这里视察狱政，典狱官把自己坐的椅子拿来让太祖坐下。从那以后，开封府就把太祖皇帝坐过的椅子供奉在这里。北宋历朝的皇帝，对狱政都十分重视，每年都要亲临此处来视察，每次都是坐这把椅子。”

外面的爆炸声又响了几次，刘统不知道，这个时候，周队长已经被埋在不远处的老牌坊下了。但是他可以想见，如果刺杀成功，绝对不会有这么激烈的枪炮声。不出他所料，黑子他们肯定遭遇了埋伏。

藤川在那把椅子上坐了很久，看到刘统依然是胆战心惊的样子，居然过来跟他说：“你不用怕那些外面的事情，这是六木在伏击乱党，一早就有了准备的。你现在要做的，是把这里的事物都看清楚，看懂，我之后有事情问你。”

说完，藤川就起身往另一个房间走。刘统这才明白，原来是六木他们一早就有了埋伏。自己这两天忙于和什么上官师傅、魏师傅周旋，要是有时间趁着夜里去偷看藤川他们的文件，偷听他们的谈话，是不是就可以避免今天黑子他们中埋伏呢？刘统不禁对藤川这个老狐狸恨之入骨，他的确够狡诈，把刚进府的刘统玩得团团转，即便刘统有什么异心，也根本来不及展开什么行动。

下一个房间，居然是狱医的工作区，架子上还陈列着很多当初留下药物的仿制品。藤川饶有兴趣地听着介绍，然后回头看着刘统，刘统还没明白怎么回事，藤川已经和身边的人说：“你们先去下一个房间等着，翻译和文统留下。”

刘统看着四周，猜测着，难道藤川知道他还懂得一些医道？

果然，藤川通过翻译和他说：“我听六木说，你把菜肴和医学之道融为一体，有一点点研究？”

刘统低着头说：“这个在我们这里叫药膳，就是把中药跟一些具有药用价值的食物结合起来，通过特殊的烹饪方法制作而成的具有一定医疗价值的美味菜肴。”

藤川听完翻译的解释，点了点头：“你看，你们祖辈对监狱多么重视，又是皇帝视察，又是设置专门的医生工作区。刚才他们说，这里的工作都是朝廷的御医轮流来干，还是五品的官衔。所以，我们也要重视，不但要重视医，还要重视吃。”

刘统有些不解，十分惊讶地看着藤川，这和药膳有什么关系呢？

藤川接着说：“我对上官师傅没有什么不满意，他把后厨管理得很好，做的菜也不难吃。我招你进来，是觉得你头脑比较聪明，而且脑筋转得快。鉴于你医药和膳食都十分精通，我想让你作为贴身的营养师，帮我开发一种特殊的菜或食品。”

“呃，还望先生明示，是哪一种，这么重要。”

藤川看了看外面，眯起了眼睛说：“我听说，你们中国当初有个职业叫炼丹师，他们炼出来的丹丸，可以让人长生不老……”

藤川顿了一下，等着翻译翻译，刘统听明白之后立刻说：“那都是邪门歪道，基本都是骗人的。您不是……”

藤川等翻译翻译过来，才接着摆了摆手说：“我对长生不老没兴趣，我只是对他们的另一种丹丸感兴趣。据你们的古书记载，有炼丹师意外炼出了药丸，可以控制人的大脑，或者是通过药力来控制人臣服于自己。我认为这就是一种慢性毒药。这种药，我们国内的特战部门也在研制，他们有一种初步的成品叫做K01。不过，我想没人会傻到主动吃这种东西。我对你的要求就是，想办法把K01放到普通食品里去，让人完全察觉不到。”

刘统一听就明白了，藤川原来是这个目的，却绕了这么个大圈子。只是，为什么藤川居然对自己如此信任呢？难道是因为上次救过他，他这个日本特务头子还讲什么感情？想一想，藤川把他找到这里来说，而不是在府上说，并且遣散了其他人，又有什么用意呢？

果然，藤川接着说：“你一定在想，我为什么找你。告诉你也无妨，因为K01还是半成品，其实它并没有解药。我们队伍里，也没有被允许使用。但是，我已经等不及了。所以，我找你，你明白了吧？”

“先生的意思是，将来就说是小的自己研究出来的中国的慢性毒药，然后想办法放到什么菜里面去，让常人吃起来感觉不到异样？”

藤川没有再说什么，只是故作信任状拍了拍刘统的肩膀。

刘统想，藤川这是想借刀杀人，而自己就是那把刀。更危险的是，藤川让自己知道这么多，他一定是想好了事成之后卸磨杀驴，自己岂不是随时有生命危险？

“这个虽然有难度，既然先生这么信任在下，小的可以想办法研究。只不过，这可能需要翻阅大量的古书，先生可否容小的一段时间，回潘府查查资料。”

藤川诡异地笑了笑：“你是新婚难耐，想老婆了吧。我已经叫人把你老婆招进会馆里来做事，等她来了，你就可以回家了。”

刘统心里一惊，这个老狐狸，分明就是要拿山里红当人质。

回到会馆，刘统就再也没见过那个翻译。刘统这才明白，为什么那天藤川没有带六木，而是带了一名中国的翻译。刘统被安排了单独的房间，里面有双人床，还有两个人的日常用品，显然这是为山里红进府准备的。连日来，除了正常做菜，刘统就一个人坐在房间里发呆，别的不说，以后藤川再和自己谈及此事，光是翻译得被他杀掉多少？

老潘说是病了，遣人来找刘统回去照顾几天。刘统知道，这一定是借口，肯定是有什么事情要面谈。可是会馆里所有人回家都需要管事的批准，而刘统的回家，肯定需要藤川亲自点头。显然，藤川没有立刻同意。这些日子，刘统倒是把会馆里的大多数地方都混熟了，他只有装作一副对后厨的事根本不上心的样子，上官师傅才不会太防备他。唯一令刘统开心的是，他接替魏师傅的位置，理所当然地接替了采买的活儿，这样即便是不能回家，也能经常出去，通过潘家各个铺子的自己人，把消息传回去。

也许是藤川终于放心了，一天中午管事来传话，说是藤川允许他回潘府，三日内必须回来。

刘统问："先生不是说我夫人来了，我才能回潘府？"

管事的说："你夫人被山本大佐邀请去演出了，先生已经派人直接去那边接人去了。"

刘统蒙了，这山里红又演的是哪一出呢，这到底是喜是忧啊？

刘统回到潘府，第一件事就是拉着老潘进书房，第一句话就是问："山里红又出什么事了？"

老潘双手一摊："她没出什么事，倒是表现得太好。"

"人都被山本大佐带走了，你还说没事？"

"真没事，据说日本国内会有个考察团来，山本为了营造管理有方的假象，准备弄一场盛大的演出，几乎所有团体都被拉去了。只要选中的，就留在那里，统一吃住，准备联排。已经两天了，山里红没回来，估计是选上了。"

"山里红会什么啊，都是些皮毛，她一个人也算团体了？"

"怎么，你开始关心她了，你是假结婚，你别忘了还有王思荃。"老潘倒是乐了。

“你还笑，山本怎么知道她的?”

老潘不笑了：“一个是她在这里练杂技，就是桌子重桌子那次，被山本本人路过看到了。另一个，就是我这个商会会长当，别人不服气，故意陷害我，给山本推荐了我的儿媳妇。”

刘统眉头紧皱，他实在是怕山里红惹事啊，她那副脾气，发起火来估计连山本都敢骂。

“我知道你担心什么，”老潘解释道，“山本亲自派人来请的，不去才会出事。山里红很识大体，就和我说了句别忘记十天之约，很从容地去了。”

“从容，你看着吧，不惹事就烧高香了。”

“我估计不会，这个山里红的确是个奇女子。”老潘拍了拍刘统的肩膀，“你不在的这些日子，她整个就像变了个人。你知道吗，她居然每天给我请安，每天给大家烧拿手菜吃。她大哥来了一次，她还劝她大哥要抗日。我倒是觉得，这个人可以争取。”

“等她不出事，再说争取不争取吧。”刘统喝了杯茶，长出了一口气，“藤川也看中她了，要招她入府，实际上就是做人质。这个老狐狸，把我在会馆里搞得完全孤立，行动根本无法开展，那里面每个中国人都对我恨之入骨。”

“你传出来的消息，我都收到了，藤川这么对你，应该还有下一步棋要走吧。”

“是啊，他让我帮他弄什么毒药 K01 的改良方案，据说是日军最新研制的慢性毒药。我在想，他怎么会那么好心，又为什么对我说那么多日军的秘密。他要是真的那么信任我，干吗还准备拉山里红去做人质?”

老潘思考了半天，推测着说：“要不要请示一下上级，看看左部长他们是否对这个 K01 有所掌握。这么机密的事情，的确是很难想象，藤川会和你这个刚入府的中国人说。”

“我也是百思不得其解，当场的翻译估计已经被他除掉了，好像的确是很机密的样子。我总是觉得，哪里不对。”

“也许，你救过他的命，他要选一个中国人来帮他试验，所以就只好信任你。”

刘统摇了摇头，狐疑地说：“你想想，如果一个日本兵救过你的命，你会不会把所有秘密都告诉他？”

“你这个例子有点绝对了，毕竟藤川还不知道你是一个兵。”

刘统在那里转动着茶杯，反复思考着，还是没有一个答案。

老潘倒是说：“你也不用愁，我请示一下上级，也许他们对什么 K01 有所了解，你的难题就迎刃而解了。正好，要不我也准备请示营救周队长的事情。周队长伤得很重，日本鬼子不把他送去医院，反而关在开封监狱。我怕，他挺不了多久了。”

“什么，”刘统猛地站了起来，“周队长出事了？怎么会呢？是那天的枪战？我就以为黑子鲁莽行事，怎么还搭上了周队长？”

老潘沉重地点了点头：“不仅周队长被捕，黑子的那个暗杀队伍，损了十多员大将啊，血的教训。那个吴秉安，现在是敌是友还分不清，黑子怀疑他会告发你。但直到现在你还安全，的确是让人摸不清头绪。”

“黑子他们行动，一向是速战速决，怎么可能损失这么重呢？”

“也是啊，当时真是奇怪了，日本兵突然一下子就冲了出来，把黑子他们都包围了。”

刘统忽然眼睛一亮，抓住老潘的手问：“黑子行动之前，是不是用电台与你们联络了？”

老潘回想了一下说：“没有，不过他们应该与上面联络过。”

刘统重新又坐下，想了一想说：“你看，黑子他们中了埋伏，不可能是有人告密。因为他们进城就展开行动了，即便有人告密，那也是和他们在同样的时间进城，日本人不可能准备得那么周全。唯一的一个可能，就是电台暴露了！”

老潘一想，的确是这个道理，不过他还是说：“不会是碰巧吧？日本人也许会想到，有人要刺杀吴秉安，因为他已经中过一次枪了。”

“碰巧，会碰得那么准吗？开封城这么大，他们怎么知道在那里埋伏，难道把一路上每个胡同都埋伏一遍？藤川手里，缺的就是兵力，所以他才急于招安吴秉安所说的小磨山队伍。”

老潘不说话了，陷入了沉思。

刘统稍微停顿了一下，接着说：“我们再大胆假设一下，电台被他们截获了，所以藤川和我说的什么 K01 也许根本就是烟幕弹，他要试探我是不是潜伏的情报人员。因为如果我是，肯定要发报和上级核对，这么大的军情机密，我不可能不向上级汇报。”

老潘点了点头：“只有这样，才能解释得通，藤川为什么会和你说出这么机密的事情来。”

刘统用手敲了敲桌子：“也许那个 K01 根本就不存在，你一发报，我就现形了。”

“那赶紧通知黑子他们停用电台。”

刘统想了想，摆了摆手说：“不能停，原频率继续发，我们也发个什么围剿郑州行动这一类的烟幕弹，反过来迷惑藤川，就是不能提 K01。想办法重新设电台，用新的频率发报。”

开封监狱里人人自危，因为新出的政策是每个牢房举报一个人，每天从没有举报线索的牢房里抽一个人审讯后处决。当然，被举报的人，如果审讯后查明属实，也一并处决。大部分人本来就没什么线索，偏巧周队长被抓了进来。所以，这一天的全体犯人的举报，大家几乎是清一色写着周队长。甚至还有人认出来，这个人是马家堡做布鞋的鞋匠，原来家里有几口人等等。

有一个意外，就是少数人没有写周队长，反而举报了王思荃。狱警们都明白，这是痛恨王思荃当了卖国贼。所以，当即宣布从第二天起，所有举报都改成实名制，谁再举报王思荃查无实据，按乱党处置。

王思荃受到优待，反而有点着急。她举报林清有功，不用写什么举报名单，但是大家的眼神就足以杀死她了。况且，以她的性格，看到一个真正的抗日战士被抓进来了，据说还是游击队的队长，她怎么能坐视不理呢？不过，她再被优待，也是被关在牢里，干着急也没有办法。

情急之下，她居然做了十分大胆的举动，趁着小石头送饭的机会，直接拉住了小石头说：“你们那个厨师呢，就是在医院里给我做好吃的那个人，他怎么不见了呢？”

小石头没敢抬头，低着头说：“他做的菜太好，已经被日本人拉去，给日本人做菜去了，据说还是个大官。”

王思荃一想，刘统这一定是有了什么重要的任务，要不然他不会主动去接近日本高官。可是，这边的形势他知不知道？她决定冒险一试：“小石头，你能不能帮个忙啊，有机会见到他，再让他来帮我做一次菜啊，姐姐这些天吃这些没滋没味的东西，想死的心都有了。”

“你可真馋，你的饭菜已经比别人的不知道好多少倍了！”小石头看看四周没人，低声说，“没机会了，日本大官的厨师，还能回咱监狱这破地方吗？”

普通的厨师不会回来，刘统就一定会。小石头刚送监饭回来，就看见一群人在后厨正围着刘统兴高采烈地聊着呢。桌子上，放了不少刘统带来的好吃的。小石头立刻冲上去说：“文统哥，你回来看我们了啊？”

刘统一看是小石头，立刻过去抱起他说：“是啊！哎呦，看看，我们的小丈夫已经长高了。”

小石头黑着脸说：“你见过几个月就长个儿的人吗？我又不是小孩子。”

“好，你不是小孩子，那我送给你的好吃的就不给了。”

小石头说：“不吃就不吃，我也不告诉你别的事。”

刘统一听，就觉得不对，和别人寒暄了几句之后，就拉着小石头到了院子里，打开包裹，原来是从会馆那边带回来的日本糖果。小石头看着四周没人，才一边吃糖一边低声和刘统说：“那个女犯人啊，你在医院给做饭的那个，估计是喜欢上你了，想你啊。刚才还和我提你呢，说要吃你做的饭。”

刘统一听，立刻说：“那我就给她做点点心，你晚饭的时候偷偷带给她，好不好？”

小石头就笑了：“文统哥，小心英雄难过美人关啊！”

“什么难过啊！我告诉你，那个女犯人的老爹，是南京政府里的大官，和这边的藤川级别差不多呢，咱可不敢得罪啊！”

这份点心，刘统没有在监狱里做，而是回到潘府去弄的，说好了做完了给小石头悄悄送过去。他这份点心里，用花色夹杂了两个人都懂的密码，把周队长的身份和准备营救的事情告诉王思荃。他考虑了一下，如果是劫狱，要不要连同王思荃一起救走。这只是一闪念，他就放弃了。相对来说，王思荃还是靠她老爹的保护伞比较安全，行动中若是有个闪失，就不好办了。

偏巧，做点心的工夫，山里红就回来了，大呼小叫地找刘统。刘统过去看了她一眼，说了句：“安全回来就好，没惹事吧。”然后，就继续在那里做点心。

山里红不明就里，拿起一个就要吃，被刘统一把抢了下来。山里红居然没生气，笑呵呵地说：“我知道你对我好，特意给我准备点心是不是？不能没做好就偷吃，是不是？”

刘统实话实说：“真不是，这个是要拿给狱中那个女犯人吃的。”

女人的第六感绝对是超强的，山里红立刻觉得不对：“就是那个医院里你奉命给做饭的？你们俩不是好上了吧，这都离开监狱后厨了，回家这么点工夫，还跑去给人家弄吃的？”

刘统没理她，只是说：“十天没到呢，你惹事，你就失败了。”

山里红居然眼圈红了，眼泪滚啊滚地差点没掉出来：“你就不问问我，去了日本人的狼窝里，有没有被欺负，有没有危险，有没有被识破？你就那么不关心我，宁可关心一个女犯人？”

刘统只好推说：“那不是普通的女犯人，他爹是南京政府里的高官呢！”

山里红更生气了：“说你汉奸，你还真汉奸给我看，南京政府高官的女儿，你就惦记上了，是吧？”

刘统不再说话了，他的时间已经不多了，他还要想办法去找吴秉安呢。

山里红气鼓鼓地一个人回了房间，刘统做好了点心，安排自己人给小石头那边送过去，然后才进屋去看山里红。

和他想的不一样，山里红居然不是躺在床上痛哭流涕，也没有一哭二闹三上吊的传统女性吃醋以后的举动。她居然不知道在哪里找来了一张白纸，拿着笔在上面反复地画着什么，或者写着什么。

刘统凑过去一看，居然像是甲骨文，又像是什么怪异的文字，并不是画。

“你这是练的什么字啊？”

山里红没抬头看刘统，而是专心致志地把那一篇纸都画满了。刘统走近了，站到了山里红身边，从她的那个角度去看，看了半天他忽然发出一声惊呼：“你这是画的日文？”

山里红十分得意地说：“不用十天了，你看看，有这份东西，你是不是可以直接让我加入你的组织了？”

“这是什么？”

“这是我在山本卧室里偷看到的一份文件！我觉得可能是重要的情

报，于是就死记硬背下来，回到家里再画出来。”

“天哪，你就是个天才！”

山里红得意地说：“那当然，从小我娘就想教我唱戏，说很多戏文将来会失传，强迫我默写戏文。我根本不认识那么多字，就只能当每个字是画的一朵花，死记硬背下来。”

刘统大致看了看，虽然有的地方明显不对，但是连起来猜测一番，还是能大概读懂意思的。

山里红说：“怎么样，赶紧找个会日文的，看看是什么意思。”

“我就会日文，”刘统头也没抬，还在认真琢磨那份情报，“这里面的意思，是他们要围剿一支队伍，要攻击晋冀鲁豫根据地。”

“你到底会多少东西，日文你都会？你到底是不是厨子？”山里红也被刘统的能力惊呆了，这个厨子会中医，还懂药膳，功夫十分了得，现在居然还会日文。

刘统这才发现自己一时高兴，说多了，立刻说：“其实，这些能力结合到一起，你就懂我的身份了。”

山里红脱口而出：“你是特务？”

“那是说敌人，说自己人，应该叫特工。”刘统兴奋地去找老潘，一起来研究这份情报的意义。

老潘看了半天，过来问山里红：“你是怎么得到的？”

山里红也没隐瞒，大咧咧地说：“那个山本，就是个大色狼，我对付色狼是最有办法的了。”

刘统皱了皱眉：“他没为难你吧，你在那里过夜了？”

“啊，过夜了！怎么，你吃醋了？”山里红一点都不避讳，故意说，“他单独请我喝酒啊，还邀我去他的卧室里喝。”

刘统立刻打断她说：“说正经事呢。”

山里红一看刘统要生气了，立刻说道：“我灌醉了他，然后在他屋子里待得无聊，四处看了看，就溜回去和各个戏班子的人一起住了。第二天，山本还要找我，但是他有更重要的事一大早就去开会，我就溜回来了。”

老潘和刘统互相看了一眼，山里红说得很轻松，实际上当时一定是危险之极。这个山里红，倒是个做地下工作的好材料。

老潘说：“你看吧，我认为没问题。”

刘统看着山里红说：“石飞红同志，我们觉得你已经通过考核，成为我们组织中的一员。”

山里红十分奇怪地问：“为什么叫同志？”

老潘就笑了：“因为我们志同道合啊，这个稍后让刘统慢慢和你解释吧。当务之急，我们要把这份重要的情报及时送出去。”

刘统挠了挠头：“还要及时把山里红送出去，即便是山本不找她，藤川也要扣她做人质呢。”

老潘皱了皱眉：“这个有点难，两方面找上来，我们都得有个好的解释才是。另外，我们得到了情报，六木他们加快了反扑的速度，后天就要公开处决包括周队长在内的十五名犯人。”

刘统点了点头，同时又说：“我们面临的事情太多了，我还要你协助我找一本书。”

老潘问：“什么书？上次你提到老谭手里遗失的那本书？”

“对，书名叫《牡丹亭》，一定要找可靠的人帮着寻找，不能引起外人的注意。这本书，对于我的特殊任务来说，十分重要。”

山里红这个时候插话说：“牡丹亭是出很有名的戏啊，我怎感觉山本的屋子里，那个书架上，好像也有一本呢？”

刘统没理她，接着说：“《牡丹亭》是本很普遍的书，但是我要找的，是一本蓝色的，清末的典藏本，还是比较珍贵和少见的。”

山里红若有所思，看着刘统和老潘两个人没有理睬她的样子，也就没有再说什么。

这个时候，外面的人却突然进来禀报说："老爷，来了一队日本人，说是要接少奶奶去山陕甘会馆，还说文统知道这事儿。"

第十一章　突如其来的自由

王思荃得到小石头送来的点心，开心得不得了，似乎面对这一盒点心，就像刘统来到了身边一样。

小石头看着她那兴奋的样子，忍不住说了句："你喜欢我们潘大哥啊，人家娶媳妇了。"

王思荃的脸腾的一下就红了，立刻说："你这个小孩子，懂什么？"

小石头挺了挺胸脯："我可不是小孩子，我结婚比潘大哥还早呢。"

小石头走了以后，王思荃的心里久久不能平静。刘统那些暗藏在糕点里的密码，她轻易就读懂了，只是不知道刘统告诉她这些的用意是什么。刘统可以很容易地把消息传给她，但是她想把消息再传出去就比登天还难了。

入夜，女监这边忽然热闹起来，狱警们出出进进的不知道忙着什么。然后就有十五个男犯人被分押在了一个女监的大号里，其中有一个人还拖着严重的腿伤。开封监狱里，原本关押的女犯人就不多，除了上次那个刺杀未遂的女学生，其他人都罪行不重，出出进进地也换了好几茬。可是，男犯人为什么突然集中关押到女牢这边，还是让很多人议论纷纷。

王思荃也想跟别人聊聊，但其他的女犯人根本就不理她。她是一个人住一个牢房，牢房里布置得有如宾馆一样，旁人本来就充满敌意。加上她出卖林清的事情被公开，所有人看她的眼神都不对，更不用说理睬她了。

狱警路过她牢房的时候，她大起胆子问了一句："差哥，怎么女牢里还关男犯人啊？"

狱警知道她身份特殊，压低了声音说："那些都是准备枪毙的，原来准备后天公开行刑的，杀鸡给猴看。现在说是有个什么日本的视察团要来，整个开封都要整得像繁华盛世似的，所以准备明晚就偷偷执行枪决。"

王思荃有些急了，那个腿伤严重的应该是周队长吧，这该怎么通知刘统他们呢？嘴上，她故意耍起了小姐脾气："这多不方便啊，一大堆男的在那边，偷看怎么办？"

"嗨哟，大小姐，您这是坐牢呢，已经特殊优待您了，您还讲什么方便。"

"差哥啊，要不，你给整个布帘子什么的，挡一下啊？我出去了，想办法找人给您钱。"

"你想得可真多，忍一忍吧，"那个狱警撇着嘴走开了，没走两步，又退了回来，"忍一宿吧，大小姐啊，出去您可别给我们这些出苦力的小鞋穿啊。"

王思荃故意做出生气的样子："我爹是干什么的，你们知道吧，你们局长也得给几分面子吧？"

"姑奶奶啊，你可别闹了，我告诉你个好消息，咱们算扯平好不好？"

"好消息？"王思荃有些惊讶，这年月还有什么好消息。

"我是听来的啊，您可千万忍住别乱说。下午日本人来安排事的时候，说了，你不是举报有功吗，日本人也给你们家老爷子一个面子，明天就可能放你出去，你家老爷子那边已经安排这边的人接你了。"

"啊？"王思荃没想到，一向说什么都不给情面的日本人，怎么突然就放她出去了。老爹那边，是不是找到日本什么高官了，还是散了不少的银子？这消息，的确是太突然。

山里红被带走了，刘统看着她满不在乎地笑呵呵地走了，心里都是担心。

山里红安慰他："日本人正准备营造繁华安定的气氛呢，这期间，应该不会有什么大问题。"

刘统想了想，追出门去又补了一句："记住，千万别惹事。"

送走了山里红，刘统一夜都没睡好，大半夜的，说是要和老爷子谈心，两个人又聊了好久，谈那本书的事情，谈吴秉安，谈是否营救周队长。

老潘的意见是："队上的人都憋着劲呢，估计不营救是不可能的，尤其是黑子，他又自责，又后悔，我们不采取整体行动，他自己估计也要单干。"

"这不是冲动的事，他单干也只是多送一条命。我们不能再错了，城里城外的人，本来就不能有任何闪失。"

老潘点了点头："是啊，我已经安排了新的电台，更隐蔽，还换了新的频率，正在协商换密码本，这个可能会慢点。上级指示，短期内暂时不联系，让我配合你全力完成特殊任务，还有，你最亲爱的毕团长可能要来了。"

"得，老毕就是个冲动劲，他加上黑子，这场营救在所难免了。"

"老毕的祖上是豫中有名的大土匪，组织上派他来这里游击战，一方面是牵制日军扫荡我们的根据地；另一方面，也是用其所长，加强豫中一带的战斗力量。"

刘统还有个担心，犹豫了一下，还是和老潘说了："那块玉的事情，我要不要告诉山里红，真正的主人要来了。她可是很看重那个承诺的，我不知道要瞒她多久。"

"看情况吧，你也得让她有个接受的时间，不能太突然。你想想，你比老毕年轻，模样也清秀，文武双全还懂那么多。突然换成老毕还不把人吓跑了？”

“人，不可以貌相！”

“是吗，对于你来说，这句话很有用。对于老毕，估计应该是面如其人。”

“我总觉得，老毕是来接应我们的，组织上特意加强了豫中一带的军事力量，就说明我们的任务越来越紧迫。”

“呃？”老潘看了看刘统，忍不住说，“是你的任务吧，你一直也没有说，左部长单独交代你的任务是什么？”

“就是那本书，”刘统看着老潘，终于决定把任务和盘托出，“日本人开展细菌战，这让延安那边都措手不及，虽然鬼子不敢大范围地展开，但是让我们和受害地区的老百姓都叫苦不迭。长沙会战，日军在长沙投下大量细菌武器造成了长沙市区大量中国军民死亡；常德会战，日军在常德投下大量细菌武器造成了市区大面积鼠疫，细菌迅速扩散给中国军民造成不可估量的损失。这两次已知的战役，已经是触目惊心。”

老潘点了点头：“这个，我们早就有所耳闻，他们真是不择手段。细菌战带来的后果可能要危及后代，几十年甚至上百年。”

刘统接着说：“海外的一位华侨，曾经在欧洲攻读细菌学，研究出了一种重要的灭菌化学制剂。虽然不能完全抵抗细菌战的危害，但是在灭菌、消除毒源等方面很有效果。大批量化学制剂从国外运进来几乎是不可能的，所以他无偿把灭菌剂的方子献了出来，辗转带入国内，希望我们可以自己按图索骥，批量制造出来。”

老潘急了：“难道，那份什么方子就写在那本书里？”

“是的，为了掩人耳目，特意用特殊方法写在了一本书里。这本书，就是同治二年大通楼典藏的名家抄本《牡丹亭》。”

“《牡丹亭》这书，好找，但是怎么印证就是那本书，这个可难了，我们又不能大范围地去搜集。”

“同治二年大通楼典藏的名家抄本，这个信息还是老谭告诉我的，不知道他有没有记错。这只能算是一个参考，况且，关于版本的消息，我们不能再让任何人知道，以免被日本人抢先一步。”

“老谭是开书店的，店里专门卖古董级的珍品书籍，他应该不会记错。问题是，他的书肯定是一起被抄查，不是在警察局就是在藤川那里，这都很难查。”

刘统笑了笑：“其实也不难，老天爷已经在帮我们了。我能顺利进入藤川的会馆，这就是最大的机会。”

老潘一听，赶紧劝他说：“那你也要注意，藤川这个老狐狸，对人处处防备。你能打入他的内部，对于我们来说很重要，不要急于一时。”

刘统摇了摇头：“从上面的部署来看，只能是加快了步伐，容不得过多拖延了。”

老潘不解地问：“何以见得呢？”

刘统看了看老潘：“我的特殊任务，除了这一本书，还有一个人。他的行动，应该已经快进入关键时刻了，我怕到时候我们会很容易地牵扯进去。”

老潘问了一句：“左部长到底交代给你多少任务，你一个人挺下来，真难为你了。你代号五常，难道不是指我们的五组人马，而是指五个任务？”

刘统的眼神里似乎多了一些莫名的含义，他对着屋子里周围的摆设端详了好半天，才和老潘说：“那个行动，左部长形容它是霜桥走马，你懂其中的含义吗？”

王思荃真的出狱了，来接他的是个陌生人。直到她被带到北道门大街一处装修古朴、古树环绕，郁郁苍苍的二层小楼里，她才真的相信，自己居然自由了。

陌生的那个男人自称姓郎，叫郎云飞，是他父亲在开封一位好友的手下。这位好友得知王思荃终于出狱，特意租下了这么大的一个房子给她暂住。郎云飞说："小姐先在这里安顿一下，这些天我们会在楼下，负责保卫小姐的安全。"

"有电话吗，我要打电话给我父亲！"王思荃四处看着，想着应该和谁先联络上。在监狱里住了这么久，连亲人的声音都快忘记了。

"对不起，小姐，这里是租的，还没有。我们会想办法的，也许需要等上些日子。"

"呃，你们不是神通广大吗？"

"小姐，您的意思是？"

"我的意思是？"王思荃看了对方一眼，毫不顾忌地说，"我爹现在是汉奸特务，你们肯定是他在开封的部下了，不要说什么朋友，也不要说什么旧交故知，看你的身材和训练有素的样子，就知道你是个特务了。"

"小姐，你不能那么说您父亲。"

"还要怎么说，他背叛了他的国家，就不要怪他的女儿会背叛他。"

"小姐，要不要，你先休息。有什么话想和令尊大人说，我们可以为你转达。"

王思荃一想，这些人说是保护自己，分明就是把自己看起来。眼下最重要的，应该是想办法通知刘统他们，周队长等十五人今晚就要被秘密处决了。她临出来的时候，听到狱警们在聊，晚上谁跟着去余家岭，谁就是倒了大霉，那地方鬼里鬼气的，回来几个月都做噩梦。据此判断，晚上行刑的地方应该是开封城外的余家岭。可是，她虽然知道这些重要的情报，她却不知道刘统到底住在什么地方，应该是潘府？可是她又不能直接找上门去，自己父亲这些手下，都是特务出身，跟踪、追查、刺杀都相当有一套，到时候别把刘统等人都给出卖了。

“好了，你们去帮我买点吃的吧，早听说第一楼的烧鸡特别好吃，还有什么琉璃藕、糖炒红薯泥，我都想好好尝尝。”王思荃想，自己想把这些人支走几个，自己再想办法如何脱身，“我要睡一会儿，希望醒了就能看见这些美味佳肴，能办到吗?”

那个人微微面露难色，不过还是完全应承下来说：“我这就嘱咐人去办，小姐注意休息，这里有些银元和首饰，还有衣服，放在桌上了。我会留个人在楼下，你有事可以招呼他。”

王思荃进了卧室，假装睡觉，然后又起身站在窗前，看到那几个人都出去了，就开始琢磨自己应该怎么逃出去。推开窗子，她发现这个二楼不算太高，顺个床单下去应该没问题，但是很容易引起外面路人的注意。自己如果彻底跑开，肯定会让伪政府的特务组织找到，保不齐自己还没见到刘统就被抓回来了。想来想去，她还是决定就从正门想办法溜出去，卧室里伪装成她蒙头大睡的样子。

轻手轻脚地到了外面楼梯口，她发现楼下果然只有一个人，进楼的时候，她发现一楼有通向厨房的通道，那里应该有能出去的后门，再不济也可以从窗户出去。于是，她返回到屋子里，找了一个垫花盆的盘子，从窗户使劲扔了出去。楼下的那个人听到院子里有动静，犹豫了一下，走到院子里去查看，王思荃趁着这工夫赶紧溜进了楼下的厨房里。那个人回到客厅里，重新坐到沙发那里，她就慢慢打开厨房的后门溜了出去。

来到了大街上，王思荃感觉到从未有过的激动。有多久了，她每天看到的都是那些一肚子怨气的狱警，每天遇见的都是形形色色的犯人。看着大街上人来人往，虽然不是很多，她也有一种莫名的兴奋，她甚至想去拥抱每一个平凡的路人。

就在王思荃逃出去以后，对面相似的一处院落里，六木从院子里走了出来，看着王思荃消失在街道的远处，兴奋地点燃了一支烟，大口大口地吸了起来。他身边的人，居然是刚才还伺候王思荃的那个什么郎云飞。郎云飞毕恭毕敬地站在六木的身边，低声地问："要不要派人跟踪她?"

六木摆了摆手："你们中国人不是有句古话，放长线钓大鱼？这个女子，据我们掌握的资料，曾经接受过军统方面的专门训练，如果现在就跟上去，被她发现，我们的大计就要泡汤了。"

"那她，就此跑了怎么办?"

六木冷笑了一下，点了点手里的烟："你见过一个什么都不带就跑的女人吗，她肯定出不了城的，各处我都安排过人了。我们要的，就是她真正感觉到自由了，帮我们在城里唱一出好戏。"

瓷器店的对面一处饭庄，刘统坐在二楼临街的包房里，看着人来人往的街头，一直在默默地等。

直到吴秉安出现在瓷器店门口，刘统才递给伙计一块银元，托他把对面那个人叫进来一起吃。

吴秉安遇到伙计的时候，也是一头雾水，他每次回瓷器店，都是七拐八拐确信甩掉了所有的跟踪者。到底是谁，会在店门口守着他出现呢?

进了门，上了楼，推开了包房的门，吴秉安的手一直都放在里怀，那里有把精致的手枪，还是六木送给他防身的。包房里的人是刘统，吴秉安的手立刻就放了下来。

"怎么，上次你那个手下还没被我打服，这次又来找我谈判?"

刘统苦笑了一下，示意对方坐下，告诉伙计再上一个菜，然后关上了包房门，重新坐好，才对吴秉安说："小磨山上，我们有些话就应该一早说明白，你说不是吗？到后来，闹出这么多误会，闹出这么多条人命来，你心里是不是也很不舒服?"

吴秉安痛苦地点了点头，故意说："你是藤川身边的红人了，我费了这么多周折都没见过他呢，你倒是近水楼台先得月了。这桥上有霜，你是不是也得小心别马失前蹄。”

吴秉安前一句还说得自然，后一句就风马牛不相及了。刘统明白对方的用意，补了一句：“没办法，我也是慎重起见。俗话说，五常有道！”

吴秉安看了看他，似乎有一些犹豫，听了听门外没什么动静，才回了句：“信智礼义仁！”

刘统又说了句：“醉渡官桥瘦马、踏轻霜。”

吴秉安这回笑了，回了句：“定是催归仁字、不须开。”

刘统抱了抱拳：“难得有缘，你居然是仁字号的兄弟。早知道，让你提前给牛站长带个好！”

吴秉安特意起身拉开门看了看外面，确定的确没有人，才关上门坐回来说：“我有过猜测，可是上次你没接暗语，真想不到，你居然是五常？”

“怎么，你觉得五常一定是位老头子吗？”

“不是，我没想到在山上会和五常遇见啊。你说说，我们绕了这么多弯路。上次行动是谁安排的，死了那么多弟兄，我半夜睡醒了都会哭啊，多可惜啊。这些兄弟还不是为了掩护我牺牲的，居然是为了刺杀我。”

“这其中的误会太多了，世事难料，你也不要太难过。牛站长迟迟不与我们联络，才让这些意外发生。”

吴秉安看了刘统半天，觉得对方是十分严肃地在说此事，才解释道：“左部长的嘴真严啊，他没有告诉你，牛站长虽然是军统河南站的站长，但是他早就被我党争取过来了？而我，从一开始就是上海那边组织里的人，或许比你参加革命还早。只不过，你在军统受训的时候，我在你们的牢房里关着呢。这次，牛站长得知我出狱，身份比较合适，才特意找我来参加行动。军统那边，我的身份是他当年的得意门生。”

刘统看了一眼窗外，喝了一口茶，然后才淡淡地说：“你说的，我都知道。”

“都知道，都知道你还……”吴秉安想发火，忽然就想通了，“闹了半天你还在试我，我要是不说这些呢？我是不是也应该试试你？你对军统，应该比我熟吧？”

刘统笑了：“我的身份很好验证，第一，会做菜；第二，懂医术；第三，懂暗语。前两点，你再怎么找也不容易找到符合的人。而且，你在小磨山就知道，怎么不提前联络？”

“因为牛站长告诉我，对方出身军统，但是已经是我党训练有素的秘密特工，他的身份一般人都不知道，并没有说会做菜，懂医术。我在山上看你特殊，已经试探你，可是你否认了。”

“霜桥走马，这个行动实在是太特殊了，我也不敢轻易冒险。我们不说过去，眼前的形势十分危急，我们的人因为你被抓了不少。所以，我必须出面和你谈谈，有什么行动最好能互相知会一声。联系不到我，可以联系潘府的潘二爷，他是目前开封地下党的负责人。”

“我这边也很急，我是打着牛站长要归顺的旗号来谈判的。藤川怎么都不轻易相信我，想打入他的内部还有一些难题。他要队伍，我让六木看到了小磨山的队伍；他要花名册，我找一个高手弄了一份似是而非的花名册，短期内绝对看不出真假。眼看行动时间就要来临，这次藤川又提出来，说是军统河南站最近从重庆得到一批美制武器和爆破器材，如果牛站长真的愿意合作，就让他先给我带回上述两件武器作为信物。拿回武器不是问题，问题是还得不让藤川的人知道我在哪里拿到的。防止其顺藤摸瓜，毁了河南站。”

“军统的人要是配合，这也不是难事吧？”刘统有些不解，军统的行事作风一向很强悍，吴秉安为什么会为这些小事发愁。

“军统的人一向比较复杂，三教九流都有，基本是各怀心腹事。”

“这就难怪了，你的意思是你也是独立行动，没有依仗军统在开封的势力?”

“我们这次的任务表面上是国共合作，但实际上主要就是我和牛站长来操刀。牛站长用我，一个原因是自己人，另一个原因是生面孔，不会引起军统内部的误会。开封城内的联络，主要是我住的这家瓷器店的老板，他是牛站长的岳父，所以完全信得过。现在我要把武器运过来，就得考虑用哪方面的人。”

“你说到运，难道军统河南站没设在开封?”

“当然，这里是日本华北地区的特务机构所在地，能安插一些眼线已经不容易了。”

刘统想了想说：“有个消息可以提供给你，驻地守军的山本大佐，准备搞一个盛大的演出来迎接日本国内的视察团，这也许是个机会。”

“呃？是吗，这的确便于浑水摸鱼。”

刘统思考着该如何安排这件事情，如果让周队长的队伍去接应，一是怕将来会有不必要的麻烦，二是大家都在集中琢磨营救计划呢。正在犯愁，他随意地看向了窗外，发现一个走过的女子，怎么像是王思荃呢?

山本要搞演出，这可难坏了马大少。山本的命令是，把整个中原一带有名的班子争取都集中到开封府去。可是开封是日军占领的城市，哪个戏班子敢去啊，跑还来不及呢。城里原来留下来的戏班子，也因为受不了白色恐怖的日子，偷偷地溜出城了不少。山本下了死命令，马大少就不得不四处去搜刮，遇到戏班子就抓，管好管坏先送到开封城里去再说。

这大好的时光里，马大少自己顾不得看戏，听到下属禀报马家堡外面有个戏班子路过，赶紧带上队伍去抓。可是他没想到，这个戏班子完全不是省油的灯，他撩开马车的门帘子，先要看看当家花旦什么模样，看到的却是黑洞洞的枪口。

马大少立刻尿了，赶紧说英雄有话好说，我们就是想听戏逗逗闷子。

里面的人是个女的，居然懂得反问他："你是想听戏呢，还是想给山本唱一出好戏呢？今天你遇上我们，这出戏你就看定了。"

女子用枪顶着他的头，一步步挪下了车。马大少就在那里想，这两年怎么频频让人用枪顶着头。这给山本打下手的结果，就是自己频频遭遇危险。此时此刻，他真想不干了，自己也算是一方土霸王，早年间自得其乐，四里八乡哪家不听自己的，还没人敢动他一根汗毛。现在倒好，有了山本这棵大树，好乘凉的感觉没有，吓得透心凉倒是没少过。

"姑娘，我那都是被逼的，谁愿意帮日本鬼子啊，我老娘被他们关在城里，我是被他们逼着这么做的，我可没干过什么伤天害理的事情啊！"

"叫你的人把武器都放下！"

马大少一听，赶紧哭兮兮地喊："听见姑奶奶吩咐没啊，赶紧把枪都放下。"

民团的人一听，也没觉得这么个戏班子能有多大作为，顶多是放下枪，他们逃走，放回马大少就完事了。结果，他们刚刚纷纷放下手里的武器，就听到马家堡那边枪声大作。马大少一下子脸色就变了，脱口而出说："姑奶奶，你们不是就这几个人啊？"

"当然不是！"

女子吹了一下口哨，旁边的林子里立刻冲出来一哨人马，为首的壮汉笑呵呵地过来说："叶子啊，你可真厉害，一枪一弹没用，就把马大少的人都给拿下了。"

旁边一个壮如牛的汉子过来说："我也很厉害啊，我刚才演得多像啊，要不马大少能上当吗？"

马大少回头一看，自己的人已经被下了武器，衣服也被扒走，纷纷被绑到了一边。那个连毛胡子的汉子站在一个高处说："我和你们说，今天，就是马大少的末日，他的家产和武器，都已经被我们征收了。你们，都各回各家，老实当个庄稼人或者做点小买卖也行，就是不要再为害乡里了。如果有人继续执迷不悟，我们随时都会出现，那可就不是今天这么简单了。谁欺负乡亲们，我就让谁的脑袋开花！”

马家堡那里已经燃起了熊熊大火，民团的人知道此人所言非虚。只不过，这支队伍是从哪儿冒出来的呢，小磨山的人他们都认识，这些明显不是啊。

马大少在那里看着火情，咬牙跺脚地骂：“你个死高和尚，让你看个家都看不住，要你何用。”

那个喊话的人，跳过来给马大少一巴掌：“你猴急什么，我告诉你，我们无处不在，今天起，你要是再作恶，我们可绝不放过你。”

马大少赶紧说：“谢谢英雄不杀之恩，谢谢英雄不杀之恩。还望英雄告知尊姓大名，日后小的要是听到英雄在，愿效犬马之劳。”

那个被称作叶子的姑娘用枪捅了他一下：“怎么的，还要报复啊？今天就做了你。”

“这个人先别杀了，”旁边那个人拦住了她，然后对马大少说，“大爷行不更名坐不改姓，毕世成就是我。”

“怎么又出来个毕世成？”马大少忍不住嘀咕了一句，看来自己今年是犯这个名字啊，倒了大霉了，遇到两个毕世成来折腾自己。

“哈哈，这就叫神出鬼没，你给我记好了，你再作恶，爷就会随时出现。”

马大少傻傻地站在那里，看着兄弟们被捆绑，自己被孤零零地撇在一边，有一种叫天天不应，叫地地不灵的沧桑感。马家堡里不知道被烧成什么样了，如果高和尚都抵挡不了，那只有一种可能，就是对方人多势众。这么一支队伍，从哪儿钻出来的呢？

毕世成和赵政委他们会合在一起，清点了一下缴获的物资，枪支弹药和衣物、粮食、财物，几乎可以堆成一座小山了。

方小叶和毕世成开玩笑说："你是不是土匪习气改不了，说什么劫富济贫抢这些土财主，这倒没什么，抢这么多衣服干吗，连刚才那一队人马身上的衣服都扒下来。"

毕世成笑而不语，赵政委倒是解释了一下："马上接近日军的腹地了，我们这么多人马，如果总是着军装，很容易引起注意被打埋伏。将来啊，我们就要建自己的小根据地，开展游击战，那可不能让敌人摸清我们在哪。"

"就是老毕说的来无影去无踪？"方小叶十分感兴趣地问，"咱们一个铁牛连，倒是很容易做到，这独立团这么多人，怎么做到？"

老毕站过来说："等和周队长他们的队伍会合，我们就是豫中独立团了，我和老赵正在谋划，是建立个小根据地呢，还是化整为零。"

方小叶又问："刚才那个马大少，为什么不除掉，他知道你长什么样，将来恐怕后患无穷。"

老毕诡异地笑了笑，拍了拍方小叶的肩膀说："小叶同志啊，你还嫩啊。话说当年土匪，那都是杀小不杀大。往小了说，你伤一人，他们得由三个人照顾着吧。往大了说，一个被打残的部队，比一个被消灭的部队，更能消耗鬼子的精力吧！"

方小叶似懂非懂，给了老毕一记粉拳："你别老拿土匪说事好不好，我好不容易和戏班的那些人讲明白民族大义，咱这是革命队伍，干的是保家卫国的大事业。"

王思荃的自由生活，貌似过得很快乐。她去了很多家店铺试衣服，甚至还自己动手改了两件自己喜欢的衣服。然后，她又去了第一楼吃好吃的，去了相国寺看戏，虽然永安、永乐、永民、同乐等几个有名的戏班逃的逃，被山本征召的征召了，还是有些看起来像模像样的戏班子在表演。从相国寺出来，她居然又跑到街市里逛了半天，买了很多当地的小吃，拎着一大堆东西，收获颇丰地回到了住处。

那个郎云飞，居然就在大厅里等候着，看见她回来，一副如释重负的样子。

王思荃做了一个抱歉的表情说：“你也知道，我被关了那么久，最大的幸福就是自己能去逛逛了，自由的感觉真好。”

郎云飞上前接过了她手里的东西，十分粗鲁地检查了一遍，然后推着她上了二楼，把她扔进卧室里说：“对不起，我也是受人之托，不能再让你这么自由了。从现在起，你一步都不能离开这个小楼。”

王思荃迅速察觉出来，对方的态度怎么变化得这么快：“为什么啊，就是我爹也不会这么管我。”

郎云飞不屑地看了她一眼：“你爹现在还管不着你。既然你在我这里，就得听我的。”

王思荃想了想，抱怨说：“我爹在皖南的势力最强大，皖南离这里也不远，要不你们直接送我去皖南好了。”

“抱歉，你爹在皖南的势力也许是很强大，这与我无关。我的任务是，从现在开始，盯紧你，不能让你再逃开。”

王思荃站了起来，冷笑着说：“你不是我爹的人，也不是伪政府的特务。因为我爹那边的人，甚至连军统和中统的人都知道，我爹势力最强的是天津，而我也恰恰是在天津被抓的。你到底是什么人，你到底是什么身份？”

郎云飞居然笑了笑，看了看手上的表：“我是什么身份，这根本不重要，重要的是你的身份。而且从时间上来看，马上就可以验证了。”

王思荃一想，坏了，那个今晚行刑的消息也许有诈。

这个时候，门外一个人拍着手掌走了进来，正是满脸坏笑的六木。六木来到王思荃的身前站定，替她掸了掸身上的灰尘，貌似关心地问：“王小姐，自由的一日游，感觉如何？”

王思荃忍不住破口大骂："你好卑鄙。"

"卑鄙，我不卑鄙，不但不卑鄙，而且是高尚的。我顺应我方的承诺，只要你配合我们的行动，我们就还你自由。"六木十分自信地转了个身，然后看着外面的夜色说，"如果你真的是悔过自新，没有去传什么消息，那我们今晚就都会平安度过，明天你还会继续你的自由之旅。如果不小心，你已经把消息传出去了，那么今晚，你的那些所谓的，应该叫同志还是叫战友？今晚，就是他们的祭日了。那么，王小姐也是对我们日军有着莫大的贡献，我们一样会给令尊的面子，还是还你自由。只不过……"

"你好卑鄙，不得好死！"王思荃开始担心，行刑的时间就快到了，自己还有机会把那个消息是假的传出去吗？

"我说过了，我不卑鄙，这是战争，战争就是这么残酷的。如果，我没有让你把消息传出去，我们要是真的行刑，那岂不是你自己就是卑鄙的人了？作为一个有教养的人，一个训练有素的军人，我不会让王小姐成为卑鄙小人的，是吧？"

王思荃挥起手要扇六木一巴掌，六木一把抓住她的手，使劲把她推倒在床上。

"王小姐，别急着动粗。留些气力吧，晚些时候，我们还会有交锋的。我有几十种办法让你开口，说出这开封城里还有多少你的同党。"

王思荃已经冷静下来了，在床边坐好，很自然地捋了捋头发，抬起头说："我说你卑鄙，是因为你骗我，根本就不是放了我，只是利用我。我不知道你说的消息是什么，我的同党都在天津，大部分都已经被你们杀了，你们还要问什么？"

"王小姐，你有没有听说过，女人的第六感观是很厉害的，但是女人的第一反应也是最真实的。刚才，你的表情已经出卖了你，想要挽回，已经晚了吧？还有，你最好把你买的这些东西都吃了，我的手段，很浪费人的体力。”

六木说完，转身出门，告诉外面的郎云飞他们：“给我盯紧了，屋里派两个人，时刻盯着她，别让她接近窗口。”

刘统没想到，自己在街上会遇到那个医院里的护士，他想打听老谭的消息，就特意说请那个护士吃饭。

护士点了最有名的开封第一楼，两个人在靠里面的一张桌子坐好，护士在那里花心思点菜，刘统不经意间一抬眼，又看见那个十分像王思荃的女子，好像刚刚吃好的样子，走出了第一楼。护士说了句，其实这里的菜我都吃过，你点点你爱吃的吧。然后就看见刘统匆忙向外张望的样子，她忍不住又说：“是不是看上谁了，看上就去追啊？”

刘统心里想，老谭的消息要紧，王思荃肯定是在监狱里，怎么会一个人跑到第一楼来吃饭呢？也许只是长得像吧，或许是他思念心切，老是看错人？

“没有，我只是觉得有个人眼熟，像是牢里的一个人。”

“呵呵，那你一定看错了，这年月，开封监狱里没几个能活着出来的。你们那个吴局长啊，贪着呢，没几个人有财力能满足他的胃口。”

“不说监狱的事情了，倒胃口，怎么样，医院的姐妹们都好吗，我是真想回去看你们啊，可是日本人的医院，我要是不能再救一次藤川的命，估计我也没机会回去。”

“好什么啊，我已经不在那儿干了。”

刘统心里一凉，自己刚才都没有追出去，留下来请她吃饭，就图的是医院里的消息，结果她不干了。顿时，他觉得胃口全无，完全顺着护士的意思简单点了几个菜。

那个护士看他不开心的样子，忍不住说：“是不是藤川那里也不好干啊？我和你说，给日本人干活，外人看着挺光鲜的，其实那活都不是人干的。你走了以后啊，我就又被派去照顾那个活死人，尽是又苦又累的活。”

这么一来，刘统又精神了，这正是他想打探的消息。脸上，他却是不露声色，搭着话说：“是啊，我去了那个什么会馆，里面的厨师一大堆，还不让随便回家，那些厨师又互相欺负，太没意思了。”

“你说得太对了，就是中国人欺负中国人。我这还算是有点背景的，要不在医院里丢了性命都不知道怎么丢的。”

“这个，不至于吧，怎么会丢了性命呢？”

那个护士看了看周围没什么熟人，才低声说：“你还不知道吧，那个活死人啊，不知道怎么就有了体力能下地了。那个汤口少将怎么死的，就是有一天大半夜的，那个活死人突然冲到他的病房里，生生把汤口掐死了。谁都想不到啊，日本人也没想到啊，这个活死人怎么就突然活了，还大半夜冲过去杀人。”

刘统心里一震，难道是老谭体力逐渐恢复，装了一阵子活死人，看到刘统不再出现，自己又无法被营救，所以舍生取义了？

“不会吧，日本人看得多严啊？”

“是啊，偏巧就那晚，守卫睡着了。这个活死人在病房里躺了一年多了，床都没怎么下过，谁知道会诈尸啊。日本人也松懈了呗。这不是重点啊，重点是山本怀疑这是藤川在捣鬼，因为那个什么少将好像最终没支持藤川。山本和藤川一直不和，争抢谁说了算，还抢军衔，结果藤川先成了少将。”

刘统心里想，这个护士知道得还真多，正好小二来上菜，他赶紧做了个噤声的手势。等到小二走了，他才说：“你知道得可真多，别让特务听了去，你小命都保不住。”

那个护士也压低了声音说：“可不是吗，藤川之后就清理所有知道内情的中国人。我这是有熟人在政府里，医院的院长说我当天根本没在，我才保住了小命，不过也不能再去医院上班了。”

刘统心里惦记老谭，虽然明知道凶多吉少，还是问了句：“那个活死人呢？”

“他当时就被击毙了啊，山本的人都疯了，因为他们是有守卫责任的。”

“是吗，真是太乱了，多亏我出院了！”刘统努力装着心不在焉的样子，心里已经是泪流成河。虽然他与老谭相处时间不多，但是最后的那些日子里，陪老谭最多的就是他了。他冒了那么大的危险，让老谭的身体终于有了好转的迹象。结果，还是没能拯救他的生命。

“哎呀，你最幸福了，不是说那个什么少将要杀了你吗？山本为这事还和藤川翻脸呢，不过藤川拿他看护不力当把柄，山本反倒是受制于人，对外都公开说是死于伤口感染。”

“要我说，赶紧离开开封这个破地方，太危险了。”

护士看了看他，低声说：“我家里正托人呢，下个月就准备送我走，你要不要一起啊。你看我懂护理，你懂医术，还懂做菜，咱们一起干点什么，那都比在这里窝着强。”

刘统看得出，对方的眼里都是暧昧，装作腼腆地说：“我这新婚呢，父辈包办的，从小就定了。”

“这都什么年代了，你这还是父辈包办呢，咱们一起去重庆或者上海，谁还在乎你已婚不已婚？”护士说完，用脚从桌子底下踢了他一下。

刘统的心一惊，这女护士倒是胆子够大的，也够开放的。他忽然想起了什么，问对方：“不对啊，你怎么知道我懂医术？”

“呵，你总是偷偷在病房里自己给自己针灸，我都看见好几回。要不是精通中医，你能下得了手？我可没告发你，你怎么感谢我啊？”

刘统想了想，对付这种人就得有对付这种人的办法，他故意深情地看着对方，说了句：“你想我怎么感谢你呢？”

“今天晚上，新生活俱乐部那里有个舞会，都是有身份的人，正好我没有舞伴呢。怎么样，你能去不?”

刘统心里想，自己的假是到明天的，如果能参加这样当地人的上层舞会，结交各方人士，也许对将来的行动有很大的帮助。于是，他就没有推让:“我还得和潘老爷打声招呼。”

“没事，你就说财政局罗局长的干女儿罗绮莉邀你去，他不敢不给面子的!”

不知道为什么，刘统忽然觉得，这个女人有点不一般，在医院说不干就不干了，出来还这么敢说。估计那个罗局长，和她不只是什么干女儿干爹的关系。

刘统回到潘府，已经是下午较晚些时候。为了晚上的舞会，他特意去铺子里借了一套像样的服装。老潘看到他之前，整个人都急得团团转，见到他，立刻把他拉进了书房。临进书房才想起掩饰一句:“这么大个人，还就知道出去疯玩，明天就回会馆了，功课你都做了吗?”

刘统没见过老潘这么有失分寸，关上门急急地问:“出什么事了?”

老潘拿出一件衣服来，是件白色的西装:“下午店里的伙计，说是有位女士试衣服，挑了件男性的服装买下，说是送给你的。还说让伙计拿给你，谢谢你帮过她的忙。”

刘统看了一眼，没多在意地说:“该不会是那个什么罗绮莉吧，她还真来劲了?”

“罗绮莉是谁?”老潘惊讶了一下。

“医院里的一个护士，不知道为什么对我有点意思，还邀我去舞会呢。也许，是怕我没有衣服吧。”

“这事先放下，你恐怕没心情去舞会了。”老潘这次真的是有一些责备的眼神，“我觉得这件衣服应该是王思荃送给你的，因为今天中午刚得到消息，她居然出狱了。换做别人，肯定会直接送上门来，为什么托伙计送，我怀疑这里面有什么情报。”

“她，怎么出狱了？藤川那伙人终于肯放她了？”刘统立刻接过衣服，反复地查找，乍一看也没什么特殊的地方，“没有纸条？”

老潘摇了摇头：“我怎么等你也不回来，派伙计找你也没找到，所以我就提前翻了一遍，没有发现任何纸条。”

刘统想了想：“王思荃是受过密电培训的，如果她真要传递情报一定会十分谨慎。会是什么方式呢？”他重新把衣服仔仔细细地翻了一遍，连领子和袖扣都翻过来查找了一下。

老潘拿过衣服的下摆，指着那里内衬的缝合线说：“这里有些不同，我找了智字号的情报人员过来，他觉得这里可能是被动过手脚。按照针码的不同，可能是有所含义。他已经把针码排列画下来拿回去研究了，需要一段时间破译。”

刘统细看，果然是这样，他用手摸着针码，琢磨了一会儿说：“不用破译了，这个我懂，思荃的编码方式与正常的有些变化，基本上是逢二加一，这个我懂。”

他用手摸着那些针脚，脑海里慢慢演化成对应的编码，再去折合成相应的汉字，一个字一个字地说着：“今晚，子夜，行刑，周队长，余家山！”

老潘想了想：“是余家岭吧，开封城附近没有余家山。”

这个时候，两人听到外面的脚步声，连忙收声。居然是吴妈，她说：“老爷，铺子那边送账本过来了。”

老潘连忙出去接了，又迅速地回来和刘统说：“还是你快，智字号那边也觉得是藤川他们要把屠杀行动提前。监狱那边一直有消息，说是为免夜长梦多，可能不会等到明天再公开行刑。”

“这该如何是好，黑子他们准备好了吗？”

“没有时间了，在城外执行对我们来说是有利的，黑子他们可以在路上埋伏好。我已经让来送消息的人通知城外的人了。”

刘统还在那里想，怎么觉得哪里不对呢。他又把那套衣服拿出来摸了半天，然后问了句：“那个送衣服来的铺子在哪条街？”

老潘答了句：“城北大街，问这个干什么？”

刘统默默地念叨着：“城北大街，瓷器店，第一楼……”

老潘问：“你在算什么？”

刘统抬起头说：“我在算，王思荃出狱了，会住在哪里。按理说，她父亲要是来接她了，应该是住在开封最好的宾馆黄河旅社，那里离伪政府也近。而我今天也恰巧在两个地方，看见一个人特别像王思荃，再加上服装铺子的地点，联系起来都离黄河旅社很远。她不至于舍近求远吧？”

“这个能说得清吗，也许她父亲有朋友，朋友接去住家里了。”

“所以我在算，王思荃大概会住哪里，这三个地点画出一个区域，附近稍微大点的宅子，有些档次的宾馆，应该也不多。咱们最好赶紧派人查一下，争取见到王思荃本人。”

“这不是大海捞针吗？”

“老潘，周队长的队伍，经过这两次行动已经损失大半，我们还有机会再错吗？王思荃为什么突然出狱，这不是很奇怪吗？”

老潘想了想，点了点头又摇了摇头：“你多虑了吧，王思荃是成功举报林清以后，才得到特赦的。再说，我们也没时间拖延了，劫开封监狱，我们肯定没有这个实力。要营救周队长，就只有看今晚了，大不了让黑子他们认清了人再动手。”

“要不这样，你们先准备着，我冒险回去看一眼。监狱总不会让死刑犯当饿死鬼吧，如果今晚行刑，后厨肯定在忙。”

王思荃像是困在陋室里的野兽，虽然屋子不简陋，她也没那么野，但是随着天一点点黑下来，她整个人都坐不住了。只是，作为一个受过训练的人，她知道此刻自己需要保持冷静。她越是反应特别大，越是会引起敌人的兴趣，敌人越会认为他们的判断是正确的。

所以，王思荃努力平复内心的怒火和焦急，故意做出饶有兴致地唠家常的样子："两位兄弟，你们别这么紧张啊，今晚一过，六木少佐就知道我不是什么通风报信的，我就自由了。你看看，坐就坐会儿呗，难道我还能飞出去？"

在屋子里看着他的两人一动不动，他们不敢坐，坐下再起身就多了一个动作，万一慢一步出了什么差错，两个人谁都担待不起。

王思荃就继续在那里自言自语："你们是六木的人吧，也许不知道我父亲是做什么的吧。他呢，就是管你们这些人的，说好听了，那就是特工，别人不懂就管他们叫特务。不过我父亲手下的那些人，主要都是杀手，很有名的！你们……你们如果不好好待我，过了今晚我没事了，你们以后可就没好果子吃了。"

两个人中的一个人，把手里拿着的枪交换到了另一只手里；另一个人，则是很不自然地擦了擦头上的汗。

王思荃又说："开封是不是有很多好吃的啊，我白天吃了不少，这到了晚上就不管饭了吗？我还听说啊，附近有个十分热闹的新生活俱乐部，是个歌舞升平的好地方，真想去见识见识啊！两位，那么紧张干什么啊，你们会不会跳舞？要不要，我们在屋里跳一曲？"

王思荃站起来往前走了一步，那里的一个人立刻也往前站了一步说："大小姐，别逼我们把你捆起来，你最好退回去。"

王思荃装作气愤的样子说："怎么着，还真的以为我爹是浪得虚名啊，你们也就是六木的小喽啰，到时候他道了歉了事，牺牲的还不是你们这些小人物？对你家小姐我好一点，也许我会替你们说两句好话。"

"请你坐回去，要不然我们就上绳子了。"那个人无情地说着。

王思荃只好又坐回到了床上，抓着枕头一顿乱扔，嘴里嚷嚷着："就是坐牢，也有晚饭吃啊，这儿怎么晚饭都不给吃啊！"

对方不说话了，就那么冷冷地看着她。王思荃气得胸脯一起一伏的，脑子里乱成一锅粥，不知道该怎么应对当前的局面。忽然间，她听到街上远处传来了熟悉的口琴声。

刘统还是盛装出席了舞会，之前也是盛装去了监狱的后厨，说是找顾师傅借个口琴，他记得顾师傅好像有这么一个口琴。当然，这只是借口，他的目的是找小石头问问情况。不过，实际上也不用问了，因为他路过后厨的时候，看见师傅们在做烧鸡。在监狱里，这基本上是只做给行刑前的死刑犯。

来到新生活俱乐部，刘统忽然感觉自己离这种灯红酒绿的生活已经很遥远了。当初在上海，在日本，他陪着王思荃去过几次，可是每次他都只是远远地看着。一个是他身份不够，另一个就是王思荃一直笑话他的，挺大个人，什么都会就是学不会跳舞。

其实，不是他学不会，而是王思荃跳得太好了。作为名门闺秀，王思荃当然是琴棋书画无所不能，从小就受过良好的教育。

老潘说，开封城里的达官贵人，每个人都有一群干女儿，实际上就是相好的。开封沦陷的时候，罗绮莉怕有生命危险，才托罗局长把她送进医院里谋职。罗绮莉最初的确是当护士出身，后来被一个旅长看上，就做了他的干女儿。后来旅长阵亡，她又成了罗局长的干女儿。对于这个奇女子，老潘只是说了一点，你想借她接触上层社会，她却是想借助你离开开封，去过普通人的平凡日子。

刘统觉得，从这个人的履历和作风来看，怎么都有点风马牛不相及。唯一能解释得通的，就是她可能是同道中人。那就是，也是哪里的间谍。只有这种身份才可以解释，一个女子又是交际花，又甘于去当护士。无论对方是何种身份，刘统都觉得可以利用，把自己掩饰成一个浪荡公子哥的形象，就是最安全的自我保护了。

罗绮莉一早就在俱乐部门口等他，进了俱乐部，还给他介绍了很多有头有脸的人物。今晚舞会的主题是刚刚兴起的假面舞会，大家都是来玩的，也没在意罗绮莉怎么拉来了一个小白脸。刘统勉为其难地陪对方跳了两支舞，然后就说：这里太闷了，我们去附近走走怎么样？

于是，两个人就出了俱乐部，随便在附近闲逛。罗绮莉眼里，有一种幸福的期待，还有种勾人魂魄的东西。刘统自然是绝缘体，不过他做出一副深陷其中无法自拔的犹豫状。最关键的是，刘统不是闲逛，他是想借机去找王思荃住的地方。

他拿出那个口琴说："你舞跳得那么好，会不会这个？"

罗绮莉一看，立刻抢过来说："你怎么有这个，我当然会了，你想听什么？"

刘统挠了挠头："我也不懂，我就知道夜上海一首曲子，你会吹什么，就吹个听听。"

罗绮莉就随便吹了一个，果然是精于此道，因为她吹的是日本地方民谣。刘统虽然说不出名字，但是知道那是日本民谣。口琴是从欧美传到亚洲的，最早就是在日本被广为接受，国内很晚才有人懂这个。所以，一般来说，学的曲子都以日本民谣居多，也大多靠这些简单的曲子开始起步学习。

吹完了这首简单的，罗绮莉看了刘统一眼，果真就吹了一首《夜上海》，由于没人设计过编曲，所以只是吹的简单音阶。刘统听了，兴奋地轻轻鼓掌，说："想不到你舞跳得好，口琴还吹得好。我，本来还想给你个惊喜，露一手呢。"

罗绮莉一听，把口琴还给了他："是啊，你吹一首，还没有男人给我吹口琴呢。你难道除了菜做得好，琴吹得也好？"

刘统红着脸说："我就会几个音符，吹得可难听了，我以为你没接触过这个呢，没想到遇到一位专业的。"

"没事，只要你吹，吹什么都是好听的。"罗绮莉抓住刘统的胳膊，使劲地摇了摇。

刘统就开始吹了，吹的是一首王思荃自己编的小曲。口琴是王思荃教他的。王思荃说他的音乐细胞和舞蹈细胞都太差了，编这个简单的曲子，就几个音来回吹，肯定能学会。刘统想的是，自己一路走，一路轻轻地吹这首曲子，王思荃听到，如果真是自由了，她一定会想办法出来相认。

走过了两条街，刘统只吹了一个曲子，罗绮莉就说："说实话，你吹得……还行吧，真的只能说，你还算是会，哈哈，你这样就出来泡妞啊?"

"我再试试，好久不吹了，肯定能吹得很好!"

王思荃听到了口琴声，就知道是刘统找过来了。这个刘统，口琴还是吹得那么烂，但是办事的头脑的确是够用。

她看了看屋里的两个人，还是在那一动不动，就故意大声撒娇说："好吧，没有晚饭，我买的那些小吃帮我拿进来好不好？六木少佐可是说了，让我尽量吃饱啊!"她越说声音越大，为的是掩盖住口琴的声音，以免引起对方的注意。

那两个人还是没动，王思荃就急了，开始破口大骂，什么难听的都骂。骂得那两个人实在是忍不住了，一个人示意另一个人："去把吃的拿进来吧，她还能飞了不成。"

那个人转身出去了，刚到外面二楼小厅的桌子那里，王思荃就在屋里喊："六木少佐，你怎么这么快就回来了啊!"

屋子里的那个人，本能地就扭头向外面看了一眼。王思荃利用这个工夫，一下跳到了窗口，推开窗子，把外面窗台上的一个花盆往楼下扔。同时又搬起其他花盆，砸向屋子里的看守。看守她的两个人发现中计了，也没太在意，毕竟楼下院子里也是自己人，碎几个花盆也无所谓。直到王思荃爬上了窗台，他们才发现低估了这个女人。

王思荃一边说："别过来，你们过来我就跳下去。"一边，她又冲着窗外喊："有骗子，有骗子杀人了，救命啊！"

两个看守她的人，一看她向外呼喊，立刻从两边就冲了上来，想要把王思荃拉回来。两个人根本没有想到王思荃真的会跳下去，她跳下去有什么意义呢，跳下去又能改变什么呢？

结果，王思荃最后对外面喊了一次："有骗子，大骗子！"

然后，她就真的纵身跳了下去。

刘统和罗绮莉嬉皮笑脸地说着什么，就看见不远处的一座二层小楼的窗子忽然被推开，紧接着就有花盆被摔下来。再之后，他就看见了一个熟悉的身影，从窗子里挤了出来，然后高喊着："有骗子。"刘统一下子就全明白了，还没等他有什么决定，就看见那个熟悉的身影已经从二楼纵身跃下。紧跟着，两个打手模样的人从窗子里伸出脑袋，惊恐地东张西望，然后匆匆跑下楼去。

刘统强忍着才没让泪水涌出来，王思荃的用意很简单，她一定是听到了口琴声，在没有任何其他办法的情况下，只好以生命的代价来告诉他：下午传递的那个消息有重大错误。这就意味着，今晚的余家岭行刑一事，很可能是敌人预先设计好的大骗局。

他头脑里飞快地转着，完全没有意识到罗绮莉已经把他的胳膊抓得很紧，在一旁一个劲地拉他："咱们走吧，现在的开封太乱了，别往前了，有机会真的赶紧离开这鬼地方。"

罗绮莉拉了他好几次，刘统才终于清醒过来，嘴里叨咕着："走吧，咱们回舞会去，那里有头有脸的人多，应该最安全。"

新生活俱乐部里，灯光昏暗，歌声妩媚，完全是一派声色犬马的景象。刘统一边应付着罗绮莉，一边真想开上一枪，告诉这里的所有人，国家都沦陷了，你们还有心情这么开怀畅饮，这么沉醉于舞池。

中间，他出去抽了一根烟，告诉外面的守在那里扮作车夫的自己人，赶紧告诉老潘他们，余家岭是个骗局。他不知道，这个时候传递消息过去，是否还来得及挽救。

第十二章　伏击

黑子是第一次全盘指挥这么大规模的行动，他接受了方如的建议，把伏击点设在了余家岭。越是靠近正规的行刑地点，敌人也许会越松懈。而且这里背靠山林，容易撤退，便于打伏击，便于速战速决。

大家商量一番过后，分成了几路人马。方如带几个人，负责混进城里，配合老潘的人盯着开封监狱那里，是不是真的有周队长他们被押解出来。第二路人马，负责在半路埋伏，既可以二次确认，又可以在敌人提前动作或者后撤时打他们个措手不及。第三路人马，是人数最多的，几乎是倾巢而出，埋伏在余家岭的各个地点，相互接应，确保营救行动万无一失。

一切都安排妥当，一切也都如大家所愿。周队长等一行人在打过二更之后被押出了开封监狱，统一被推上了一辆卡车。方如等人认出有腿伤的那个人，正是大家熟悉的周队长。只是周队长似乎不能说话，嘴巴被布条勒着，他上车前努力挣扎了几下，发出轻微的咿咿呀呀的声音。一辆囚车，又跟了一车的兵，还有一辆小车、几辆摩托车。方如只是觉得六木没有一同前往，略微有些遗憾。

车子一路过了第二路人马埋伏的地点，也是正常，到了余家岭，也如愿地进入了黑子他们的包围圈。黑子和几个身手较好的，凑到了最前面。看清周队长一行十五个人从车子上被推下来，算准对方不能立刻抬枪射杀周队长，他大手一挥，几名狙击手的枪同时响起，囚车周围的宪兵立刻应声倒地。远处的队伍立刻对后面宪兵乘坐的车辆进行火力封锁，走在外面的宪兵立刻被放倒好几个。敌人似乎不想恋战，小车和摩托车一听这雨点一般的枪声，掉头就往城里跑。这边也没有去追，算好了会有第二路人马来解决。

黑子他们赶紧跃了出去，挨个儿替那十五个人松绑。黑子更是泪花涟涟地抱住周队长，嘴里嚷着："队长，让你受了这么大的苦。"

周队长使劲扭动着身子，黑子这才发现周队长的嘴被布条勒得紧紧的，他正要去解开。远处忽然一阵马蹄声大作，还好，赶来的居然是方如他们。方如在远处就喊："黑子，小心他们有诈，赶紧撤！"

黑子一听乐了："你们回来得好快啊，周队长在这里呢，我们这就一起撤。兄弟们，赶紧打扫战场！"

黑子终于解开了周队长嘴里的布条，周队长长深呼了一口气，然后就大声喊着："那十四个人，都是日本特务，你们小心！"

黑子赶紧回头去看，可是已经晚了，以为解救了同志的战友们完全没有防备，纷纷被自己刚刚解开绳索的"战友"用暗藏的匕首捅倒在地。黑子眼中冒火，目赤如炬，大喊着就冲那些人杀了过去。他手里没有武器，虽然迅速掀翻了两个人，但是大多数队友已经是毫无准备就被刺中。黑子也立刻陷入了十几个人的包围之中，远处的队伍不知道发生了什么变化，还往这里聚集。方如他们几个已经拿出了枪，冲着那十几个黑衣人开始射击。

那十几个人显然训练有素，纷纷提起毙命的游击队员做护身，然后往另一面的树林撤离。夜色深沉，月隐星稀，方如也不敢多开枪，怕伤到了黑子。黑子以一当十，根本无法占到便宜，身上顷刻间中了数刀，只好大吼了一声："撤，带上周队长撤！"

此刻，几盏大灯忽然点起，黑子他们一行人被照得通亮。几个人想跑，脚下就被子弹射得石子乱飞，黑子、周队长、方如他们，只好站在原地不动。树林里一阵乱枪响起，想必是那里的人员受到了伏击。没有多久，枪声静了下来。

灯光背后，一个人拿着喇叭在黑暗中喊起话来："周队长，还有你身边的几个人，我要荣幸地告诉你们，你们的队伍，大概就剩下这几个人了。你们的一举一动，都在我们的掌握中，只要你们肯放下武器，说出城里接应的人员都是谁，我可以饶你们不死。"

黑子听得出来，那是六木的声音，他的中文再流利，也透着那种骄傲的日本腔调。

"呸，"黑子抬手就要射向那几盏探照灯，手还没完全抬起来，胳膊就中了一枪，手里的枪实在是拿不住，掉到了地上。

"你看，你们可以自己放下枪，这又是何苦呢？我们的枪法，不是每次都这么准的。谁再动，我就先杀了你们的周队长。现在，我数一二三，你们放下枪，否则，你们都会成为靶子。"

黑子他们一动没动，周队长倒是很沉着地大声喊："不用数了，你带我走，放了他们，我告诉你，城里的人都是谁。"

"一。"

"我说了，我一人做事一人当。"周队长几乎是用尽了全身的力气。

"二。"

"小日本，你们休想知道任何情报！"黑子在旁边喊了起来。

"三！"

"我和你们拼了……"黑子再一次准备冲出去。

这个时候，枪响了，黑子愣了一下，自己没中枪，对方的那几盏灯却齐刷刷地灭了。

几个人顺势立刻散开，黑子拉着方如立刻卧倒，然后连滚带爬地往洼地那边撤。这个时候，猛烈的枪声，像山洪暴发一样在夜色里炸开。黑子惊讶地发现，居然有几发炮弹落在了刚才喊话的那里，立刻是火光冲天、飞沙走石，夹杂着日本鬼子的号叫声。

老天有眼，这是谁在给日本鬼子打炮？

黑子还没来得及多想，一只强有力的臂膀已经拉起他来，一个熟悉的声音在他耳边说：“你个笨蛋，尽给我老毕丢脸！”

黑子笑了，他首先喊着：“方如，方如，我们有救了！”

没有人回答他，黑子心里一冷。

刘统回到了潘府，老潘一脸的忧郁。

“怎么样，黑子他们及时撤了没有？”

老潘摇了摇头：“方如他们赶回去，估计已经来不及了。”

“那就眼看着他们进入陷阱？”

老潘抬头看了看夜色，苍白地说：“我们的情报工作出现重大失误，城外的队伍就要听天由命了。”

“就没有什么补救方式吗？”

老潘看了看刘统，低声说：“智字号的已经启动了明码电报求救，希望有能收到信息的队伍施以援手。”

“这城外，除了黑子他们还有谁的队伍啊？”

老潘无奈地说：“队伍倒是不少，土匪的，国军的，但是能及时赶到的不知道有谁。”

两个人不再说话了，第一次没有进入书房密谈，而是坐在花园里，冷冷地看着夜空。听着城外微微传来的枪声，一直到炮声响起。

第二天一早，刘统就不得不赶回藤川的会馆。进了门，他就看到日军进进出出甚是忙乱。回到自己的小屋里，看到山里红已经按捺不住地扑了过来。刘统无力地推开山里红说：“听到昨夜的枪声和炮声了吗？”

山里红不知内情，还兴奋地说："是咱们的队伍打过来了吗？我听到炮声，好兴奋啊，好久没听到炮声了。这会馆里，昨天一夜没消停，据说是那个什么六木受了重伤，藤川他们很多人一早就去了医院，早饭都没吃。"

刘统眼里一亮："你确定是六木受了重伤？"

山里红眨了眨眼说："是啊，不就是那个中文说得特别好的那个吗，昨天我听到好多人在议论。大半夜的，我们都被从被窝里喊起来的，管事要求所有下人都候着，随时准备忙。结果，那个什么六木被直接送去医院了，藤川也走了，这里反倒是清静了。其他人，都去开什么会了，据说是他们情报失误，有大部队过来都没察觉。"

刘统这下心里终于豁然开朗，如果是这样的结局，也许黑子他们有救了。刘统看了看山里红，有些不好意思地说："让你受苦了，为了我，你被押在这里做人质。"

山里红不以为然地说："怕什么，这里人我两天就混熟了。那个管事爱偷着喝酒，我就陪他喝，连着两天都被我灌醉了。昨晚，这不是出事了，才说什么也不和我喝了。我混得熟着呢，你就放心吧。有谁搞不定，你告诉我！"

就在这时，门口就有人咳嗽了一声，刘统回身一看，居然是上官师傅。

上官师傅倚在那里说："藤川先生留话了，让你去医院，说是你熟悉那里的环境。"

山里红抢先几步过去说："你是不是又把我老公出卖了？我告诉你，你儿子，你老婆，我都打听好了，在什么地方我都知道，你想他们好好活着，就别乱编瞎话糊弄人。"

上官居然对山里红特别惧怕，连连摆手说："没有，没有，是真的，文统兄不是原来就在医院做过日本菜吗，所以藤川才特意调他过去，说是做什么营养师。"

“你居然叫藤川，没说先生，你不想活了是吧。”山里红不依不饶地，又接着逼过去一步，“我告诉你，我没过门之前，就是个江湖卖艺的，我可什么事情都做得出来。你要是不老实，我就让我师兄师弟拿你儿子练胸口碎大石。”

“这是真的，你赶紧让你家那口子去管事那里报到吧。”说完，上官师傅居然急匆匆逃也似的跑开了。

刘统有些好笑，还真是一物降一物。他忍不住对山里红说：“真有你的，不到三天，你成了这里的老大了。”

山里红看着他，不好意思地说：“对付你这样的吧，我还真没办法。但是对付这些欺软怕硬的，我们土匪有的是绝招。”

刘统拱手谢了谢，故意拿出江湖做派的样子，然后才说：“我去找管事报到了，按藤川先生一开始说的，你可以申请回家，记着听潘先生的。”

刘统匆匆地走了，山里红有些失望，一个人坐在小屋子里，有点怅然若失。等了两天，和刘统只见上了一面，又是匆匆分别，这日子是她期待的吗？

呆坐了半天，山里红也没有去找管事的请假回家，管事却主动来找她了。

“是我可以回家了吗？”山里红看了管事一眼，努力挤出一丝笑容说，“我坐会儿，收拾东西再走。”

管事的居然摇了摇头：“山本派人来了，说是要你去参加迎接视察团演出的练习。他和藤川先生打过招呼了，先生没工夫理这些小事，一早就同意了。”

医院那栋灰色的三层大楼，爬满了常青藤，似乎还是一副老气沉沉的样子，一点都没有变。它静静地看着人们出出进进，生生死死。但是对于刘统来说，时隔一日犹如三秋。

六木的病房在三楼，路过当初老谭那间病房的时候，刘统还特意向里面望了一眼。那里已经被改成仓库，大概是顾忌曾经关押过活死人，没有拿出来再做病房。物是人非，刘统忍不住在心里连连感怀。五常行动，原本就是要营救老谭的，但是大家还没有想出办法来，老谭已经舍生取义，牺牲了……

藤川焦急地守在病房里，看见刘统来了才说："六木的伤不重，但是醒来以后发生了语言障碍。医生说西医治疗对此没有办法，中医也许可以，你不是懂点中医，有什么建议？"

刘统观察了六木半天，见对方望着自己，眼神中有些慌乱，也有些祈求。这个陷自己战友于生死困境，昨晚刚刚屠杀了不知道多少黑子他们的队员的人，到底要不要救呢？他做出观察的模样，实际上内心却是一场矛盾纠结。

"也许，需要中医的针刺疗法，或许能有奇效。"刘统最后还是决定实话实说，相比之下，既然已失一城不能再失一策，眼前显然是进一步取得藤川的信任更重要。"六木君应该是情绪紧张导致一时血脉不畅，语言中枢缺血性改变引起失语，并没有器质性的改变。"

翻译是日本人，听了半天，不知道该怎么翻译，刘统只好又通俗地说："就是某处关键的血管流通有问题，从外表看器官并没受到伤害，中医的针刺应该有疗效。"

翻译翻给藤川听，藤川当然也不懂什么是针刺，就问了句是不是类似于针灸。刘统点了点头，藤川就吩咐手下的人去找个会针灸的大夫回来，记得不要惊动太多的人，也不要让他们知道来做什么。

请来了几位开封有名的中医，各种方法各种针、各种折腾，六木的失语问题还是没有得到缓解。藤川皱着眉头看向刘统，眼神里充满了失望。刘统其实也观察了那些大夫是如何用针，也看出来了问题出在哪里。于是，他要求翻译让藤川听他的解释。

“人的嘴里有个穴位叫语门穴，语门穴位于舌体腹侧……”刘统看到翻译又皱眉头，连忙改口说，“就是舌头下面有个穴位，是中医治疗失语症关键的位置。这些大夫有的从其他穴位入手，有的也试着从这个穴位入手了，他们之所以治不好，是因为他们未必敢全力下针。”

翻译如实地翻译给藤川，藤川表现出了不解，不用说也知道他是想知道为什么。

“很显然，失语的人可能养一养，随着身体的康复，语言功能就恢复。”刘统只好接着解释，“但是如果用针用得不好的，有一定的概率会造成伤害。对于大夫来说，如果是普通百姓，他们可以放手一试。对于六木少佐，他们肯定不敢轻举妄动，以至于无法手到病除。”

翻译用日语说完，藤川干脆直接用蹩脚的中文直接问刘统：“那该怎么办?”

刘统说：“最简单的办法，就是等，等到六木君身体康复了，也许就好了。”

藤川这次听明白以后，立刻摇了摇头：“我们等不了了，国内的视察团马上就到，作为我们这边的主力，如果六木君伤病缺席，这是很丢脸的事情。”

刘统听得懂，但是他故意等到翻译说完，才慢慢地说：“如果要快速治疗，那需要在语门穴也就是舌头下面入针将近两寸，这个找哪个大夫来，估计也不敢下手。”

刘统明白，那些大夫谁也不傻，失语总比出事故强，人家好好在那里躺着只是不能说话，要真是如此用针，那万一手一抖，病人受伤是小事，那大夫的脑袋就得搬家了。

藤川听完，想了半天，忽然抬起头看着刘统说：“你，你来试试。”

刘统听完，立刻故作慌乱地摆手。藤川已经管不了那么多了，接着跟翻译说：“你告诉他，就让他放手一试，找几个中国人让他先练练。”

刘统本来在想，干脆就拖延着让六木从此变成哑巴，或者是直接用针的时候留一手，让六木变成结巴或终身语言障碍。但是翻译说了句话，让他彻底改变了主意。

翻译说："要不要拿那个南京方面大特务的女儿练练，这女子坠楼之后也一直不说话。"

天亮的时候，黑子他们才辗转回到营地。清点人数时，老毕发现，黑子他们队伍剩下的人，连一个排都组不上。关键的问题是，黑子一路背回来的方如已经一句话都说不出来。方如的背部有个伤口，血一直在流，堵也堵不住。队里有个大夫，过来看了看，直接摇了摇头，说是恐怕不行了。

老毕告诉黑子，他看见这个女子是扑在了黑子的身上，那一枪本来是射向黑子的。黑子抓住大夫不让他走，说什么也要把方如的命救回来。大夫简单处理了一下，上了药做了包扎，之后说："除非能到城里找西医做手术，否则肯定是救不回来了。况且，就算是做手术，希望也很渺茫。"

黑子发疯了一样，哭喊着找马，要去城里给方如做手术。老毕硬生生地拉住他："黑子，别傻了，你进城也没人敢给她做手术的。这是枪伤，哪个医生见了都会告发你的。"

黑子不信："老子拿枪逼着他，他敢去告发，我就崩了丫的。"

老毕摇了摇头："这姑娘是好人，昨晚是她碰见了我们队伍，及时告诉我们你们遇到了危险。而且她很勇敢，单枪匹马地就抢着先赶去了，关键时候还舍身救你。但是你看她的脸色，估计都挺不到城里了。珍惜这段时间，陪陪她吧。"

老毕也是眼睛猩红地走了出去，告诉两个战士，看住黑子，千万别让他干傻事。

方小叶没去昨天的战斗现场，但是看到这一幕还是伤感到落泪，拉住老毕说："为什么不让黑子去试试，也许有好医生不会告发的。"

老毕看了方小叶一眼，哽咽地说："这些年，我送走的战友也不少，看那姑娘的眼睛，就知道她挺不了多久。况且，根据昨晚的情况来看，这里也未必安全，必须抓紧转移。"

屋里，黑子抱着方如，一遍遍地哭喊着："你醒醒啊，你答应教我开锁，你还没教呢，你怎么能骗人啊，你倒是醒醒啊……"

黑子哭了很久，哭得旁边守着的两个战士都为之动容。在他怀里的方如忽然身子动了一下，然后眼睛张开了一条缝，她依稀认出了黑子，努力伸手去摸他的脸，但是伸到一半就再也没有力气向前。黑子赶紧把脸凑了过去，方如的手掌完全是凉的，一点温度都没有。方如气若游丝，使劲说："别哭，我有秘籍的，在我的箱子里，留给你。"

黑子轻声地回："我不要秘籍，我要你好起来，手把手地教我。"

方如摇了摇头，咳了一下，嘴角就溢出血来："我，还是去晚了，那匹马，太慢！"

黑子说："不，你很快，你比老毕他们整个队伍都快。"

方如又摇头："我是不是很失败？"

黑子说："不，你很成功，你是英雄，你找来了老毕他们的队伍。"

方如没有再说话，只是盯着黑子在看，半天才挤一句话："你当初说过要我，是不是一直喜欢我？"

黑子立刻点了点头："我喜欢你，我愿意娶你，现在就娶你！"

方如没有说话，还是盯着黑子在看。黑子就抱着她，轻轻地转了个身子，微微做了个动作，凌乱地说着："我们这就一拜天地，三生石上有姻缘；二拜高……三拜厚土，风调雨顺五谷丰！……"

方如无力地随着他的动作摆动，几乎没有什么反应，只是努力说了一句："其实，你也挺可爱的。"

“好，好，可爱……”黑子怕摇来摇去地方如难受，把她放在床上，然后自己跪在床前说，“现在夫妻对拜，佳偶天成永恩爱……”

方如的脸上微微露出笑容，苍白的脸色被映衬得如霜雪飞花，她努力地拉着黑子，在他耳边说：“来世，我还叫方如，你还叫黑子，我来教你开锁……”话没有说完，方如的声音已经是越来越低，直到静默。

黑子抬起头，再看方如，她的头歪向了一边，嘴角一抹血迹还没干，没了丝毫的气息。黑子的泪水立刻就涌了出来，语无伦次地说着：“还要三鞠躬，一鞠躬，男女什么什么，相敬如宾；二鞠躬，永什么爱河，永结同心……三鞠躬，红花什么什么，并蒂，心心相印……”

这些都是黑子从婚礼上看来的，其实他也一直没去认真记过，只是随口乱说着，发疯了一样向四处拜着。

“并蒂，心心相印……并蒂，心心相印……并蒂，心心相印……”

老毕听到动静不对，冲进来看到已经完全凌乱到无法自持的黑子，忍不住过去扶住他说：“好了，好了，人已经走了……”

黑子嘴里还在胡乱说着：“没有，没有，她没有走，我要给你们喜糖，喜糖……”

这时，赵政委急匆匆从外面进来，看到此情此景也不禁泪湿青衫。不过，他还是在毕世成耳边轻声说：“老毕，你去看看周队长吧，他不同意和我们转移。”

山里红不知道山本大佐为什么盯着自己不放，他很认真地坐在一张太师椅上，欣赏着为了迎接视察团而搭起来的舞台上，一个个剧种走马灯似的表演。副官过去告诉他，山里红已经回来了。山本只是点了点头，也没多说话，看了山里红一眼，示意她坐在身边。

等到所有剧目都表演完毕，舞台已经空了，山本还在那里坐着，用手托着下巴，似乎已经看得入神了。

良久，他突然说了一句话，山里红皱着眉头听着他叽里呱啦地说着，自己完全听不懂。翻译凑到山里红的耳边说："长官说，有什么是能够不需要语言就能够互通的呢？京剧的武戏，梆子戏的跟斗，还是木偶戏的小打小闹？显然都不是，只有杂技才是不需要语言的，只有杂技才是跨越国际的艺术。"

山里红心想，杂技个大头鬼，自己顶多就会那点三脚猫的功夫，就算加上刘大裤腿子也凑不出一个折子戏的分量来。

山本又是叽里呱啦了一番，翻译连连点头，然后才说给山里红听："这开封城里，耍杂技的艺人很难找，方小姐的桌子叠桌子，山本大佐已经欣赏过，可是要突出迎接客人的热闹场面，还是太单薄了。不知道方小姐，能不能联络一下以前的旧班友，为皇军迎接视察团的精彩演出，增添浓墨重彩的一笔。"

山里红歪了一下鼻子："日本人还懂什么浓墨重彩啊？"

翻译正为自己正确而精彩的表述扬扬自得，没想到她突然这么说了一句，一时语塞，被噎得够呛，却不知道该怎么翻译。山本听到山里红说话了，就问翻译方小姐说了什么，翻译想了半天，为难地看着山里红。

山里红也不想让自己下不来台，毕竟眼前这个是日本鬼子，由不得她任性到底。于是她告诉翻译："你就说，需要钱，时间，还有我得能出城进城啊。我带一帮人，刀枪剑戟的，还不半路就被人当乱党抓走了啊？"

翻译说完，山本看了山里红一眼，居然笑了，突然起身，示意山里红跟着自己走。

山本把山里红带到了自己的书房里，当即在那里拿起笔写了一道手谕，盖上了自己的大印，同时又拿出了一张通行证交给了山里红。在交的时候，他居然故意握着山里红的手不放，嘴里又是叽里呱啦地说着。翻译赶紧翻译："长官说了，他相信方小姐一定能带回一场精彩的演出，钱完全不是问题。”

之后，他告诉手下去取什么东西，手却还是拉着山里红说什么也不放。山里红在土匪窝子里长大的，遇到揩油的男人太多了，她知道怎么应付。非但没有挣扎，她反而把肩膀靠了过去，挤了挤山本大佐的肩膀说：“你把人家手都握疼了，也不给人家找个座歇会儿。”

翻译都被肉麻得一哆嗦，大概意思也翻译得零零落落，不过山本还是会意了，果然松开了手，在旁边扯过一把椅子来。山里红假装环顾四周的样子，看到书桌上似乎还有一张和上次差不多的文件，还有着很多红圈什么的。她想，这个一定是刘统最想要的，如果自己再一次把这个记住，那刘统就会彻底喜欢上她了吧。

于是，她故意说：“长官等着也是等着，要不要我给长官单独表演一个。”

山本听罢，立刻表示很好。山里红就起身，把桌子上的笔收集在了一起，然后说借长官的外衣一用。山本倒是没生气，居然真的脱下外衣递给她。副官觉得不妥，想要上前阻止，要把自己外衣脱给山里红，山本摆了摆手，示意无妨。

山里红笑着，抓住衣领抖了抖，然后就盖在了桌子上。山本犹豫了一下，想必是想收回来。不过山里红的动作太快，他想掩饰也来不及。山里红在桌子上晃了晃，然后慢慢地把衣服拉了起来。桌子上的那几管笔和盖在文件上的东西都不见了，山本等人都在拍手说好，果然精彩。

山里红笑了笑，把衣服在自己的面前抖了几番，示意衣服里什么都没有。这个时候，她借着衣服挡住了其他人的视线，迅速将桌子上的那份文件看了一遍，反复记住那些对她来说就是图形的东西。然后，她又慢慢地左晃晃衣服，右晃晃衣服，对方以为她还在表演，实际上她是在给自己争取时间。

直到她觉得已经都记住，才慢慢地走到山本的身边，把衣服翻过来搭在了山本的胸前，晃了一阵子，又翻过来帮他把衣服在肩膀上搭好。山本不明白用意，还要去拍山里红搭在他肩上的手，山里红已经笑着躲开，然后指了指他衬衫上的口袋。

山本低头一看，原来是那几管笔都到了山本的衬衣口袋里了。他尴尬地笑了笑，说着："真的是很神奇！好功夫。"

山里红已经在一旁站定："这也是我们杂技的一种吧，我们叫做戏法，不知道太君那里叫什么。"

翻译解释了一下，山本颔首称赞说他们那里叫做魔术，只是这么近表演魔术，一点破绽都让人看不出来，还真是第一次。说完，他看了山里红半天，露出一种奇怪的眼神。然后才走过去装作拿纸的样子，挪动旁边的文件夹盖住了那份密令。思考了片刻，他又说，要送几个字给山里红。说完，他在纸上迅速写完，拿到山里红的眼前晃了晃。山里红看了看，不知道那写的是什么，总觉得应该是奖励吧。于是，她兴高采烈地问翻译，太君是不是要奖励我啊，是什么奖励。

翻译看了看那几个字，额头上直冒冷汗，然后看着山本的眼神。山本说了一句什么，翻译才吞吞吐吐地说：大佐只是说，你是奇女子。

周队长的腿已经腐烂了，而且伤口的形状十分奇怪，发散状地向外呈现出很多脓包，密密麻麻十分瘆人。

周队长和老毕说："我们遭遇过鬼子的细菌迫害，我怀疑我这伤口被他们用了瘟疫的细菌，我跟着你们转移，也没什么价值了，还可能传染给其他战士。"

老毕说："扯淡，你还没糊涂呢，这伤就能治。我打小就在瘟疫的死人堆里爬出来的，这不也活得好好的？"

"你们转移吧，我不能再拖累你们，"周队长还是在摇头，十分坚决地说，"现在缺医少药，我就是没被他们用上瘟疫细菌，这伤口也很难好。"

“不行，你必须跟着我们转移，”老毕也十分坚定地说，“我们刚来到这里，没有你，怎么开展工作呢？再说了，你我豫南一别，有三年多没见了吧？你让我一见面就丢下你，那不是我老毕能做得出来的。我倒是盼着和他们明刀明枪地好好较量一番，老玩阴的。”

周队长还在坚持，赵政委过来说：“你们也别争了，刘统不是在城里混得很好吗？我们先转移，周队长由专人照顾，注意隔离。等安顿下来，我们赶紧派人进城联系老潘和刘统，想办法让他们搞一批药出来。”

周队长实在是无法拒绝，这才勉强答应下来，然后他又问，黑子那边出了什么问题，怎么这么远就听见他鬼哭狼嚎的，这孩子见到你们这些老相识，怎么没有个兴奋劲呢？

老毕不是能藏住事的人，三言两句之后就说了实情：“黑子没什么，倒是那个方如，重伤不治……”

周队长听罢，沉默了一会儿，潸然泪下：“这个女孩和黑子，情深义重啊。她前天缠着我说学做鞋，要给黑子做一双厚底的布鞋。”

说完，他指了指窗台上，放着一双还差一点没有做完的布鞋，针眼歪歪扭扭的，左右脚的大小也不一。但是几个人看着这双鞋，都说不出话来了。

最后还是老毕站起来说：“小刘，通知外面的同志，立刻出发，向目的地前进，今晚之前必须到达。小李，你负责帮着周队长收拾东西。记住，把那双鞋带上。”

说完，他指了指那双没有最后做完的布鞋，强忍着眼泪出去了。

泪水，有的时候代表着伤悲，有的时候也代表着决心。

刘统看见王思荃的时候，强忍着才没有让眼泪流出来，只能是默默地流在心里。王思荃的伤很重，人虽然清醒过来几次，但是一直高烧不断，而且浑身多处打着绷带。带他来的藤川指示刘统说，这个女子的父亲正在带人连夜赶过来，你看看有没有什么办法让女子尽快恢复，哪怕是短暂的回光返照，能挺个几天就行，别让她父亲在视察团来的时候闹什么事情。

刘统说，这个人应该是伤势太重，不是说不出话，而是没有力气。一般西药可以做到短期内让患者稍微显得好一些，中医都是慢工出细活的。藤川也是很烦的样子，挥了挥手说，西医我安排人了，你就再去弄点什么好吃的，据说上次你做了什么菜，让这个当初一直绝食的女子都胃口大开。

刘统不知道为什么藤川显得这么信任他，也许是电台那边没有出现任何关于 K01 的事情，所以藤川终于彻底信任自己了？稍后，藤川才终于说出了自己的野心："上一次和你说的那个药的事情，你回去研究了吧。正好这次在医院，适合你研究，我就给你五天的时间，不能再拖了，你必须研究出来。"

这次的翻译官是日本人，翻译过来的话语明显有缺失，但是刘统还是听明白了。

"五天，紧了点，那我晚上还得回去翻翻古书。"刘统试探着说，因为他觉得，发生了这么多事情，自己必须回去和老潘商量下一步的行动。

藤川这次居然没有很谨慎地拒绝他，反倒说："你看看吧，我的书房里也有很多你们中国比较珍贵的古旧书籍，你也可以去找找相关内容。只是不知道，那里面有没有和菜谱相关的书籍。"

刘统更意外了，藤川这么相信他，难道那个 K01 的事情是真的？

多重任务在身，刘统选择先回一次家，他说要取针灸用的工具，同时也翻翻以前的书籍，看看有什么办法完成藤川交给的任务。

老潘在家里心烦意乱，山里红却是美滋滋地等着刘统回来。

刘统一进屋，老潘就装作担心的样子，拉住他的手不放，嘴里嘟囔着:“怎么又让你去医院啊，我总担心你啊!”

一番掩饰的话语之后，两个人就进了书房。老潘的神色十分凝重，焦急地说:“周队长他们的队伍几乎是折损殆尽，我们实在是惭愧啊，没有及时把消息送出去。”

刘统一直憋到这时才一下子哭了出来:“思荃那边用生命代价来通知我们，我在医院见到她，还没脱离危险。”

老潘说:“唉，坏消息总是接连不断。方如快马加鞭去送信，路上遇到了老毕他们的队伍及时赶到，否则后果不堪设想，只可惜……”

“可惜什么?黑子怎么样，黑子没事吧?”刘统一听，就知道出事了，赶紧拉住老潘急切地问。

“黑子没事，但是方如意外牺牲了……”

“啊，方如怎么会?”

“据说，她在最后的紧要关头，替黑子挡住了子弹。”

刘统没说话，仿佛眼前又出现了方如那可爱的面容，刚从马家堡出来的时候，方如还对他问这问那的，完全就是个爱玩的小丫头。

“周队长的情况也不妙，据说是日本人往他的伤口里放了东西，现在需要上次的那种特效药，你看看，怎么能搞到?”

刘统气愤地直拍桌子:“藤川给了我一堆任务，还要医治那个失语的六木，我真想直接用针捅死他。”

老潘赶紧摇头，握住他的手，示意他不要动作太大:“你要忍住，小不忍则乱大谋啊。现在，就指望你能搞出特效药来救周队长。还有那本书的事情，我安排几个信得过的人，查了几个关键的地方，都没有发现。吴局长的家里也没有，现在就剩下一个可能，就是藤川那里。据说此人很精明，老谭书店里所有值钱的珍品古书，都被他掠了去。只不过，他的书房，谁能进得去呢?”

“这个倒是不成问题，他又提了一次 K01 的事情，我说需要查查古书，他居然答应我可以进他的书房去看那些藏书。”

“那真是机会难得，”老潘的眼睛一亮，没想到会有如此变化，“那个K01，不知道又是藤川的什么阴谋，你注意查一下，也许和我们的组织有关。老毕他们在连夜转移，周队长的病情也刻不容缓，你看看怎么分配时间。我安排了一个人在医院外面卖烟，你搞到了赶紧和他联络，暗号还是五常倒着表述。”

刘统点了点头：“最好会馆外面你也安排几个人，以备不时之需，我再进会馆，想出来就不容易了。”

两个人还没谈完，山里红就在外面敲门，不等里面人应答就推门进来。

刘统十分生气，呵斥她说：“我们在谈事，你不能不询问一声就进来。”

“我敲门了啊！”山里红一副十分兴奋的样子，她还不知道外面已经发生了这么多事情，“是你们太专注了吧，说好让我加入了，现在怎么了，也不让我参与，什么也不告诉我。上次那个情报，据说帮了根据地反围剿的大忙，你们要卸磨杀驴吗？”

老潘还没有说什么，刘统就先急了：“既然你说加入了，那么就得守纪律，听安排，服从纪律。你这么不讲规矩，哪个组织敢要你？”

山里红第一次被刘统骂，有些惊呆了，她还没见过刘统如此生气，眼圈一下子就红了：“你们是什么好组织啊，什么香组织啊，我山里红非得屁颠屁颠加入啊？我告诉你，刘统，不管你认不认，我是你老婆，我是为了你才冒着生命危险，做这么多的事情。”

老潘一听山里红又哭又闹的，赶紧三步并作两步地冲到门口，把门关上，又把山里红拉到里面坐下：“文统任务太多，都压在他一个人身上，压力太大。你想想，他整天都和日本人周旋，刀尖上过活啊！压力大，你得理解不是？”

“他刀尖上过活，我还飞刀上过活呢。他压力大，我的压力就小吗？这次看见山本的桌子又有上次那种文件，我绞尽脑汁才想办法看到，已经被对方怀疑了，也许保不齐下一次就死在山本的大营里了。谁问我了，谁关心我了？”

“你爱干不干，我们的任务是为了抗日，为了国家，不是为了卿卿我我的。我和你，也只是假结婚，当初是，现在是，永远都是。”刘统也是把连日来的压力都倾诉出来，化作了对山里红的指责，他说完微微有些后悔，想补一句什么话，结果说出口却是，“这是一场没有枪声的战斗，懂不懂？战斗不是为了等着人关心的。”

山里红一听，更来气了，霍然起身：“枪声我怕过吗？我告诉你刘统或者是潘文统，我山里红参加你的什么抗日组织，就是为了你，就是为了你是我老公，当初是，现在是，永远都是。”

说完，她哭着跑出了书房。老潘给刘统使了个眼色，刘统动也没动。老潘倒了杯茶给刘统，等他全部喝完了，才拍着他的肩膀说：“你的压力，我懂。但是你也要考虑山里红的压力，她没受过训练，她冒险做这一切真的都是为了你。我们要团结一切能团结的力量，山里红当然也是其中之一。不仅是如今她身份特殊，能和山本这个大色狼周旋，更重要的是她已经有了爱国热情，你应该加以引导。”

刘统拍了拍老潘的手，点了点头说：“我在考虑，老毕的事情是不是应该告诉她。她对我是不是有感情，我也拿不准。首先，她应该是个守信重诺的女人，最初只是为了那个玉之承诺。”

老潘犹豫了一下，说了句：“现在形势这么复杂，合适吗？山里红得了山本的手谕，名义上可以出城去寻找她的师兄弟，组成一个杂技班。山本啊，希望他们参加迎接视察团的演出。但是，山里红上哪找杂技班啊？我觉得，这倒是个机会送她出城回山寨。山本那边，大不了就说你老婆被土匪劫走了。所以，你还是先安抚她回去，等将来任务成功，有机会再把事实和盘托出。”

刘统怅然若失，现在的形势这么复杂，根本无法轻谈成功，不过他觉得老潘说得如此中肯，也就顺势点了点头。

卧室里，山里红还在哭，一个人一边哭一边用剪刀剪着当初成亲时的礼服。

刘统进去了，赶紧一把夺下剪刀和礼服，嘴里哄着：“这衣服是组织的财产，你可不能私自决定处理。除非有一天，我们的关系断了，你才能处置。”

山里红气愤地推开他：“我现在就和你断，我要和你割袍断义！”

刘统过去摇着山里红的手：“怎么的，几句话就恩断义绝了？不过，我想想，你说的也对，我们如果是假结婚，那就必须只能是像兄弟一样的纯友谊，是不是？”

“你才兄弟呢，我是女人，我也有女人的感受，你懂不懂？”

“呵呵，别闹了，我刚才说话过火了，我向石飞红同志认错，好不好？”刘统十分正式地说着，“你看看，马上你要出城，我还要去日本特务机关的会馆里。没有你去做人质，我回来的机会就更加渺茫。你就不珍惜一下，今晚这短暂的时光吗？”

山里红想了想，也不闹了，不过想了想，还是推了刘统一把：“珍惜有什么用，还不是你睡地上，我睡床上？”

刘统说：“要不，今晚罚我睡床上？”山里红十分惊讶，刚想说什么，刘统却接着说：“然后，你睡地上。”

山里红直接一脚把刘统踹到了一边，刘统顺势向后一滑，在床头做重伤状。半天，他才起身，十分正式地说：“石飞红同志，我不能再开玩笑了，今晚我也没时间陪你。如果不连夜回去，藤川会起疑心，而且我也想早点去藤川的书房查查那本《牡丹亭》的下落，这是我此次任务的重要一环。鉴于你就要回小磨山了，我是来和你正式告别的。”

“我为什么要回小磨山？”山里红有些不解。

刘统一听，原来老潘还没给山里红解释眼下的形势，赶紧说：“你不是得了山本的手谕，要组建杂技班，而且还得是你当初的师兄师弟。你，上哪儿找那么多人配合你？我和老潘商量过，你大哥也很担心你，你就借故回小磨山吧。我们就说你被土匪劫了，山本也没办法。”

“我们土匪什么时候劫过平民百姓了？不能这么贬低小磨山土匪的。”

“你看这都什么时候了，你还咬文嚼字，还有别的土匪吗？”

山里红看了看刘统，端详了他半天，突然说了句：“我不回去，应付山本那个色狼，我有办法。山本很信任我，还写了几个字评价我技艺高超，是奇女子呢。”

见刘统有些不信，山里红跳下床，拿起笔和纸，凭着记忆把山本那天最后写的几个字画出来，拿给刘统看。刘统一看，立刻脸色大变。山里红还得意地问：“怎么样，我又不懂日文，我没夸口吧，人家如此称赞我呢。”

刘统一把夺过纸来，指着那上面的日文焦急地说：“这行字的意思是，现在就枪毙你。他当时怎么说的，你怎么答的？”

山里红拿过纸来看了半天，还在那儿犹豫：“你骗我吧，山本当时情绪很高啊，翻译说这是说我是奇女子。”

刘统皱着眉头想了半天，问山里红：“你是不是又看见他的什么文件了？”

山里红点了点头：“我看见他那桌子上有个和上次差不多的文件，我就假借着变魔术，把那些字都记在脑子里。”

刘统焦急地说：“山本给你看这行字的时候，还是情绪很高？那你呢？”

山里红有点蒙了：“我以为是夸我，当然是谢谢他了。”

刘统想了想，拉着山里红的手说："你有点危险了，他一定是在试你认不认识日文，所以才写下枪毙你，然后笑着拿给你看。还好你真的不认识，侥幸躲过此劫。"

山里红长出了一口气，没想到自己无意中躲过大难，感叹道："不认识日文也不错，那可真是脸不变色心不跳。"

刘统赶紧让山里红把当时看到的文件内容再画出来，山里红经过刘统一吓，记忆有点混乱，画了三遍，才基本上把记忆里的东西画了出来。

刘统看了一下，立刻说："糟了，老毕他们要转移的地方已经被日军知晓，他们准备分几路围剿，鉴于老毕他们用炮轰了六木，他们准备安排一个火炮中队参与围剿。"

山里红看到刘统脸上十分着急，就知道形势不容乐观，忍不住说了句："我，能帮你做什么吗？"

刘统看了看她，又想了半天，忽然拉住她的手说："现在你必须出城了，把消息传给毕世成毕团长。"

山里红不解地问："毕团长，我也不认识啊，这人是谁啊，开封附近各方的人我都有所耳闻啊。"

刘统回到柜子里翻了翻，找到了当初那块玉，递给了山里红："老潘会安排你怎么走，你见到毕团长，把这块玉交给他，他就会相信你了。"

山里红急了："这块玉，不是我们之间长辈有承诺的吗，怎么能拿给那个什么毕团长做信物？"

刚一说完，聪明的山里红就懂了："他姓毕？他真的姓毕？他就是当年大土匪毕行天的遗腹子，最小的那个儿子，长在土匪窝却根本不想当土匪的毕家唯一后人，是不是？他才是这块玉真正的主人？原来，原来你过去说的，都是真的！"

刘统没有躲避，而是迎着山里红的目光看了回去，然后，沉重地点了点头。

把山里红一个人扔在家里，刘统也是不情愿的，可是他今晚实在有很多事情要做。他把山里红交代给老潘，自己还是连夜告辞。山里红在二楼打开了窗子，看着刘统走出门，刘统也恰巧回头望过去，两个人凝视了半天。刘统指了指天上的月亮，然后指了指自己和山里红，做了个回来的意思，又画了个酒坛的形状，然后比画了一下喝酒的动作。

山里红的泪水又涌了出来，她明白，当初两个人第一次认真交谈，就是在小磨山上那个月光皎洁的夜晚，拿着一坛子酒豪饮。她知道，刘统的意思是，等他任务完成了，两个人再一起在月下好好喝一次。山里红指了指刘统，然后又指了指自己的心口，又在心口画了个圈，使劲地往里按了按。刘统明白，山里红的意思是，你在我心里，我会等你。不过，没时间再交流对未来的期待，他狠了狠心，不再回头，直接走出山里红的视线范围。

刘统还是先回到了医院里，去看了六木，只是在走廊里看了看，没有进去。六木是清醒的，但是说不出话来，就那么直勾勾地看着天棚。估计他还在懊悔，自己为什么会功亏一篑，又是从哪里钻出来一个有实力用炮轰的队伍？

门外的刘统却是很无奈，暗暗在心里较劲，你等着吧，六木，我即便是治好了你，让你会说话了，将来我也要手刃你这个恶贯满盈的凶徒。

楼下王思荃的病房，比六木那里冷清了很多，没有那么多人陪着，也没有什么水果补品，只有两个守卫在门口冷冷地立在门口。刘统是藤川身边的人，所以守卫也没有阻拦，任凭他进去。

刘统的名义是拿这个女人试针，他真要感谢那个翻译不知道哪根筋出了问题，居然提出这么好的建议。从家里带来自己的针灸针，刘统开始为王思荃施针，按照自己掌握的方法，希望可以为王思荃疏通经脉活化血管。果然，一遍针走完，王思荃脸上的气色似乎都好了不少。刘统擦了擦汗，关心地看着王思荃，不知道是针起了作用，抑或只是自己的心理作用。

他陪了半天，思考着要不要晚一些收针，于是就坐在床边，握着王思荃满是伤痕的手，想要抬起来在脸上贴一下。突然，他想到外面还有卫兵，自己不能如此失态，赶紧又转为把脉的动作。等了很久，刘统都快要睡着了，忽然感觉到自己的手被按了一下。他猛一抬头，发现王思荃醒了，只不过还闭着眼睛。刘统感觉王思荃用手在自己的手背上时快时慢地按着，似乎有什么用意，他赶紧挪了挪坐的位置，挡住了外面门卫的视线。

果然，王思荃是在他的手背上模拟发密电码的动作，意思是：我犯了错误，我对不起你。我错了，我该承担责任，你不用再冒险来看我。

刘统赶紧握住她的手，也在她的手背上轻轻地敲动着手指：没有，你很伟大，及时挽救了错误。

王思荃回他：错误如何挽救，错误只能弥补，可是我已经没机会了。

刘统立刻回：有机会，你一定要坚持住，我会想办法救你，我们还会在一起。

两个人还要交流什么，外面已经乱了起来，一个人在喊：我是这个病人的父亲，我为什么不能来看我女儿？另一个人在解释：这位是南京来的，特别委员会委员兼特工总部第一厅长，藤川先生有手谕在这里！

刘统一惊，这是王思荃的父亲来了？如果是，自己应该想办法赶快离开，可是怎么离开呢？而且，旁边解释的那个中国人，怎么声音这么熟悉。

外面的争吵声音越来越急迫，守卫坚持说：我们没有接到通知，需要确认。

趁乱，刘统趴在王思荃的耳边说："大概是你父亲来了，你一定要坚持住，我任务完成之后会去找你。”

王思荃没有回答他的恳求，艰难地说：“快走，另一个人可能认识你。”

说话之间，外面的两人已经冲了进来，走在前面的王铁木十分心疼地喊着：“女儿，女儿，老爸来看你了，你看看你，你这是怎么弄的。”

王思荃忽然胸口不断起伏，似乎是很难受的样子，跟在她父亲后面的那个人，已经奇怪地质问：“这个人是谁，他怎么能在这里。我怎么觉得他……”

王思荃忽然喉咙卡了一下，晃动着眼神急切地看着刘统，刘统低下头想要观察，王思荃忽然一口鲜血喷在了刘统的脸上。

守卫在一边说：“他是藤川先生派来的营养师，藤川先生对这个犯人已经是很优待了。”

王铁木迅速坐了过来，把刘统挤在了身后，拉着女儿的手说：“女儿，你怎么了，怎么了啊?”然后又看着守卫说：“赶紧叫医生啊，没看见人都吐血了吗?”

跟着王铁木来的那个人则想去拉刘统，嘴里还说着：“你没事吧。”

刘统正用手擦着满脸的血，慢慢地起身，摇了摇头，一脸无奈地撤出了房间。刘统认出了这个人是谁，也知道王思荃为什么会情急之下被逼得吐血。这个人是当初“洪公祠特训班”的教官之一，名字叫陆启鸿，很显然他是认识刘统的。

陆启鸿起身目送着刘统出去，眼里有些许疑惑。当然，当初那个毛头小伙子，现在已经是一个老成的陌生人，又是一脸鲜血，他也只是觉得身形熟悉，一时想不起为什么有熟悉的感觉。

王铁木已经对陆启鸿喊着：“赶紧叫一声，还愣着干什么，当初让你看着，你说只是学通讯，怎么学成了这个样子……”

陆启鸿追到了走廊里，刘统匆匆走着，一步也没有回头。他感觉到对方跟了出来，努力在放松，不让人看出什么。如果他真的被认出来，身份败露那就前功尽弃了。医生和护士们匆匆地赶过来，一群人从刘统身边走过，有比较熟悉的还没忘记和他打个招呼，告诉他：走廊尽头那里有水池，可以去洗洗脸。

病房门口的陆启鸿看到医生和刘统都比较熟，这才放下了顾虑，喊着医生："快点吧，病人不知道为什么吐血了，你们也不放人盯着。"

医生走到了门口，鄙视地看了他一眼，面无表情地说了句："她不只是病人，还是要犯。盯着她，那是守卫的工作。"

陆启鸿吃了个软钉子，讷讷地跟着进了门。毕竟这里不是南京，不是他们的地盘，这里是日本人说了算。这一点，从一下火车开始，他和王铁木就已经切身感受到了。

刘统在水房里默默地洗着脸，又用水擦着身上沾到血的地方。水房里的灯光昏暗，一个有些破损的窗户还在不断往里面漏风。刘统用双手捧水扑到了脸上，反复了几次，希望可以让自己冷静。王思荃的伤，比他想象的还重，救治的希望微乎其微。他用手捂住了脸，难过得几近抽泣。听到了身后的脚步声，他才不得不搓了搓脸，努力让自己精神一些。

身后来的人应该是陆启鸿，刘统有些后悔，自己为什么没有及时走，可是一脸血冲到楼下，只会引起更多的误会。想了想，他只有低头装作反复洗脸的模样。

陆启鸿应该是在水房的门口站了半天了，刘统放缓了动作，犹豫地想着如何应对。

还好，陆启鸿先说话了："病人的情况是不是很糟？"

刘统愣住了，这是试探还是普通询问？他故意压低了嗓子，点了点头说："是的。"

陆启鸿又说："你是中国人吧，贵姓？"

刘统又是一惊，还是含混地答："在下姓潘。"

还好，显然对方根本不在乎他姓什么，而是接着说："有机会就多帮忙，我们会想办法把病人转到南京去治疗。这段时间，还希望你多照顾。大家都是中国人，我们不会亏待你的。”

说完，陆启鸿走过来，往他的兜里塞了些什么。刘统用手一摸，感觉到那应该是银元一类的东西，立刻做出一副奴才相点头哈腰地说：“小的明白，明白。”他一直没怎么抬头，然后又低头去洗脸。

陆启鸿一直高扬着头，挺直着腰板，看到刘统的反应，嘴角露出一些不屑的姿态，转身走了出去。刘统继续用手打着水，耳朵却在听对方远去的脚步声。脚步声匀称地远去，没有犹疑，也没有停顿，刘统又看了看水房里昏暗的灯，这才放心。这种环境之下，对方应该是没有怀疑自己的身份。他掏出了兜里的银元，鄙视地看了看，这大汉奸出手倒是真的很大方。

医院暂时是不能再来，刘统到后厨，找到熟悉的厨师，说是藤川先生的吩咐，写了几道菜谱给王思荃那个病房。交代完毕，他和别人借了件衣服换上，出了医院。夜晚的风有点凉，他忍不住竖起了衣领往前走。

“先生，要香烟吗？”一个伙计迎面走过来，热情地推销着。

刘统抬眼一看，就觉得有些眼熟，试探着问了句：“有五常牌香烟吗？”

对方笑着说：“信智礼义仁，这五种都卖得不错，所以都卖光了。”

刘统点了点头，随便拿起一盒哈德门，然后递了零钱过去，低声说：“南京来人了，王铁木、陆启鸿，告诉老板小心迎接着。”

看了看四周没什么人，刘统把烟放在兜里快步地走远。

藤川居然没有睡，而是在书房里端详着面前摆着的武器，分别是几把美制武器和一些爆破器材。刘统一回府就被通知，机关长一直在等他。他到了书房，门口的卫兵挡住了他。藤川在里面听到了通报，和副官说让他进来，无妨。

刘统一进屋，被眼前的武器吓了一跳。藤川示意副官去把翻译找来，其他人就都退下。副官看了一眼那些武器，有些犹豫。藤川又重复了一遍命令，副官才点头称是出门去了。

藤川倒是很高兴的样子，拿起其中的一把左轮手枪递给刘统。刘统装作害怕的样子，往后退了一步。

藤川用生硬的中国话说："看看，看看。"

刘统这才接过了枪，他一掂量分量就知道枪里没有子弹。他故意做出完全不懂的样子，拿着翻来覆去地看看，然后竖起大拇指说："好东西!"

藤川就笑了："你们中国人的！现在是我们的。"

刘统明白了，这是吴秉安他们按计划已经把藤川要的武器搞到了手。看着藤川十分兴奋的样子，吴秉安他们的计划应该是进行得很顺利。

藤川真的是很高兴，拍了拍那些武器说："高兴，你，弄点吃的，简单的。"

刘统没太明白，心里想，你还高兴，过些日子吴秉安他们真正进入你的机关腹地，得到你充分信任，到时候就有你的好果子吃了。

看着刘统没听明白，藤川想了半天说了句："面，好的面，明白?"

刘统点了点头，用手比画着碗的形状："明白，好的面，面条!"说完，他又故意装傻，拿着枪往自己的衣兜里比画比画："我的，赏赐?"

藤川笑了，笑声哈哈哈的山响，然后夺过手枪说："不行，危险!"

这个时候，翻译已经赶过来了，是个日本人，看着刘统有点没大没小地和机关长比比画画，就训斥了他一句：懂点规矩。

藤川连忙用日语说：没事，没事，文统君是我们的朋友。说完，藤川又用中文说了句：朋友。然后指了指刘统，又指了指他和翻译。刘统也笑着答，对，对，朋友。

显然，今天的藤川心情大好。藤川一直为兵力不足，如何"摆平"军统河南站的死对头而颇为头痛。这次，吴秉安说可以策反牛子强，还能从小磨山拉队伍投奔皇军，他自然是十分高兴。现在，一步步的考验都得到了证实，事情朝着好的方向发展，今夜的藤川有些喜形于色。

刘统觉得，如果此时让藤川喜上加喜，他一定会更加对自己信任，心理就盘算着如何做好这碗面。

他来到后厨，上官师傅正在那里准备早餐，似乎也在等他，刘统很意外。

上官看着他十分兴奋地回来，立刻打击他说："高兴了？看见藤川先生高兴了？别高兴得太早了。你没回来，他已经传我们后厨给做一份面。我安排人给他做了一碗汤面，他一口都没吃，说是清汤寡水没什么味道。日本的拉面是很有名的，所以他们也很讲究吃面。拉面靠的是老汤，我们这里哪有？你看吧，你这碗面，可是不好做。"

说完，上官师傅冷笑了一声出去了，完全一副袖手旁观等着看笑话的样子。

刘统想了想，看着灶口的铁锅发呆。这都什么时候了，这个所谓的著名厨子还在这里添乱。他不能不分析这个上官说话的用意，也许藤川要的就是清汤面，这大晚上的谁爱吃浓汤或者油乎乎的东西？但是如果上官说的是事实，他也告诉自己了，自己还是再做一碗清汤面上去，藤川会不会生气，自己到底该做什么样的面？

想来想去，刘统想到了一个主意，三下五除二地开始拉面，然后又备汤，过油……然后，他从旁边备好的鱼池里捞了一条鲤鱼出来，最快速度处理，下锅……

面端上去的时候，犹如一道丰盛的菜肴，看着就让人垂涎欲滴。日本翻译却皱了皱眉头说："你们不是刚做了油泼面，藤川先生已经很不满意了，不知道藤川先生晚上喜欢吃清汤面吗？"

刘统心里一震，暗骂上官这个老油条，有这么复杂的心思，拿去抗日多好。在这里欺负同为中国人的同行，一定要找机会教训这个老油条。

嘴上，他却解释说：“这是我用心做给藤川机关长品尝的，这里面有很多说法的，您先给先生尝尝。”

翻译皱着眉头让他把面端进去，果然，藤川也是一皱眉，抬头看了看刘统。刘统倒是对自己有信心，口味问题，那也得看是谁做的吧。他还是做了个请品尝的动作，然后就站在那里微笑。

藤川是一夜心情大好，不想被这碗面破坏，于是就拿起筷子尝了一口，又翻了翻，似乎还有小块鱼肉，也夹起来品尝一番。吃了一口，两口，藤川紧皱的眉头慢慢就舒展开了，居然开始露出笑容，还冲着刘统不断点头。刘统一颗悬着的心终于放下，今晚的押宝做法似乎是赌对了。

藤川吃光了一碗面，用方巾擦着嘴说：“这道面叫什么，有什么说法吗？你的功力的确是厉害，这面细如发丝，口感却还是这么好。”

刘统笑着回答说：“这道菜叫鲤鱼焙面，做法比较特殊，是开封人过年时，在农历二月二龙抬头这一天才吃的。面是龙须面，要把面拉得细如发丝后，截去两头，取中间一段。油至五成热时放入须面，炸至柿黄色时捞出，盛于盘内，与做好的糖醋鲤鱼同时上桌。时间问题，我做了一些改良，把炸过的面和汤面结合，只取小块鱼肉和鱼汁，不失这道菜的本色，又适合晚上简单进食。”

藤川听他说得这么复杂，还是有些不悦：“你真的可以成为我中国菜的营养师了，不过这道菜你说是在二月二才吃，今晚你如何想起做这个鲤鱼焙面？而且我记得你知道，我们日本人不吃河鱼。”

刘统听完翻译转述，才笑着回答说：“这道面吃起来，讲究的是先食龙肉，后食龙须，我看先生高兴，才做了这道菜应个好彩头。说起来，这道菜也有着龙抬头的寓意，意味着可以大展宏图。”

刘统一边说，一边在心里暗骂自己好恶心。

藤川听罢，果然是很开心，说：“算了，现在也吃不到海鱼。你们中国人，吃个饭都寓意深刻。我们讲究的是单刀直入，原生原味，方为食物之本味。不过，这个什么面，的确很好吃，可惜六木不在，该让他也尝尝。”

刘统赶紧说：“六木身体还没有恢复，不能吃太多油炸的食物。”

藤川点了点头，又问起六木针刺治疗的事情。刘统表示，自己已经去过医院，也带去了专用的针和工具，只是在别人身上试了试，准备练成了再正式给六木治疗失语的顽症。

这个时候，有人来禀报，说是总部有电话找藤川，藤川连忙起身，出去前没忘和刘统交代：“我这书房里藏书不少，你可以在此看看，有没有你用得上的，别忘记我们的五日之约。”

刘统眼里一亮，十分兴奋地点了点头。藤川和翻译都出去了，只有两个卫兵在门口看着。刘统望着一屋子的藏书，心潮澎湃，觉得这个机会来得居然如此容易。自己的任务，也许成败就在今夜了。

书房里的书足足有十多个书架，查看起来的确是要花一番工夫。刘统一边查看，一边暗骂，藤川这是搜集了多少开封民间的奇珍异宝，这些书籍很多都是价值连城的。比如明代复刻版的孙思邈的《千金要方》，还有清代足本的《本草备要》《医宗金鉴》《张氏医通》，居然都是当时的古本。刘统连连叹息，即便是将来战争胜利，这些珍贵的书籍如何能保证不被藤川带走，或者是不被毁于战火呢？

刘统看了几个书架，就明白藤川找人给他分过类，于是顺利找到了都是戏曲小说的书架，一行行地移动手指细细查看，希望立刻就能够有所收获。看着看着，刘统觉得自己心里乱了，一方面担心藤川什么时候回来，一方面又在想着找到了书籍如何带得出去。

终于，他的手指移动到一本蓝色的书上，上面清楚地写着“牡丹亭”。刘统的心都要跳到嗓子眼了，他揉了揉眼睛，仔细看了一下，确认没错，才轻轻地把书拿了出来。

还没等他翻开查看，一个声音就在他背后响起：“你这是在找什么？”

第十三章　方小叶对方小叶

山里红是被蒙着眼睛带到毕世成的面前的，一路上虽然有交通站的人来帮她，但是真正找到队伍的时候，她还是被人蒙上了眼睛才带了进去。

老毕看了看眼前这个穿着打扮犹如富贵人家媳妇的女人，有些意外老潘怎么会派个女的来送情报。他示意士兵把山里红眼睛上蒙着的布拿掉，然后说："对不起，他们是为了慎重起见才这么做的。你叫什么名字？"

山里红半天才适应了屋子的光线，再见到眼前这个连毛胡子，长相与刘统相比简直是天壤之别的毕世成，长叹了一口气，反问："你就是毕世成？"

老毕点了点头，示意她坐着说，然后又让警卫员给她倒了杯水。

"如果你就是，那真是没什么话说了，你不用管我是谁，文统说，把玉给你，你就明白了。"说完，山里红从怀里掏出那块玉递了过来。

"呵呵，文统是谁？他怎么有这块玉？"

"文统就是刘统，他在城里叫潘文统，你们不知道吗？看看这块玉，你认识不？"山里红想了一下，故意说，"刘统说这块玉是他娘的，你要不认识就还给我。"

老毕乐了：“他居然这么说？这块玉是我送他的，给他当护身符的。这块玉我哪能不认识，这三山五岳各个山寨的土匪，哪有不给这块玉面子的？”

“行了，行了，别吹了。”山里红从兜里掏出老潘准备好的信，递给了毕世成，“刚才那话是我骗你的，我得知道你是不是真的毕世成啊。再说了，你这块玉都是老黄历了，你知不知道这周围的土匪都换了多少茬了？”

“哎呦，小同志，你知道的还不少，怎么称呼你啊？”毕世成本来想翻开信看内容，听山里红这么一说，就把信放下了。

山里红鄙视地看了老毕一眼，心里想，自己该怎么办啊，这玉的真正主人怎么长成这副模样啊。嘴上，她却说：“我不小，我也不和你是同志，我只和刘统是同志，不但同志，还同心呢。城里他们都叫我方小叶，你就叫我方小叶吧。”

说话之间，山里红又留了一手，她故意说了假名，还在犹豫要不要理睬这个本来是他真命天子的男人。

没想到，老毕倒是愣住了：“你叫方小叶？巧了，不会吧？”

“怎么了，我就是方小叶啊，刘统在城里的老婆。当初，刘统他们家老爷，一早就给他定下的亲事。”

毕世成就在那儿乐。

山里红不明就里，还在那儿说：“我是杂技班方班主的女儿，你要不要试试我会不会杂技啊？你们不是刘统一个战线的吗，怎么跟城里特务一样盘问人？”

这下轮到老毕好奇了，站起来，走了几圈说：“刘统定下的老婆，是方班主的女儿？”

“那当然，要不要拿两把飞刀，我给你表演一下？”说完，山里红也不甘示弱地站了起来。

毕世成对着外面喊："牛大脸，你去把方小叶找来，这里又来了一个方小叶，居然也是方班主的女儿，你们方班主当初有几个女儿啊？都叫方小叶？"

大脸和几个兄弟很快就带着方小叶一起进来，几个人围着山里红看了半天，叽里呱啦地议论着，大脸说："她肯定不是方小叶，不过长得也这么水灵啊。我师妹是我从小看着长大的，方班主去世的时候，还对我说要照顾好小师妹，哪里又出来另一个方小叶？"

山里红从来没这么被围观过，脸上已经有点挂不住。真的方小叶过来坐在她对面，看了她半天才说："姐姐，你是什么时候认识我爹，还是有别的渊源？我才是方小叶啊，我爹从来没和我提起过他还有另一个女儿。"

山里红气愤地站起来说："你们到底是不是和刘统一伙的啊，你们这是什么队伍啊？刘统告诉我的，打死都不能说自己不是方小叶，我才这么说的，我哪知道你们队伍里还有个真实的方小叶。"

这时赵政委过来解围，他把其他人都劝走，只留下老毕、大脸和方小叶，这才说："你们都别闹了，刘统在城里叫潘文统，身份是潘家老爷的义子，他的媳妇理应是方班主的女儿方小叶，这是当年就定下的亲事。战乱时期，我们也找不到真实的方小叶来配合行动，所以就找了个人来冒充。没想到，后来老毕机缘巧合，居然遇到了真的方家班，遇到了真实的方小叶同志。"

大脸乐了："啊，那刘统就是小叶的未婚夫了，还是上辈定的，刘统长什么样啊？"

山里红不干了："刘统已经娶我了，拜过天地的。"

赵政委赶紧解释说："刘统也不是真实的潘文统，潘文统本来是我们很优秀的一位同志，可惜遇到了意外。"

这次轮到方小叶有些伤感，大脸在一边倒是十分高兴的样子，难得的是毕世成也很高兴。在那里劝方小叶："父母包办的，你又没见过那个真的潘文统，就别伤心了。"

山里红这么一听，才明白方小叶不会和自己抢刘统，一颗心放了下来。

赵政委一边和山里红说："这事啊，我也只是有所耳闻，今天你到这儿来，我们才把所有的事情理出个头绪来。欢迎你加入我们的队伍，刘统是位很优秀的同志，也是我们最优秀的特工，配合他的工作，难为你了。"

老毕在一边说："你们做政委的，嘴可真严，我这个当团长的都没知道这么全。"

赵政委看了他一眼："我也是分析出来的，左部长只和我说过一部分，是你自己没把事情联系在一起来看。还有，这件事情必须严格保密，刘统还在执行特殊任务，咱们队伍里不能再告诉任何人，防止有人说出去。"

老毕站到了山里红的面前说："好了，现在你该告诉我你叫什么了吧，这么大老远的来送情报，真是感谢你了。"

山里红为难了半天，才颇有些担心地说："我叫石飞红。"

果然，老毕立刻就是一愣，手里的水几乎洒出来，放下茶杯他才追问："你是小磨山上的石飞红？"

山里红看着老毕，知道他肯定也知道一些当年的事情，刘统不知情，看来真的不是玉的主人。作为玉的主人，这个毕世成也许知道关于玉之承诺的全部内容。

"你哥是石飞雄，对不对？"老毕又接着问。

山里红已经快哭了，这个毕世成看来是真的知道，那自己该怎么面对啊。

果然，老毕摸了半天脑袋瓜子，然后才转身看着赵政委说："这个刘统啊，他都做了些什么啊，他怎么把我爹当年给我定的媳妇给娶了啊？”

赵政委此刻正在看那封老潘送来的信，神情越来越凝重，他把那封信递给了老毕：“其他事情稍后再说吧，城里送来的情报很重要，我们看来要赶紧布置兵力应对。”

老毕还没太明白，接过信的时候还说：“应对什么？”

赵政委看了看屋子里的几个人说：“日军的围剿要来了。”

刘统没有想到，藤川会回来得这么快，所以他当时就愣在那里了。

还好，翻译喊了一嗓子之后，藤川接下来说的是：“我这里藏书很多，你不要在没用的书上浪费时间。”

刘统所处的位置是戏曲小说，藤川显然是以为他看得过于兴奋，以至于沉迷到小说一类的书籍当中去了。刘统赶紧装作挠挠头的傻样子，转回到医药类那里，取了几本古书，递给藤川过目：“这几本就可以了，我想拿回屋里翻阅。藤川先生这里的藏书实在是太丰富了，我一时兴起就都去翻来看看，下次不会了。”

藤川看了看，微微点了点头。日语中很多文字和中文是相通的，所以藤川虽然不懂中文，也看得出刘统选的是医药类的书，因为那上面不是有草字就是有药字，这两个汉字他还是认识的。

藤川拿出一盒制剂递给了刘统，然后在药盒上拍了拍：“已经过去一天了，你要抓紧。”

翻译虽然不知道两个人在说什么，还是如实翻成汉语给刘统听。刘统点了点头，说着：“明白，明白。”

刘统把事情想简单了，中式菜肴里有太多可以盖住味道的调料，把一瓶药的味道盖住又有何难？等到他回到自己的屋子里，就发现自己犯了一个严重的错误。药盒里有十支没写名字的制剂，他打开了一瓶，立刻满屋子都是浓浓的药味，几乎把他呛得呼吸困难，眼睛也睁不开。这下他才明白，为什么藤川说，这是一种没有研制成功的药剂，需要他来想办法。这别说让人吃下去，闻一下都如此受不了，如何做到既能放到菜里，也能不被人察觉？

第二天，他做了一大锅的川菜，使尽浑身解数，结果只放了一滴，菜的颜色都变了，更别提味道了。

第三天，他找来了几只榴莲，做了一道果盘，结果滴了一滴，整个榴莲就不是那种普通的臭味了，而是一种酸腐的味道。

第四天，他把能想到的调料挨个尝试放在汤里，然后滴一滴制剂进去。反反复复试验到了天黑，还是没能找出任何一种方法可以盖住这种制剂的强烈味道。

连续几天，刘统的体力极度透支，白天要拼命研究盖住制剂味道的办法。到了晚上，他还要候到所有人都睡了，偷偷潜入到藤川的书房里，去找那本《牡丹亭》。一连三个晚上，他把书架都翻遍了，再也没有找到那天看到的《牡丹亭》。如果是藤川一时感兴趣，在那晚把书拿去看，难道三天都没放回来吗？

他在白天借送餐的机会，冒险去了藤川的卧室，可是简单环顾之下，还是没有那本书的影子。如果藤川放在哪个柜子里了，或者是放在了自己枕头下面，就得等藤川在外过夜的时候，他才有机会去翻查。

刘统无奈地想，还剩一天的时间，如果研究不出来，藤川会不会杀他灭口？如果山里红在就好了，可以想办法让她借着打扫的机会去查看一番。可惜，山里红此时应该已经回小磨山了吧，老潘应该早已安排她出城送信，定的计划就是不要再回来。

第五天，藤川主动找到了刘统，问他情况怎么样。刘统只好推说，应该马上就有办法了。藤川提醒他说，你是不是该去看看六木了？刘统这才想起来，自己光顾着这方面的事情，还一直没有去给六木的失语症做针刺疗法。他顺着说，自己勤学苦练了好几天，一直没有十足的把握，怕自己分心，伤了六木少佐。藤川让翻译跟他说，就试一试吧，六木再熬下去憋也憋死了。

来到了医院，刘统就想起来陆启鸿的问题，经过二楼的时候，他特意提前看了看楼道口没有人，才快速通过。跟随藤川到了三楼六木的病房里，果然见他消瘦了很多，一脸的沮丧。

刘统取出毫针，消毒以后，示意六木张开嘴配合自己。六木看了看刘统，略微有些犹豫，不过还是慢慢张开了嘴。刘统顺着六木舌根的方向，轻轻入针，刺入有一寸多，才慢慢减力。藤川在后面看得有点胆战心惊，刺入这么深，拿捏不准的话，人不就直接被刺死了？不过，一个不会说话的六木，对于他来说，丝毫没有用处。既然那么多老中医不敢下手，西医又没有办法，他只能放手让刘统一试。

刘统慢慢地拔出针，凝视了六木半天，六木一点反应也没有。他回头看了看藤川，藤川在那里只是阴森森地看着他。刘统又看了看翻译，问："我只有入针再深一些，冒险试试，可以吗？"

翻译转诉完毕，藤川想都没想就点了点头。刘统拿针的手，略微有些迟疑，自己没帮藤川找出办法，要是六木这里再解决不了，也许自己真的就要被灭口。想着藤川那阴森森的眼神，刘统这次入针的手法也就大胆了很多。他取出一支更长的毫针，慢慢地刺入六木舌根的语门穴，足足有两寸。六木还是没有反应，刘统之后再慢慢地大幅度捻转毫针提高刺激。六木头上的汗都下来了，刘统感觉自己也是大汗淋漓。

想想已经没有退路，刘统又猛地加大了一下力度。啊的一声，六木忽然就叫了出来。刘统赶紧用四指将六木的嘴撑住，以防他咬合过猛，让毫针折在了里面。随后，他慢慢地抽出毫针，静静地看着六木的反应。六木大概是长时间大张着嘴，一时呼吸困难，先是使劲喘了半天气，然后才扭头看了看藤川，又看了看刘统，终于吐出两个字："谢谢。"

刘统站立一边，也是长出一口气，叮嘱六木说："别急于说话，慢慢来，一次不要说太多。”

六木转向藤川，用日语说：“烦劳先生操心，学生用兵失利，无颜以谢罪。”

藤川走过来，看了看他，拍了拍他的肩膀说：“你没有失利，而是大胜。你不但几乎让城外共匪的游击组织全军覆没，还引出了他们的主力部队。放心吧，山本他们已经进军围剿，我们作为情报部门已经是大功一件。”

刘统一边收拾自己的工具，一边想着怎么应付藤川的事情，要不要自己现在拼一下，捅死这两个侵略者，也算是赚了。他收拾到最粗那根针的时候，用力握了一下，面露犹豫之色。

这个时候，藤川居然站到了他的身边，冷冷地看着他说：“还有，一天，一天。”

这次，藤川用的是中文，然后转身就黑着脸走了。

刘统出了医院的时候，卖烟的小贩又主动凑了上来，这次寒暄了几句，告诉他有人想见他，在瓷器店。刘统一听就明白，应该是吴秉安有急事找他。刘统在城里晃了半圈，买了很多调味品，确认没人跟踪自己，才转到了瓷器店那里。到了门口，已经有对面那家饭庄的伙计出来招呼他，说是有人等他很久了。

吴秉安见刘统提了很多调味品上楼来，关上门和他说：“是不是藤川要准备一场大宴席啊，你要买这么多调味品？”

刘统苦笑着摇了摇头：“别提了，说出来你都不会相信。怎么样，你的任务进行得怎么样了？”

吴秉安显然十分兴奋：“藤川终于肯见我了，还说要请我吃饭，给我颁发最牛的通行证，连你们的什么会馆都随便出入。我找你，就是想问问，藤川有没有做什么手脚，是不是真的在布置宴席等我们？”

“你们？”刘统有些不解地问。

“嗯，还有石飞雄，山里红的大哥!”吴秉安十分激动地说，“我花了很长的时间，终于说服他配合我们行动。没有几个人摆摆谱，怎么证明我是有一支队伍的人?”

“石飞雄，他不想当他的土匪头子了?”刘统有些不解，怎么还把石飞雄拉进来了。

吴秉安点了点头：“这还得感谢你啊，山里红回了小磨山，就劝他大哥加入我们的革命组织。她说了，与其乱世偷生，不如跟着刘统大哥的组织大干上一把。”

刘统有些不解：“就算是山里红劝，你再说合，他大哥就信了?”

吴秉安说：“你大概是好几天没得到最新消息了吧，山里红的未婚夫是我们独立团的毕世成毕团长啊。这是前几天才相认的，据说是长辈就拿一块玉定好的约定。这小舅子是团长，他这个做大哥的，怎么得支持一下吧。况且，马大少都差点被灭了，整个马家堡的民团都散了，石飞雄也算是识时务者为俊杰吧。”

刘统略微有些伤感，他不知道为什么会突然有这种感觉。山里红临走的那晚，他还暗暗和对方约好，有朝一日再在月下把坛畅饮，不醉不归。这难不成，再见山里红，喝的就是她和老毕的喜酒了?

吴秉安察觉到他脸色的变化，关切地问：“你不是对山里红有了感情了吧，你们不是假结婚吗?”

刘统看了吴秉安一眼，叹道：“我们这些在刀尖上过活，犹如霜桥走马的人，不配谈感情，也不应该有感情。”

“那就对了，”吴秉安说，“上面已经定了，如果我拿到通行证，就准备采取行动。”

“刺杀?”刘统问道。

吴秉安点了点头：“伪装得再好也瞒不了太久的，牛站长说，他和左部长一早就有约定，你会配合我。”

刘统点了点头："现在倒的确是好时机，藤川最得力的干将正在住院。你们定没定好日子，我还有个任务没完成，你们不要急于动手，最好给我点时间。"

"时间应该不多了，明天见了藤川，他不知道又要提什么特殊要求。武器和爆破装备，我都能提供，就怕他真的要收编队伍，我也不能把石飞雄的人真的带进城里来。"

"当然，相关的人越少越好，以免杀了一个人，连累上千人。"

吴秉安点了点头："我知道你的担心，我们不会那么干的。况且，我们也在等一个特殊的日子，那个日子才是最好的刺杀日。"

刘统有些担心地说："会馆里倒没布置什么陷阱，你明天可以放心前往。但是，我眼下在忙的事情，却可能对您不利。"

吴秉安笑了："怎么，藤川让你拿什么好酒好菜来款待我啊？"

"恰恰相反，"刘统有些苦不堪言地说，"藤川让我研究一种他们发明的半成品，相当于慢性毒药的东西，让我务必能放到菜里还让人吃不出来。他是很着急的样子，还给了几日的限期。我一直搞不懂，他为什么要这么做，现在我有点懂了。"

吴秉安听罢，愣住了，然后半天才说："他要求你什么时候拿出来？"

刘统苦笑了一下："正好是明日之前。"

"那你有没有看看，他把这解药什么的放在哪儿了？"吴秉安有些焦急地问。

"要不说这是半成品呢，它没有解药。"刘统满脸忧郁地看着吴秉安。

老潘从商会回来，才发现自己的宅子整个都被日本兵围了个水泄不通。他赶紧上前，指了指门上贴的山本副官写的告示，又解释自己的义子就是藤川的人，正在藤川府上。这日本兵围了自己的宅子，不是大水冲了龙王庙吗？

日本兵听不懂老潘的解释，他们的小头目也懒得理睬满脸堆笑的老潘，而是指了指站在门口，一个高高大大和尚模样的人。

老潘只好走过去，和那个和尚模样的人解释。

那个人推了老潘一把，大声说道："我是山本派来负责看这个院子的，你就叫我高和尚吧。我也是中国人，我明白你着急，但是没用啊。日本人说了，他们前去围剿的队伍被打惨了，还损失了一个火炮中队以及好几门最先进的小钢炮。山本大佐说，你们家的媳妇嫌疑最大。大佐是好意，让她去联络杂技班子，她要是跑出去投敌那事情就闹大了。反正，如果你们家媳妇五日之内不回来，我们就放火把这里连院子带人都烧了。"

老潘气愤地说："我还没找你们呢，你们逼着我家媳妇，在这种时候出城去找什么杂技班。城外到处都在打仗，说不定让土匪劫去了也不一定，我还没去找你们要人呢。"

那个和尚，听了这话居然不生气，反倒是挠了挠头，和老潘说："老大爷，你想什么呢，这事是日本人嘴大，人家怎么说怎么是。你说的就算是真的，你又能怎么样？"

"那我们怎么办，一家老小等死啊？这院子是我们潘家祖传的基业。"

那个人又乐了："老头儿，这是什么年月啊，祖传有个屁用啊。马家堡你听说过没有，马大少你听说过没有，那院子比你这个还大呢，比你这个还祖传呢。不也是被人一把火给烧成灰了，那还不是日本人干的呢，没伤什么人。你啊，小心点吧。祖传，祖传不值钱了。"

老潘哪里知道，眼前这个就是马大少手下的高和尚，整个马家堡被毁了以后，马大少就只好携家带口的来城里投奔山本。高和尚在马家堡自在惯了，这来了开封城，对日本人都得点头哈腰的，他还来气呢。

"老头儿，别说我不同情你，咱都是中国人。你啊，赶紧找人去找找你家媳妇吧，她回来了，说不定这事还有个缓和的余地。"

山里红此时已经回到了毕世成所在的队伍，她回过小磨山，也和大哥说明了自己的经历。石飞雄倒是很豁达，说是吴秉安已经来劝过他了。这乱世之中，还能容得下一支拥兵自立的队伍吗？既然机缘巧合让你跟着共产党的队伍走了，去干保家卫国的大事业了，那大哥这支队伍也不能被妹妹落下。

至于那块玉的真假主人，石飞雄倒是老脑筋地劝妹妹："既然你不想被那个承诺烦恼，刘统又始终坚持和你是假结婚，那你就应该去找毕团长。如果说，毕团长真的不要你，那你也不必自己烦自己了。"

山里红悠悠地说："我看，毕团长和那个真的方小叶感情很好，我回去和人家说什么。我这个假的方小叶，回城里刘统不理我，城外玉的真实主人也不认我。"

"妹子，什么时候你变得这么优柔寡断、婆婆妈妈了？你就去问那个姓毕的，咱们也不图他是团长，咱们要是真的加入了，那妹子你也是个副大队长吧。就算不是平起平坐，那你问他句实话，总不至于问不出来吧？"

"哥，这是两回事。"

"我听吴秉安说了，他那个什么团，到了这边要建立根据地，要改称什么独立大队了。我就和那姓吴的说，要我们加入，成啊，那我也得是个什么独立大队！妹子，到时候，你和姓毕的啥也不差，指不定谁听谁的呢。"

"哥，我还怕他什么团长的身份吗，山本还是大佐呢，据说马上就少将了，我都没害怕过。日本人我都不怕，怕他个团长？"

石飞雄捅了捅妹子："你是不是主要是在意他长得不如刘统啊？我和你说，那玉的承诺，可是你自己说要遵守的，当大哥的没逼你。你别看着玉的主人是小白脸就心花怒放，看到是个连毛胡子就动摇了。我和你说，这可不是咱们姓石的人的性格。"

于是，山里红就回去了，回去找毕世成，她就是想问对方一句，你到底要不要我，你要是同意我做小，那也认了，要是根本不要我，那她山里红就安心了。

山里红回去的时候，正是毕世成和山本一伙交战最凶猛的时候。满脸都是硝烟的毕世成，看见穿越生死线出现在自己面前的山里红，真是又惊又气，这是怎样的一个奇女子，居然敢冒着炮火来找自己。他说的第一句话就是："警卫员，给我把这个女的绑下去，省得她乱动惹事。"

山里红怒目相对："我看谁敢动我，就是刘统和我动手也未必能赢。"

毕世成大喝道："打仗是老爷们儿的事，你要是有个闪失，我怎么和刘统交代?"

山里红不服软地吼："你别扯没用的，我只想问你一句话。"

她这一句话还没问出来，敌人的炮弹就过来了，警卫员连拉带扯地把她拽走。不过，山里红是个闲不住的人，一会儿跟着方小叶一起做后面的伤员救治工作，一会儿又跑到前面去帮着出谋划策。

队伍的战线拉得比较长，扯动穿插的距离也比较远，山里红一直没再和毕世成有机会认真说上一句与打仗无关的话。有几次她想特意过去找，但是赵政委拉着不让她去，说是毕团长肯定冲到最前面去了，你上去很危险。

那一战，打了两天两夜，打得很惨烈，虽然山里红送来的情报很及时，毕世成他们制订了周密的计划，但是毕竟日军人数是他们的十几倍。让大家最痛心的，就是周队长在战役中意外牺牲。其实，不是意外，是周队长自己坚持守在一个山坳子，说是要给自己当初那么多兄弟一个交代。他的腿伤没有好的迹象，他也不想连累大家。毕世成一开始不知情，等他怒吼着想冲回去，周队长所处的山坳子，已经被日军的炮弹，夷为平地。

最后，毕世成他们还是胜了，胜在先知先觉。他们先是放过大部队打尾部的炮兵，反过来又急行军翻过一座山去迎头痛击准备返回去营救的先头部队。等到日军一片混乱的时候，毕世成他们又消失得无影无踪，让敌人摸不到头脑。日军撤退的时候，炮兵中队落在了后面，结果被事先埋伏好的铁牛连在回头崖堵了个正着，几乎全军覆没不说，最先进的小钢炮还悉数被掠去。

毕世成对这里的山山水水都十分熟悉，哪个山洞通着哪个山洞都了如指掌，赵政委有长年的作战经验，两个人在军事行动上一直配合默契。如今，又加上山里红对地形变化的了解，可以说是珠联璧合。

战斗以山本部队的撤退而告一段落，毕世成瞅着院子里摆着的新式小钢炮，乐得合不拢嘴。山里红也开始对这个连毛胡子的男人另眼看待，虽然这人长得一点优势都没有，但是打起仗来的确是生龙活虎，就像是换了一个人。每次冲锋号吹响，老毕都是第一个跳出战壕，警卫员拦都拦不住。这次战斗，独立团也牺牲了不少人，但是老毕却一点伤都没有。赵政委负责在后面排兵布阵，反倒是被流弹划伤了胳膊，不得不打起吊带。老毕揶揄他说："你看看，你只适合当个诸葛亮，让你躲远点，你偏跟着往前凑。"

赵政委装作发怒的样子："你这个老毕，狗嘴里吐不出象牙来，有你这么安慰老同志的吗？"

老毕大嘴一咧："你又老同志了，我告诉你你还很年轻呢，别把自己整得像七老八十的样子。"他回头看见山里红来了，故意吹牛说，"打仗需要的是气势，你看看咱这气势，能钻进我肉里的子弹还没制造出来呢。"

山里红做出不信的模样，突然问他："那，能钻进你心里的女人生出来没？"

赵政委一看这形势，笑着就躲开了。老毕果然十分为难，尴尬地挠着头不知道怎么回答。他是还没见到刘统呢，也不知道人家两人是不是真的只是假结婚，是不是已经日久生情了。何况，他怎么都觉得真的方小叶比这个石飞红温柔多了，也让他觉得割舍不开。

山里红倒是鼓足了勇气，看见身边也没什么人，这才问："我说过，就问你一句话，现在仗打完了，可以问了吧？"

"你说说，还问啥啊，我知道你想说啥，那玉是死的，人是活的，老话说，朋友妻不可欺，我哪能……"说完，毕世成就准备躲开。

"你个大老爷们，脸红什么啊，子弹你都不怕，害怕女人问你话？"山里红拉住他，"我就问你一句，是不是喜欢方小叶，根本就不喜欢我，就是我给你做小，你也不想要？"

毕世成想了半天，这话怎么回答啊，你要是真说不喜欢，不想要，那不也特别伤人啊。可是，这只能意会不能言传的事，山里红却偏偏要当着面问。憋了好半天，毕世成才吐出话来："你这不是一句，你这是好几句。赵政委老说，不能为了一个人的个人喜好，就置整个国家四万万同胞的命运于不顾……"他实在没什么话说了，把老赵挂在嘴边的大道理搬出来活学活用。

这个时候方小叶拿着给毕世成补好的衣服进来，看见两个人十分尴尬的样子，笑着问："你们在谈什么，继续啊，我放下衣服就走。"

老毕像是遇到了救星，立刻拉住方小叶说："你不用走，你陪你这个城里的方小叶好好聊聊。"

山里红立刻就明白了，看两人的样子分明就是情投意合，自己反而显得多余。她想就此告别，这时候有人来报告，毕世成如释重负，立刻让通信员过来说话。通信员倒是没避着山里红，直接说：城里发来消息，潘府被山本的日军围困……

明知道是鸿门宴，吴秉安也必须赴宴，只不过他没有带其他人。

刘统终于在最后一天夜里，完成了藤川交代给他的任务。他想出了一个很奇妙的办法，先把药剂滴在糯米粉和果仁混合的颗粒中，然后再用糖浆封住，这样就形成了一颗颗被包裹起来了的毒药粒，再把这些颗粒小心翼翼地放入炸好的丸子里。这样，丸子入口，鲜香甜美，这些坚硬的颗粒，只有到了肚子里才会慢慢化开，食用者就完全感觉不到药剂的巨大气味。

藤川拿了一颗丸子给狗吃，果然狗很顺从地就把丸子都吃了，没有任何异样。只不过，一个钟头之后，那只狗却在院子里暴毙。藤川问刘统，这是怎么回事，解决了味道遮盖的问题，但是狗怎么会这么快就死了。按理说，藤川拿出来的是慢性毒药制剂，不会这么快就出现如此惨烈的效果。

刘统想了想，回答藤川说，这应该是药品承受力的问题，药剂是设计给人用的，狗这么小，对于人来说是慢性的，但是对于狗来说，就完全撑不住了。

藤川很满意，嘱咐手下，找一个牢里的死囚去试验，果然，第二天那个死囚还是一点反应也没有。于是藤川吩咐刘统，做好这道菜，并且分别做上记号，晚上要用它大宴贵宾。

这个贵宾，当然就是吴秉安。还好，吴秉安没有带石飞雄等人来，而是单独前往。他和刘统说，就是危险，自己也得冒险一试，不要连累其他人。

席间，所有人把酒言欢，吴秉安谈吐得体，把军统河南站的情况分析得头头是道，而且句句说到了藤川的心坎里。

刘统要做的，就是在这个时候冒险一试，潜入藤川的卧室。连日来，为了试验的事情，刘统一直能随意出入里间的院落，因此也没有卫兵拦着他。他假装去后面鱼池，却趁着四旁无人，直接从后窗翻进了藤川的卧室。

书架，衣柜，桌子，所有表面的地方他都找了一遍。轮到床上的时候，刘统微微地停顿了一下。他看着藤川床头的幔帐，觉得哪里有些不对，蹲下来借着外面照进来的月光仔细端详。果然，幔帐之间有一根细细的丝线，常人不认真观察根本无法发现。这个老狐狸，对自己的床榻都这么仔细。他暗暗地躲过丝线，把藤川的枕头下面、被褥下面都翻了一遍，还是什么也没有发现。无意中，他发现床铺之下在床尾的位置，居然有个密道的入口……

听了听密道里没什么声音，刘统犹豫再三，还是轻盈地跃了进去，又回身把枕头被褥都放好，然后慢慢地关上密道上面的盖子。密道上细下宽，居然有通风口可以透得进光亮。他蹑手蹑脚地前行，发现最终密道的终点，就在藤川和吴秉安他们吃饭的客厅隔壁，那个会客室的下面。

一路上也没什么发现，刘统刚准备反身折回去，就听见会客室里有人进来，他立刻定在了那里不敢再做动作。上面应该是藤川平时坐的椅子，两个人进来以后，一个人直接就坐在了椅子上，刘统就连大气都不敢出。

椅子上的人说："六木君是不是已经好了？他继续装病这件事不能让任何人知道。"

听声音，说话的应该是藤川本人。另一个人答道："是的，都已经安排好了，先生要唱这一出空城计给中国人看，很厉害。"

藤川说："中国人都信奉诸葛亮的智谋，我就要借着他的妙计来试试这个吴秉安。稍后，你就把通行证给他，可以给他三份，同时告诉六木他们，在外围盯着。这个人如果是假意投诚，一定会有什么动作。我们这不只是空城计，还是诱敌深入，瓮中捉鳖。"

"先生，我看此人应该是真心真意的，他不是已经答应了五天后就带队伍来让我们清点？"

"你不觉得，他说的这个五天很耐人寻味吗？后天，国内视察团的人就要来了，那个团长级别虽然比我低，但是据各个战区反映，是个很难缠的角色。而且，此人和山本的关系很好，山本要是在他面前搬弄些是非，我这边就一点差错都不能出了。”

“好的，先生，我会嘱咐六木他们盯紧一些。不过，兵力都布置在外面，六木他们万一要是动作迟缓，我们这里就真成了空城了。”

“无妨，他们顶多能进来三个人，我们还怕了他们不成。现在兵力紧缺，那个牛子强如果真的能归顺我们，整个河南军统站就算是瘫痪了。再加上他们手里有一支不可小视的队伍，我们就有足够的精力来应对那个什么共党的独立大队了。”

“先生高见，我看那姓吴的已经吃了那些丸子，将来必然会被先生所控制。”

藤川显然很兴奋，对自己的布置十分满意，对着那个人说：“好了，有解药的事情也暂时不能和其他人说。我这就签了通行证，抓紧回去吧，我也累了。”

两个人都出去，刘统在密道里不知道该怎么办。另一个人应该是藤川的副官，而六木是病好了以后还在装病，这个事情他可是第一次听说。不过，这个消息怎么及时传递出去呢，如果吴秉安他们贸然行事，一定会中了藤川的诡计。

外面，已经传来了送客的寒暄之声，虽然隔很远听不清楚，但是刘统知道，自己如果再回到藤川的卧室，估计就会和藤川闹个头碰头。别说传递消息，自己现在如何脱身都是个难题。

藤川送走了吴秉安，果然心情大好，快步回到了卧室。进门的时候，他特意看了看自己的布置，没有人动过，才和衣上了床榻准备就寝。想了想，他又忽然起来了，到了门口喊副官。副官还没有走远，就在附近候着，连忙就过来。

藤川站在门口想了想，告诉副官：“你去把潘文统和翻译叫来，我有些事情要嘱咐他。”

副官转身出去，嘱咐卫兵去招呼潘文统过来，可是卫兵去了后厨，说是没有见到潘文统。翻译倒是已经赶到了，就是刘统还没影。藤川有些皱眉，这么晚了，这个对他有着特殊意义的厨子跑哪去了？

还好，没一会儿，刘统就满手油污、急急忙忙地跑过来。

副官怒斥了他一句，刘统假装没听懂，向着藤川问："先生，您找我？"

藤川十分生气地问："你去哪儿了？"

翻译也是口气严厉地翻译过来，刘统赶紧解释说："我怕那些菜被不明就里的人动了，所以赶紧去帮着他们收菜了，我已经把那些没吃完的丸子都收好了。"

翻译转述，藤川这才眉头尽展，告诉刘统，着手继续准备那些特供菜，他还有其他贵宾要宴请，材料备足，随时准备着。

刘统连连点头，然后回到自己的小屋里，才发觉自己已经是满头大汗。刚才他被困在了密道里，想了半天才冒险打开了那边的机关，从会客室里出来，假装在收拾剩余的菜。负责杂物的伙计还十分奇怪地问："潘主厨，你什么时候来的，走路这么轻，我们都没发现？"

刘统只好用训斥替代解释："这里有几道菜是十分特殊的，我要专门来收，你们不要动。"

视察团来了，但是山里红依然没回来。守在潘家的高和尚已经一点耐心都没有了，他直接叫来了老潘，告诉他："你们家媳妇到底能不能回来啊，我和你说，山本下命令了，今晚再不回来就烧宅子。"

老潘只好解释："你看看，我都已经找人让藤川先生代为说和了，这兵荒马乱的，找个人哪那么容易啊。我派出城的人，这不也没回来啊，城外都是土匪的天下。"

"放屁，你别蒙大爷我，城外就一个小磨山那里土匪最多，可是小磨山那帮人早就和马大少签下约定，不会再为非作歹的。”

老潘急了：“土匪是不去你们马家堡为非作歹了，谁知道他们会不会劫路人啊？”

“我说不会就不会，他们那几杆枪，没有大买卖哪会轻易舍得用，就你家媳妇那一个人，犯得着吗？”高和尚说完，拉了老潘一把，“我说，你家媳妇不是跟谁跑了吧，要真是这样，你就实话实说啊，是不是一早就有什么姘头，往他身上一推，也许你们还有救啊。我娘是信佛的，我跟着马大少就是混碗饭吃，你可别真逼着我杀人放火啊。”

老潘有些哭笑不得：“爷，你看我这身子骨，有力气逼人杀人放火吗？日本人让我当个商会会长，那还不是为了侵吞潘家的基业，现在买卖都被他们蚕食得差不多了，这是杀人灭口吧？”

高和尚一听，想了半天也没想明白，摆了摆手大声说：“你说这个我不懂，反正到时候我就放火烧宅子，那是你逼的！”

高和尚的话音刚落，一个声音立刻响起：“谁这么放肆，要在我们潘府放火啊，山本大佐他答应吗？”

老潘一看，山里红居然真的回来了。他派人送去情报，就是告诉毕世成他们想办法，特意叮嘱过山里红不要回来啊。

“你怎么……”老潘想要问，但是当着高和尚的面又不便于问，只能是急得直跺脚。

高和尚倒是愣住了，山里红看见高和尚也十分意外，两个人对视了半天，高和尚才说：“你怎么来这里了？”

山里红见只有高和尚一人在府内，立刻上去一把堵住了他的嘴，在他耳边低声说：“这是我的大买卖，你要是坏我好事，我的人可饶不了你，你娘住在哪里我也知道。”

说完，她看了高和尚半天，高和尚一开始还要乱动，一听到他娘，就不动了，顺势点了点头。

山里红接着在他耳边低声说："我现在的身份是方小叶，潘府义子的媳妇，杂技班方班主的后人，你要是说出去了，我做鬼也不会放过你……娘。"

高和尚又是点头，使劲地点头，山里红这才犹豫着慢慢放开手。

老潘在一旁有些干着急，看不清什么形势，只是问了句："你们认识?"

山里红紧皱双眉，无奈地点了点头。高和尚倒是没有介意，傻乎乎地笑了："我就说嘛，你们没有大买卖不会轻易动手的。你这买卖可真是够大的，这潘家，那在开封城里……"

高和尚还没说完，山里红瞪了他一眼。高和尚连忙改口说："妹子啊，你别为难哥哥了，哥哥是对你有好感的，是不是，那在……在那什么地方，我有多少次机会，我都没为难你。"

"有话快说，想清楚了，别胡说，"山里红又瞪了他一眼，"你不在你的马家堡，跑到这里来做什么?"

"妹子，马家堡都毁了，马大少只好进城投奔山本。你看看，我这不是被逼着干这些得罪咱中国人的烂差事?"

"还知道你是中国人啊，你就知道对你娘好。你为了一个孝道，就放弃整个国家四万万同胞?"山里红这话是学老毕说的，她自己其实也似是而非，不是特别懂，但是就觉得这话能说到人心坎里去。

"什么四万万，"高和尚有些不懂，他是个自小习武的粗人，哪有这种意识。他拉着山里红说，"妹子，你这买卖干得太危险，山本让我务必把你带回去，视察团都来了啊，你的杂技班呢?"

山里红想了想，低声说："杂技班我都给他定好了，演出不是明晚吗，不会耽误他的事。山本也不是完全不近人情吧，他还给了我手谕呢。"

高和尚为难地说："我不知道什么手谕，上面要求我，见到你的人就务必把你带回去。你看，现在怎么整？”

山里红看了老潘一眼，丝毫没有犹豫，立刻朗声答道：“我就跟你回去，那山本还能吃了我？”

这个时候，听到消息的刘统已经赶了回来，听见屋子里山里红说要回去见山本，在院子里就喊了一嗓子：“不行，你不能回去。”

刘统一进屋，高和尚又傻了，他指了指山里红，又指了指刘统，磕磕绊绊地说：“你们，你们，你们这买卖干得的确是太大了吧。”

刘统也傻了，高和尚怎么在这里呢，老潘不认识高和尚，所以一点消息都没传给他。

山里红看了高和尚一眼，立刻说：“高和尚，你先出去，反正你们围着我也不会跑。我和那谁交代几句，自然会跟你回去。你的嘴严着点，耽误了我们的买卖，你和你娘都吃不了兜着走。”

高和尚想了半天，才对二人说：“行，你们真是艺高人胆大，在下服了。不用拿我娘说事，我和这位兄弟毕竟一起被关过好几天，话也投机，我还不至于出卖你们。我就在外面候着，你们快点。”

刘统给老潘使了个眼色，老潘心领神会，说是送高和尚出去，实际上是跟着盯着他。

两人一出去，刘统立刻拉着山里红的手说：“你不能去，有高和尚和马大少在，你更不能去了。”

山里红的眼圈立刻就红了：“行，我总算还能等到你，还能见这一面。有高和尚在，我就更得回去了。你们好像有一系列行动就要动手，我怎么能在这个时候扯你们的后腿。用你们的话说，就是不能给组织添麻烦吧。”

“组织是不会让个人去冒险的。我已经和藤川先生说了家里的事情，他答应帮忙的。现在有了高和尚，肯定是马大少去投奔山本了，你要是见了马大少，这事情不就更麻烦了？”

山里红摇了摇头："不，我不能因为个人原因，置全国四万万同胞的命运于不顾。"

"你说什么呢，哪会上升到那么高的高度？"

山里红的泪水都要出来了："是毕团长说的，他说我要懂得什么是原则性问题，什么是为了国家做出必要的牺牲。"

"不可能，老毕那个大老粗，他根本说不出这话来。"

"谁说的不重要了，老毕和我商量过了，我坚持要回来，他也没办法。他说他会采取后续行动的，他还派了黑子进城，实在不行，你们就告诉黑子动手干掉那个马大少。何况，那个马大少没见过我的真面目，未必会有危险。"

"那高和尚呢，山本呢？"

"高和尚无足挂齿，他一直对我有好感，我就和他说我们小磨山要来城里干一票大买卖，他应该不会出卖我们。至于山本，他要的是杂技表演，我可以周旋。"

"你怎么周旋啊，那山本就是个大色狼，我在会馆里听很多人提起过。"

山里红忽然抓住了刘统的双手说："事已至此，箭在弦上，不得不发。"

刘统一皱眉头，山里红去见了老毕他们，怎么说话都变了样了："这又是谁说的？"

山里红愣了一下："那个赵政委，你怎么知道不是我说的？"

刘统说："你先不要说，让我想想对策。"说完，他坐了下来，拉着山里红也在身边坐了下来。焦头烂额地想了半天，他也没想出什么好的对策来。

山里红的泪水就涌了出来："别想了，没有别的办法了。我只求你一件事，真的是有什么意外，你们如果能采取行动，就别让我受折磨就行了。"

刘统忍不住揽住她的头说："傻姑娘，你说什么傻话呢？"

山里红十分坚定地说："真的，即便剩下最后一颗子弹，你也要留给我。我怕自己被严刑逼供和侮辱，毁了容貌还毁了清白……"

刘统强颜欢笑："不会的，我不会让那一幕出现的。"

"答应我！"山里红使劲地摇着刘统的手。

刘统不得不说："好，真的有那么一天，我就是最后一颗子弹也要留给你。不过，那一天不会……"

山里红没有让他说完，而是使劲地抱住了他，在他感慨万千，一下子冒出来各种想法而无法梳理的时候，猛地站起身来，头也不回地走了出去。

第十四章　龙虎风云会

刘统追到了外面，山里红已经跟着高和尚他们上车走了。

刘统怅然若失，一个人漫无目的地往前走，老潘喊了他一声，他也没有应，继续漫无目的地往前走。

街上到处是熙熙攘攘的人群，由于这是视察团到来的第一个夜晚，开封城里的所有店铺被要求必须营业到晚上。而主要的街市，都伪装得像过节一样热闹。老潘已经接到通知，商会已要求各个店铺和商家，不遗余力地掩饰出一个太平盛世。刘统有的时候甚至有些错觉，这夜晚好像和平时期老家过节的样子。

他也不知道走了多久，发现自己居然走到了吴秉安藏身的那家瓷器店。对面那家饭店年长的一位伙计还认识他，问他要不要吃点什么，今天的菜都是新上的。刘统孑然一身地上了二楼，和老板商量，能否给他一个小包间。那老伙计问他几个人，他答一个人，对方不好意思地回绝了他：今晚这包房都订出去了，你看看你一个人我也不好和老板说。

孤单，就是你悲伤的时候，没有人陪着你悲伤，甚至还完全不理解你的悲伤。

他下了楼，也没什么兴趣再吃什么。这个时候，一个人伸出了胳膊，拦住了他的去路。刘统抬头一看，居然是陆启鸿。他没有惊讶，也没有任何异样，反倒是一脸平静，心无旁骛。

“怎么，心情不好？他乡遇故知，心情还不好？”陆启鸿再次拦住了他，“那天我就看着你眼熟，没想到真的是你。你不是已经被日本鬼子枪毙了吗，怎么还混到日本人的队伍里去了？”

刘统抬眼看了对方一眼，低声说：“我们去外面巷子里说吧，这里毕竟不是南京，不是吗？”

陆启鸿看了看周围都是吃客，耸了耸肩，居然就跟着他到了巷子里。

刘统拐进饭店旁的小巷，摸了半天，没有摸到烟。陆启鸿递给了他一根，然后替他点上：“怎么样，是在跟着日本人，还是依旧跟着军统？他们都放弃你了，你至于吗？”

刘统狠狠地吸了一口然后被呛得够呛，咳嗽着说：“我早就自由了，现在的一切都是为了混饭吃。”

“是吗？”陆启鸿瞄了他一眼，低声在他耳边说，“对面那家瓷器店，应该是军统的联络站吧，我太熟悉他们的标记了。可能日本人看不出来，整个开封人都看不出来，但是我跟着你来了两次，一眼就看出来了。军统，对你有那么大的魔力？”

刘统把一口烟吹到了对方脸上：“当汉奸，对你就有那么大的魔力？”

陆启鸿的脸阴沉得厉害，只是低声说了句：“只不过是各为其主而已。”

刘统苦笑了一下：“还记得那时候你教我们背誓词。如违誓言，甘愿受最严厉之处分，谨誓。”

陆启鸿拍了拍他的肩膀：“服从领袖，没有错，只不过我有了新的领袖。每一个人，跟着谁走，就要听谁的话，说谁的话。眼下如此乱世，其实就是有各种势力而已，你加入我们吧，也会有类似的誓词。你要听的，只是命令，至于是谁的，那应该看看谁对你更有利。”

刘统冷冷地看了看对方：“我要说不呢？”

陆启鸿就笑了："你有选择吗，你本身已经投靠日本人，为军统还是为我们服务，就是个组织而已。况且，你的功夫大半还是我教的，你有信心过得了我这一关吗？我现在出去喊一嗓子，你的好日子就彻底没了。"

"有的时候，不一定是靠拳头说话的。"刘统看了看胡同口进来了刚才那个老伙计，拿着一大筐垃圾。他向后闪了闪身，故意转换话题说："陆兄，真是好久不见了，要不要我请你在这吃点开封的特色菜？"

陆启鸿看见有人过来，还端着一筐垃圾，就向另一边撤了撤身子，不过却完全封住了出口，堵住了刘统的路线。他笑着说："吃饭就不必了，刘兄一定未必安于这座小城，南京也许才是你该去的地方。"

两个人看了看，互相昂首笑了笑，暗中都紧握拳头，就等这饭店的伙计过去，一场无法避免的打斗就要上演。刘统还说了句："其实我今天心情不好，不想活动筋骨的。"

陆启鸿立刻说："遇上我，那就是你的宿命……"他刚说了一半，那个伙计忽然将一整筐的垃圾都撒到了他的身上，陆启鸿刚想说："瞎了你狗眼……"那个伙计装作帮助他擦衣服的样子，猛地从袖子里顺出一把匕首，直直地捅入了陆启鸿的胸膛。

刘统惊呆了，这伙计的手法之快，几乎让他无法看清细节。陆启鸿没想到自己一身的好功夫，居然会在阴沟里翻船，他立刻用手去掐那个伙计的脖子。那个伙计居然躲都没有躲，反而将匕首猛地向上一划。陆启鸿的胸口立刻鲜血喷涌，整个人的脸都抽搐得变了形。慢慢地整个身子都瘫软了，像一张没有张力的白纸，飘然滑倒在墙边。

那个伙计倒是一点没有慌张，迅速脱下了自己的衣服把地上的血迹擦拭一遍，再把有血迹的部分团在里面扔进筐里。接下来，他三下五除二把陆启鸿像死猪一样塞进了筐里，把之前的垃圾重新盖在了上面。整个手法干净利落，完全不像一个普通饭店伙计的样子，更是没有理睬一边目瞪口呆的刘统。

刘统毕竟见过大场面，定了定神才问："敢问兄弟是？"

那个人看了看，已经把这里收拾得很干净，确认了一遍才抬头看了一眼刘统，然后伸出一只手："在下河南军统情报站，牛子强。"

刘统呆住了："你是牛站长？"那个人点了点头，然后招呼刘统一起把那个大筐抬向小巷后面的一个垃圾堆，两个人又一起在上面做了很多掩盖，这时候对方才拍了拍手说："我已经和左部长联络过，是收网的时候了。开封城里，最近各路恶鬼特别多，是我们行动的好时机。"

"人，放在这里能安全吗？"刘统看了一眼垃圾堆，不无担心的样子。

"晚些时候，我会安排人运到偏僻的地方去。你的任务进行得怎么样，左部长说实在不行就放弃。"

"嗯，我在藤川那里都翻遍了，还是没有找到关键的东西。不过，我发现藤川在会客室下面有个暗道直通卧室，你提醒吴秉安要注意。"

牛站长想了想，又握了握刘统的手："这个消息很重要，我会转告他。你要注意自身的安全，之后军统那边要展开刺杀王铁木这个大叛徒的行动，你们那边可能要干掉马大少这个汉奸。估计城里的风声会越来越紧，你千万要小心。"

刘统心里一沉，要是王铁木被干掉，那王思荃谁来救呢？

夜色掩映下，牛站长没有看出刘统表情的变化，而是说："军统那边答应和我们联手刺杀藤川，但是又安排这么多暗杀行动，藤川肯定会有所戒备。你在敌人腹地之中，先要保住自己。"

刘统点了点头，提醒牛站长要注意六木装病的事情，藤川要唱一出空城计，试吴秉安的真伪，也许会有个更大的陷阱。

牛站长笑了笑说："你这个情报太关键了，有了你的消息，他们就是有再大的陷阱，我们也能将计就计。你要保重，动起手来，我在名义上只能先保护军统的人。"

刘统苦笑了一下，点点头："明白！"

牛站长看了看巷子口，然后才说："可惜，还没见过你的身手，左部长很欣赏你。希望，我们有机会再合作，后会有期。"

刘统望着对方低着头走远，自己才在那里想，后会有期，期在哪里？

第二天，开封城里整个都炸开了锅，南京来的要员陆启鸿遇刺，人被发现的时候，漂在臭水沟里，整个人都臭了；投奔山本的马大少还没过上几天快活的日子，在存德里妓馆区快活的时候，不明不白地被人杀死在床上；王铁木在医院外面也遇到了枪手的袭击，好在当时有辆车经过，他强行钻进车里躲过了一劫，不过伤得也不轻。

山本大佐和藤川联手要打造的古城盛世，在第一天夜里就被搅和得稀烂。山本一直在筹备欢迎视察团的盛大演出，还安排了主要街路的路边巡演，可是一大早就演变成了全城戒严，满城搜捕。

老潘打开门的第一眼，就看到了一个熟悉的身影，居然是毕世成。

毕世成一行十余人，居然就这么找上门来。还好，大清早的也没什么人，老潘赶紧把他们让到了屋子里。他责怪毕世成，已经是一团之长了，怎么行事还这么草率，这个时候带人进城来干什么？

毕世成倒是觉得无所谓："那山里红帮了我们大忙，几乎是救了我们整个队伍，人家能冒着炮火来给我传递情报，我能眼睁睁见死不救吗？"

老潘急着说："这城里的行动马上就要开始了，你们这么多人进来，还要抢人不成？"

老毕刚要说什么，外面就响起了激烈的叩门声，老潘怕是搜查队找上门来了，赶紧把一行人安排进了密室，嘱咐老毕："没有我的消息，你们千万别出来，就是这里闹翻了天，你们也不能出来。"

老潘安顿好这边，急忙赶去开门，结果发现来的人居然是山里红和她大哥的手下。老潘这个急啊："你出来了，那边没事了？怎么这么多人?”

山里红大声说着：“这是我请来的杂技班。”然后才低声在老潘耳边说：“全城搜捕呢，赶快让我们先进屋，之后慢慢和你说。”

一行人又进了书房，寒暄了几句，老潘就赶紧询问是不是石飞雄带人动手，把她给救了出来。一提这个话题，山里红就又好气又好笑地说：“你知不知道那个视察团把谁带来了，把山本在日本的老婆孩子给带来了，据说那个团长和山本的关系很好，特意带他家人大老远地来探望。”

“那你怎么脱身的？他不是要盘问你吗，来势汹汹的，说是交不出你就烧房子。”

山里红喝了口茶，然后才说：“这可有点惊险，我回去，山本就把我叫去，还没等盘问呢，他老婆孩子就来了。我听那意思，他老婆就不乐意了，那意思是怎么有个女人在这里。山本也不知道他老婆会突然来，说我就是个普通演员，把我轰出来了。”

老潘一听，这可真是奇遇，叹了句：“真是奇遇，有惊无险就好。”

“这还没开始呢，我出去了，就寻思着怎么跑出来。还好我手里有山本的手谕，他还没来得及撤销呢。那个高和尚，据说是忙什么马大少遇刺的事情去了，说是她娘和一干中国人都被抓去审查了。于是，我就轻轻松松，大摇大摆地溜出来。这刚出来，就发现有山上的兄弟在外面埋伏，敢情是我大哥就要杀进去救人。这才叫险呢，我晚出来一步，他们就动手了。”

老潘一想，这倒是都涉险过关，但是这么多人，怎么办呢？这愁得还没想出主意来，外面的敲门声又急促地响了起来。老潘看山里红一眼，示意她不要动，他自己起身，从外面把书房的门关好，出去看看又是哪路神仙来了。

没想到，居然是刘统带着个日本女人。

刘统说：“这是瑞田恭子。”

老潘眉头紧锁，这么关键的时候，刘统带个日本女人来干什么。

刘统在老潘耳边低声说："我是赶回来送消息的，我也不知道这个女人怎么会在我们潘府门口等我啊！"

昨晚，刘统告别牛站长，回到会馆已经很晚了。上官师傅正在后厨那里抓狂，看到刘统立刻抓住他说："赶紧的，你跑哪儿去了，藤川先生来了位贵客，说是要尝你做的那个什么鲤鱼焙面。我都按照传统的做法做过了，藤川先生就是说味道不对。"

刘统心里想，他那天做的是改良过的，藤川肯定是先入为主，觉得那个味道才是正宗的。再加上那天晚上藤川的心情大好，吃什么都会觉得特别香。现在，时过境迁，他自然是怎么吃也吃不出那晚的味道。

其实刘统心情极差，根本没有心情做什么焙面，只好应付着弄弄。结果上官师傅又叮嘱他，藤川先生还说要你做的马肉寿司，我听都没听说过。马肉都已经准备好了，你再不回来就不新鲜了，我可是替你担着不少，你好自为之。

刘统想起马肉寿司，又想起了山里红，手下就拖拖拉拉的。这个时候，藤川已经让翻译亲自来后厨催："你快点，藤川先生要你亲自上菜，还要给贵宾讲讲这菜的故事。"刘统这才不得不加快了手法，勉强弄好了，摆碟，入木盘，放上上官师傅刻好的萝卜花，然后整了整面容，努力堆笑着把菜端了上去。

藤川的贵宾居然是位日本女子，年龄和刘统相仿，刘统挨个地给双方摆放好，做出请用的姿势就站到一边。这一切的动作过程中，他没怎么抬头，更没有去仔细打量那位日本女子的模样。

没想到，藤川居然让副官和翻译都退下，说是有瑞田恭子小姐在这里就足够了。刘统听到这个名字的时候，就略微觉得有些耳熟。等到其他人都退下，厅里面就剩下了三个人，藤川才介绍说："这位是视察团团长的女儿，瑞田恭子小姐，也是我儿子在日本的好朋友。她会一些中文，可以做我们的翻译。”

刘统听得清清楚楚，藤川是这么介绍的，而那位恭子小姐翻译的时候却说：“我是视察团团长的女儿，叫做瑞田恭子。这位先生，你对我的名字一点印象都没有了吗？”

刘统这才抬起头仔细看这位女子，当时就大惊失色，这个瑞田恭子不是他和王思荃在日本学习的时候，十分要好的一位同学吗？

刘统看了看，好在身边没有翻译，他装作介绍菜的样子说：“恭子小姐，今晚我是不敢对你有印象的，如果我对你有印象我可能就性命不保了。”

恭子先是用日语对藤川说：“这位先生说他做的是开封特色菜，这个马肉寿司却是日本料理。”藤川完全没有意识到两个人说的是什么，还兴致勃勃地说：“嗯，这个潘师傅，做菜很有特点。”

恭子扭头问刘统：“你在这里姓潘？王思荃小姐呢？我还记得你们在日本学习的时候就很好，你们在一起了吗？”

刘统想了想，该怎么圆谎呢，他顺嘴说：“王思荃小姐已经是你们的阶下囚，现在自杀未成，整个人都躺在医院里，性命堪忧呢。”说完，他还假装指了指菜，又指了指面。

恭子十分吃惊的样子，叹息道：“对不起，当初日本一起学习，日子多快乐啊。没有想到我们再次见面，居然是现在这般局面。”

刘统假装站过去近一些，指着马肉寿司说：“马肉对健胃、补身、旺血、健肾有一定功效，马肉还是一种低热量、低胆固醇的食物。马肉刺身没有任何异味，肉质柔软，颜色淡雅美丽。”他这番话是说给藤川听的，藤川虽然不怎么懂中文，但是马肉一词他应该是懂的，如果自己和恭子聊得太多，没有提到任何关于菜的汉字，他怕藤川会起疑。

然后他又说：“两个国家的事情，我希望不要有损我们当初的友谊。

我是为了营救思荃，才不得不出此下策，混在这里做个厨师。”

恭子倒是十分配合，尝了一口寿司说：“有没有什么是我能做的，我可以去求我父亲，让他放了思荃小姐。或者是求藤川先生，他正在和我父亲商量，让，让他的儿子娶我。”

说到这里的时候，恭子的头微微扭向了一边，似乎有些伤感，不希望让藤川看到。

刘统就懂了，藤川为什么会深夜宴请恭子，还敬为上宾。视察团的团长据说和山本的关系十分密切，藤川要是不从中斡旋，搞不好回去会被告黑状。

藤川看着两个人聊得很投缘，还插了一句说：“怎么样，我没找错人吧，我就知道恭子小姐会喜欢。”

恭子又连忙点头，用日语和藤川说：“潘先生还告诉我马肉很有营养。”

刘统这才长出一口气，看来瑞田恭子暂时是不会出卖他的。他在一边站了一会儿，讲了鲤鱼焙面的故事，藤川就吩咐他先下去。

刘统本就十分闹心，这又多了个认识他的日本女子，不免对未来两天的行动担心起来。不过，他忽然觉得，这也许是个好时机。恭子绝对想不到他是潜伏的特务，因为他和思荃去日本学习的时候，学的是文化，他又偏爱日本料理的技艺，回国以后他才受思荃的影响去参加抗日行动的。如果能想好充足的理由，也许可以让恭子去帮他找那本《牡丹亭》。

第二天一早，藤川就吩咐刘统着手准备宴请视察团团长一行，一定要拿出最好的一桌菜来。刘统知道，原本的宴请计划在后天，怎么提前了，他借着外出买材料的机会，说是要回潘府取重要的工具，急急忙忙赶回潘府送消息，却碰到了恭子，她居然在门口等他。

恭子焦急地说：“思荃的父亲遇刺，伤得很重。山本大佐为了颜面上的问题，已经同意他们父女俩回南京治疗。我派人去联络你，他们说你采买之后，可能回潘府了，所以我才来这里等你。”

刘统看着恭子很急切的样子，只好哄着她说：“那是好事啊，要不然思荃可能就性命不保了。”

“你呢？”恭子幽怨地看了他一眼，“要不要我向山本手下的人求情，让你也一起回南京。我听他们说，城里昨夜很乱，军方已经震怒，全城搜捕，宁可错杀绝不放过。你还留在这里，太危险了。”

刘统故意说：“我是藤川先生贴身的厨师，应该没问题。”

恭子却说：“还是南京安全吧，我昨晚听藤川说，中国人可以信，但是不能信得长久，他都是用一阵子就换一批人，以绝后患。我看他说话的眼神，你未必会安全，你对他了解那么多，不怕他杀你灭口吗？藤川的为人，我在日本就有所耳闻。”

这个时候，远处响起了宪兵队的警笛，刘统想，要是让人发现他居然和恭子是相识的，那也是不好解释的事情，连忙拉着恭子说进去再聊。他倒是想知道，藤川后来又对恭子说了什么，让恭子会如此恐慌。

两人叩门，老潘出来就愣住了。可是远处的警笛声越来越近，老潘只好把两个人让进院子，然后又把门重新锁上。刘统不知道屋子里有人，拉着恭子就进了书房，嘴里还说着：“藤川还对你说什么了，你怎么怕成这个样子？”

一进屋，两个人就愣住了，因为书房里还有个山里红。

刘统先是脱口而出：“你怎么回来了？”

山里红则十分意外，因为恭子是穿着和服的，谁都看得出是个日本人。她指着恭子，也是一头雾水地问：“老公，这个女的是谁？”

而恭子的反应则是：“你结婚了？你不要思荃姐了？难怪，难怪你不想一起走。”

老潘进书房一看，一屋子土匪都不见了，肯定是让山里红塞进密室里了。他的头都大了，虽然两伙人相遇也不是什么大乱子，但是毕竟事先没有沟通，双方会不会起冲突动起手来呢？他听见刘统刚才问恭子，藤川还说了什么，知道刘统一定是有要事问这个女子，赶紧叫山里红：“小叶，你先出来，文统有重要的事情要和这位小姐说。”

刘统解释了一下：“这位是瑞田恭子，我读书时的同学。”

山里红一听，更是搞不明白了，刘统怎么会有位日本同学呢。不过老潘十分严厉地叫她，她就知道有事，虽然不情愿，还是跟着老潘出去了。

老潘拉着山里红到院子里就说：“你大哥他们进密室了？没看见里面有人？”

山里红疑惑地看着老潘：“有人？没看见啊，有什么人？”

老潘急得直拍头：“毕团长他们藏在里面了，他们也是来救你的。你说说，里面够黑够大，但愿双方不会一时误会动起手来。”

山里红一听是毕团长他们，也就不在意了，反而追问刘统的事情：“刘统怎么有个日本女同学啊，思荃又是谁啊？”

老潘看了看里面没什么动静，简单说了一句：“刘统去日本留过学，要不他怎么日语那么好呢。那个王思荃，是刘统在日本认识的另一个同学。这事不能让外人知道，日本人是不用懂日语的人的。”

山里红没好气地说：“哼，他同学怎么都是女的？”

两个人还没来得及多聊，门就被砸开了，这次是真的宪兵队来了，进来搜查的。老潘担心屋里的情况，连忙高声说：“你们怎么进来了，不知道我这里是什么地方吗？”

带队的居然是高和尚，他看了一眼山里红，然后和老潘解释说：“这城里一夜出了两条人命，上面交代了，挨户搜查，我们就是奉命行事，走个过场就走了。”

说完，高和尚已经让人进屋去搜了。山里红和老潘拦也拦不住，两个人对望了一眼，猛地一起想到了什么，异口同声说了句：“坏了！”

两人想的是，刘统情急之下，肯定会把恭子藏到密室里，但是密室里已经有两支队伍了，这出来以后怎么和那个什么恭子解释？

高和尚耳朵够尖，居然听到了，凑到山里红这里假装好意地问：“什么坏了，我能帮你什么吗？”

老潘还不知道怎么说，对高和尚丝毫不在乎的山里红先开口了：“我家先生在书房里休息呢，稍后就要回去给藤川先生忙大事，你们要是打扰了，这不就是坏事了？”

高和尚关心地说：“哪能呢，你都自由了，我哪敢惹你啊，山本先生都没动你一根毫毛。”

山里红低声在高和尚耳边说：“据说马大少已经挂了，死得很惨，你没必要再替日本人驴一样地卖命吧。聪明点，给自己留条后路。”

高和尚居然低声耳语：“不是你们干的吧？我娘和马大少的下人们，一起都被抓去审啊，我担心我娘都挺不到回来，这帮鬼子，玩连坐。”

山里红嗤之以鼻：“我们就图钱，要是要他命早下手了，你担心你娘吧，日本人有了名的，让狗干事，不给狗吃饭。”

其实山里红之前的话说到高和尚心坎里了，马大少一死，他充其量就算个打手了，而他这个打手没有了马大少，还为日本人卖啥命？他低声和山里红说：“马大少当初把我娘押做人质，我才不得不这么做。你看，要不要我加入你们小磨山得了，我的功夫可是一顶一的。”

山里红就笑了：“只要你懂得该怎么做。”

高和尚笑着点点头，招呼底下人说：“撤吧，潘老爷是商会会长呢，人家位高权重，不会窝藏罪犯的。”

底下人例行公事地搜了一圈，本来就没什么结果，纷纷撤了出去。高和尚和山里红摆了摆手，也随即撤走，出去以后，还十分殷勤地在外面把门给关好。

这时候，刘统才从房间里出来，问老潘和山里红：“出什么事了，开始全城搜捕了？”

山里红没好气地说：“你赶紧回屋里看看吧，书房里才出了大事呢。”

三个人连忙冲进书房里，打开了密室，陆陆续续迎出来了三伙人。这又是土匪的人马，又是毕团长他们，又是一个日本女子，大家你看看我我看看你，都不知道这里到底发生了什么。

就在这个时候，敲门声又响了起来。

医院的病房里，现在已经成了一个会议室，藤川表情严肃，六木则是在一旁声色俱厉地批评着下属。藤川听了半天，终于忍受不了这种纷乱的局面，抬手示意六木不要再说了。

六木立刻收声，过来深鞠躬，低着头说：“让先生失望了，我们没有及时得到消息。”

藤川摆了摆手：“死的两个人都不重要，关键是王铁木身为南京方面的厅长，他的影响力还是很大的。况且，这次刺杀行动就在医院门口，就在你眼皮底下，你的人手安排是有问题的。”

“是，是，先生批评得极是。”六木越发弯下腰，深深地低下头。

“过去的就过去吧，他女儿应该也是个小人物，送他们父女尽快回南京，把影响扔到那边去，不要被这些纠缠住。现在视察团就在开封，山本花尽了心思，想要让瑞田中佐看到一个管理极其良好的被占领之地，现在出的乱子就由他去收拾吧。牛子强投奔我们的事情，抓紧推进，争取在视察团走之前，我们能报上一个大功。”

“是，我已经命令吴秉安，让他把队伍拉到城西的董章镇，听候我们的点验改编。同时，牛子强已经答应这两天就到会馆商谈与我们的合作。”

藤川点了点头：“抓紧推进，现在要注意的是共匪那边的动向。他们大军压境，派出一个独立团来牵制我们的部队西进剿匪，长途奔袭，还能立刻给前去拦截围堵的山本部以沉重打击，我们不能轻视。军统的行动我们都能看得见，共匪的行动才是看不见的、最麻烦的。”

“是，我已经派人潜入到那个独立大队所在的地区，唯一的难题是很难混入其中。如果吴秉安及时把牛子强拉过来，我们就可以用吴秉安的力量去对付他们。”

“我已经给吴秉安发了通行证，他随时可以直接把牛子强带来会所找我。你这边安排好人手，不能再出了乱子，会馆的管事会在特殊情况下给你发信号，让你的手下打起精神来，不能再出错。”

“是，我们已经在会馆外围安排了大量的人手，确保先生和会馆万无一失。”

吴秉安实在没有办法，才来找老潘，不到紧急时刻，他不会启动这个特殊的通道。

开门的却是刘统，这让吴秉安十分意外，也正好，更便于商量对策。

“你没有去会馆吗？牛站长说你今天会很危险，我还想如何告诉你，这下好了。”

刘统示意他稍后再说，指了指屋里说：“等一会儿，这里的情况已经够危险的了。”

吴秉安着急地说：“军统那边胡乱动手，我们很被动，现在全城戒严，我在城外的人根本进不来。明天的行动……”

这个时候，吴秉安闭嘴了，因为他看到了一身和服的瑞田恭子。然后，他身边又出现了一脸惶恐的石飞雄，再之后是老潘和毕团长等人也在屋子里向这边张望。吴秉安是认识中间两个人的，但是这么多人和一个日本人在这里，是演的哪一出呢？

瑞田恭子走过来说：“文统，你今天很忙吗，我只和你说几句话就走。不过，这些人都是干什么的啊？”

显然，这个十分信任刘统的日本女子，突然遭遇这么多陌生的中国人，还是十分恐惧的。不知道在密室之中，她忽然遭遇两拨人的时候，到底是作何感想。恭子显然想立刻离开，所以她看了看门口，又回头望着刘统，期待刘统给他一个安心的答复。

刘统努力做到不皱眉头，很自然地说："这些人，这些人，都是来演杂技的，不信你让他们给你演几个绝活。"

恭子不解地问："杂技？"

话音刚落，老毕等人已经心领神会，他带来的人是以铁牛连为主的几个骨干，原本都是杂技班的，比画几下完全不在话下。一群人稀里哗啦地分成几拨，各自做出简单的杂技动作。石飞雄等人一看，几个人也不会别的，急中生智来了个叠罗汉。一群人比比画画，眼睛却都瞄着刘统这里，场面还是有些尴尬。

这时，山里红已经从屋里慢慢走了出来，招呼着说："文统啊，你有贵客怎么不给我们介绍啊，你看给人家吓的。妹子，别怕，他们真的是来演杂技的，你看，我手里有山本大佐的手谕。这些人啊，都是在民间混口饭吃的大老粗，你别在意啊。"

恭子半信半疑地看了看山里红递过来的手谕，的确是山本亲自写的日文，这个是很难在这么短的时间内立刻伪造出来的。山里红看她还有些犹豫，立刻说："晚上有个演出，妹子知道吧，我们是主力，到时候一定捧场啊！"

恭子犹豫地点点头，然后对着刘统略微有些失望地说："嫂子，原来，原来是个艺人啊。"

刘统立刻站到了山里红的身边说："方小叶，方家班方班主的女儿，也是吴桥杂技的嫡传弟子。他们的表演很有中国特色，也很正宗的，你值得看看。"

"好吧，晚上的事情，稍后再说，"恭子基本是相信了，因为那些人的表演的确是看起来都很专业，“文统，你出来一下，我有几句话和你说。”

刘统只好跟着恭子出门，然后把门关好，站在门外和她说：“谢谢你，让你受惊了。我已不是在日本求学时那个和你谈论诗文的学生了，现在就是个普通的厨子，家里人也都是些三教九流的，让你失望了。”

恭子摇了摇头：“现在是乱世，我能理解你。其实，当时我就劝你不要回国。算了，这时候说这些也晚了。文统，你我以及思荃，在日本相识一场，如今能再遇也是缘分。思荃她已经要回南京了，那里应该很安全，你要不要一起跟着走，我还可以帮你弄到通行证。”

刘统沉默了，他不知道该怎么回答。

“这是最后的机会了，我看藤川那个样子，对你也只是利用。真正打起仗来，他肯定不会在身边留个中国人跟随着吧。到了那个时候，你想走都未必能走了。”

“恭子，谢谢你，可是我和当初已经不同了。我有家，还有这么多牵挂。思荃既然已经能离开，我就会想办法离开这里。只是，现在我实在是不能走。”

恭子往里面望了望，十分不解地说：“那个女人，值得你留恋吗，她连思荃都不能比。”

说完，恭子的脸红了，她这话的意思，分明透露出自己对刘统的好感。刘统的脸也红了，红的是因为自己愧对恭子的一片深情。

“没办法，长辈包办的婚姻，我原来准备和思荃私奔，可惜思荃出事了。”

恭子看了他半天，从衣服里掏出两张纸递过来，然后说：“这样吧，我现在手里有两张特殊的通行证，是视察团的，连军队的营地都能进。你会日语，伪装成我们的人。这样，你可以带着那个女人一起走，什么时候走你自己决定吧。”

刘统激动地点了点头，有了两张通行证，对于自己将来撤离总是有很大好处的。

他送了恭子一程，恭子说不必送了，她是瞒着其他人跑出来的，不能让日本人看到。恭子走了，刘统看见一个有点眼熟的人从自己的身边掠过，似乎是跟了上去。刘统想了想，外面已经是日本人的天下，应该没有什么大碍。他心里最急的，还是那一院子的人。

刘统回到了潘府，一群人都在等他。

吴秉安先是很焦急地说："情况很紧急，日本人让我带他们去点验队伍，接受改编。我已经没有退路了，牛站长和左部长他们沟通了一下，准备明天就下手，视察团的重要人物会去藤川那里，这正是最好的刺杀日。"

刘统摇了摇头："今天就是，藤川已经把宴请提前了，我不知道他为什么会忽然提前。我已经告诉牛站长，六木装病在会馆外面埋伏了大批人马。现在时间不多了，如果立刻行动，我也不知道胜算有多少。"

"怎么改到今天了？"吴秉安一惊，急得在屋子里直转，"六木那些所谓的埋伏，我们一眼就能看出来，日本人装中国人，怎么装都不会像。问题是，牛站长他们可以负责这些人，配合我的人却都被挡在了城外啊。"

老毕这时在一边说："你需要多少人，难道院子里这么多人还不够吗？"

吴秉安一看，他已经知道这些人的来头，兴奋地说："那我们就赶紧商量一下如何行动吧，的确是天赐良机。"

刘统皱了皱眉头，低声说："那本书还没有找到。"说完，他看了一眼老潘，眼神里都是询问的神情。老潘摇了摇头："除了日本人的地方，我们都查过了，也没有。"

吴秉安焦急地说："你是不是得抓紧回去了，到时候我们里应外合，视察团的人一进去你就想办法给个暗号。左部长不是说过了，那本书实在不行就放弃。”

刘统点了点头：“只能如此了，我必须得回去了，要不藤川会起疑心，一桌子的菜需要我弄呢。”

老潘在一边说：“你要的材料，伙计已经给你送到会馆附近了。”

刘统看了一眼老毕说：“你，真是胆子太大了，不过也好，我真怕行动之后见不到你了。”

老毕过来使劲拍了一下他的肩膀：“这里交给我吧，放心，说什么丧气话。我们这么多人，杀出一条血路也冲出去了。”

刘统回敬了他一句：“你才是乌鸦嘴，血路，谁的血？”

“当然是鬼子的！”老毕借着过来寒暄，把一样东西悄悄塞到了他的手里。刘统低头一看，居然是当初的那块玉。

这个时候，山里红也上来，十分纠结地看着他。院子里的人一看，就明白该怎么做了。石飞雄在一边说：“咱们是不是应该进屋去，好好筹划了啊？”

一群人都进了屋，院子里只剩下刘统和山里红。

山里红说：“如果你的任务完成了，你是不是就不要我了？”

刘统看着她，这么泼辣的姑娘，如今眼睛居然是湿湿的，他努力让自己理智些，急速地说：“怎么会呢，我怎么会不要你？”

“你不是把我推给毕团长了，人家毕团长喜欢真正的方小叶。”

刘统看着她，不知道哪里来的冲动，想抱住她，不过只是做了开始的动作，就放下手说：“不会的，不会的，你放心，如果我活着，我就不会不要你。”

“真的？”山里红已经抽泣起来，直接扑到了他的怀里。

刘统扳过她的脸，替她擦着眼泪，然后把手里的玉给山里红看：“我又是玉的主人了，你不用担心了。”

山里红一看，十分惊喜地说：“那个连毛胡子彻底把这块玉送你了？”

刘统点了点头，山里红就使劲抱了他一把。刘统的手却不知道该怎么放，只是说：“等我！一定！”

山里红哭着说：“我有一句话要问你……”

刘统看了看日头都起来了，推了她一把：“稍后再说，我来不及了，必须得赶回去。藤川起了疑心，就真不能活着回来了。”

山里红还没放手，忽然又问：“你们的行动，会动枪吗？”

刘统笑笑，感觉自己鼻子也有点酸，然后点了点头。

山里红像是想起来什么：“记得，记得你的承诺，我不想落在鬼子手里。”

刘统努力做出轻松状：“最后一颗子弹留给你，我记得，但是我不会让这一幕发生。”

山里红又冲过来抱了刘统一下，然后二人才依依不舍地分开。

刘统在想，自己这一去，也许就回不来了，这最后一颗子弹也许就留给自己了。至于王思荃，希望她吉人自有天相可以痊愈，可以再找个热血男儿一起奋战……

第十五章　决战

山陕甘会馆位于开封古城中心偏北，是清乾隆年间由山西、陕西、甘肃三省富商集资修建的一处精美的庭院式建筑。自从藤川把特务机关搬来后，这里就成了华北日军特务机构的大本营。而很长时间以来，这里一直也没有什么热闹的景象。

今天，山陕甘会馆的外面，第一次如此热闹，视察团的车辆相继抵达之后，沿街演艺的队伍也正好随后巡游到了这里。

六木已经在病房里待不下去了，他选择了回到会馆门前来看看自己的安排是否有纰漏。藤川突然提前了与视察团团长的会面，六木觉得被打乱了计划，可是他又不能向藤川抱怨，只好化了个装，换便衣过来看看。

游行的队伍在沿街表演，特色杂技让路人驻足观看，拍手叫好。六木的人混迹于人群之中，也被大家挡住了视线。六木挨个在埋伏好的地点走了一圈，所有人都在岗位上，他再看看院子里的情况，似乎十分安静，没什么意外。

这个时候，游行巡演的队伍忽然放起了烟火和鞭炮，虽然是白天，也煞是热闹，伴随着精彩的喷火表演，引得周围的路人连连拍手叫好。六木忽然觉得，有点不对劲，可是他望了望院子里，一点动静都没有，管事也没有发出什么暗号。他想了想，犹豫着要不要进去看看，可是藤川又安排他暗中守在外围。

这个时候，一个小个子从六木身边经过，两人轻微地撞了一下。六木想骂，却惊讶地发现，自己插在腰间的枪被偷走了。人群越来越拥挤，那个小个子三拐两拐就要消失得无影无踪。六木大喊了一声站住，可是又是唢呐锣鼓齐鸣的声音，又是烟火鞭炮的炸响声，没人听到他的呼喊。他看了看周围，只好放低身形追了过去。

刘统做了一桌子好菜，然后他和下人们一起端上去，还给视察团的官员讲了讲传统中国菜的典故。藤川很热情地招呼着客人，告诉刘统可以先下去。刘统回到院子后面，立刻和外面的人打了暗号。然后，吴秉安和石飞雄就拿着通行证大摇大摆地走了进来。院子里的管事，看见二人略微有些迟疑，还是没有阻拦，而是来到了花园的假山旁，拿出了一开始就藏好的信号弹。

这个时候，他的后腰一凉，一件冰冷的家伙已经顶在了他的腰际。

“听说，你是中国人？”

管事回头一看，居然是刘统，他手里拿的，只是一把普通的剔骨刀，立刻怒骂：“你不想活了吗，小心我毙了你。”

管事根本没把刘统放在眼里，随手就要去掏枪，刘统已经刀花飞溅，眨眼间就将管事的手筋全部挑断，管事手里的枪立刻掉在了地上。

“来……”管事想要高呼，刘统已经捂住他的嘴，把冰冷的尖刀迅速挺进了他的胸口，一刀又补一刀……

“这一刀是替魏师傅还你的，虽然他对我不好，但是他是中国人，中国人不该杀中国人，除了你这个天生的汉奸。”

刘统迅速把尸体拖到一边，然后把信号弹全部踢到旁边的鱼塘里。捡起管事的手枪，他猫着腰，从后窗翻进了藤川的卧室。

藤川的客厅位于几重院落的最里面，因为不知道人一定在哪里，吴秉安和石飞雄设计好，他负责藤川所在的西屋和客厅，石飞雄负责南面客人临时休息的住所。两个人拿着通行证一路畅通来到后院，趁着最后一道守卫低头看通行证的时机，掏出匕首直接将其解决掉。

吴秉安闯进客厅的时候，一屋子三个人正在把酒言欢，寒暄叙旧。这个时候，南屋那面已经响起微弱的枪声，石飞雄一定是先动手，解决掉了留在那里的随从。藤川看到吴秉安如此闯了进来，当下大惊，伸手就要去拿挂在一旁的枪夹。吴秉安抬手就射，没想到手里的左轮枪却忽然卡壳了。

旁边一个军官已经挥着军刀冲了过来，吴秉安低头一躲，随手拔出另一支 20 响驳壳枪，抵着对方的胸部接连扣动扳机，立刻将那人击毙。他抢过军刀，随手插向已经要拿到手枪的藤川，藤川只好把手一缩，还是被划出一道口子。这个时候，另一个军官已经拔出军刀冲了过来，吴秉安只好还手招架，藤川借机躲进一旁的会客室。

及时赶来的石飞雄冲进来抬手就是一枪，与吴秉安搏杀的军官立刻毙命。两个人又抵近他胸口，连开几枪，抬起头来再找藤川，已经没了踪影。院子外面依然是鞭炮齐鸣，两个人的枪声没有引起院子北厢卫兵的注意。可是最关键的目标，藤川跑去哪里了呢？两人搜寻了半天，终于发现椅子下面的暗道。

藤川满头大汗从密道里钻出来的时候，刘统黑洞洞的枪口等待他多时了。

藤川立刻就什么都明白了，他惊恐地看着屋子里，一切都被翻得十分凌乱，惊恐地说："你是特务！"

刘统立刻用日语说："你的时间不多了，告诉我那本《牡丹亭》在哪里。"

藤川又是惊恐地说："你居然懂日语？"

刘统点了点头："很高兴，我懂，你的文件我已经都看过了，对我们很有用。"

藤川惊慌地看着他，眼睛来回乱转，想着对策。

"说，那本书在哪里？"

藤川冷静了不少，暗中挪动着身子，表面却是冷笑了一下说："你觉得我会告诉你吗？"

这个时候，吴秉安和石飞雄已经顺着暗道追了出来。吴秉安一头的汗，焦急地问："那本书还没找到？"

藤川这个时候居然不再害怕了，而是慢慢往书桌那里退，嘴里还说着："你们都被我下过药，没有我的解药，你们也会死。"

刘统摇了摇头："你不要再做梦了，毒药的菜是我做的，我会害自己人吗？"

"你让我太失望了。不过，你休想再找到那本书了，那本书一定对你们很重要吧！"

吴秉安听不懂两个人说什么，焦急地说："来不及了，放弃那本书吧。"

刘统顶着藤川的肚子开了一枪："快说，告诉我，我给你留个全尸。"

藤川笑着摇头，想要张嘴大喊，石飞雄过来扯过一旁的桌布砸在他脸上，堵住他的嘴，然后三个人的枪一起响了，藤川立刻被打成了马蜂窝。

刘统看了看两个人："赶紧，你们照常从前门撤，我收拾好这里的重要文件，从后门出去。"

吴秉安看了看他，点了点头："老潘他们已经先撤到城外了，我们在旧城墙东头见，那里有个废弃的寺庙，连着城墙。牛站长他们在那里买通了宪兵队的守卫，抓紧。"

六木追了半天也没有追到那个偷枪的小个子，他晦气地回到了会馆门前，发现刚才热闹的人群已经都不见了，鞭炮纸屑，一地狼藉。最关键的是，六木发现自己安排的人也不见了影子。他立刻觉得不对，冲进附近埋伏人员的民宅里一看，自己的人大多已经躺在了血泊之中。

六木冲进会馆里，守在北屋的士兵都还不知道发生了什么事情，前面几道岗的警卫也没什么异样。直到他冲进最里面的客厅，才发现视察团团长瑞田中佐、宪兵队长藤井治少佐都已毙命，血流了一地。

不久后，开封古城里警笛声才一阵急过一阵地响彻全城，日军的车辆疯了一般地开过各个街道。吴秉安和石飞雄、老毕他们，已经集结在了旧城墙东头。这里位于一座破旧寺院的后面，由于长久没有人来，十分僻静。寺院紧靠着一段年久失修的城墙，并且破损严重，外面又是一片齐人高的蒿草，是翻城而出的最佳地点。守卫这里的只有几个宪兵，牛子强他们一早就选择了这里作为撤退的最佳地点。不过城墙最矮处只有一个豁口，所有人得一个接一个地鱼贯而出。

大家以最快动作陆续撤离，唯独山里红迟迟不动地方，石飞雄焦急地拉着她一起走，山里红却纹丝不动。

“我知道你等刘统，你可以在城外等，傻妹妹，走啊。”

“不，我要等他，他答应我会来的。”

刘统没有来，日本兵却赶到了，立刻将这里团团围住，那几个被买通的宪兵尸体先被扔了出来。山里红等人立刻躲进旁边的两个配殿里，石飞雄已经出去又折了回来，告诉大家撤离，自己和老毕他们殿后。不过，山里红依然没有走。

山本大佐已经亲自赶到了现场，拿出一个大喇叭让汉奸在那里高喊：“你们买通的人已经出卖了你们，赶紧出来投降吧。”

紧跟着，炮声就响了起来，炮弹纷纷落在城墙内外，唯一通向外面的豁口已经被乱石埋住。

这个时候，一直没怎么露面的柴老七忽然推着瑞田恭子走了出来：

“我告诉你们，你们视察团团长的女儿在我们手里，你们赶紧停止炮击，放大爷我们出去，否则我们就对这小女子不客气了。”

刘统在藤川的卧室里把所有的情报收集在一起，又不甘心地把所有的地方都翻了一遍，还是没有那本《牡丹亭》的影子。这时，他听见前面的院子一片混乱声。想了一想，他拿过一套藤川的陆战服换到了身上，撕掉了肩章。然后，他一闪身躲进了密道里。等到守卫的士兵和六木他们进进出出大呼小叫的，他才从卧室那里出来，低着头混在士兵的人群之间走了出去。

有个陌生的士兵看了他一眼，似乎觉得哪里不对劲，刘统立刻用日语低声训斥：“你们是怎么看守的，让我们视察团的团长都殉国了，你们的头儿在哪里？”

那个士兵惊慌失措地东指指，西指指，刘统已经在对方没有反应过来的时候，装作十分生气地走开了。会馆门前都是慌乱地挤着上车的士兵，有进来的，也有出去的。刘统装作没有挤上车子，顺着墙走了几步，然后就拐进了附近的一条偏僻的胡同。

走到胡同口的时候，另一条街上巡逻的车子刚刚过去，他就在路口的树后躲了一下。

这个时候，他身后的一个声音响了起来：“文统君，你什么时候成为我们的战士了？”

刘统回身一看，居然是六木一个人跟了上来，他向两边看了看也没有其他什么人，就没有惊慌，反而十分镇定地说：“藤川先生让我出去送文件，他说被人看见很危险。”

“是吗？”六木阴森森地走了过来，手里拿出一根针灸用的针，“看不出来，文统君居然是我们同道中人，而且真是艺高人胆……你们是怎么说的？如果不是我在先生的卧室里，发现了一根应该只有你才有的针，如果不是我看出你穿的是藤川先生的衣服，几乎就让你这么溜掉了。”

刘统笑了笑，直接用日语说：“中国话叫，艺高人胆大！”

六木当下又是一惊，然后扔掉手里的针，慢慢地拔出军刀：“没想到，你居然是安插在我们身边的间谍。好吧，既然是同道中人，就让我们像军人一样来了结这场恩怨。”

刘统歪了歪嘴：“你们军人搏斗，都是一个有刀，一个没刀吗？”

六木已经双眼赤红，不再说话，而是直接一刀劈了过来。刘统利落地躲开，借助巷子里狭窄的地形，和对方近身搏斗起来。六木的刀法倒是十分精湛，几个回合下来，刘统身上的衣服已经好几处被割破。

刘统笑着说：“你的刀法不错啊，可惜藤川先生的遗物，就这么被你损坏了。”

六木也吃了一惊，一个厨子居然有这么好的功夫，他为自己单独前来感到有些后悔。他一边再度劈刺过来，一边怒吼着：“我现在就杀了你，给先生做陪葬。”

刘统一边躲着，一边伺机寻找对方的破绽，趁着六木用力过猛，他猛地一个鹞子翻身，来到了对方的身后，对其背部就是一脚，六木立刻踉跄着跌了出去。刘统没有放弃这个机会，近身跟上，反背过对方拿着军刀的胳膊，向着他的腋下猛击了几拳。六木吃不住力道，疼痛难忍，手里的军刀掉落在地上。刘统立刻把对方顶在了墙上，脚下将军刀踢得远远的，照着对方胸口就是几拳。

很奇怪，这几拳似乎打在了六木的胸口，却似乎有什么隔着，力道无法完全贯穿。刘统只好飞起一脚，踢在六木的头部，将其斜着踢飞了出去。六木躺在那里，半天才慢慢站起来，使劲晃着头。然后从怀里掏出了一样东西，刘统定睛一看，居然是一本书。

六木笑了，笑得很诡异：“我看你把藤川先生的卧室都翻遍了，你是不是在找这个？还好藤川先生那天觉得奇怪，让我把这本书收起来，还叮嘱我随身藏着，不能放在屋子里。这就是一本戏书，对你就那么重要吗？”

刘统一听，着急地想上前。六木立刻把书翻开，用两手拿着：“你要是再上前一步，我就把这本书撕个粉碎。”

刘统真的就站住了，六木十分得意地说：“你们中国人真是有趣，付出这么大的代价，就是为了一本戏曲的书，保护文化？笑话吧，国都沦陷了，何来的文化？”

六木还想继续说什么，刘统已经不想和对方废话，迅速从腰间掏出一把枪来，扣动了扳机。六木还没来得及反应，子弹已经贯穿他的额头。六木想要动手撕书，刘统又连开两枪，六木的身子直挺挺地倒向后面，双眼圆睁，死不瞑目。

刘统过去拍了拍对方的脸，确认对方的确是挂了，才夺过了那本书，看了看的确是同治二年大通楼典藏的名家抄本《牡丹亭》。

“你使用军刀在先，不要怪我使用手枪。”刘统看着六木的尸体，冷冷地说了一句。

城东边，山本大佐躲在院墙的后面，问身边拿着喇叭的汉奸，那个中国人说什么？

汉奸十分为难地说：“他们在用瑞田中佐先生的女儿做人质。”

山本警惕地向里面张望了一下，然后回身对手下说：“先把那个女的干掉。”

旁边的士兵有点疑惑，觉得自己没有听错吧。山本急急地重复了一遍：“把那个女的干掉，瑞田团长都已经遇刺了，他的女儿也该以身殉国。”

这个时候，附近忽然有人用日语喊了一句：“不可以！不可以这么做！”

山本向后面望了望，没看清谁在说话，又吩咐身边的人赶紧动手，这个时候，后面的枪响了。山本看了看自己的胸口，一个血点由小变大，血逐渐涌了出来。他完全没有想到，自己队伍里会有人对自己放冷枪，而开枪的的确是个穿着日本军官衣服的人。此时，那人已经拽过一个日本兵做掩护，躲在了一边的柱子后面。

“谁这么放肆！”山本喊出了最后一句，人就倒下了。那边的那个人又对着他连开了几枪，身边的日本兵立刻都乱了。高和尚已经几个腾挪冲了过去，和那个人打斗起来。而那个人借助机会退进了旁边的大殿里。这个时候，高和尚才看清楚这个穿着日本军官衣服的人居然是刘统。

外面已经是一片混战，不知道是哪个日本兵开枪了，一枪打死了瑞田恭子。躲在她身后的柴老七晃了身，没想到鬼子会这么下黑手，恭子颓然倒地，他就整个人都暴露在日军的枪口之下。

“狗日的，你们连自己人都杀……”他还没有骂完，子弹雨点一般地撒了过来。柴老七整个人已经被打成了筛子，慢慢地倒在了血泊之中。

刘统看见恭子倒下了，又看见柴老七也倒下了，眼睛立刻就红了，手下也全是拼命的招式。

高和尚立刻低声说：“你别和我来劲，我掩护你，跟你们一起走。”

刘统一愣，手里的动作慢了一下，高和尚将他一掌打飞了出去，反而离山里红他们藏身之处更近了。高和尚过来抓起刘统，使劲把他推向一旁，并且用身体挡住了日军的射击视线：“日本鬼子已经把我娘杀了。马大少被杀，日军把所有他身边的人拉去严刑拷打，我娘被抓去就没回来。我中午去看她，才知道这个结果。”

两个人佯装打斗，一起撤到了山里红他们那里，高和尚立刻掏出了几个手雷分给大家：“让他们尝尝自己的铁家伙。”

刘统伸手阻止他："不，这些留给城墙吧，我们需要一个出口。"

这个时候，一阵阵异响飞过城墙，旋即一发发炮弹在日军那边炸开了花。

老毕兴奋地一拍大腿："这个赵政委，援军终于到了，咱们赶紧撤。"

炮火之中，刘统等人用手雷集中在一起，把城墙炸开了一个新的豁口，所有人陆续撤了出去。日本兵被打得莫名其妙，守军的主要头目山本又突然毙命，也就没有恋战，在赵政委他们炮火的压制下撤了回去。

山里红过来兴奋地拉着刘统的手说："我终于等到你了。"

刘统兴奋地把怀里的书拿出来晃了晃："我也终于找到它了。"

一行人已经钻进了外面的蒿草丛中，基本安全了。山里红关心地对刘统说："赶紧把你的衣服换了，别被自己人误伤。"

刘统赶紧一边撤，一边把外衣脱掉扔在草丛中，手里的那把手枪已经没有子弹了，顺势就扔了出去。山里红拉着他猫着腰往外走，然后还低声骂："你的最后一颗子弹呢，你都没留？不是说好了留给我吗？"

刘统兴奋地说："我把它留给山本了，这样，更有意义。"

高和尚这个时候凑过来："你们的大买卖是什么，是要抢日军的宝藏吗？"

刘统说："有比宝藏更重要的东西。"

此刻，夕阳西下，苍茫的大地上，被落日映衬成一片瑰丽的金红色。

第二天，《河南民报》首先发布消息：日军中原战场首位将官遇刺。

接下来的日子里，全国各大报纸纷纷发布消息：日军中原特务机构机关长藤川少将、日军驻开封部队参谋长山本大佐、日军视察团团长瑞田中佐、宪兵队长藤井治少佐同一日开封遇刺。

国内外不少报纸也相继刊载了这条新闻，开封刺杀行动，成为轰动一时的大事件，极大地鼓舞了全国民众的抗日热情，参加刺杀行动的人士被媒体誉为“大无畏的民族英雄”。但是，没有人知道，英雄到底来自何方。

很多时候，或许就是这样：英雄莫问出处，霜桥亦堪走马。

尾　声

半年之后，南京郊外的某墓地，一排排的墓碑中间，一个新竖起来的墓碑显得十分醒目。

墓碑上面有一张面庞十分娟秀的照片，下面写着：爱女王思荃之墓。

碑前，刚刚烧过的三炷香还在青烟缭绕，摆放着众多水果的果盘上，一串用白菜雕刻成的花圈十分特别。那是用铁丝简单串联起来的，由于天气寒冷，上面已经结了一层薄薄的霜。

细细观察，人们会发现，那些白菜雕刻而成的小花，每个中间都打着不同的孔，似乎是一种特殊的倾诉，在向着英年早逝的墓主诉说着什么。

空气中，传来了单调的口琴声。

抑郁、喑哑、低沉的音符，久久环绕在墓地的上空，撕裂着雨后空气里泥土的味道，让人不禁有一种弥漫于思念之中的悲伤情绪。那声音，又显得铿锵而孤傲，巍巍兮若泰山，洋洋兮若江河。

远处，一个女子说道："你真的决定不过去亲眼看看了吗？"

口琴声停止，一个男子说道："很多时候，人是活在心里，没有亲眼看到，就当她一直活着。"

女子又说："开封传来消息，接替藤川主持日本华北特务机关的，那个日军多田部队参谋长皆川雅雄大佐，前天在开封社下基79号，被联合刺杀行动组击毙。"

男子说："他还是伪河南绥署总顾问，他接替藤川这个工作，那就是活到头了。当然，你也许猜不到，接替老潘工作的是谁。"

女子道："你说是秘密。"

男子笑了笑说："现在不是秘密了，她应该撤离了，就是我在医院认识的那个护士，名字叫罗绮莉。我还和她一起吹过口琴，就是这首曲子。"接下来，男子的声音暗哑了下来，"就是那晚，思荃跳楼了，我迟了一步，没有赶到救她。"

女子说："有人说，不能为了个人感情，置全国四万万同胞于不顾。"

男子说："是老毕说的吧，他就会这一句。"

女子劝道："别伤感了，等到抗战胜利了，我们再来正大光明地看思荃姐，你也不用躲这么远，一味吹这口琴，是不是？到时候，我们做一个最大的花圈，都用白菜花。"

男子说："这一天，应该不远了。"